# LA NOVIA BLANCA COMO LA NIEVE

## CLAIRE DELACROIX

Traducido por
**LAUREN IZQUIERDO**

DEBORAH A. COOKE

# LAS JOYAS DE KINFAIRLIE

*Más apreciadas que el oro son las Joyas de Kinfairlie, y solo los más dignos pueden luchar por su amor... El señor de Kinfairlie tiene hermanas solteras, cada una de las cuales es una joya por derecho propio. Y él no tiene más remedio que verlas casarse a toda prisa.*

**1. La bella novia**

**2. La novia de la rosa roja**

**3. La novia blanca como la nieve**

**4. La balada de Rosamunde**

# LA NOVIA BLANCA COMO LA NIEVE

*La trilogía Las Joyas de Kinfairlie está dedicada a mis lectores, con un sincero agradecimiento por su lealtad y apoyo. Que disfruten leyendo sobre las Joyas de Kinfairlie tanto como yo he disfrutado escribiendo sus historias.*

# CAPÍTULO 1

*Kinfairlie, Escocia, 24 de diciembre de 1421*

La nieve caía espesa y rápido, el cielo sin estrellas era más oscuro que el índigo, y era pasada la medianoche cuando Eleanor supo que no podía huir más lejos. El pequeño pueblo que se alzaba ante ella parecía enviado por el cielo, estaba desprovisto de altos muros y puertas con barrotes. Ella realmente no creía que pudiera ser tan pacífico en ningún lugar de la cristiandad, pero la tranquilidad de la ciudad era seductora de todos modos.

Ella no sabía su nombre y no le importaba. Ella vio la iglesia y decidió de inmediato que ese pueblo dormido, con su tranquila seguridad de que el mundo era bueno, sería el lugar que ella elegiría para descansar.

La noche no duraría mucho más, porque la oscuridad ya daba paso a la luz del amanecer. Eleanor no sabía adónde iría desde allí, pero ella sabía que no podía tomar ninguna decisión estando tan agotada.

La puerta de la iglesia estaba abierta, y Eleanor suspiró aliviada cuando un último miedo resultó ser infundado. Ella entró en las sombras circundantes y dejó que la puerta se cerrara pesadamente detrás de ella. Ella esperó, medio aguardando que la ilusión de tranquilidad se hiciera añicos, pero sólo el silencio llegó a sus oídos. Eleanor se paró en el umbral e inhaló profundamente el aroma de las velas de cera de abejas, el aire de oración y devoción, el aura de un lugar sagrado.

Un santuario.

Sobre el altar había una sola pequeña ventana de vidrio, y la luz que arrojaba la nieve la iluminaba y al interior desnudo de la capilla. Era una iglesia humilde, sin duda, porque ella podía ver su vacío incluso en las sombras. El altar estaba desprovisto de cáliz y ofrenda, evidencia de que incluso esa comunidad creía que los tesoros debían guardarse bajo llave.

Eleanor vio un banco cerca del altar, tal vez uno usado por el sacerdote, y se acomodó en él. Ella se sentó y dejó de correr por primera vez en lo que parecía una eternidad.

Luego escuchó, temiendo lo peor.

No había ningún sonido más allá del latido de su corazón. Ningún ruido de cascos que indicara la persecución. Ningún perro ladró encontrando su olor. Ningún hombre gritaba que habían visto sus huellas.

La nieve que caía velozmente podría resultar una bendición, ya que rápidamente ocultaría su paso y disimularía su olor. Ella se sentó, con la intención de esperar el intervalo necesario hasta saber que estaba a salvo.

Eleanor sentía cada dolor en su cuerpo exhausto, y sólo ahora se daba cuenta del frío que tenía. Ella no podía sentir las yemas de los dedos, por lo que cruzó los brazos y se llevó las manos a las axilas. Ella supuso que su estómago debía estar vacío, pero estaba demasiado entumecida para estar segura. Ella tenía mucha sed, sin duda.

¿Habían pasado solo tres días y tres noches desde que todo había cambiado, y cambiado irrevocablemente? Ella evitaba ahora considerar lo que le pasaría, Eleanor estaba demasiado cansada para pensar más allá del casi imposible objetivo de escapar.

En cambio, ella se sentó y se maravilló de que solo poder oír el débil ruido del mar. Era un sonido suave, su efecto no se diferenciaba de una canción de cuna. ¿Era posible que los parientes de Ewen hubieran abandonado la cacería de Eleanor?

Eleanor no podía creer eso. Ella se sentó vigilante y escuchó, pero lentamente, comenzó a sentirse más cálida. El calor la traicionaba, terminando su determinación de permanecer despierta y la convenció de rendirse al agotamiento. Ella luchó contra el sueño, pero últimamente había soportado demasiado. No pasó mucho tiempo antes de que ella pusiera sus botas debajo de ella, se envolviera más con su capa forrada de armiño y se atreviera a pensar en dormir por primera vez desde que Ewen había muerto.

Aunque ella murmuró una oración, Eleanor no oró por el alma recientemente fallecida de su esposo. Ella sabía que Ewen estaba perdido más allá de la redención. Ella sabía que él ardía en el infierno.

Lo peor de todo, Eleanor sabía que, en el fondo de su corazón, ella estaba contenta. Ella también era lo suficientemente malvada como para creer que él no merecía menos.

Con el amanecer, ella comenzaría a expiar sus pecados de pensamiento y de acción. En este momento, solo logró cubrirse el cabello con la capucha antes de cerrar los ojos y dio la bienvenida a la dicha del sueño.

A LOS PRIMEROS servicios matutinos en la capilla de Kinfairlie asistían principalmente las mujeres, tanto del torreón como del pueblo, y aunque era el día de Nochebuena, esa mañana no fue diferente.

Madeline llegó con sus hermanas: Vivienne, Annelise, Isabella y Elizabeth. Tanto Madeline como Vivienne estaban a punto de concebir, aunque las otras hermanas aún eran doncellas. Eran un grupo ruidoso, porque Madeline y Vivienne no habían estado en casa, en Kinfairlie desde sus nupcias a principios de año, y las cinco hermanas hablaban incluso cuando llegaron a la capilla del pueblo.

La mujer acurrucada ante el altar se sobresaltó al oír su llegada. Ella contuvo el aliento y miró por encima del hombro, el miedo estaba grabado en sus rasgos.

Ella era tan hermosa que Madeline se quedó boquiabierta de asombro.

Y ella era una extraña. Había pocos extraños en Kinfairlie, especialmente en esa época del año. Madeline estaba intrigada, como probablemente lo estaban todas las demás personas que seguían a las hermanas Lammergeier hasta la capilla.

Esa mujer no era una doncella, ya que llevaba un velo de gasa y una diadema sobre el cabello. Lo que Madeline podía ver del cabello de la mujer era de un tono más dorado que el lino. En el momento en que ella miró a las hermanas, Madeline notó una piel tan clara que la mujer podría haber sido tallada en alabastro. Sus ojos eran de un verde sorprendentemente vivo y sus labios tan rojos como rubíes. Ella podría haber tenido la misma edad de Madeline.

Pero el miedo de la extraña era casi palpable. Ella giró bruscamente después de escanear las recién llegadas. Ella se cubrió el cabello con la capucha de su capa de zafiro para ocultar sus rasgos y se inclinó hacia sus oraciones una vez más. Madeline se preguntó a qué horrores se habría enfrentado esa mujer para tener tanto miedo de los extraños.

La capa de la mujer era notable en sí misma, de lana hilada más fina que solo buena y adornada con oro sobre armiño. La forastera era noble, pues, ninguna persona común podía permitirse semejante prenda.

Sin embargo, ella estaba desatendida y no había un buen caballo fuera de la capilla. ¿Seguramente una mujer así no viajaría a pie o sola?

No, a menos que estuviera en grave peligro. Madeline contuvo el aliento ante la simple verdad de todo aquello e inmediatamente anhelaba ser de ayuda. De hecho, cualquier otra mujer noble habría llamado a las puertas del torreón y habría exigido la hospitalidad de un compañero cristiano.

Pero esa mujer no tenía caballo. Sus botas estaban llenas de lodo, había suciedad en el dobladillo de su capa. Ella debía haber tenido miedo de pedir ayuda, lo que decía poco de su situación.

El padre Malachy le dedicó a la mujer que oraba una sonrisa benigna y luego frunció el ceño a las bulliciosas hermanas. Madeline y sus hermanas se arrodillaron dócilmente y guardaron silencio como ratones mientras ocupaban sus lugares al frente de la capilla, junto a la extraña. Madeline podía sentir bastante bien las preguntas de sus hermanas y no se sorprendió al encontrarse más cerca de la extraña por consentimiento mutuo y silencioso.

Como la mayor, ella había sido designada para averiguar más.

El servicio parecía increíblemente largo, y Madeline se encontró pensando más en la extraña a su lado que en sus oraciones. Finalmente, el sacerdote terminó y la mujer trató de dejar la capilla inmediatamente detrás de él.

Las hermanas tenían otras ideas. La extraña dio un salto cuando Madeline le tocó el codo, incluso con la barrera de la capa entre ellas. Cuando la extraña hizo una pausa, Annelise e Isabella la rodearon para bloquear su salida de la capilla.

"Eres desconocida aquí", dijo Madeline.

Los ojos de la mujer se agrandaron al darse cuenta de que había sido rodeada, aunque asintió en reconocimiento. "No pretendo hacer daño a nadie. Me detuve solo para rezar." Ella trató de irse, pero las hermanas se mantuvieron firmes.

"Sin embargo, alguien quiere hacerte daño", dijo Vivienne con convicción. "No habrías buscado santuario en la casa de Dios de otra manera."

Los ojos de la mujer se entrecerraron con sospecha. "¿Quiénes son y con quién están aliadas?"

"¿No sabes a dónde has venido?" Preguntó Madeline.

La mujer negó con la cabeza.

Eso en sí mismo era intrigante. Sin duda, ella debía estar lejos de casa. ¿Qué la obligaría a huir en la noche sin un destino claro? La propia Madeline había hecho lo mismo una vez y, como resultado, sentía cierta familiaridad con esa mujer.

"Soy Madeline FitzHenry, una vez de Kinfairlie y ahora Dama de Caerwyn", dijo ella, suavizando sus palabras con una sonrisa. "Estas son mis hermanas. Estamos reunidas para celebrar el Yule juntas en nuestro hogar ancestral, Kinfairlie, y no queremos dañar a ningún invitado de nuestro salón."

"Kinfairlie." La mirada de la mujer se movió entre ellas. "Entonces deben ser parientes de los Lammergeier. He escuchado historias sobre ellos."

"Lammergeier es nuestro apellido", convino Vivienne.

La mujer respiró hondo como para calmarse, como si la noticia de dónde se encontraba no fuera bienvenida. "Se dice que los Lammergeier no se alían durante mucho tiempo con nadie."

"Esa es una acusación algo dura de alguien que no nos conoce..." comenzó Isabella, pero Madeline puso una mano sobre su brazo para silenciarla.

"¿Qué importancia tiene nuestra alianza? ¿Necesitas ayuda? Preguntó Madeline. "¿Temes a alguien que pueda tener aliados en estas tierras?"

La mujer se recogió las faldas y volvió a hacer el esfuerzo de marcharse. "Te agradezco tu preocupación, pero sería más seguro que no supieras más de mí," Ella giró y, ante su determinación, Isabella y Annelise se apartaron de su camino. La capilla se había vaciado ahora, salvo por las hermanas y esa mujer que se alejaba de ellas con la gracia de una reina.

"¿Y qué sería más seguro para ti?" preguntó Madeline en voz baja, sus palabras llenaron la capilla.

"Dinos de quién huyes y por qué", dijo Isabella, siempre sin miedo a esos detalles.

La mujer hizo una pausa, aparentemente tentada. "¿Cómo sé que puedo confiar en ustedes?"

"¿En quién más puedes confiar?" Preguntó Madeline. No tienes ni un caballo, y mucho menos una doncella que te acompañe. Apostaría a que no puedes correr mucho más lejos de lo que ya lo has hecho. Además, apostaría a que estás en peligro. Te ofrecemos ayuda."

Entonces la fuerza de la mujer pareció flaquear y ella miró el suelo de piedra. Madeline le tendió una mano consoladora, pero luego la extraña se enderezó y se echó hacia atrás la capucha.

Ella habló con una resolución regia. "Mi historia no es tan rara. Mi padre me casó con un hombre de su elección, un hombre mucho mayor que yo. Cuando quedé viuda algunos años después, mi padre me casó con otro hombre."

"Quien también murió", dijo Vivienne, adivinando la siguiente parte de la historia como estaba acostumbrada a hacer.

"Pero no antes de que mi padre muriera. No tengo más parientes que la familia de mi marido; mi madre murió hace mucho tiempo y ninguno de mis maridos me concedió un hijo."

"Seguro que tu dote vuelve a ser tuya" Preguntó Isabella.

La sonrisa de la mujer fue irónica. "Seguramente no." Entonces algo brilló en sus ojos, una determinación mayor que cualquier miedo, y Madeline supuso que a la mujer no le agradaban los parientes de su marido. Su disgusto debía de ser poderoso para que ella abandonara su dote.

"Se ha dicho durante mucho tiempo que una mujer se casa una vez por deber y una vez por amor", dijo Vivienne. "Estar casada dos veces por deber está más allá de lo esperado".

"¡Y en contra de todos mis deseos!" dijo la mujer, sus ojos brillando. "He hecho todo lo que he podido para evitar ese destino. Dejé mi antigua morada con solo el atuendo en mi cuerpo, abandoné lo que debería ser mío, pero no es suficiente para ellos. Me persiguen como perros de caza. De hecho, no me atrevo a confesar el nombre de esa familia a ningún alma para que no me encuentren de nuevo." Sus labios se tensaron con un estremecimiento que desgarró el corazón de Madeline.

"Necesitas protección, no seguir huyendo", dijo Madeline.

"¿Quién sería tan tonto como para protegerme?"

"Un nuevo marido te defenderá", dijo Vivienne.

"¡Uno de tu propia elección!" intervino Elizabeth.

"Imposible." La mujer negó con la cabeza. "Lo siento. No debería haberlas agobiado con mis aflicciones"

"¿Pero a dónde vas a ir?" Preguntó Elizabeth.

"Hasta donde deba", dijo ella, y se cubrió en la capa mientras se apresuraba por el pasillo. "No me atrevo a quedarme aquí más tiempo. "Sólo he llegado hasta Kinfairlie —susurró, casi para sí misma." "Ellos vendrán rápido detrás de mí". Ella se levantó la capucha y alcanzó el picaporte de la pesada puerta de madera.

"No podemos dejarla ir", dijo Madeline y sus hermanas asintieron con la cabeza. "Ella nunca huirá más rápido de lo que pueden seguirla".

"Seguramente sus miedos están sobrecargados", dijo Vivienne. "Los parientes de su marido podrían haberla amenazado, e incluso podrían seguirla, pero tan pronto como se case con otro hombre, ellos abandonarían la persecución. No sería razonable hacer lo contrario, especialmente si ya tienen su dote."

"Sin duda ha tenido pocas oportunidades de ordenar sus pensamientos", reflexionó Madeline, sintiendo simpatía por la mujer. "Me pregunto cuándo fue la última vez que comió".

"O durmió, sin temer que sus avariciosos parientes se abalanzaran sobre ella en la noche." Vivienne se estremeció ante la perspectiva.

"Ella necesita un defensor incondicional", dijo Elizabeth con entusiasmo. "Como un valiente caballero en un cuento antiguo, uno que vencerá a todos sus enemigos."

"Será un hombre excepcional y honorable el que defienda su causa", coincidió Annelise.

"Será un hombre audaz, sin miedo a enfrentarse a ningún enemigo para ver la seguridad de su dama asegurada", dijo Elizabeth, su amor por los cuentos era evidente. "¡Él matará dragones por ella y sacará el mal volando por las puertas!"

"No hay dragones a los que vencer", dijo Isabella con ironía. "Solo parientes codiciosos."

Madeline intercambió una sonrisa con Vivienne cuando, al parecer, a ambas se les ocurrió una idea de común acuerdo. "Hmmm", reflexionó Madeline. "Un caballero valiente, soltero pero en posesión de su herencia, por lo que tiene derecho a casarse."

"Un hombre con la reputación de garantizar que se haga justicia", dijo Vivienne mientras su sonrisa se ensanchaba.

"Un hombre que cortejaría el favor de la dama y la trataría con el honor que le corresponde", contribuyó Annelise, mientras entendía claramente los pensamientos de Madeline.

"¿No sería perfecto si conociéramos a un hombre así?" Dijo Madeline.

"¿Especialmente si los votos nupciales de un hombre así asegurarían que su deuda con sus propias hermanas se pague en su totalidad?" Dijo Vivienne.

Elizabeth comenzó a reír, aunque Isabella todavía parecía confundida.

"Alexander nos encontró maridos cuando nosotras no los deseábamos", explicó Madeline. "Digo que le devolvamos el favor y ayudemos a esta mujer noble asediada al mismo tiempo."

"Sería bueno para Alexander probar su propia medicina", dijo Elizabeth con algo de calor. "Aunque creo que ella es demasiado buena para él."

"La dama misma debe estar de acuerdo", dijo Vivienne, ignorando eso. Elizabeth se había enojado mucho con Alexander últimamente y estaba cada vez más inclinada a expresar su opinión poco halagadora sobre él.

"¡Señora!" gritó Madeline y las hermanas la persiguieron como una sola. "¡Detén tu partida!"

Ellas salieron de la capilla en persecución. La mujer se detuvo en el patio, la nieve fresca le llegaba hasta los tobillos. Ella miró hacia atrás, como si temiera esperar que algún alma pudiera ayudarla.

"Mi hermano, Señor de Kinfairlie, necesita una novia", dijo

Madeline. Las hermanas rodearon a la mujer una vez más, sus ojos brillaban con la perfección de su plan.

"Es un hombre de honor", dijo Vivienne, "y alguien que te verá protegida. No es tan duro a la vista y puede ser encantador."

"Él es un poco travieso", Isabella se sintió obligada a advertir a la mujer.

"Pero se toma sus responsabilidades muy en serio y sirve a Kinfairlie bien como su señor", dijo Annelise.

"Pero no pueden esperar que se case conmigo. Ustedes apenas me conocen y él no me conoce en absoluto."

"Los matrimonios se arreglan todo el tiempo", dijo Vivienne con una sonrisa y Elizabeth se rió. La mujer miró entre ellas, sin entender la referencia. Vivienne dio un paso adelante y pasó el brazo por el codo de la otra mujer. "Ven y míralo. Si él encuentra tu favor y casarte con él le parece un plan adecuado... "

Madeline tomó el otro brazo de la mujer. "Entonces puedes confiar en nosotras para arreglar los detalles."

"Habrá muchos invitados en el salón esta noche", dijo Vivienne. "Nadie notará a otra, y si decides no hacerlo, puedes seguir adelante al día siguiente."

La extraña asintió con la cabeza ante ese plan, pero Madeline no se dejó engañar por su aparente reserva. Había un nuevo vigor en su paso, solo por tener una opción, y Madeline sabía que Alexander estaría en su mejor momento de amabilidad esa noche. Su hermano podría intentar retrasar su deber de casarse, incluso podría protestar por la interferencia de las hermanas, pero una vez que esa belleza estuviera en su cama, una vez que él tuviera un hijo que rebotara sobre su propia rodilla, él les agradecería a ella y a Vivienne por su ayuda al encontrarle una novia así.

Madeline estaba segura de ello.

~

ALEXANDER LAMMERGEIER, Señor de Kinfairlie, estaba harto de responsabilidades. Las cuentas de Kinfairlie nunca se equilibrarían, no sin una ganancia financiera masiva de alguna fuente inesperada. Él había casado a dos hermanas ese año, por consejo de quienes sabían más sobre la gestión de una fortaleza que él, y él no podía ver qué beneficio fiscal se había derivado de tener dos bocas menos que alimentar. Después de todo, aún quedaban docenas dentro de sus muros.

El sonido de la alegría se elevaba desde el salón de Kinfairlie más abajo. Era la víspera de Navidad y Alexander estaba trabajando en los libros de Kinfairlie, tratando de encontrar un dinar perdido.

No había dinares perdidos. Alexander lo sabía bien. Y además, él despreciaba ser Señor de Kinfairlie. Él quería que sus padres volvieran, sanos y enteros. Él quería preguntarle a su padre cómo había manejado el hombre la carga de la responsabilidad. Él quería saber qué debía hacer cuando la semilla fuera arruinada por las lluvias y los campesinos que confiaban en él quedaran hambrientos.

Además, él quería que su tío Tynan, en quien había confiado mucho después de la muerte de sus padres, saliera de la gruta debajo de Ravensmuir y le explicara que, después de todo, no estaba muerto. Él quería que su tía Rosamunde, también perdida entre los escombros que una vez fueron Ravensmuir, saltara de debajo de las piedras, le explicara que las historias de su muerte eran mera exageración y le regalara una antigua reliquia junto con su historia.

Alexander quería respuestas, él quería consejo, quería recuperar la alegría de su vida anterior.

Sin embargo, todo lo que Alexander tenía eran cargas. Sus hermanas ya no eran objetivos para sus burlas o incluso víctimas de sus bromas, sino doncellas para quienes había que encontrar maridos adecuados. Él había casado a sus dos hermanas mayores, pero no negaba ni por un momento que la Fortuna le había sonreído en esas dos circunstancias. Él no había manejado bien esos arreglos nupciales y solo fue buena suerte lo que había hecho que Madeline y Vivienne se casaran felizmente.

Sus dos hermanos habían sido enviados a Inverfyre y Ravensmuir para ser entrenados, por sugerencia del tío Tynan, lo que había aliviado a Alexander del costo de mantenerlos, pero también de la alegría de su compañía. Peor aún, Malcolm era el heredero de Ravensmuir, aunque era más joven y tenía menos conocimientos que Alexander, y acudía a Alexander en busca de un consejo que el hermano mayor rara vez podía dar. Ross estaría en Inverfyre en el futuro previsible, entrenando para ganarse sus espuelas, y aunque Alexander pensaba que eso era un gran favor por parte de su tío, el Halcón de Inverfyre, él aún extrañaba la compañía de Ross.

Alexander se sentía solo, frustrado y no veía ninguna promesa de cambio en su futuro. Él había fallado en todas las cuentas, cuando una vez había sido capaz de no equivocarse nunca. Él frunció el ceño ante los malditos libros, escuchó la música interpretada por músicos que no tenía ni idea de cómo pagaría y juró con vigor.

Era Navidad. Él había considerado oportuno entretener a los campesinos de Kinfairlie, como era tradicional, a pesar de la escasez de monedas en su tesoro. También podría disfrutar él mismo de las festividades.

ESA PODRÍA SER la última Navidad feliz en Kinfairlie.

Alexander cerró de golpe y con fuerza los libros de contabilidad de su morada y luego los dejó caer en el baúl donde eran almacenados. Él saboreó su sonoro golpe y luego bajó la tapa del baúl para que se cerrara de golpe. La cerró con llave y apenas se contuvo de tirar la llave por la ventana a la nieve que no había dejado de caer en un día entero.

De hecho, él había levantado el puño cuando la discreta tos de su castellano detuvo su gesto.

Alexander giró suavemente, deslizó la llave en su bolsa y le sonrió a Anthony como si el hombre no hubiera interrumpido un impulso saludable. Buenas noches, Anthony. ¿Confío en que todo esté bien en el salón?

Anthony examinó la habitación, sus cejas blancas se alzaron con desaprobación. "Bastante bien, mi señor. ¿Puedo concluir que ha equilibrado las cuentas de Kinfairlie para el año?

"Podrías", dijo Alexander con una alegría que no había sentido en un tiempo considerable. "Pero estarías en un error."

Anthony frunció el ceño. "Tu padre nunca habría salido de su habitación hasta que hubiera terminado su trabajo."

"Mi padre ha muerto, y aunque sus hábitos eran ejemplares, no necesariamente serán los míos." Alexander pasó junto al hombre mayor y lo olfateó con aprecio. "¡Venado! Qué maravilla eres, Anthony."

"El molinero derribó dos venados, supuestamente por accidente, mi señor." Anthony frunció el ceño más profundamente. "Ciertamente hay más en la historia de lo que nos contaron, porque todos sabemos que la gente común no tiene derecho a cazar venados, y es difícil confundir un venado con otra cosa que no sea lo que es. Sugeriría que profundicemos hasta el fondo de la historia para que no todos piensen que pueden cazar sin repercusiones..."

"Sugiero que disfrutemos de la carne y la temporada y dejemos el asunto en paz", dijo Alexander con determinación.

"Pero..."

Pero tienen hambre, Anthony. La cosecha ha sido mala y la mayoría de los huertos tampoco han prosperado. Es su mérito compartir el botín con todos."

El hombre mayor se enderezó con desaprobación. "Tu padre nunca hubiera permitido tal transgresión contra sus derechos..."

"Tampoco habría permitido que los que están bajo su mano se murieran de hambre." Alexander suavizó su tono y puso una mano sobre el hombro del anciano. "Este año ha sido muy poco común, Anthony, y no castigaré a mis invitados por asegurar que la mesa tenga algo esta noche. La Navidad es una temporada de celebración y perdón. Demos la bienvenida al año con esperanza."

Anthony respiró hondo, pero Alexander no quería volver a discutir sobre su queja por el incumplimiento de lo que pasó. En lugar de elegir a unos pocos campesinos selectos de la aldea de Kinfairlie para que festejaran en el salón del señor, Alexander los había invitado a todos. La población de la aldea había disminuido en el último año debido a las malas condiciones y él quería que cada hombre, mujer y niño compartiera cualquier generosidad que él pudiera ofrecer. Habían estado llegando constantemente desde la misa de la mañana, trayendo sus servilletas y sus cucharas y sin duda sus apetitos. Muchos habían traído las gallinas y las velas que le debían al Señor de la Fortaleza para esta fiesta.

ALEXANDER LES DABA a sus aldeanos lo que podía: se aseguraba de que tuvieran justicia, trataba de suministrar semillas para los campos y, sin importar lo que costara, vería que sus estómagos se llenaran esa noche.

Era Navidad. Deja que Anthony dijera lo que quisiera.

El cuñado de Alexander, Rhys FitzHenry, y su hermana, Madeline, habían llegado el día anterior y, a petición de Alexander, Rhys había ido a cazar con dos de los halcones de Kinfairlie y los hombres de su grupo. Él había regresado con cuatro docenas de conejos.

La hermana de Alexander, Vivienne y su esposo Erik, habían recogido cinco cestas de anguilas en Inverfyre en su viaje desde el sur, a Kinfairlie, y Vivienne había traído media docena de cabras cargadas de leche para engrosar las filas de ganado en Kinfairlie.

El mismo Alexander había enviado a York a buscar seis jamones curados, y los niños campesinos habían buscado huevos de aves silvestres. Los músicos habían llegado ese mismo día con los trovadores y habían solicitado alojamiento y monedas para la temporada, lo que Alexander no había podido protestar.

La faceta más sorprendente de todo esto era que Alexander incluso se había encontrado pensando en inventarios. Él había contado y calculado, y había llegado a la conclusión de que había suficiente comida para la considerable compañía durante unos cuatro días, momento en el que tendría un problema.

Al menos faltaban cuatro días para el problema.

Alexander pasó junto a su asombrado castellano y luego se detuvo en lo alto de las escaleras. Él chasqueó los dedos y se giró para mirar a Anthony, cuyas cejas plateadas habían formado una única línea de tupido reproche. —Aún hay dos toneles de vino en la bodega, Anthony, según los libros de contabilidad. Por favor, haz que los traigan al salón y los abran esta noche."

Esas cejas se dispararon hacia el cielo. "Mi señor…"

"—Haz lo que te pido de inmediato, Anthony —intervino Alexander secamente, sabiendo que su castellano estaba tan sorprendido por su orden como por su tono. "Y asegúrate de probar el vino tú mismo antes de permitir que se sirva."

El vino le haría bien al castellano, en opinión de Alexander. Él bajó las escaleras, la música alegraba su corazón, y decidió tomar una medida de vino él mismo.

~

A ALEXANDER le complació observar cómo sus hermanas habían traído verduras al salón, porque él estaba tan inmerso en sus libros que se había olvidado de ese ritual. Se habían encendido cientos de velas y el tronco de Yule, un espécimen particularmente masivo que seguramente duraría toda la quincena, ardía en la chimenea. Afortunadamente, algún alma también había recordado ese ritual.

EL SALÓN ESTABA cálido y dorado, lleno hasta rebosar de mesas de caballete y gente conversando. Él podía oler la carne asada y los músicos dirigían la velada con una alegre melodía. Sus hermanas estaban adornadas con sus mejores galas y se reían en la mesa alta. Incluso la vista de las trenzas sueltas de sus tres hermanas solteras no le molestaba esa noche.

. . .

ALEXANDER PODRÍA HABERSE DETENIDO ALLÍ en las escaleras para saborear la vista, pero para su sorpresa, la detección de su presencia en su propio salón fue recibida con una ovación ruidosa. Los campesinos de Kinfairlie se pusieron de pie, se volvieron y levantaron sus tazas de cerveza en señal de saludo. "¡Mi señor!" gritaron como uno solo.

Lo saludaron. Las lágrimas asomaron a los ojos de Alexander ante ese inesperado tributo. ¿Qué había hecho él para merecer su respeto? Él lo había intentado, sin duda, pero las Parcas habían conspirado contra cualquier éxito. Él siempre dispuesto a bromear, se volvió y miró hacia atrás, provocando una carcajada en la compañía.

"¡Dios bendiga al Señor de Kinfairlie!" gritó el molinero, que evidentemente había sido designado portavoz. "El señor más justo que jamás haya existido." Hubo otra oleada de risas y el molinero se ruborizó. "Quiero decir, por supuesto, sus tribunales son justos y la justicia se encuentra en sus tribunales." El molinero sonrió. "Aunque mi esposa me dice que él tampoco es duro a la vista."

La compañía se rió. "Una esposa es lo que nuestro señor necesita", gritó un alma audaz.

"No, lo que necesita es una docena de niños", gritó otro, pero el molinero levantó la mano para pedir silencio.

Él se puso serio mientras sostenía la mirada de Alexander. "Ha sido un año de desafíos inesperados en Kinfairlie. Aunque ninguno de nosotros hubiera deseado la pérdida repentina de nuestro antiguo señor y su dama"—muchos en la compañía se persignaron en referencia a la muerte de los padres de Alexander—"He sido elegido entre todos nosotros para agradecerte por asumir tus deberes tan audazmente, señor."

Alexander inclinó la cabeza. "Me criaron para asumir este deber, como bien sabes."

El molinero negó con la cabeza. "Pocos hombres podrían haber enfrentado el año pasado con tanto coraje, mi señor, ni menos con tanta gracia y generosidad. Sirves bien a la memoria de tu padre, Alexander Lammergeier, y que puedas prosperar en Kinfairlie durante años incalculables." Con eso, el molinero levantó su copa más alto.

"¡Viva el Señor de Kinfairlie!" gritó un alma y la compañía se hizo eco de la bendición. Levantaron sus copas en señal de saludo y luego bebieron con entusiasmo.

Alexander se sentía profundamente conmovido, aunque característicamente ocultó su respuesta con una broma. "Les agradezco amablemente", dijo él, luego se inclinó profundamente ante la compañía. "Pero ustedes debían saber que pedí que se abriera el vino antes de saber que querían saludarme así."

La compañía se rió y los músicos cantaron una canción sobre los méritos del vino, una rareza comparativa en estos lugares. Alexander se abrió paso a través de la compañía, dando la bienvenida a los campesinos por su nombre e intercambiando bendiciones navideñas. Él se encontró riéndose de un cuento y pellizcando la mejilla regordeta de un niño, divirtiéndose a pesar de las probabilidades.

Él miró hacia arriba, sintiendo el peso de la mirada de alguien sobre él, y se encontró con la mirada fija de una mujer que no conocía. Ella debía de pertenecer al séquito de Madeline o Vivienne, quizás era amiga de una de sus hermanas. Alexander estuvo intrigado al verla. Ella lo miraba desde la mesa alta, sus ojos eran del verde más claro que él había visto en su vida.

Pero había tristeza en sus ojos y una curva hacia abajo en sus labios que llamó la atención de Alexander. Ella apartó la mirada tan pronto como sus miradas se encontraron y se sumergió en las sombras. Ella llevaba un velo como mujer casada, pero ningún hombre la acompañaba. Peor aún, ella no estaba feliz en esa noche de festividad, y Alexander decidió entonces cuál sería su misión.

. . .

ÉL HARÍA SONREÍR A ESA DAMA. Una vez, él había sabido provocar la risa de las mujeres. Una vez había saboreado la compañía femenina. Su pulso se aceleró ante el desafío, porque no se había preocupado demasiado con las mujeres el año pasado. Sería bueno demostrar, aunque sólo fuera a sí mismo, que no se había sacrificado por completo en sus deberes de señor.

El castellano le trajo una copa de vino tinto, los labios del hombre aún tensos. "Te doy las gracias, Anthony". Alexander levantó la copa a sus invitados reunidos en el salón de Kinfairlie. "Y les agradezco no solo por su amable saludo, sino también por acompañarme en esta noche de noches. Les pido que se diviertan en el salón de Kinfairlie, todos y cada uno, y que esta fiesta de Nochebuena sea la primera de muchas que compartamos."

La compañía rugió en aprobación y alzaron sus copas, luego bebieron con entusiasmo la cerveza y el vino de Alexander. Alexander levantó su copa hacia la bella dama en su mesa, quien fingió ignorar su saludo. Ella bebió un sorbo de su brindis y sin embargo sus mejillas se enrojecieron levemente, lo cual era un progreso de algún tipo.

Alexander Lammergeier no sería tan fácil de derrotar.

De hecho, él se dirigió resueltamente a sentarse a su lado, sin importarle un poco por cambiar los arreglos que Anthony había hecho cuidadosamente en la mesa principal.

La sonrisa de esa dama se ganaría, sin importar el costo.

ELEANOR NO ERA una mujer voluble, pero un solo vistazo de Alexander Lammergeier había cambiado por completo su forma de pensar. Ella se había equivocado cuando había aceptado la oferta de las hermanas. Ella simplemente había visto al hombre en cuestión y supo que no podría casarse con él.

Porque el Señor de Kinfairlie no era lo que había esperado Eleanor. Ella había asumido que él era un cascarrabias corpulento como hermano mayor, tal vez uno de un matrimonio anterior del padre de las mujeres, un hombre mucho mayor y menos elegible que sus hermosas hermanas.

Pero Alexander no poseía ninguno de esos rasgos. Él era joven, en primer lugar, apenas media docena de años mayor que ella. Él también era malditamente guapo, de lo que Eleanor desconfiaba hasta la médula, y peor aún, él era claramente consciente de su propio mérito. Como la propia Kinfairlie, presentaba un encanto que debía ser solo superficial. Ningún hombre podía ser apuesto amable y soltero; ninguna fortaleza podía ser completamente pacífica. Tanto el señor como la fortaleza eran ilusiones y, por tanto, poco fiables.

De hecho, los campesinos de Alexander lo tenían en una consideración tan poco común que Eleanor concluyó que fingían su afecto. Ellos debías ser aduladores, por miedo a algún capricho de la naturaleza de él.

Además, por su aspecto, no había ninguna razón para que el Señor de Kinfairlie tuviera problemas para encontrar una esposa. ¿Qué sabían sus hermanas de él que Eleanor no supiera? Ella podía imaginar mil horribles situaciones.

Qué debilidad particular era su maldición no era tan importante. Ella rompería el trato, ahí y ahora, y sellaría su decisión. Ella dejaría a Kinfairlie. Nadie la perseguiría cuando había un banquete para saborear en un salón cálido.


"He tomado mi decisión", le susurró a Madeline, quien la miró con optimismo. "No me casaré con tu hermano."

La sonrisa de Madeline desapareció. "¡Pero no puedes hacer eso!"

"Ciertamente que puedo." Eleanor se puso de pie.

"Al menos quédate para la comida", protestó Vivienne.

"Pero no sabes nada de él", dijo Madeline, sonando tan pragmática que Eleanor podría haber sido persuadida en otras circunstancias. "Al menos, reúnete con él antes de decidirte."

Eleanor negó con la cabeza y tomó su capa. "Fue una mala idea, aunque con buenas intenciones", dijo ella, forzando una sonrisa cortés a las hermanas. "Aprecio su cortesía y les deseo lo mejor a todos". Entonces ella giró y habría huido, pero el mismo Alexander estaba directamente frente a ella.

Él no parecía dispuesto a moverse. Él era un obstáculo formidable, alto y ancho como era, aunque era su encantadora sonrisa lo que hacía que Eleanor se mostrara reacia a mostrarse grosera. Ella se sintió sonrojada y nerviosa bajo su atención, como él debía saber. "¿Seguramente no puedes partir cuando todavía no nos han presentado?"

¿Le habían informado sus hermanas de su plan? ¿Era ella la que iba a ser acorralada en el matrimonio, en lugar de Alexander? El terror reclamó a Eleanor de que la buscaban una vez más por la riqueza que ella podría dar a un cónyuge.

"Pido disculpas por mi prisa pero es más tarde de lo que había creído. Debo irme de inmediato", dijo ella.

"¿Buscas a tu cónyuge? Podemos enviar a buscarlo", dijo él con una cortesía en la que ella no confiaba.

"No tengo cónyuge. Soy viuda", dijo ella y pasó junto a él.

Pero Alexander reclamó el codo de Eleanor. Ella se estremeció ante su toque, aunque su agarre era suave, y él retiró la mano de inmediato. "Me disculpo. No es mi intención hacerte daño", dijo él, con palabras tan apenadas que otra mujer podría haberlo creído.

Pero Eleanor había escuchado tales disculpas antes, y antes había sido atrapada por hombres ambiciosos. Sus pensamientos daban vueltas. ¿Cómo podían haber sabido las hermanas de su herencia? Ella ni siquiera les había dicho su nombre. Sin embargo, la noticia de una fortuna que se podía ganar viajaba con rapidez, como había aprendido Eleanor.

Seguramente, incluso si los parientes de Ewen hubieran ido por ahí mientras ella dormía en la capilla de Kinfairlie, ¿nunca revelarían la verdadera razón por la que la buscaban? Su fortuna podría fácilmente ser reclamada por cualquier hombre por la fuerza.

Eleanor no lo sabía. A ella realmente no le importaba. Ella se sentía acalorada y acorralada bajo la mirada fija de ese hombre, desconcertada de que él hubiera notado su molestia a ser tocada. Ella quería huir lo más lejos que pudiera.

"Te agradezco tu hospitalidad", dijo ella, escuchando el miedo en sus propias palabras. "Pero debo irme de inmediato."

"Entonces te acompañaré a los establos", dijo Alexander, en un tono que no admitía discusión.

"No te puedes ir antes de que se sirva la comida", dijo Vivienne.

"¡Nadie debería viajar en Nochebuena!" protestó Madeline.

"La dama hará lo que desee", dijo Alexander con determinación, y Eleanor se sorprendió de que él defendiera su decisión. Él le guiñó un ojo de la manera más inesperada y su corazón dio un vuelco. ¿Cuándo había coqueteado un hombre con ella?

"Y me aseguraré de que ella pueda elegir", dijo Alexander con tono firme. Él le ofreció el codo a Eleanor, quien se sorprendió de que cualquier hombre cediera ante ella.

Ella lo tomó del brazo, aunque no se permitió ser menos cautelosa, y Alexander la condujo fuera del salón. Curiosamente, ella no se sintió más a gusto una vez que estuvieron solos en el pasillo más allá del salón, una vez que sólo hubo sombras y el ruido lejano del festín que se estaba sirviendo.

Porque el propio señor la acompañaba, por supuesto, y su atención estaba completamente fija en ella.

"Tengo una bendición que pedirte antes de que te vayas de Kinfairlie", dijo Alexander, dedicándole una mirada.

Él tenía ojos azules, notó Eleanor, ojos llenos de mil destellos, como si su buen humor no pudiera ser contenido. Su cabello era tan negro como el ala de un cuervo, el negro de sus pestañas hacía que sus ojos parecieran de un azul aún más profundo. Había líneas tenues junto a sus ojos, como si a menudo sonriera, y estaba bronceado, como si estuviera a menudo al aire libre. Sus modales eran perfectos, su gracia incomparable. Ella se preparó contra su encanto, recordándose a sí misma que no debía confiar en nadie.

¿Quién sabía qué mentiras podría contar un hombre para atraparla?

"Tengo poco que conceder y menos inclinación a entregar todo lo que poseo", dijo ella, y desvió la mirada.

Alexander se rió entre dientes, un sonido seductor como pocas veces hubo uno. "Solo pido tu nombre", dijo él. "Yo soy Alexander Lammergeier, Señor de Kinfairlie, y te doy la bienvenida a mi salón, por breve que sea tu visita."

"Estuve aquí únicamente por la insistencia de tus hermanas, pero te agradezco tu hospitalidad." Eleanor no dijo más, aunque lo sentía esperar, sentía su mirada sobre ella, sentía que su color aumentaba ligeramente.

"¿No tienes un nombre?" preguntó él con algo de diversión.

"¿Por qué lo necesitarías?" Juntos dieron pasos lentos, a pesar del intento de Eleanor de apresurarse. "Tengo la intención de irme y no volver nunca."

Entonces tal vez te busque, como un caballero en una misión. Sería mucho más sencillo tener éxito en esa hazaña si supiera tu nombre."

Eleanor estaba segura de que él bromeaba a costa de ella y le lanzó una mirada rápida. Ella encontró sus ojos brillando todavía, pero él la miraba con avidez, como si realmente estuviera interesado en su respuesta. Ella recordó la suma de la fortuna de su padre y se recordó a sí misma que muchos hombres encontrarían eso digno de fascinación. "No tienes ninguna buena razón para buscarme", dijo ella remilgadamente.

"Ah, pero la tengo."

Él hablaba con tal convicción que Eleanor tuvo que volver a mirar en su dirección. La comisura de su boca estaba dibujando una sonrisa. Él tenía un hoyuelo debajo de la comisura de la boca y parecía la imagen misma de la travesura.

Él la señaló con un dedo. "Me harías pensar que no tienes curiosidad, pero puedo ver que sí. Quizás no quieras animarme, sabiendo como sabes que el ogro designado como tu guardián saborearía la oportunidad de devorarme."

"¡No existe tal ogro!"

Alexander asintió sabiamente. "Quizás muestres tu interés en mí temiendo por mi pellejo al emprender tal búsqueda. Muestra una bondad de tu naturaleza que es aún más tentadora que tu belleza."

"Quizás no muestro tal preocupación."

Él se rió, sin inmutarse, y Eleanor se sintió tentada a sonreír. "Pero seguro que no te falta curiosidad", bromeó él. "Ni siquiera preguntas por los detalles de mi búsqueda, aunque solo te concierne a ti."

"Sospecho que es lo mismo que la mayoría de las búsquedas de los hombres, cuando cabalgan en busca de mujeres", dijo Eleanor. Ella se atrevió a darle una mirada severa. "Un matrimonio, ya sea voluntario o no, y un hijo, legítimo o no."

El brillo abandonó los ojos de Alexander, aunque ella no sintió ningún triunfo por haberlo insultado. "Tienes una visión sombría de mis compañeros."

"Me han enseñado a esperar ni más ni menos que eso."

Él la observó antes de hablar. "Qué raro para una doncella. Que desafortunado."

"No soy una doncella", respondió Eleanor. "Sino una mujer enviudada dos veces.". Ella levantó la barbilla y lo miró fijamente. "Hay muchos que me considerarían bien probada por eso. En cuanto a la Fortuna, es una compañera voluble."

"Lo sé bastante bien", dijo él con tanta ironía que ella se atrevió a mirar en su dirección de nuevo. Él le sonrió. "¿Pero seguramente el mérito de una mujer no se mide por su inocencia?" Él habló con una convicción tan suave que Eleanor estuvo tentada a creer que él pensaba eso.

Pero los hombres mentían. No podía creerse a ninguno de ellos, especialmente a uno tan seguro de su propio encanto como ese Alexander.

Ella no dijo nada, y atravesaron la última puerta, hacia el patio. Eleanor tomó una profunda bocanada de aire vigorosamente frío. La nieve seguía cayendo, aunque no tan espesa como la noche anterior, y estaba oscuro. La nieve brillaba en los tejados de la aldea de Kinfairlie. La tierra parecía envuelta en silencio y, aunque ella escuchaba con atención, no escuchaba el ruido de los cascos que se acercaban.

"—Así que asumes que soy de la calaña de esos hombres que has conocido, aunque no lo soy. ¿Cómo podría persuadirte de lo contrario?"

Ante sus palabras, Eleanor se dio cuenta de que Alexander la había estado mirando. Ella se preguntó cuánto había adivinado él de sus pensamientos y temió de nuevo su intención. "No lo harás."

Él sonrió entonces, una sonrisa de tal confianza que ella supo que no lo había disuadido. De hecho, parecía haber hecho lo contrario. "Entonces mi búsqueda resultará realmente interesante."

"Si me persigues, no te acostarás conmigo."

"Esa no es mi intención."

Entonces no pudo contener su curiosidad. "No entiendo. ¿Cuál es entonces tu búsqueda?

"Verte sonreír, ni más ni menos."

Eleanor miró a Alexander, tan sorprendida estaba. Él le sonrió, su misma expresión la seducía, la tentaba, se burlaba de ella con la perspectiva de cumplir el plan de sus hermanas. Él tenía labios firmes y mirada firme.

No sería tan temible encontrarse en la cama con él. El corazón de Eleanor dio un vuelco de una manera inusual.

Ella se burló entonces, viendo el truco en sus palabras. "Ah, pero sin duda pedirías un tributo por tu éxito."

. . .

ALEXANDER NEGÓ CON LA CABEZA. "Si estuvieras dispuesta a conceder uno, lo aceptaría, pero no es mi forma de ser el obligar a las mujeres a lo que no desean."


ELLA HABÍA OLVIDADO que había estado sujetando el brazo de Alexander, pero se daba cuenta ahora, bajo su mirada segura. Su brazo era cálido y fuerte bajo las yemas de sus dedos, y Eleanor pensó que podía sentir el pulso de su sangre debajo de la carne incluso a través de la barrera de tela. Él no era un anciano, sino un joven, viril e intrigado por ella. Ella lo miró, notó la traviesa curva de sus labios y supo que una docena de años antes ella habría entregado su corazón a Alexander Lammergeier sin un murmullo de protesta.

Pero ella ya no era una doncella inocente. Ella se habría sentido feliz de no haber aprendido nunca las lecciones que había aprendido, pero eso no cambiaba la forma en que habían moldeado su vida.

Eleanor apartó la mano del hueco del codo de Alexander y se alejó, medio segura de que él se burlaba de ella. "Eres alegre para un hombre tan cargado de responsabilidades como debería estarlo un señor de una fortaleza." Ella cruzó los brazos sobre el pecho, sintiendo el frío ahora que estaba a dos pasos de su calor. Quizá no seas el señor en absoluto.

Alexander se puso serio entonces, su mirada recorrió el pueblo que tenían ante ellos. Sin embargo, cuando él volvió a mirarla a los ojos, su sonrisa era menos traviesa y sus palabras fueron bajas. "Quizás por esta noche, he decidido olvidar mis obligaciones."

Si su manera de bromear era tentadora, su consideración lo era más. Eleanor nunca había podido resistirse a un hombre con ingenio. Ella tenía que marcharse y tenía que hacerlo de inmediato.

Eleanor forzó una sonrisa, aunque triste, y luego se encogió de hombros. "—Has cumplido tu misión, Alexander Lammergeier, y ahora me marcharé. Puedes ignorar tus obligaciones, pero yo nunca olvidaré las mías."

"¿Ni siquiera por una noche?"

"Ni siquiera por un momento". Con eso, Eleanor se alejó de ese hombre intrigante, se arropó con su capa y comenzó a alejarse.

Kinfairlie no era un santuario, no con un hombre como Alexander como señor, un hombre que podía hacerla dudar incluso por un momento de todo lo que sabía que era verdad.

Ella estaba mejor lejos de ese falso refugio: cuanto más lejos y cuanto antes, mejor.

# CAPÍTULO 2

$\mathcal{L}$as habilidades innatas de Alexander claramente se habían debilitado durante el último año. De hecho, su capacidad para seducir a una mujer se había reducido a nada. Él nunca había visto a una mujer darle la espalda, nunca había visto a una mujer rechazar su presencia tan fácilmente.

Pero esa dama se alejaba resueltamente, eligiendo una noche en la nieve sobre él y los placeres de su salón.

Era un poco consuelo que ella fuera la mujer más intrigante que él había conocido jamás. Ella no solo era encantadora, sino que su ingenio era rápido y ya lo había sorprendido más de una vez.

Él quería saber más de ella, no que se alejara y desapareciera para siempre.

Alexander se pasó una mano por el pelo. Él podría haberla agarrado del brazo y haberla detenido por la fuerza, pero recordó cómo ella se había asustado por su toque.

Entonces, él también era repugnante. Sin duda, le faltaba encanto.

"¿No tienes caballo?" le preguntó.

Ella no se giró, como si pensara que la respuesta era evidente.

Ella tampoco desaceleró el paso, mucho menos se detuvo. Él podría no haber hablado.

Alexander maldijo porque aparentemente él era tan olvidable y luego la siguió. Él se quitó la capa de su propia espalda y la dejó caer sobre sus hombros. Ella era de constitución delgada y ni siquiera su capa exuberante podría ser suficiente para el frío de esa noche.

Ella miró hacia arriba ante esa leve cortesía, la sorpresa en su expresión le decía a Alexander que ella no había mentido.

Dos veces casada y mal servida en ambas ocasiones, apostaría él. Su determinación de demostrarle que no todos los hombres encajaban con su experiencia se redobló.

"No puedes irte de Kinfairlie en Nochebuena", dijo él con falsa alegría. "Como jefe de esta fortaleza, lo prohíbo."

"Tú fuiste quien eligió dejar de lado tus obligaciones. Si no eres señor esta noche, entonces no puedes ordenar mis actos."

Alexander sonrió. "Suficientemente cierto. Entonces discuto por motivos de preocupación por tu bienestar. No encontrarás un hogar que te dé la bienvenida esta noche."

"¿En noche buena? ¡Tienes una mala opinión de la caridad de tus compañeros! "

"Están todos en mi mesa, no en casa para responder a tu llamada. Es solo la verdad de la situación."

Ella se mordió el labio para considerar eso. Entonces una sombra tocó sus facciones, como si ella recordara algún asunto urgente, y aceleró el paso. "De todos modos, no me atrevo a demorarme."

"¿Soy tan temible como eso?" exigió Alexander. "Me aseguraré de que nadie te moleste en mi salón."

Su mirada de reojo fue irónica. "¿Qué hay de ti?"

"Pero yo busco sólo una sonrisa. Te costará poco entretener mi búsqueda por una sola noche."

Ella dudó antes de responder, luego habló con cuidado. "Seguramente tu esposa se opondrá a que busques tal favor de otra mujer."

"Seguramente no, ya que no tengo ninguna esposa."

"¿Por qué no?" Su tono reveló que ella no estaba sorprendida. "Posees una propiedad, por lo que puedes casarte. Tienes edad para casarte y claramente posees un poco de encanto."

Alexander sonrió ante eso, pero cuando ella no compartió su alegría, negó con la cabeza. "El asunto no es tan simple como podría parecer. Todavía tengo a tres hermanas por ver casadas felizmente y todavía tengo mucho que aprender sobre cómo administrar mi patrimonio. Mi tío me aconsejó que esperara para casarme, hasta haber asegurado la estabilidad de Kinfairlie, aunque me temo que esa meta no se puede ganar fácilmente."

Él le lanzó una mirada, temeroso de aburrirla, pero la sorprendió mirándolo, con evaluación en sus ojos. "Pero, ¿por qué te agobio con esos detalles? Mis preocupaciones no son tuyas." Él la señaló con un dedo juguetón y ella repentinamente volvió su atención a la nieve. "Eres de poca ayuda en mi plan para olvidar mis obligaciones esta noche."

"Quizás entonces deberías dejarme partir."

"Ah, pero no habrá tiempo suficiente para buscarte antes de que la carga de mis responsabilidades regrese por la mañana," argumentó él afablemente. "De hecho, sería mejor para los dos si regresaras a mi salón por una noche, mejor para que yo pueda tener éxito en mi búsqueda, y tú podrías estar caliente y segura. ¿No puedes tener la tentación de probar el vino de mis bodegas?"

"Debes ser muy rico para tener vino en tus bodegas, no menos para compartirlo con tus campesinos."

Alexander se rió. "Estoy tan empobrecido como puede estarlo un hombre," admitió él. "Pero he tenido familia en Sicilia y más familia que comerciaba con bienes, y por eso tengo la suerte de haber recibido varios toneles de vino que aún están en mi bodega." Él le concedió un guiño rápido. "Es mejor beberlo que dejarlo arruinar."

"Y muchos hombres están mejor borrachos, aunque eso podría llevarlos a la ruina", replicó ella, provocando su risa nuevamente.

"Sólo un hombre rápido de temperamento está mejor borracho que sobrio, porque entonces no tiene la capacidad de actuar según sus caprichos", dijo Alexander. "Aunque te aseguro que no soy de ese tipo."

"¿Es esa la verdad?", Dijo ella con suavidad, como si no la persuadiera.

Alexander no sabía si ella dudaba de su idea de los borrachos o de su propio mérito.

Él tembló elaboradamente. "Aunque soy reacio a poner fin a nuestra conversación, la verdad es que hace demasiado frío para bromear así en el patio. Seguramente podríamos llegar a una presentación en este punto. ¿Cuál es tu nombre, bella dama? Debes tener uno, aunque eres reacia a entregarlo."

"Eleanor", admitió ella, para su asombro.

"Eleanor." Alexander pasó el nombre por su lengua mientras consideraba cómo proceder. Él se maravilló de que ella hubiera entregado su nombre, notó que ella no había incluido una propiedad aunque era claramente noble, y se preguntó si ese era su nombre en verdad. Él tenía poco que perder burlándose de ella, razonó. "Quizás ese no sea realmente tu nombre."

Ella pareció tan indignada por su sugerencia que él supo que debía ser su nombre, o al menos una parte de él. "¿Qué burla es esta?"

"¿Seguramente es poco común que una dama otorgue tan poco de su nombre cuando la mayoría lo entregaría todo? Admites que no tienes título ni casa. Quizás tengas otro nombre."

"Quizás no soy noble."

Alexander notó que ella estaba preocupada por su percepción, por lo que bromeó. "Entonces, ¿de dónde vino tu vestido?" bromeó él. "No encontraste atuendo como este abandonado en una cuneta."

Ella se mordió el labio, aparentemente sin una respuesta.

Alexander tocó el final de su manga, frotando la tela entre el índice y el pulgar. Él estuvo tentado de tocar su muñeca, tan cerca estaba su carne, pero no se atrevió a presionarla demasiado.

De hecho, ella apartó la mano de él y puso un paso entre ellos.

Alexander no hizo ningún comentario, ni se perdió la reacción de ella.

A ella le gustaban sus secretos, sin duda, pero él se cansaba de la baja estimación que ella tenía de su naturaleza. Decidió presionarla ligeramente.

"Una tela tan finamente tejida solo puede ser de las Tierras Bajas," reflexionó él, "un tono tan rico solo podría haberse teñido en Francia. Y el bordado es realmente lujoso. Ese no es un vestido de una de mis hermanas, porque debería recordar el costo bastante bien. Y la capa —él silbó entre dientes—, el armiño haría mendigo a un rey en estos días." Él se encontró con su mirada de nuevo. "Ninguna mujer común podría comprar semejante atuendo, por lo que debes ser noble. Apostaría a que tus maridos tampoco fueron pequeños señores."

Ella contuvo el aliento y aceleró el paso. "Yo podría ser una ladrona", dijo ella.

Alexander sonrió y fácilmente ajustó su ritmo al de ella. "¿A quién robarías? Tendrías que haber viajado lejos con tus ganancias mal habidas para encontrarte en mi salón."

Ella levantó la barbilla y él vio que sus labios se apretaban tercamente. "Quizás soy la amante de un hombre rico."

Alexander fingió considerarlo y luego negó con la cabeza. "¿Privada de tu benefactor pero tan asustada como tú de la caricia de un hombre?" dijo él suavemente. "Yo creo que no."

Ella se volvió hacia él con ojos centelleantes. "¡No tengo miedo!"

Alexander se encogió de hombros, aunque en verdad él estaba cautivado por su respuesta. "Una cortesana buscaría otro benefactor y yo soy la mejor propuesta en este lugar." Él extendió las manos y le sonrió. "Te invito, Eleanor, a que me seduzcas."

Pero ella no compartió su alegría. "¡Oh! Estás tan seguro de ti mismo, incluso sabiendo tan pocos detalles como sabes." Ella se enfureció. Ella lo miró, con las manos en las caderas, los ojos brillando como el mar a la luz del sol. "Quizás mi benefactor sea posesivo. Quizás me asegure sabiamente de ser una consorte fiel."

Un desafío iluminó sus ojos. Quizá me apresure a encontrarme con mi amante.

"¿Dónde?" Alexander miró intencionadamente hacia su vestíbulo. "En mi experiencia, los hombres ricos no se esconden tan bien como para pasar desapercibidos, incluso como invitados."

"Tampoco dan la bienvenida a sus amantes en la mesa cuando su familia se reúne para una fiesta religiosa."

"Tampoco dejan de proporcionar un caballo para cualquier alma que tengan en cuenta. ¿Por qué evitas mis establos? ¿No puedes tener la intención de abandonar el caballo que te proporcionó su benefactor?"

Ella frunció los labios y cruzó los brazos con más fuerza sobre sí misma. "Eres un enemigo persistente", dijo con los dientes apretados.

Alexander se rió. "Suficientemente cierto. Piensa en lo irritante que sería tenerme persiguiéndote. Ella hizo un sonido de molestia y él chasqueó la lengua como si se compadeciera de ella por esa terrible experiencia. Ella lo miró a los ojos, pareciendo lo suficientemente divertida como para animarlo. "Tengo frío y te haría una apuesta, bella Eleanor".

"Una que me costará caro, por tu apariencia."

Él rió de nuevo. "No tan caro como eso. Concédeme una noche para ganarme tu sonrisa."

"¿Entre las sábanas?"

"En el salón, en la mesa, en compañía de otros."

"En algunos lugares, esas condiciones no excluyen un intento de estar entre los muslos de una mujer."

Alexander sonrió. "Lo hacen en mi morada. Yo trataría de ganarme tu sonrisa esta noche con palabras y galantería, nada más que eso." Él se tapó el corazón con la mano. "Te doy mi palabra de honor."

Ella arqueó una ceja. "Aunque no sé lo que vale."

Irritado, él se acercó más y bajó la voz, sobrio como aún no lo había estado. "Si hubiera deseado una violación, ya podría haberlo hecho, sin ningún testigo del hecho."

Eleanor dio un paso atrás y él se maldijo por hacerla cautelosa una vez más. "Muchos hombres fingen el honor de ganarse la confianza de una dama."

Alexander se encogió de hombros. "Sólo hay una forma en que puedas conocer mi mérito de verdad." Él ofreció su mano.

Ella miró fijamente su palma hacia arriba, luego cuadró los hombros y se encontró con su mirada fija. Ella levantó la barbilla, como si fuera a desafiarlo, y realmente lo hacía. Eleanor parecía tan regia como una reina y tan indomable como un guerrero, y Alexander estaba absolutamente encantado. "Me atrevería a decir que tu precio sería más alto que una mera sonrisa si tienes éxito."

"No deseo más que verte sonreír", insistió él. "Si gano, la vista será recompensa suficiente. Tu benefactor no te ha concedido mucho en verdad, si no te ha hecho feliz."

Eleanor no hizo ningún comentario sobre eso. "No me tocarás."

"Te ofrecería ayuda para caminar para que no resbales", dijo él con cierta molestia. "Si me tomas del brazo o no, es tu elección, al igual que la de una comida caliente, una copa de vino y uncolchón caliente esta noche."

Eleanor respiró hondo y luego puso su mano en la de él. Su mano era pequeña y fría, y el impulso de Alexander por acercarla era casi abrumador. Sin embargo, él se contuvo y simplemente le metió la mano en el codo. Inmediatamente se volvió hacia el torreón, la preocupación por su bienestar le daba velocidad a sus pasos. "Te advierto, bella Eleanor, no tengo la intención de fallar."

"Pones más interés en esto de lo que merecería una sonrisa."

Él puso su mano sobre su corazón, sabiendo que ella pensaría que hacía una broma, pero había verdad en sus palabras. "Lo apuesto todo. Si no puedo persuadir tu sonrisa esta noche, entonces he perdido mucho más de lo que he ganado el año pasado." Él le guiñó un ojo, notando su sorpresa por sus modales. "Y de verdad, si optaras por entregarme más que una sonrisa en mi triunfo, no protestaría demasiado."

Ella resopló, aunque un destello desganado iluminó sus ojos. "Ninguna mujer podría estar tan encantada contigo como lo estás tú mismo."

"Veamos si podemos enmendar esa situación", dijo él con nueva determinación y estaba casi seguro de que ella luchaba contra su sonrisa de respuesta.

～

DEBE SER el agotamiento de raíz, decidió Eleanor.

Ésa podría ser la única razón por la que ella había rendido a la súplica de Alexander. Ella no cambiaba de opinión por capricho, ella no, y mucho menos por el intento de un hombre de persuadirla de que lo hiciera.

Después de todo, ella no creía que Alexander poseyera ningún atractivo. Eleanor miró de reojo y se corrigió.

Quizás él tenía un pequeño incremento de atractivo.

A ella le gustaba lo alto que era Alexander, lo decidido que estaba, lo rotundamente que se reía. Le gustaba su ingenio y su fantasía y cómo brillaban sus ojos. A ella le gustó que él ya hubiera notado su aversión al contacto de un hombre, por casual que fuera. A ella le gustó más que él actuara sobre la base de la observación y que no la tocara.

Y a ella le había encantado que él reconociera con pesar su falta de dinero, porque había descartado el asunto en lugar de mirarla con expectación. Eleanor había sido persuadida entonces de que Alexander no sabía nada de su verdadera identidad, que sabía aún menos de la fortuna que ella podía aportarle a un cónyuge, y sus temores se habían desvanecido. Él no la había visto como la solución a sus problemas, y eso había demostrado ser realmente seductor.

34

Lo que era aún más asombroso era el hecho de que Alexander pensaba que ella tenía atractivo.

Eso era novedoso en la experiencia de Eleanor. Ningún hombre la había mirado nunca sin ver la fortuna que podía traerle, ningún hombre la había cortejado jamás por sus propios méritos. Ciertamente nadie había buscado solo su sonrisa.

Eleanor se había preguntado, mientras bromeaban, cómo sería ser el único objetivo de la atención de ese hombre guapo y encantador.

Quizás la curiosidad era tanto la raíz de su elección como el cansancio, porque Eleanor había decidido entonces darse un capricho. Ella había soportado mucho en sus días y sin duda aguantaría mucho más. Pero en esa única noche, ella estaría tan despreocupada como su anfitrión. Ella dejaría que él intentara hacerla sonreír, como si ninguno de los dos tuviera un asunto más urgente por delante que la caprichosa búsqueda de Alexander.

El calor del salón los abrazó cuando cruzaron el umbral, y la luz dorada era la más acogedora que Eleanor había visto en su vida. Ella podía oler la carne asada y las velas de cera de abejas y el calor de varios cientos de personas. La música era alegre y fuerte, la risa estridente.

De hecho, una ovación llenó el salón cuando vieron a Alexander y él le guiñó un ojo a Eleanor, luego se inclinó profundamente ante sus invitados. Claramente, el vino estaba ganando popularidad, ya que muchos en el salón lo aplaudieron con entusiasmo.

"¿Me dejaron un bocado?" —preguntó él con fingida indignación y una moza exuberante en la mesa más cercana le mostró su propio plato.

"La carne es deliciosa, mi señor," dijo ella, sonriéndole audazmente. Eleanor no dudaba de que ella ofrecía mucho más que la carne apilada sobre el pan.

Alexander se inclinó más cerca, haciendo un alarde de examinar la carne. "¿Este es el venado, Anna?"

"En salsa de pimienta, mi señor," convino la moza. "Picante pero sabroso de todos modos. Permanece en la lengua con un delicioso calor."

Eleanor casi se atragantó con la audacia de la mujer, pero Alexander eligió un bocado con solemnidad. Ella notó que él escogía la mejor pieza de la bandeja. Ella solo tuvo un latido para considerar la mala medida de sus modales antes de que él girara y sostuviera la carne ante sus propios labios.

"¿Mi hermosa señora?" murmuró él, invitándola a participar del bocado.

Por un momento, Eleanor no supo qué hacer. Era más que íntimo para un hombre alimentar a una mujer, y que él lo hiciera en un salón tan lleno de gente cuando todos los ojos estaban puestos en ellos, la conmocionó hasta la médula. A ella le gustó que la moza estuviera tan disgustada por el fracaso de su trampa, y Eleanor conocía sus modales lo suficiente como para saber que debía aceptar su regalo. De todos modos, ella no quería mostrarse tan común como la mujer que había ofrecido la carne en primer lugar.

Sin duda, sus tutores no la habían preparado para ese momento.

Fue el atrevido brillo en los ojos azules de Alexander lo que resolvió su dilema. Él había pensado que ella se negaría, y eso fue suficiente para Eleanor.

Después de todo, ella había argumentado que era una cortesana. Y había decidido darse un capricho esa noche.

"Gracias, mi señor," murmuró ella, dejando que su expresión mostrara placer aunque no sonrió. Ella le quitó la carne de las yemas de los dedos de un bocado lánguido y le sostuvo la mirada. Ella se aseguró de que su lengua acariciara su carne cuando reclamó la última medida de salsa de su nudillo. Ella lo masticó lentamente, haciendo rodar la carne en su boca, luego se pasó la punta de la lengua por los labios.

Alexander tragó visiblemente.

"¡Delicioso!" dijo ella, bajando la voz a un ronroneo. "Debe haber sido un venado muy robusto".

"¿Y tienes gusto por bestias tan viriles?" preguntó él, sus ojos bailando.

"En ocasiones, los he encontrado divertidos", admitió ella. "De hecho, encuentro mi apetito por una carne tan viril avivado por ese bocado".

"Entonces, debemos apresurarnos a la mesa", dijo Alexander, sonriendo para que la audaz moza no pudiera ser insultada, luego llevó a Eleanor a la mesa principal. "Me tientas con un propósito", murmuró él.

"¿Mientras tú no tenías la intención de tentarme?" susurró Eleanor, luego lo siguió a la mesa alta. "Soy una cortesana, como fuiste advertido. No conozco otro juego ".

Entonces, una chispa se encendió en los ojos de Alexander, una tan llena de picardía que el corazón de Eleanor dio un vuelco. "¿Es esa la verdad?" musitó él en voz baja. "¿Cómo haría un hombre sonreír a una cortesana, sin una caricia íntima en la cama? Tendré que reflexionar sobre el asunto."

Eleanor no dudaba de que él haría más que meditarlo. De hecho, ella sintió un cosquilleo de anticipación, porque no podía adivinar lo que podría hacer Alexander.

Sus hermanas se daban codazos entre sí, probablemente pensando que su plan era prometedor una vez más. Eleanor no les dijo lo contrario. La presentaron a todos formalmente: Madeline, Vivienne, Annelise, Isabella y Elizabeth, luego a Rhys y Erik, los esposos de Madeline y Vivienne, respectivamente. Dos niñas, las hijas de Erik y Vivienne, se asomaron por las faldas de su madre cuando las presentaron. Eran Mairi y Astrid, aunque Eleanor no estaba segura de cuál era cuál, y parecían estar encantadas con la promesa del festín.

Ella dejó que Alexander la sentara en su mano izquierda, sin importarle lo que pensara de eso cualquier persona en su salón, y ella aceptó la copa de vino que él llenó con su propia mano.

El tocó su copa con la de ella, algo de maldad hizo que sus ojos bailaran de nuevo, luego levantó la voz. "Por la risa", gritó y dio un sorbo del contenido de su copa.

Eleanor bebió el brindis con precaución, asumiendo que el vino sería aceptable en el mejor de los casos, entonces abrió los ojos como platos. Para su asombro, era un buen vino francés, uno que habría merecido elogios en el salón de un rey.

"¡Tu sonreíste!" Alexander susurró triunfante.

"Por el vino, no por ti", dijo ella, poniéndose seria de inmediato. "Tu búsqueda no se ha cumplido, señor".

"Eso no es justo", argumentó él con tanta amabilidad que ella supo que él no estaba realmente ofendido. "¡No seré superado por una mera bebida!"

"Este vino tiene un encanto considerable", admitió Eleanor, luego bebió de nuevo.

"Apenas has visto la medida completa del mío", replicó él y ella sofocó el impulso de reír.

Pero ella no podía dejar que un hombre con tanta maldita confianza se abriera camino con tanta facilidad.

La mujer le haría creer que era una cortesana. La idea misma era absurda, dada su renuencia a ser tocada, pero Alexander estaba dispuesto a estar de acuerdo con ella, si eso significaba que la dama permanecería en su salón esa noche.

Sin embargo, eso no impedía que él se burlara de ella por el asunto.

"¿Es cierto", preguntó él cuando el venado fue puesto rápidamente sobre el plato que compartirían, "que una mujer de placer a menudo alimenta a su patrón con cada bocado con la punta de sus dedos?" Él sostuvo otro trozo de carne para Eleanor, asegurándose de que no goteara sobre su atuendo.

Ese bocado ella lo aceptó más apresuradamente, dándole una mirada de advertencia. "Hay quienes lo hacen, o eso es lo que escuché. Mi propio favor es para mi propia cuchara." Ella levantó otro trozo de carne con el utensilio, pero Alexander se inclinó y se lo comió antes de que ella se diera cuenta de su intención. Ella se sorprendió deliciosamente, sus labios rubicundos se redondearon en un círculo de asombro.

Él reclamó su cuchara y la dejó fuera de su alcance, junto con la suya. "Confieso que prefiero las yemas de los dedos. ¿No verás saciada mi propia hambre? Él miró intencionadamente al plato que tenían ante ellos.

Eleanor agarró el trozo de carne más grande entre el índice y el pulgar y se lo ofreció. Alexander intentó morderlo, pero ella se lo metió entre los labios. "Eso asegurará tu silencio por unos momentos", dijo ella, su tono sorprendentemente burlón. Entonces ella comió tranquilamente mientras él luchaba por masticar el trozo de carne.

Sus hermanas reían por lo bajo a ambos lados.

"Tienes una gota de vino en el labio", le murmuró Alexander a Eleanor cuando pudo hacerlo, aunque en realidad no la tenía. Eleanor se lamió los labios apresuradamente, la vista de la punta de su lengua envió una chispa a través de Alexander.

"El otro lado", mintió él, sólo queriendo verla repetir su gesto. Ella lo hizo, luego lo miró a los ojos de nuevo.

"No", dijo él, sacudiendo la cabeza con solemnidad. "Fallaste. Un poco más a tu derecha." Esta vez ella agachó la cabeza y se secó la boca con la servilleta.

"De hecho, demuestra ser difícil de alcanzar", dijo él en voz baja. "Déjame hacerte esta cortesía." Antes de que ella pudiera discutir el asunto, él deslizó la yema del dedo por su labio inferior. Él comenzó por una esquina de su boca, sosteniéndole la mirada todo el tiempo, luego movió su dedo hacia la otra esquina con una lentitud insoportable.

La plenitud rubí de su labio se tensó bajo la yema de su dedo, su suavidad lo tentó a demorarse. Eleanor lo miraba fijamente, con los ojos muy abiertos y no parecía respirar. Alexander estuvo tentado de besarla, aunque supuso que ella temía que él hiciera eso.

Y eso ciertamente no provocaría su sonrisa.

En cambio, él se lamió la yema de su propio dedo, como si estuviera saboreando la gota de vino que había reclamado de su labio. "—Dulce" —dijo él, luego arqueó una ceja—, "aunque puede parecer ácido cuando cae por primera vez en la lengua. Un hombre poco observador podría perderse su valor."

Eleanor se sonrojó, su cara se puso absolutamente carmesí, luego miró hacia su lado de su plato. Ella se comió media docena de trozos de carne tan rápido que no podría haberlos masticado y Alexander bebió un sorbo de vino, sabiendo que no era tan inmune a él como ella preferiría que él creyera.

Aun así, él tenía que hacerla reír.

SIGUIENDO UN IMPULSO, decidió cómo se podía lograr eso.

ALEXANDER SE PUSO de pie y dio unas palmadas, afortunadamente apartando la mirada de Eleanor. Ella se preguntaba si había sido prudente desear su atención, después de que él se había fijado en ella con tanta determinación. El hombre estaba desconcertado, sin duda, y ella estaba nerviosa.

Sin embargo, curiosamente, ella se sentía más viva de lo que se había sentido en años. Cada fibra de ella hormigueaba. Ella era consciente del calor musculoso del muslo de él tan cerca del suyo, del bajo retumbar de su voz incluso cuando hablaba con los demás, y juró que podía sentir su propia mirada aterrizar en ella.

El hombre despertaba preguntas no deseadas en sus pensamientos, o tal vez solo despertaba una. ¿Era posible que ella encontrara más placer en la cama del que había experimentado ella? No era difícil creer eso, y Eleanor se encontró poseída por una pasión poco común por saber la verdad. Ella no dudaba que el hombre a su lado estaría encantado de agotar su curiosidad.

¿Cómo seduciría Alexander en la cama a una mujer? La sola idea encendió un fuego desconocido en lo profundo de Eleanor. Ella observó sus manos, delgadas, fuertes y bronceadas, y se le secó la boca al pensar en ellas sobre su carne. Su toque era suave, ella ya lo sabía, y él era más observador que los hombres que ella había conocido. Pero sin duda habría poca diferencia entre él y los demás al final, poca diferencia una vez que su lujuria estuviera saciada, poca diferencia una vez que ella le fallara en alguna expectativa.

Mientras tanto, el salón se quedó en silencio ante la llamada de Alexander y todos los ojos se fijaron en él. Él sonrió a la compañía y habló para que sus palabras se transmitieran por el salón. "Una vez más, les doy la bienvenida a mi mesa y espero que hayan comido con ganas esta noche."

La compañía rugió, más de un par de tazas de loza tintinearon juntas. Se oyó un ulular desde el fondo del salón, como si una mesa de almas alegres hubiera bebido demasiado, luego se pisotearon los pies.

Alexander volvió a dar palmadas, incluso mientras reía. "Tomaré eso como asentimiento", dijo él, aunque pocos podrían haberlo escuchado sobre el alboroto.

Él sacudió la cabeza cuando no se produjo el silencio, luego soltó un penetrante silbido de temible volumen. Sus hermanas se taparon los oídos con las manos y protestaron por el ruido, aunque el salón quedó en silencio una vez más.

Alexander se inclinó levemente. "Aunque está claro que ya se divierten, les propondría un entretenimiento esta noche." Los músicos comenzaron a tocar una melodía, pero él les hizo un gesto para que se callaran. "Hay una tradición común en otros salones pero nueva en la nuestra, al menos en Nochebuena. En el pasado, hemos guardado nuestra locura solo para la Duodécima Noche."

"¡Cuéntanos tu plan!" rugió algún alma intrépida.

Eleanor notó que las tres hermanas menores de Alexander parecían cautelosas. "Él disfruta mucho este momento", murmuró Elizabeth, la más joven. "Es un mal presagio para nosotras."

Y, en verdad, los ojos de Alexander bailaban con tanta maldad que incluso Eleanor medio temió lo que él sugeriría. "¿Qué dicen todos sobre el nombramiento de un Señor del Desgobierno?" gritó él.

"Mientras no pueda hacer casamientos", respondió Isabella.

ALEXANDER FINGIÓ UN INSULTO. "¡No seas absurda! Todas mis hermanas elegirán a sus propios cónyuges, porque he aprendido mi lección."

"No confíes en él ni por un momento", gruñó Elizabeth, aunque fue ignorada.

La compañía gritó en aprobación de la sugerencia de Alexander, y los pies se estamparon en el piso con un vigor ensordecedor.

Alexander volvió a silbar. "Me reservo el derecho de nombrar a cada persona en este salón para su nuevo puesto. Jugaremos nuestro papel durante toda esta noche y volveremos a los modales normales por la mañana. Ningún alma puede dañar a otra, ninguna persona puede ser cruel. Esto son tonterías y diversión, nada más. ¿Nos entendemos? La compañía gruñó en aprobación y más de un hombre asintió con la cabeza para aprobar este sentimiento.

"Ahora, comenzamos". Alexander se dio la vuelta y miró a la compañía, travieso como un duendecillo. "Marjorie, la cervecera, cambiará de lugar con mi hermana Madeline y será la dama de Caerwyn esta noche."

Una mujer mayor con un rostro amable se puso de pie, claramente avergonzada de ser el centro de atención, pero también emocionada. Ella se sonrojó de color escarlata cuando sus compañeros la vitorearon. Madeline sonrió y se levantó con gracia para intercambiar su lugar con la mujer. Marjorie podía haber hecho una reverencia a Madeline, pero Madeline se inclinó primero y luego besó la mano de Marjorie. La boca de la mujer se abrió y ella se quedó boquiabierta de alegría cuando Madeline puso su propio velo de seda y su diadema en la cabeza de Marjorie. Luego, Madeline se sentó a la mesa con los parientes de Marjorie como si hubiera estado allí todo el tiempo.

"Ve a sentarte en mi lugar en la mesa alta", le pidió Madeline a Marjorie cuando la mujer vaciló. Los ojos de Marjorie se iluminaron de emoción mientras cruzaba el salón y se rió mientras se acomodaba en el espacio del banco que Madeline había dejado libre. El marido de Madeline besó la mano de Marjorie con galantería y la mujer se rió.

"Rose, la esposa del cocinero, tomarás el lugar de mi hermana, Vivienne, y serás la Dama de Blackleith esta noche", dijo Alexander. Otra matrona se precipitó hacia la mesa alta en su entusiasmo, luego Vivienne entregó su velo y su diadema a su vez. Rose se sentó junto a Erik y le dirigió una mirada coqueta.

"No te apresures a pensar que el Señor de Blackleith será el mismo hombre en unos momentos como lo es ahora", bromeó el esposo de Rose, el cocinero, y la compañía se rió. Ese hombre luego le dio a Vivienne un buen beso en la mejilla cuando llegó al lugar que Rose había dejado vacante. Rose parecía tan indignada que la compañía se rió.

"De hecho, hablas bien", asintió Alexander. Rápidamente nombró a dos hombres para que ocuparan el lugar de sus cuñados, uno mayor y el otro un muchacho que fue empujado hacia adelante por un hombre mayor.

"El curtidor y su aprendiz", le confió Isabella a Eleanor.

Alexander bajó de la mesa alta, reemplazando a sus hermanos por campesinos a tal velocidad que el salón se volvió caótico. "Elizabeth cambiará con la hija mayor del herrero; Annelise cambiará con Ellen la molinera; Isabella se convertirá en la esposa del pastor. El padre Malachy cambiará con el molinero y Owen el mozo con Siobhan, la esposa del panadero.

El mozo, un hombre corpulento de formidable bigote, se puso el delantal de la mujer del panadero, que tampoco era una mujer pequeña. Luego tomó dos hogazas de pan de una mesa y las deslizó por debajo de la camisa. Agitó las pestañas y la compañía aulló.

La esposa del panadero golpeó a Owen en el hombro en una suave reprimenda, claramente acostumbrada a sus payasadas. Luego se metió la falda en las botas, se bebió una jarra entera de cerveza, se secó la boca con la manga y eructó como para hacer sonar las vigas.

Eso debía haber sido una imitación precisa del mozo, porque incluso ese hombre lo encontraba divertido.

Entonces Alexander le guiñó un ojo a Eleanor. "Mi señora bella profesa el deseo de ser cortesana esta noche." Él hizo una pausa mientras la compañía gritaba la aprobación de esa idea y Eleanor se ruborizó de nuevo.

Alexander bajó la voz, sus modales eran tan sombríos que nadie dudaría de sus palabras. "Aunque pueden estar seguros de que cualquier descortesía que haya sufrido esta noche será recordada por mí al día siguiente, cuando recupere mis deberes habituales. Él levantó una mano en señal de protesta afable seguido de su amenaza. "Así Anna ocupará el lugar de mi señora."

Eleanor observó cómo la doncella que había intentado tentar antes a Alexander se ponía de pie y se enderezaba el corpiño, con un brillo de complicidad en sus ojos. Eleanor hizo ademán de intercambiar lugares con la mujer, sabiendo que ella no habría aceptado ni siquiera una sugerencia sutil de ser una cortesana con tanta frialdad en el lugar de esa mujer.

A menos que no solo fuera la verdad, sino que todos lo supieran.

Las dos mujeres pasaron por el salón, aunque Eleanor no le dio ninguna baratija para representar su papel. Sus hombros se rozaron cuando se cruzaron.

En ese momento, Anna susurró en voz baja solo para los oídos de Eleanor, su tono triunfal. "Ves que él es mío, después de todo. A cualquier hombre le gusta más el fuego que el hielo."

Sin embargo, Anna no tuvo oportunidad de regodearse, porque

Alexander volvió a alzar la voz. "Y yo cedería mi lugar, hasta la medianoche, al nuevo Señor de Kinfairlie y Señor del Desgobierno." La compañía contuvo la respiración como una sola, y Eleanor se volvió para encontrar a Alexander sonriendo. "¡A Matthew, el hijo del molinero!" gritó él. "¡Ven y toma mi lugar esta noche!"

La expresión de horror de Anna hizo reír en voz alta a más de un alma en el pasillo.

Un joven larguirucho se puso de pie, con los ojos muy abiertos por la incredulidad. "¿Yo, mi señor?"

"—Sí, tú, Matthew —señaló Alexander. "Apresúrate a la mesa alta."

Matthew miró a la pareja mayor que compartía su mesa y el molinero, que ahora vestía la sotana del sacerdote, asintió con la cabeza. Matthew estaba enrojecido al encontrarse a sí mismo en el centro de atención y no parecía que fuera a reunir la determinación de caminar hacia la mesa principal. El padre Malachy le dio una palmada en el hombro a Matthew para animarlo.

La mujer se secó una lágrima mientras sonreía. "Continúa, entonces, Matthew", dijo. "Sé un buen muchacho y haz lo que te diga el señor."

"Pero no puedo ser señor", dijo Matthew con tanta terquedad que Eleanor se preguntó si el muchacho era lento de ingenio.

"Sólo por una noche, Matthew", dijo Alexander, su tono engatusador. "¡La carga no te aplastará tan rápido! Necesito un señor para asegurarme de que todo va bien en Kinfairlie, un hombre de buen corazón y tú, lo sé, es el que mejor se adapta a la tarea."

El molinero se levantó cuando Matthew seguía sin moverse y le tomó la mano, le susurró algo al oído a su hijo y luego lo caminó hacia la mesa alta.

EL ASOMBRO de Matthew fue evidente para todos cuando llegó al lado de Alexander. Alexander se pasó el abrigo por la cabeza y luego él y el molinero vieron a Matthew vestido con los colores de Kinfairlie.

"No voy a fallar a tu confianza, mi señor", dijo él, su reverencia por Alexander era clara.

Alexander sonrió. "No espero menos". Luego fingió un susurro como si estuviera confiando algún detalle, aunque todavía era lo suficientemente fuerte como para que la compañía lo oyera. "No te preocupes porque nadie cace venados en tu tierra, mi señor, porque está prohibido por la propia ley del rey." Ante este consejo, el molinero se puso rojo como una remolacha y varios hombres se rieron a carcajadas en la compañía. Alexander sonrió al molinero y Eleanor supo que se trataba de una vieja historia entre ellos.

"¡Por esta noche y solo por esta noche, Kinfairlie está bajo el mando de Matthew, el Señor del Desgobierno!" gritó Alexander, luego bajó la voz. "Te ruego que te asegures de que todos estén bien entretenidos." Él le guiñó un ojo a Matthew, empujó su anillo de sello en el dedo de Matthew, luego hizo una profunda reverencia y besó la mano del muchacho. Matthew miró boquiabierto el anillo de oro en su propia mano callosa.

El castellano contuvo el aliento con desaprobación. "¡Mi señor! ¡No deberías entregar un tesoro así con tanta facilidad! "

"Es sólo por una noche", dijo Alexander, poniendo su mano sobre el hombro de Matthew. "Se puede confiar en que Matthew lo cuidará bien."

Había afecto entre los dos, un afecto que sorprendió a Eleanor. Ella no había visto a menudo a los terratenientes interesarse mucho en los que trabajaban en sus tierras. Pero el padre de Matthew sonreía y ella sabía que esa calidez no era fingida.

"¿Puedo tomar más vino?" Preguntó Matthew, con esperanza en sus ojos.

"Aún mejor, puedes ordenar a todos que hagan tu voluntad por esta noche", explicó el molinero.

"¿Y deben hacerlo?"

"Sólo por esta noche", aconsejó su padre, previendo claramente los problemas de eso. Alexander y él se rieron.

Los ojos de Matthew se iluminaron con una resolución repentina. "Pero si soy señor, entonces debo tener una dama."

Alexander se volvió hacia la moza que había designado en lugar de Eleanor. "Pero Anna…"

"No seré su dama", espetó Anna y se dio la vuelta.

"Mientras no haya besado a Matthew, el hijo del molinero, no ha dado la bienvenida a todos los hombres de Kinfairlie", gritó un alma audaz. La compañía se rió, incluso cuando Anna, furiosa, buscó al hombre que había comentado eso.

Matthew no se preocupó por eso. "Tendría una dama a mi lado", dijo él y luego miró de nuevo a Alexander. "¿Podría Ceara ser mi bella dama?"

Una joven regordeta al fondo del pasillo jadeó y se puso más roja que roja cuando toda la compañía se volvió hacia ella. Ella se puso de pie, luego se sentó y luego se agachó como si fuera a esconderse. Ella no era una belleza, pero tenía un rostro hermoso. La forma en que mantenía los ojos bajos le sugirió a Eleanor que Ceara era tímida.

Y quizás la admiración de Matthew era devuelta.

"Un hombre de mérito debe pedir el favor de una dama", sugirió Alexander.

"Ceará, ¿serás mi dama?" gritó Matthew al otro lado del salón. Manos serviciales instaron a la tímida Ceará a salir de su escondite y ella asintió con la cabeza, aparentemente enmudecida por el honor.

Mientras tanto, Elizabeth había tejido un par de coronas con la vegetación del vestíbulo y ahora las obsequiaba con una gracia. El nuevo señor y la nueva dama fueron coronados para el deleite de todos. La pareja se sonrió tímidamente el uno al otro. Matthew tragó saliva y luego tomó la mano de su dama. Esa intimidad parecía abrumarlos, tan tímidos eran, y se apartaron el uno del otro, sonrojándose furiosamente. Alexander y el molinero intercambian miradas de complicidad.

Eleanor se sintió conmovida porque Alexander le había concedido al muchacho su más sincero deseo. Ella nunca había conocido a un señor que se preocupara por la felicidad de sus campesinos.

Matthew respiró hondo y luego señaló al sacerdote. "Padre Malachy, usted dijo que deseaba poder bailar, pero que no era apropiado para un sacerdote."

"Es cierto, Matthew, aunque esta noche soy molinero".

¡Entonces debes bailar, padre Malachy! ¡Debes bailar toda la noche!" Matthew miró a su alrededor, buscando ávidamente a alguien a quien mandar. Su mirada cayó sobre Eleanor. "Y debes bailar con la dama del señor."

"¿Ceara?"

"No, la dama de mi señor Alexander."

El padre Malachy, de buen humor, se acercó a Eleanor y le hizo una profunda reverencia. "Como mandes, Señor Matthew." Él le guiñó un ojo a Eleanor. "Bailar con una cortesana será un placer excepcional para mí, de hecho." Sin duda, ella asumió que él la conduciría en algún baile de la corte, pero los juglares inmediatamente tocaron una melodía obscena.

"¡Todos deben bailar!" gritó Matthew. "¡Es Navidad, después de todo!"

Los músicos entonaron una melodía lúdica sobre un marinero y una sirena, una melodía evidentemente muy conocida en esas tierras con palabras que dejaban poco a la imaginación sobre el estado de la dicha íntima de la feliz pareja. El sacerdote era un bailarín ingenioso y Eleanor se encontró disfrutando de los pasos rápidos y la música alegre. Él la giraba con gracia, tan cortés como podía serlo un hombre, y sus preocupaciones se calmaron aún más. El salón de Alexander era cálido, su gente estaba feliz, su vino era bueno y esa era una noche para celebrar.

Ellos no le temían. Confiaban en él. Y ella también, por una sola noche.

Más de una pareja se unió a ellos en el baile y una melodía se derramó sobre otra. Pronto el salón empezó a regocijarse. Eleanor se quedó sin aliento pero sin escasez de compañeros. Evidentemente, todos querían bailar con la cortesana, incluso el mozo de cuadra con delantal. Ella solo captaba breves destellos de Alexander mientras recorría el salón.

Eleanor bailó como rara vez lo había hecho, porque las melodías eran vigorosas y los aplausos de la compañía eran contagiosos. Ella no tenía obligaciones, ningún hombre la vigilaba con censura, nadie le exigiría más tarde un informe de cada uno de sus pasos. Su copa se llenaba de vino en cada oportunidad, y los juglares parecían conocer cientos de melodías.

Matthew daba órdenes desde la mesa alta todo el tiempo. En todas direcciones, Eleanor podía espiar alguna broma. Un hombre trató de equilibrar una cuchara sobre su nariz por orden del Señor del Desgobierno, una hazaña complicada por su consumo anterior de cerveza. Otro hombre trató de beber tres jarras de cerveza en rápida sucesión, mientras sus compañeros trataban ruidosamente de animarlo. Una simple doncella cobró su deuda de un beso a todos los hombres en el salón, ruborizándose furiosamente todo el tiempo. Era una diversión inofensiva, sin malicia en absoluto, y Eleanor decidió que Alexander había elegido bien a su reemplazo.

"¡UN BESO!" gritó Matthew de repente. "¡Todo hombre debe recibir un beso de su pareja!" El mozo de cuadra, con su delantal, resultó ser el compañero de Eleanor en ese momento, y realmente, Eleanor nunca había besado a un hombre con un bigote espeso y dos rebanadas de pan considerables como pechos.

Al final, no fue el castigo de Anna lo que hizo sonreír a Eleanor, ni fueron las docenas de tonterías que se cometieron en el salón de Kinfairlie. No fueron los 'pechos' errantes del mozo, ni siquiera cuando tuvo que meterse debajo de las mesas en busca del que se había soltado de un salto cuando él había fingido desmayarse después de que ella besara su mejilla.

Fue la expresión de éxtasis en el rostro de Matthew cuando Ceara le dio un beso rápido, completamente en los labios, lo que hizo que los labios de Eleanor se curvaran. El joven parecía estar aturdido por ese honor, mientras que la propia Ceara parecía asombrada por su propia audacia. La pareja se miró tan ardientemente que Eleanor no dudó de que pronto comenzaría un noviazgo.

"Dios bendiga a mi señor Alexander", dijo una mujer desde muy cerca. Eleanor vio a la madre de Matthew a menos de tres pasos de distancia, con la mirada fija en su hijo. "Es un hombre con los ojos en la cabeza y la voluntad de hacer algo con lo que ve. Yo pensaba que Matthew ni siquiera hablaría con la muchacha, tan enamorado está de ella, pero mi señor ha resuelto el asunto.

Eleanor sintió que su sonrisa se ensanchaba. ¡Qué regalo de Navidad le había dado Alexander al hijo del molinero! Ella se giró, buscando al hombre responsable, pero no necesitó mirar muy lejos. Ella sintió su mano en la parte de atrás de su cintura, escuchó su voz baja detrás de ella.

"Perdone mi interrupción, señora panadera", le dijo Alexander al mozo de cuadra, que resopló de risa. "Reclamaría a su pareja para su próximo baile."

"Por supuesto, mi señor," dijo el mozo en falsete. "Aunque ya he recogido su beso".

"Ah, es un premio más rico lo que busco", dijo Alexander mientras balanceaba a Eleanor en sus brazos y comenzaba el baile. "¿Es cierto que sonríes?"

"De hecho, tu búsqueda está ganada". Eleanor lo observó, porque él parecía más joven y más peligroso sin su abrigo y con su cabello revuelto. Su camisola era de lino fino, pero él podría haber sido cualquier pícaro encantador, no un hombre con una fortaleza bajo su mando. En verdad, era una maravilla cómo brillaban los ojos de ese hombre.

"Y la noche aún es joven", reflexionó él con una sonrisa maliciosa. "¿Te imaginas que tu sonrisa pueda ser persuadida de nuevo?"

"En esta noche, en este salón, no apostaría en contra."

Él sonrió. "Lo tomaré como un cumplido a mi hospitalidad."

"Creo que es la hospitalidad de Matthew esta noche", corrigió Eleanor y Alexander se rió. Ella se puso seria. Le concediste un buen regalo esta noche. Fue muy amable de tu parte."

Alexander se encogió de hombros. "El suyo es un buen corazón, y uno merecedor de buena fortuna. Simplemente apresuré su inevitable éxito."

A Eleanor le gustó que él no insistiera en gratitud por su acción. A ella le gustaba que él se preocupara por su gente y que confiaran en él como lo hacían. La mano de Alexander no pesaba sobre ellos, y ellos confiaban en su juicio, eso estaba claro. Ella se había equivocado cuando antes había sospechado que le temían, del mismo modo que se había equivocado cuando había asumido que Alexander era un hombre preocupado solo por sus propios placeres. Ella se sintió menos ansiosa por huir del salón de Kinfairlie por la mañana.

"¿Más vino?" una de las hermanas de Alexander exigió de repente de su lado.

"Sin duda recuerdas a Isabella", dijo él, recordándole cortés y sutilmente a Eleanor, qué hermana era cuál. Ella se encontró sonriéndole de nuevo. Ella había conocido a sus hermanas tan rápidamente que no dudaba de que habría confundido sus nombres.

"La próxima hermana, excepto una más, que Alexander debe ver casarse", dijo Isabella con una mueca.

"No esta noche, al menos", asintió él amablemente, ignorando su mirada oscura. "Tú podrías encontrar una pareja adecuada a tu tiempo y yo estaría más que feliz por eso."

"Toma tu vino", dijo Isabella, instando las copas sobre ellos. "Hay más en esta, Alexander, para ti".

"Ah, pero Eleanor prefiere un buen vino y este lo ha encontrado agradable." Alexander le ofreció galantemente la copa que estaba más llena a ella, pero Eleanor vio que los ojos de Isabella se iluminaban con alarma. La mujer más joven negó con la cabeza mientras la atención de su hermano estaba desviada, y Eleanor supuso que la copa llena estaba destinada a él por alguna razón.

"Me he complacido demasiado esta noche", dijo ella y aceptó la copa menos llena. "Tómala, Alexander, para que no se desperdicie."

"Si insistes."

"Lo hago." Eleanor miró a Isabella mientras la muchacha asentía con alivio. Entonces ella se preguntó qué se había puesto en la taza de Alexander, pero no tuvo que dudarlo mucho.

En tres bailes, el hombre tropezaba con sus propios pies de la manera más alarmante.

# CAPÍTULO 3

Eleanor siguió al grupo que se abría paso hacia arriba hasta la habitación del Señor de Kinfairlie, el sonido de las festividades de abajo se filtraba por el suelo. Erik y Rhys cargaban a Alexander, los dos hombres se aseguraban de que el señor subiera con éxito a su cama. Madeline y Vivienne seguían a Eleanor y las otras hermanas las seguían. Eleanor estaba más molesta por la broma que le habían jugado a Alexander de lo que ella esperaba.

"Podrías ser de alguna ayuda", refunfuñó Rhys a Alexander, quien aparentemente no podía poner un pie delante del otro.

Alexander no respondió.

"Dudo que pueda serlo", señaló Eleanor, preguntándose por la poción que habían conseguido. Ella esperaba que no se hubiera cometido ningún error en su formulación.

"Espero que todo lo que le diste desaparezca lo suficientemente rápido", dijo Erik. "Lo derribó más rápido de lo que se hubiera creído posible."

"Yo también espero que no lo hayas lastimado", dijo Eleanor.

"Es bastante inofensivo", dijo Isabella secamente. Jeannie dijo eso.

"Una poción de cualquier tipo puede no ser confiable", gruñó Rhys. "He aprendido bastante bien mi lección en eso."

"Pero Jeannie es bien conocida por nosotros y sus habilidades con las hierbas son de gran reputación." Madeline le puso una mano en el brazo. "No temas, Rhys, porque se puede confiar en ella."

Eleanor supuso que había habido alguna poción de dudoso mérito en su pasado, porque Rhys se sentía incómodo. Eso no la tranquilizó, porque ella compartía su desconfianza hacia esos elixires.

"Podríamos habernos asegurado de que durmiera de otra manera", murmuró Rhys.

"—Sí, le debo uno o dos golpes" —estuvo de acuerdo Erik y los dos guerreros se sonrieron el uno al otro. Eleanor no podía imaginar que un hombre como Alexander pudiera merecer algo así. Ella esperaba que la pareja hiciera una broma, porque eran realmente formidables.

"—No estés tan asustada" —le dijo Elizabeth a Eleanor. "Alexander está lo suficientemente sano".

"Y la poción sólo lo hará dormir profundamente durante la mañana", agregó Isabella. "Jeannie me lo aseguró."

Se detuvieron en un rellano y Vivienne pasó junto al trío de hombres, sacando una llave de entre sus faldas. Ella abrió la puerta y la empujó, luego se hizo a un lado para que Alexander pudiera ser llevado a su habitación.

"No puedo descansar", murmuró Alexander, aunque su voz era tan confusa que era difícil entender sus palabras. "Tengo invitados. Tengo una misión, debo recorrer la amplitud de la cristiandad para conquistar a los ogros… "

Eleanor contuvo el aliento, temerosa de la forma en que vagaban los pensamientos de Alexander. Los hombres arrojaron al Señor de Kinfairlie sin demasiada suavidad a su propia cama.

"Tus invitados se irán pronto", dijo Rhys.

. . .

"Y PUEDES CONTINUAR con tu búsqueda mañana", añadió Erik, pero Alexander se había quedado dormido.

Sus largas extremidades estaban desparramadas sobre su propia cama, su cabello revuelto y su rostro enrojecido por lo que hubiera sido en el vino. A Eleanor le parecía joven, pero igualmente atractivo. Ella no pudo apartarse del borde de la cama, no pudo resistir el impulso de levantarle el párpado. Él se estremeció cuando ella lo hizo, y con un poco de esfuerzo, ella advirtió que su pupila era realmente pequeña.

La vista calmó su corazón. Quizás él necesitaba protección de sus propios parientes.

"¿Qué había en tu poción?" preguntó ella, pero Isabella simplemente se encogió de hombros.

"Solo Jeannie conoce los secretos de sus elixires."

Eleanor posó las yemas de los dedos sobre el cuello de Alexander y no la tranquilizó la aceleración de su pulso.

"Nunca lo había visto tan feliz como estaba esta noche", señaló Rhys.

"Él siempre era así, antes", dijo Elizabeth. Ella cruzó los brazos sobre el pecho y miró a su hermano dormido. "Alexander fue divertido una vez, antes de convertirse en señor. Esta es la primera vez que lo vemos en un año."

Erik le puso una mano en el hombro. "Él tiene muchas obligaciones en estos días. Deberías tener compasión de él, porque la muerte de tus padres fue lo más difícil para él."

Elizabeth hizo una mueca. "Tendría compasión si él no fuera tan solemne todo el tiempo, y si no estuviera tan decidido a deshacerse de todas nosotras. ¡Parece que quiere Kinfairlie para él solo!

"Tienes edad suficiente para casarte", se atrevió a sugerir Rhys y la más joven de la familia Lammergeier se volvió hacia él con furia.

"¡Mamá y papá esperaron para casarse!" gritó Elizabeth. "¡Esperaron hasta encontrarse, hasta que encontraron un amor que no se pudiera negar! Mamá no fue subastada, no fue secuestrada y no fue tratada con indignidad."

Rhys tomó la mano de Madeline cuando esa hermana hizo ademán de hablar. "Pero una subasta puede terminar bastante bien", dijo.

Madeline le sonrió y se acercó más. "De hecho, puede".

Vivienne dio un paso al lado de Erik y él deslizó su brazo alrededor de su cintura. "Al igual que un secuestro", dijo, dedicándole una sonrisa a su esposa.

Vivienne apoyó la mejilla en su pecho. "Puede."

Eleanor se sintió conmovida por el evidente afecto entre las dos parejas. A Alexander no le había ido tan mal al casar a esas hermanas. Ambos esposos tenían posesiones, ambos eran hombres jóvenes y sanos, y ambas hermanas se veían realmente felices. Ella le lanzó una mirada al hombre de la cama, que ahora se había dormido profundamente, y pensó que él veía una pobre recompensa por sus esfuerzos.

Elizabeth claramente no estaba tan inclinada a darle crédito a su hermano. "¡El hecho de que los matrimonios que Alexander hizo para ustedes terminaran de forma fortuita no significa que los demás lo harán!" argumentó ella. El calor de su ira revelaba su miedo. Era un miedo con el que Eleanor podía simpatizar, aunque lo sentía fuera de lugar en ese caso.

"Uno podría esperar que la Fortuna se vuelva contra él", sugirió Annelise en voz baja.

"Dos veces lo ha logrado, contra todos los cálculos", contribuyó Isabella. Las tres hermanas menores estaban juntas, tan unidas en su postura como en su actitud. "Desafía toda creencia de que esa tendencia pueda continuar."

"Por eso lo queremos ver casarse él mismo", dijo Madeline, su manera autoritaria.

Vivienne sonrió, la misma picardía en su expresión que Eleanor había visto antes en la de Alexander. "El matrimonio lo mantendrá demasiado ocupado para imponer su voluntad a ustedes tres."

Elizabeth asintió vigorosamente. "Le dará una muestra de lo que ha dado a los demás." Ella miró a Eleanor y se mordió el labio con una duda recién descubierta. "Es decir, si todavía deseas casarte con él, después de todo lo que has presenciado este día."

Todo el grupo se volvió hacia Eleanor. Ella comprendía profundamente sus temores, porque había sobrevivido a dos malos matrimonios y temía que fueran más comunes que felices.

Pero en realidad, sus simpatías estaban con Alexander, una comprensión que la hizo dudar de su propio juicio. Ella conocía al hombre desde hacía una noche, y ya su encanto y buena apariencia la habían convencido de ponerse de su lado. ¿No parecía demasiado bueno para ser verdad?

"¿Puedes ver sus cintas?" preguntó Madeline abruptamente. Ella sonrió ante la evidente confusión de Eleanor. "Elizabeth predijo el feliz estado de nuestros matrimonios. Ella podía ver cintas que emanaban de cada uno de nosotros, entrelazadas con las de nuestros esposos."

"Elizabeth puede ver a las hadas", dijo Rhys con tanta solemnidad que no podía ser una burla. "Ella tiene un don excepcional."

Elizabeth resopló. "No veo nada raro, no desde que Darg desapareció." Ella se encontró con la mirada inquisitiva de Eleanor. "Darg era una spriggan, un hada que vivió con nosotros durante un tiempo."

"Pero ella regresó a Ravensmuir con Rosamunde", dijo Annelise en voz baja y un manto se instaló sobre el pequeño grupo.

"Ninguno de los dos regresó de Ravensmuir", le dijo Isabella a Eleanor.

"Ah", dijo, sin saber qué más debería decir. Esa era una familia poco común, sin duda. Quizás había algo de locura en sus venas.

"Pero eso no es importante esta noche", dijo Madeline con alegría reunida. "Has visto que Alexander no es tan desagradable como podrías haber temido."

"Y no debes temer que sea frívolo. Él no suele ser como fue esta noche" —le aseguró Annelise a Eleanor.

"Por lo general, es más sobrio y responsable", agregó Isabella.

"Demasiado sobrio y responsable", se quejó Elizabeth, aunque nadie le prestó mucha atención.

"Él es cortés con las mujeres", dijo Vivienne, "porque nuestro padre no habría permitido menos."

"Kinfairlie, como puedes ver, es una buena propiedad", contribuyó Madeline. "Aunque no es tan rica como muchos otras, está bien dotada."

Eleanor se sobresaltó ante esa seguridad. Ella estudió de nuevo los rostros de quienes la miraban con tanta expectación y vio que ellos no tenían ni idea de lo espantosos que estaban sus asuntos familia.

Ellas no sabían que las arcas de Kinfairlie estaban vacías.

Solo había un alma que podría haberlas protegido de ese hecho. Eleanor cruzó la habitación hasta la cama y miró a Alexander. Ese hombre que quería que todos creyeran que él solo le preocupaban sus propios deseos, había protegido a sus hermanos de una verdad que los habría sacudido a todos.

Él había guardado su secreto durante todo un año, incluso mientras luchaba con la nueva carga de administrar una propiedad y el dolor de perder a ambos padres repentinamente. De nuevo ella sintió admiración por Alexander Lammergeier, ese hombre que había proporcionado el empujón para comenzar un noviazgo entre dos almas tímidas en su aldea, solo por bondad. Había más en él que un bromista alegre. Él protegía a quienes dependían de él, y eso le gustaba a Eleanor.

En verdad, él tenía una peligrosa habilidad para suavizar sus formidables defensas contra todos los hombres. Ella se inclinó y le tocó la garganta con las yemas de los dedos, asegurándose de que su pulso comenzaba a estabilizarse en un ritmo más normal. Aunque Kinfairlie no había sido su destino, Eleanor se preguntó si alguna fuerza divina se había asegurado de que ella llegara a las puertas de Kinfairlie.

Porque contra toda expectativa, Eleanor tenía la clave para la salvación de Kinfairlie, aunque ni Alexander ni sus parientes lo sabían. Que le hubieran pedido tan poco, incluso en la ignorancia de que ella podía concederles tanto, que le ofrecieran ese lugar en su familia simplemente por su género y compasión por una difícil situación de la que sabían poco, era asombroso. Pero ellos eran una familia. Ella había visto el afecto entre ellos, la comodidad que tenían el uno con el otro, la facilidad con la que cada uno expresaba sus miedos y alegrías.

Eleanor nunca había pertenecido a una familia así. Ella volvió a mirar al grupo vigilante y descubrió que el miedo de las hermanas menores no era disimulado. Ellas la miraron con una mezcla de esperanza e incertidumbre. Ella sabía que podía asegurarse de que se casaran bien, al igual que sus hermanas lo habían hecho.

Pero solo había una forma en que ella podía manejar eso, y era como esposa de Alexander.

"Me quedaré en Kinfairlie y me casaré con Alexander", dijo ella con repentina resolución, encontrando su voz más ronca de lo que pensaba. "Mantendré nuestro trato."

Para asombro de Eleanor, las tres hermanas menores la vitorearon y la abrazaron espontáneamente. Ella se sintió momentáneamente desorientada por semejante muestra de afecto.

"Esto terminará bien, puedes estar segura", dijo Isabella. "Le gustas, podemos ver eso."

"Y sacas lo mejor de él", agregó Elizabeth, apretando la mano de Eleanor con entusiasmo. "No ha estado tan feliz en un año."

"Haremos todo lo que podamos para asegurarnos de que estés feliz", susurró Annelise contra su hombro y Eleanor descubrió que las lágrimas asomaban a sus ojos. Eran prácticamente desconocidas para ella, pero le habían mostrado compasión y comprensión.

Y le habían concedido un refugio, sin comprender lo precioso que era. Ella no le fallaría a su confianza.

"Deben irse", dijo ella con determinación. "Y quiten todo nuestro atuendo, para asegurarse de que Alexander no tenga dudas sobre lo que ha ocurrido esta noche."

Madeline frunció el ceño. "Pero no habrá consumación esta

noche. No puede haber... Rhys y Erik se rieron y las doncellas más jóvenes se sonrojaron.

"Dame un cuchillo afilado", dijo Eleanor. "Cortarse el dedo es un truco antiguo, pero no por ello menos efectivo." Era cierto que ella había confesado haber enviudado dos veces, pero no había ninguna garantía de que ella no fuera todavía virginal. Por lo que había presenciado de Alexander, ella supuso que se casaría con ella inmediatamente si creía que había reclamado su virginidad.

Ella lo apartó a un lado, se cortó el dedo y dejó que la sangre goteara sobre las sábanas en el medio del colchón.

Entonces despacharon a las tres hermanas menores y los hombres desnudaron a Alexander. Madeline y Vivienne protegieron a Eleanor de la vista de los hombres mientras ella se deshacía de su propio atuendo. Los hombres abandonaron la habitación con la mirada baja, luego Eleanor se quedó sola con las dos hermanas mayores.

"Él es un buen hombre", le aseguró Madeline, luego la besó en la mejilla.

"Mientras no lo engañes, él se esforzará por hacerte feliz", dijo Vivienne, luego le dio un beso en la otra mejilla.

Eleanor no consideró prudente notar que cortarse el dedo era un comienzo engañoso para su encuentro desde cualquier perspectiva.

"¿Estará bien mañana?" preguntó ella.

Madeline se rió entre dientes. "Está sano como un buey. Este somnífero no le dejará más que un dolor de cabeza."

"Como si hubiera saboreado demasiado vino", convino Vivienne. "No temas por él".

Alexander resopló y rodó sobre su espalda, luego comenzó a roncar con entusiasmo. Las hermanas se rieron, luego salieron corriendo de la habitación con el atuendo de Eleanor y cerraron la puerta detrás de ellas.

La llave giró en la cerradura y Eleanor cruzó los brazos sobre el pecho. Sus pisadas y susurros desaparecieron del alcance del oído, pero ella permaneció mucho tiempo en el mismo lugar.

Una vez sola en una habitación cerrada con un hombre, no pudo evitar preguntarse por la locura de lo que había hecho.

~

LA NIEVE HABÍA cesado y el cielo estaba despejado fuera de la ventana del Señor de Kinfairlie, las estrellas brillaban intensamente. El aire estaba helado, lo que provocó que Eleanor se estremeciera. Ella cruzó el piso con pasos mesurados, la madera fría bajo sus pies, atraída por la tentación de una cama tibia.

Alexander dormía como un hombre muerto y Eleanor sabía que no había posibilidad de que ella lo despertara pronto. El rojo de su propia sangre brillaba contra el blanco de la ropa de cama, burlándose de ella con la importancia de su acto.

A esa hora del día siguiente, Alexander sería su esposo. Se encontrarían en la cama de verdad. Ella sería su posesión y ella tendría muchos años para saber si el atisbo de su naturaleza esa noche mostraba la verdad o no.

En muchos sentidos, era una perspectiva aterradora.

Eleanor apartó la colcha y miró a Alexander con más audacia de lo que tendría que hacerlo cuando él estuviera despierto. Él estaba, como ella sospechaba, finamente trabajado y algo en lo más profundo de ella se emocionó ante la perspectiva de emparejarse con un hombre que no era ni viejo ni gordo.

Alexander era musculoso, evidencia de que se entrenaba activamente con los brazos. El último vestigio de un bronceado se desvanecía de sus manos y rostro. Había una oscura maraña de cabello en su pecho y una más oscura algo más abajo, una fina mancha de cabello oscuro en sus antebrazos y piernas. Sus espesas pestañas de ébano habrían servido con orgullo a cualquier mujer, pero no cabía duda de su género. Ella estudió sus labios firmes, todavía ligeramente curvados en el sueño, como si él soñara con alguna broma divertida. Era su alegría lo que la seducía, su humor en contraste con su consideración.

Ella se quedó mucho tiempo mirándolo. Tranquilizada de que él no se despertara, ni se moviera ni muriera, ella se acostó en la cama junto a él. Ella se aseguró de no tocarlo en ningún momento a pesar del frío en sus extremidades.

Pero tan pronto como ella levantó la colcha, Alexander se acurrucó detrás de ella. Eleanor se puso rígida en estado de shock cuando él le pasó un brazo por la cintura y abrió los ojos. Él gruñó y la atrajo hacia sí, presionando su espalda contra su pecho, sus nalgas contra sus muslos.

Ella se puso rígida, se sobresaltó y esperó el asalto amoroso que seguramente vendría. Pero los momentos pasaron, y Alexander no agarró su pecho ni forzó su erección contra ella.

De hecho, él no parecía tener una erección. Su aliento agitaba su cabello, su respiración lenta y profunda. Y él estaba cálido, afortunadamente cálido. Sus labios estaban contra su hombro, su frente en la parte de atrás de su cuello, como si se hubiera quedado dormido mientras presionaba un beso en su nuca.

Él estaba dormido. Por supuesto. El elixir se había asegurado que no fuera de otra manera. Ellos yacían juntos, como dos cucharas en un estante, un abrazo íntimo pero no sexual.

Eleanor nunca había sido abrazada, no sin un objetivo sexual específico en los pensamientos de su pareja. Ella se atrevió a colocar su mano sobre la mano de Alexander, que descansaba sobre el colchón delante de su vientre.

De inmediato, instintivamente, él entrelazó sus dedos, luego acomodó sus rodillas más cerca de las de ella. De nuevo ella contuvo el aliento, pero sus dedos entrelazados eran la suma de su objetivo. Ella se maravilló de eso. Ella se sentía mimada, rodeada por su calidez, protegida.

A salvo. Ella sintió su pulso, dejando que su ritmo regular la calmara como una canción de cuna. Ella cerró los ojos, el santuario que Alexander le ofrecía era bienvenido más allá de lo creíble.

La Fortuna finalmente le había sonreído a Eleanor y ella no era tan tonta como para rechazar las ofrendas de esas damas.

ALEXANDER SE DESPERTÓ a la mañana siguiente con un gemido.

Él rodó sobre su espalda, luego hizo una mueca ante el dolor en su cabeza. Él abrió los ojos con cautela, con la intención de buscar a la rata que aparentemente había dormido en su boca y fue atacado por un rebelde rayo de sol. Él cayó hacia atrás contra las sábanas, aturdido.

Él podría haberse quedado en la cama, pero se hizo imperativo que se apresurara al cubo debajo de la ventana. Su estómago se agitaba y luego se asentaba, dejándolo mareado y desorientado. Al menos no había vaciado el contenido de su barriga. Una gota de sudor le corría por la espalda y se sentía mal.

Alexander se apoyó contra la pared, maravillado por su estado. ¿Cuánto había bebido la noche anterior? De hecho, ¿qué había pasado la noche anterior? Sus pensamientos eran una confusión poco común.

Él mantuvo los ojos cerrados mientras consideraba su curso. Era evidente que había llegado la mañana, pero estaba agotado. ¿Cuánto tiempo había dormido? Él recordaba poco de la noche anterior, tan poco que desconfiaba de la verdad. Él había bebido vino, lo recordaba, y había rechazado la responsabilidad.

Vino, música y él mismo despreocupado, y una hermosa mujer llamada Eleanor. Alexander gimió, seguro de que debía haberla ofendido más allá de lo esperado. Su lengua se sentía espesa y asquerosa, desconocida en su boca. Le dolía la cabeza; de hecho, le dolía la médula.

¿Qué había hecho?

Su anillo del sello había desaparecido, el peso familiar ausente de su dedo. Él recordó su nombramiento de un Señor del Desgobierno y se sintió aliviado de que Matthew todavía tuviera el anillo.

"Y feliz Navidad para ti", dijo una mujer ante una asombrosa proximidad.

Alexander gritó y se enderezó, con los ojos bien abiertos ahora. Afortunadamente, la pared no mostró ninguna inclinación a moverse, ya que él se vio obligado a aferrarse a ella para mantener el equilibrio.

Él miró boquiabierto a Eleanor, quien estaba reclinada en su cama usando no más que una de sus sábanas. Su cabello colgaba suelto, los cabellos dorados caían en cascada sobre sus hombros desnudos y se acumulaban sobre el colchón. Su pose era rígida, como si no supiera qué esperar de él, y su mirada era cautelosa, si no condenatoria.

De repente, hubo una serie de detalles pertinentes sobre la noche anterior que Alexander habría pagado su alma por recordar. ¿Cómo había llegado Eleanor a su cama? ¿Y qué había pasado una vez que ella había llegado allí?

Él también estaba desnudo, lo que podría haber sido prometedor si la dama hubiera parecido más complacida. Alexander nunca había estado tan ebrio como para haber decepcionado a una dama —y mucho menos porque no recordara haberlo hecho— y esa mañana, con esa dama, era en su opinión era un mal lugar para comenzar tal hábito.

Sin embargo, él no podía recordarlo.

Él se lavó, teniendo mucho cuidado con su inodoro, incluso mientras trataba de ordenar sus pensamientos. Le quedaba una copa de cerveza, tal vez de un pensativo Anthony, que sabía que necesitaría cerveza para acabar los efectos de la cerveza. Él se enjuagó la boca tres veces, luego bebió un buen trago de cerveza, asegurándose de que su estómago la agradecía.

Alexander regresó a la cama y apoyó el peso en el codo mientras se estiraba junto a Eleanor, esforzándose por no parecer sorprendido por su presencia. Sin embargo, dudaba que su mirada penetrante hubiera pasado por alto su asombro.

Él suspiró con fingida consternación. "Veo que aún no sonríes."

"¿Entonces quieres abandonar tu búsqueda?"

Alexander miró a Eleanor, incapaz de comprender su tono duro. ¿Qué había olvidado él? Algo de importancia, apostaría. No era propio de él olvidar nada, pero había grandes lagunas en sus recuerdos de la noche anterior.

"No soy más que persistente en la búsqueda de mis objetivos", dijo él, luego extendió la mano a través de la extensión de la cama para tocarla. "Aún debemos tratar de persuadir tu sonrisa. Después de todo, el objetivo más elevado no lo gana un hombre que abandona la búsqueda demasiado pronto."

Su mano casi aterrizó en la cintura de ella, luego sus dedos se cerraron en el aire vacío. Eleanor se había deslizado desde el otro lado de la cama, eludiendo su caricia en el último momento. Ella incluso se llevó la ropa de cama con ella y se envolvió con las sábanas con un gesto feroz, asegurándose de que él no se ganara el más mínimo atisbo de su desnudez.

¿Qué había hecho él para insultarla? Porque ella estaba insultada, de eso no podía tener ninguna duda. Sus labios formaban una delgada línea y sus ojos brillaban con un fuego que habría sido más seductor si hubiera nacido del ardor en lugar de la ira.

Quizá prefieras encontrar a la audaz moza que te ofreció un bocado de su plato.

Alexander luchó por recordar este detalle. "¿Anna, la hija del mozo?" Él se rascó la cabeza, e incluso eso le dolió. "Creo que ella ya habría encontrado otro pretendiente"

Pero, de todos modos, es ambiciosa para intentar tentar al propio señor de la fortaleza. Bien podríamos encontrarla fuera de la puerta, esperando tu favor.

Alexander sonrió. "¡Difícilmente eso! Anthony no lo soportaría."

"¿Anthony?"

"Mi castellano. Todos deben dormir en su lugar, según sus cálculos. No descansa hasta que todo esté como debe ser."

"Lo que explica, por supuesto, mi presencia aquí. ¿A menudo él cede a tu capricho de llevar mujeres a tu cama?

"No llevo mujeres a mi cama..."

Eleanor tosió, corrigiéndolo cortésmente.

"Quizás me sedujiste," bromeó él. "Quizás evadiste el buen ojo de Anthony para unirte a mí en la cama. Después de todo, dijiste que eras una cortesana."

"Tal vez no." Y luego ella hizo un gesto con un dedo hacia el colchón.

Alexander frunció el ceño y miró hacia abajo confundido, la mancha roja vívida en la ropa de cama silenciaba cualquier comentario inteligente que él pudiera haber hecho. Él se quedó boquiabierto. Él parpadeó. Sacudió la cabeza, pero de todos modos había la marca de una doncella seducida en su ropa de cama.

No es de extrañar que ella estuviera disgustada. De hecho, él mismo estaba molesto por no recordar ese apareamiento en particular.

Cuando levantó la vista, sin palabras por una vez en su vida, Eleanor lo miraba con frialdad. Ella estaba completamente envuelta en esa sábana de lino, con un extremo echado sobre el hombro y los brazos cruzados sobre el pecho.

"No eres una cortesana", dijo él.

"Tenías razón en eso."

Alexander negó con la cabeza, todavía luchando por encontrarle sentido a la sangre. "Dijiste que habías enviudado dos veces."

"Y sin un hijo de ninguno de los matrimonios", dijo ella en voz baja, luego arqueó una ceja, como si lo desafiara a calcular cómo podría haber llegado a ser esa circunstancia.

Alexander se dejó caer sobre el colchón, perplejo más allá de lo creíble. Eleanor, la mujer más atractiva que había conocido en años, se había casado dos veces y dos hombres diferentes no habían logrado consumar su matrimonio con ella. Podían haber sido hombres mayores o enfermos, pero Alexander no podía imaginarse renunciar a la consumación con Eleanor a menos que estuviera muerto.

Quizás la dama había sido la que se había negado.

Entonces, ¿por qué se lo habría entregado todo a él, la primera noche de su amistad, y eso cuando él estaba borracho? Él miró en su dirección, encontrándola tan impasible como antes.

Oh, él se había equivocado más allá de lo creíble.

"¿Por qué? ¿Por qué yo?"

Eleanor se encogió de hombros. "Yo tenía curiosidad."

"¡Yo estaba borracho!"

"Sin embargo, amoroso de todos modos".

"¡Pero no recuerdo nada de eso!" Él se sentó y miró alrededor de la habitación. Alexander resistió el impulso de protestar por la injusticia de todo eso. "Ni siquiera recuerdo haber regresado aquí."

Ella lo miró, su expresión se volvió astuta. "Quizás eso era parte de tu encanto."

"¿Qué quieres decir con eso?" Alexander se levantó de la cama de un salto, arrojó las sábanas a un lado y la persiguió por la habitación. El suelo estaba frío pero a él no le importaba.

Los ojos de Eleanor se agrandaron y tal vez su agarre sobre la ropa de cama se apretó un poco, pero ella no se retiró. Estaban cara a cara y él podía oler el dulce aroma somnoliento de su carne, ver la miríada de tonos de verde en sus ojos.

"¿Me elegiste porque no me daría cuenta?" preguntó él, incrédulo cuando ella asintió con la cabeza. "¿Qué clase de mujer desea un amante insensible? ¿Qué clase de mujer usa a un hombre para su propio placer y no concede nada a cambio?"

Ella inclinó la cabeza para mirarlo. "¿No has conocido hombres que hagan eso?"

"¡No! ¡Sí!" Alexander se pasó una mano por el pelo y caminó a lo ancho de la habitación. "Eso no es de importancia".

"¿No has hecho eso tú mismo?"

Él se sonrojó y luego la miró. "Si fue así, fue diferente,"

Eleanor cruzó los brazos con más fuerza sobre su pecho. "Como lo fue esto. Importa poco lo que he hecho y mucho menos por qué. Lo hecho, hecho está."

"Lo que se ha hecho, apenas ha comenzado", replicó Alexander. Antes de que ella pudiera retirarse, él tomó su barbilla en su mano y la besó. El suyo no fue un beso contundente, pero claramente la sorprendió. Ella se puso rígida, pero Alexander inclinó su boca sobre la de ella.

Él tendría un beso para recordar, si no más.

Ella besaba como una virgen, sin aliento, vacilante y asustada de lo que él pudiera hacer. Era como si ella nunca antes hubiera abrazado a un hombre. Alexander vio esa mancha roja en el ojo de su mente. Quizás ella estaba dolorida esa mañana. Quizás él no había sido tan gentil como podría haber sido. Quizás él la había lastimado.

Él deseó poder recordarlo. Él sintió una oleada de compasión por ella y apartó los labios de los de ella. Ella lo miró con asombro por un momento, luego dio un paso atrás.

"Confío en que eso será suficiente para saciarte", dijo ella, sus palabras roncas.

Alexander se sintió un perro, pero estaba decidido a no dejar ese asunto en paz. "Eso no empezará a ser suficiente", murmuró él, saboreando su rápida mirada de confusión.

"¿Qué quieres decir?" Ella estaba insegura, tan insegura que no pudo ocultarle sus pensamientos. ¿Podría ser que la dama desconociera sus muchos encantos?

Alexander sabía cómo llegaría a conocer mejor a esa dama. Él la desarmaría con su caricia. Podría llevarle años, pero él le mostraría el placer que se puede encontrar en la cama, la cortejaría y engatusaría, y él conquistaría esa sonrisa.

Solo había una manera de hacerlo de manera honorable, porque ya había tomado más de lo que podía reclamar.

Alexander sonrió con una confianza que no sentía del todo. "Nos casaremos esta mañana", dijo él con determinación, anticipando plenamente que ella lo rechazaría. "Nunca se dirá que el Señor de Kinfairlie no termina lo que comienza."

Los ojos de Eleanor se entrecerraron, pero no dio más indicios de que estaba sorprendida, aunque seguramente debía estarlo. Ella miró hacia la cama, tragó saliva y luego asintió con una obediencia que él no sabía que poseía. "Así será", dijo ella en voz baja.

Alexander vaciló un instante. Para cualquiera de sus hermanas, tal complacencia habría sido un signo de conspiración, pero Eleanor lo miró con los ojos muy abiertos con inocencia. Él sonrió y cerró la distancia entre ellos una vez más.

"Tal acuerdo debería ser sellado con un beso", murmuró él.

"¿Seguramente una vez servirá?" dijo ella, sus palabras sin aliento.

"Seguramente no. Tu beso es sumamente reconstituyente, mi bella dama. Quizás incluso me devuelva el recuerdo de nuestra primera noche juntos en la cama." Sus ojos se abrieron ante la perspectiva. "Seguramente no puedes temer eso", bromeó él. Alexander le guiñó un ojo cuando ella no dijo nada, luego reclamó sus labios nuevamente.

EL SUYO ERA un beso que lo cambiaba todo.

Eleanor nunca había sido cortejada con un beso. A ella la habían casado, la habían utilizado para el placer de un hombre, la habían hecho acostarse por deber y la habían tratado como si fuera una propiedad.

Ella nunca había sido seducida.

A ella nunca le habían concedido el regalo del tiempo. Alexander besaba como si no le importara cuánto tiempo le tomara a ella acostumbrarse a su toque, como si a él no le importara cuánto tiempo le tomara despertar su ardor. Él besaba como si esperara dar y recibir placer a la vez.

Era maravilloso ese beso suyo, y ella se entregó a un placer recién descubierto. Algo se derretía dentro de ella, algo se abría como una flor tocada por el calor del sol.

Eleanor cerró los ojos, porque no era más que un beso, y se perdió en la sensación. Ella separó los labios, invitándolo a acercarse, y contuvo el aliento cuando él profundizó su beso. Aunque él la engatusaba, aunque ella sospechaba que podía detenerlo con la punta de un dedo, aun así se rindió más.

Su beso era pura hechicería. No había violencia desenfrenada en su abrazo, sin duda, y la convicción de eso disolvió la resistencia de Eleanor. Él no la juzgaba ni la encontraba deficiente, él no deseaba una sola acción de ella.

Él la cortejaba por ella misma. Eleanor encontró sus manos deslizándose por los hombros de Alexander, sus dedos amasando la fuerza musculosa de él y luego entrelazando las espesas ondas de su cabello. Ella se encontró dándole la bienvenida a su abrazo como la cortesana que había profesado ser, ella se descubrió encontrándolo toque por toque y anhelando más.

Su mano se elevó a su pecho, ahuecando su peso, su pulgar se deslizó por su pezón, provocándolo hasta un pico. Eleanor arqueó la espalda, apretándose bastante contra él, y él emitió un sonido de placer que la emocionó. Ella solo quería convencerlo de que se acercara. Ella no podía pensar con sensatez. Ella no podía permanecer enojada porque él hubiera olvidado su propia victoria en su búsqueda. Ella no podía considerar la importancia de nada más allá de la presión persuasiva del beso de Alexander.

Y eso era realmente peligroso. Ella nunca había conocido a un hombre decidido a cortejar su favor, por sus propios méritos. Eleanor deseaba de todo corazón haberse encontrado con él en la cama la noche anterior, que él hubiera reclamado su virginidad, que ella no lo estuviera engañando.

El recuerdo de su truco fue aleccionador. Eleanor rompió el beso con esfuerzo. Ella apartó a Alexander, por lo que hubo un paso entre ellos, así como mucho más.

Él la miró, con la mirada hirviendo a fuego lento, luego apoyó los puños en la pared a cada lado de su hombro. Aunque no la tocaba, ella estaba atrapada dentro del círculo de sus brazos. Estar atrapada, ver su determinación, notar sus puños en la pared, todo combinado para despertar un viejo miedo. Eleanor contuvo el aliento.

¿Su dulce beso la había hecho olvidar todo lo que sabía?

"Todavía estoy adolorida," mintió ella apresuradamente. Ella se agachó bajo su brazo y rápidamente puso el ancho de la habitación entre ellos.

Alexander la dejó ir, para alivio de Eleanor.

Cuando ella se atrevió a mirar hacia atrás, él estaba de pie con los pies apoyados en el suelo, los brazos cruzados sobre el pecho, espléndidamente desnudo. Su expresión era difícil de leer y él estaba extraordinariamente quieto.

"¿Te lastimé anoche?" Su pregunta en voz baja parecía resonar en la habitación, parecía flotar en el aire y exigir una respuesta.

Él no lo había hecho, por supuesto, aunque la sugerencia ofrecía un medio fácil de mantener sus caricias al mínimo. Eleanor se encogió de hombros. "No más de lo que la mayoría de los hombres habrían hecho, supongo." Ella se volvió, como si no pudiera mirarlo, pero no tan rápido como para no verlo hacer una mueca.

Entonces ella se sintió mal, porque él no recordaba la verdad y ella usaba su ignorancia en su contra. Pero, sin duda, el estímulo la vería de nuevo en sus brazos, y la verdad lo haría rescindir su propuesta. Eleanor nunca había estado tan atrapada entre la verdad y sus propios objetivos y no sabía qué decir.

Peor aún, sus labios ardían al recordar la caricia de Alexander, haciéndola pensar en cosas más terrenales. No era propio de ella añorar la caricia de un hombre. Ella necesitaba un momento para recobrar su ingenio, para pensar con claridad.

"Lo siento", dijo Alexander y ella escuchó sus pasos mientras cruzaba la habitación. "Concédeme esta oportunidad, Eleanor, de ganarme tu respeto. Cásate conmigo y déjame cortejarte de nuevo. Déjame mostrarte que nuestras noches en la cama juntos no tienen por qué repetir la primera." Entonces le ofreció la mano y a ella le gustó su determinación. "—Pon tu mano en la mía, Eleanor, cásate conmigo y dejemos atrás un mal comienzo. Se puede hacer."

Ella se enderezó. "Pensaba que eras un hombre que pone valor en una búsqueda".

"Y así soy." Él inclinó la cabeza para mirarla, sus ojos bailando de nuevo con esos deliciosos destellos. "Seguramente no será tan molesto tener un caballero trabajando por tu favor, todo el día y toda la noche."

Pero ya te ganaste mi sonrisa. ¿No me digas que has olvidado incluso tu propio triunfo?

Él la miró, horrorizado, y ella supo que él no lo recordaba. ¿La poción le había robado sus recuerdos, o era tan descuidado en ganarse el favor de las mujeres que se habría olvidado incluso sin la poción?

Eleanor deseaba poder saber la verdad.

Ella también deseaba no sentirse tan malhumorada por haberle robado la risa de sus ojos.

Alexander se pasó una mano por el pelo. "Entonces estoy doblemente en deuda contigo, y debo trabajar fuertemente para ganar tu favor. Te pido disculpas, Eleanor. No sé qué me pasó anoche."

Eleanor miró hacia otro lado, incómoda por su propio conocimiento.

"Permíteme la oportunidad de ganarme tu favor de nuevo." Él se inclinó profundamente sobre su mano y debería haber parecido cómico en su desnudez. En cambio, Eleanor era consciente de su amplitud, su fuerza y su masculinidad. Ella lo deseaba con tal repentino vigor que no podía recuperar el aliento. "Confía en que estoy a tu servicio, como todos los hombres de mérito deberían estar al servicio de las damas en peligro."

"No estoy en peligro", lo corrigió ella apresuradamente.

Alexander le dirigió una mirada severa. "Por supuesto que lo estás. Estás en peligro de perder tu corazón, porque tengo la intención de ganar ese premio a continuación." Él tocó con el dedo la piel desnuda que se veía sobre la sábana, tocándola justo encima del lugar donde su corazón latía salvajemente en respuesta a su sola presencia. "Puedes estar segura de que nunca entregaré ese premio, una vez que esté seguro a mi alcance."

Eleanor sintió que sus ojos se ensanchaban. Ella podía oler su piel. El calor emanaba de ese pequeño punto de contacto y ella vio cómo los ojos de Alexander se oscurecieron a índigo. Ella se humedeció los labios, incapaz de no hacerlo, y él observó la punta de su lengua con avidez. Él susurró su nombre y se acercó. Ella sintió su erección contra su cadera, sintió solo la suave barrera de tela entre ellos, pero curiosamente no tenía deseos de huir.

"¿Pero por qué?" preguntó ella, su voz sonaba tan ronca que podría no haber sido la suya.

Él sonrió. "Porque es correcto y apropiado que un hombre sostenga el corazón de su esposa, así como ella debería poseer el suyo."

Eleanor lo miró fijamente, asombrada por su caprichoso respaldo al amor. Ella nunca había sido tan consciente de un hombre, nunca había deseado el toque de un hombre como lo hacía en ese momento. Ella quería encontrarse con Alexander en la cama, esa misma mañana, aunque estaba asombrada por el poder de su propio deseo.

Alexander inclinó la cabeza y tocó sus labios con los de ella. Ese beso era tentativo, como si le pidiera permiso para continuar, y su efecto era más embriagador que el del mejor vino.

Eleanor cerró los ojos y acercó los labios a los de él con más determinación. La boca de Alexander se cerró sobre la de ella con posesiva facilidad, sus manos se cerraron alrededor de su cintura. Él la levantó contra su pecho y la besó a fondo esta vez.

Maravilla de maravillas, Eleanor no tenía miedo. Ella abrió la boca, se hizo eco de cada uno de sus gestos, lo probó mientras él se deleitaba con ella. Se olvidó de sí misma, de su pasado, de sus miedos, y solo sabía que quería el calor de Alexander Lammergeier dentro de ella.

Inmediatamente.

En ese momento, la llave se giró repentina y ruidosamente en la cerradura de la puerta del solar.

~

"¡Feliz Navidad!" gritó la familia de Alexander. Cinco hermanas y dos cuñados cruzaron el umbral. Su anticipación de lo que encontrarían era casi tangible.

Lo que encontraron los hizo jadear en voz alta de asombro.

Alexander maldijo. Él empujó a Eleanor detrás de él y ella sintió que le ardía la cara. Ella dejó caer la ceja hasta la parte posterior de su hombro, saboreando el escudo que él hacía, aunque ella era la que tenía las sábanas. Él se quedó desnudo ante sus ruborizadas hermanas y se quedó mirando las risas de sus cuñados. Esos hombres se apresuraron a bloquear la vista de las hermanas menores mientras sus esposas se reían a carcajadas.

"¡Alexander!" jadeó Madeline. "¡Pícaro!"

"Es más el pícaro de lo que imaginamos", convino Vivienne.

"Supongo", dijo Alexander, mientras agarraba el extremo de la sábana de Eleanor y se la enrollaba alrededor de las caderas, "que a todos les resulta divertido interrumpirme en la cama con mi futura esposa".

"¡Esposa!" declararon Madeline y Vivienne al unísono y se burlaron de asombro, luego intercambiaron una mirada de complicidad que Eleanor estaba segura de revelaría su participación a Alexander.

"Sí, esposa", dijo él, aparentemente ajeno a ese intercambio. Elizabeth, por favor informa a Anthony que se celebrarán nupcias esta misma mañana. Isabella, por favor, dile al padre Malachy también... "

"Pero las prohibiciones..." protestó esa hermana.

"Serán ignoradas", dijo Alexander con determinación. "Si él desea discutir el asunto, podemos hacerlo cuando mi señora y yo lleguemos a la capilla." Él reclamó la mano de Eleanor y le dirigió una mirada que, sin duda, se suponía que debía ser tranquilizadora. "Será una breve discusión."

"Tienes pruebas de tu lado", dijo ella, recordándole la ropa de cama y Alexander asintió con firmeza.

"De hecho, la tengo. Madeline, ¿podrías recoger la ropa de cama y Annelise que el sacerdote y la familia la vean? Eleanor notó que él había despachado a sus hermanas solteras del solar con prisa. "Y yo rogaría la ayuda de todas mis encantadoras hermanas para que vieran a Eleanor vestida apropiadamente. Sería un buen presagio si se vistiera con un atuendo nuevo para nuestras nupcias."

"Oh, él nos halaga", dijo Vivienne con una sonrisa. "Seguramente eso significa problemas para todas nosotras."

"¿Tienes hermanos, Eleanor?" preguntó Isabella con fingida inocencia, luego Alexander rugió y los envió a todos a dispersarse.

"Debería encontrar algo más apropiado que la ropa de cama", le dijo a Eleanor cuando estuvieron solas. Ella solo tuvo la advertencia de su pícaro guiño antes de que él apartara la sábana de ella, deján-dola desnuda ante él. Eleanor se cubrió los pechos con las manos antes de darse cuenta de la locura de lo que hacía.

Ajeno a su gesto, Alexander marchó por la habitación y luego reclamó la llave. Frunció el ceño por un momento, ya que estaba en el exterior de la puerta y Eleanor estaba segura de que él se daría cuenta de que habían sido encerrados, no que habían cerrado fuera a los demás. Luego él negó con la cabeza y cerró la puerta con gracia antes de volverse para mirar a Eleanor de nuevo. Su corazón se detuvo bastante, tan familiar era esa circunstancia.

Un hombre desnudo con una erección, un hombre formidable con un brillo decidido en sus ojos, la había encerrado en su habita-ción y le había quitado su único atuendo. A pesar de lo que Eleanor pensaba que sabía de Alexander, un pánico se apoderó de ella.

La situación era demasiado familiar, su final era demasiado seguro. Un trío de besos y ella era tan tonta como antes. Un trío de besos y se había olvidado de lo que podía hacer un hombre cuando le negaban su más mínimo capricho.

"¿Y qué estábamos haciendo antes de que nos interrumpieran tan groseramente?" reflexionó él, sus modales confiados y su desnudez alimentando su terror.

"¡Nada!" Gritó Eleanor, para su obvio asombro. Ella se lanzó hacia la puerta, sin importarle que no tuviera un hilo con el que cubrirse. Alexander intentó agarrarla por la cintura, pero Eleanor lo hizo tropezar.

Alexander maldijo mientras caía. "¿Qué te pasa?" gritó él, luego maldijo mientras se golpeaba la rodilla contra el suelo. La llave se soltó de su agarre y bailó por el suelo.

Eleanor cayó sobre la llave y corrió hacia la puerta.

"¡Eleanor! ¡Me besaste con bastante facilidad hace un momento!"

Eleanor metió la llave en la cerradura con dedos temblorosos y corrió hacia el pasillo, dejando a un hombre asombrado detrás de ella.

"¿Qué he hecho?" gritó Alexander, pero Eleanor no le hizo ningún caso. Él maldijo en voz alta, pero no la persiguió de inmediato.

Eleanor bajó corriendo las escaleras. Logró descender solo un tramo antes de que las hermanas la rodearan, charlando sobre lo que podría usar, y la convencieron de que entrara en sus habitaciones. Ella se quedó temblando en medio de ellas, deseando que los latidos de su corazón se ralentizaran. Sedas y samites estaban derramados por el suelo, zapatillas mezcladas en desorden y medias apiladas delante de los baúles. Una doncella regordeta gritó pidiendo orden, en vano.

Eleanor se sentó pesadamente sobre un baúl y exhaló un suspiro de alivio cuando los hombres cerraron la puerta. Su respiración se hizo más lenta y se calmó lo suficiente para darse cuenta de que Alexander probablemente solo había deseado terminar su beso.

Y luego se sintió siete clases de tonta por haber huido de su lado.

El hombre ciertamente la consideraría tonta. Y, de hecho,

Eleanor no habría argumentado ese punto de vista, porque sus propias acciones podrían costarle el respiro en Kinfairlie que tanto deseaba.

❧

HABÍA un tipo particular de locura en el salón de Alexander, y él no sabía qué pensar de ello. Él no podía entender el repentino miedo de Eleanor hacia él, ni podía explicar satisfactoriamente su determinación de aliviar su miedo. Ella era un enigma y un acertijo, una mujer decidida a guardar sus secretos, y él debería haberse contentado con dejarla tenerlos.

En cambio, él quería ayudarla.

Y de verdad, él quería volver a encontrarse con ella en la cama, porque esta vez, estaría seguro de recordar el hecho. Ciertamente, él no olvidaría la vista de su sonrisa, si alguna vez ella lo honraba con otra. Él necesitaba tiempo para nombrar y exorcizar a los muchos demonios que la atormentaban, y el matrimonio le otorgaría el regalo del tiempo.

De hecho, cuanto más pensaba en el asunto, más convencido estaba Alexander de que su fascinación por la dama era un buen presagio para su futuro juntos, aunque ese argumento podría haber sido más persuasivo si la mujer no hubiera huido aterrorizada de él.

¿Seguramente él no había levantado una mano contra ella la noche anterior? La perspectiva detuvo sus pasos. Él no podía imaginarse haciéndolo. ¿Seguramente no había destruido ninguna posibilidad de ganarse la confianza de la dama? Alexander deseó haber estado seguro.

Qué extraño que hubiera dormido tan profundamente. Él no pensaba que hubiera bebido tanto vino. Él había estado demasiado preocupado por ganarse la sonrisa de Eleanor. Era doblemente curioso que la llave de la cerradura de la puerta de su habitación estuviera en el exterior de la puerta. ¿Había él oído girar la llave antes de que su familia interrumpiera el delicioso beso de Eleanor?

¿Y por qué habían ido a su habitación, como si esperaran algo de él? Era muy poco común. Por lo general, él los encontraba en el salón, aunque supuso que los hábitos se rompían durante las celebraciones.

Quizás ellos habían presenciado más de su cortejo con Eleanor de lo que él recordaba. Quizás habían adivinado qué, o quién, podían encontrar en su habitación.

Si eso no era suficiente para desconcertar a un hombre, y mucho menos a uno al que le dolía la cabeza como a Alexander, había otra rareza en su salón. A él le parecía —y hay que admitir que esa mañana él era menos de sí mismo que lo habitual— que todos sabían de sus nupcias antes de que él se los contara. Alexander era muy consciente de que los chismes eran rápidos, pero realmente, parecía que todos en Kinfairlie habían sabido de su intención de casarse ese día antes de que Alexander lo hubiera adivinado él mismo.

Anthony ya había hecho los preparativos para un banquete y las cocinas olían a carne asada y guisada. Se horneaba pan, se cocinaban huevos y se hervían verduras, y todo esto cuando Alexander salió de su habitación, momentos después de persuadir a Eleanor de que aceptara su petición. Las mesas se estaban colocando en el salón y ya había campesinos apiñados alrededor de la puerta, cucharas, cuencos y servilletas expectantes en la mano.

Era el día de Navidad, sin duda, pero en Kinfairlie normalmente se celebraba una fiesta en Nochebuena en el salón del señor y luego nada hasta la Noche de Reyes.

Pero todos parecían saber que la tradición se rompería ese año, y no menos que se rompería para una boda.

Alexander supuso que él debía de haber cortejado amorosamente a Eleanor la noche anterior, para que sus intenciones hubieran sido leídas con tanta claridad incluso por sus vasallos.

¿O había otra explicación?

La forma en que sus hermanas se reían juntas sin duda tenía una forma de hacer sospechar a un hombre de que todo podría no ser lo que parecía. Quizás todo eso fuera una elaborada broma, en la que participaba Eleanor, y ella no tenía ninguna intención de casarse con él de verdad.

Quizás la huida de Eleanor de su beso había sido un indicio de lo que vendría. Alexander no le dejaría pasar a sus hermanas que le gastaran una broma. Mientras ordenaba su salón y daba órdenes para el día de su boda, Alexander se preparaba para lo peor. Sí, él podía imaginarse a Vivienne y a Madeline pensando que una vergüenza pública en el altar sería una retribución adecuada por haberlas emparejado.

Quizás ellas no sabían, o no habían anticipado, que la dama sentía cierta atracción por él. Alexander sabía un par de cosas sobre mujeres y, aunque Eleanor era más misteriosa que la mayoría, no cabía duda de que ella le había dado la bienvenida a su beso.

Tal vez él podría convencerla de que lo aceptara de verdad, desafiando cualquier plan que tuvieran sus hermanas. La perspectiva de eso puso un resorte en el paso de Alexander mientras se ocupaba de sus deberes matutinos.

# CAPÍTULO 4

$E$leanor se permitió soñar.

Ella estaba parada en el umbral de la capilla de Kinfairlie en la mañana de Navidad, el calor de la luz del sol en su cabeza y hombros, el brillo de la nieve fresca a su alrededor. El aire estaba fresco y el rumor del mar llegaba desde los acantilados más allá de las costas de Kinfairlie.

Ella iba vestida de un vivo carmesí, con un velo de seda dorada sobre la cabeza y unas pantuflas de cuero rojo gloriosamente bordadas en oro en los pies. Las hermanas de Alexander habían asaltado sus propios baúles de ropa para vestirla apropiadamente para sus nupcias y ella se sentía resplandeciente en rojo y dorado. Ella había estado rodeada por cinco mujeres risueñas, tan concentradas en verla lucir lo mejor posible como si fueran sus propias hermanas de sangre.

Ella sabía que habían logrado su objetivo, porque los ojos de Alexander brillaron cuando ella entró por primera vez en su salón. Él había reclamado su mano, le había besado los nudillos y no había permitido que se separara de su lado desde entonces. Era embriagador ser el centro de su atención y Eleanor se atrevió a soñar que ese día no terminaría.

Alexander no la había presionado sobre su huida, aunque él parecía decidido a mantenerla cerca y por eso, ella estaba agradecida. Él incluso se había negado a escuchar su disculpa, insistiendo en cambio en ofrecer la suya.

El corazón de Eleanor latía de una manera muy desconocida y ella sabía que sus mejillas estaban rosadas. Ella se preguntó si una medida de la luz de las estrellas en los ojos de Alexander había entrado en los suyos. Ella se arriesgaba desafiando todo lo que había aprendido, pero la esperanza de un futuro mejor era un poderoso señuelo.

Alexander le daba esperanza, un regalo poco común para alguien que había visto y experimentado tanto como Eleanor.

Alexander sostenía su mano con fuerza entre la suya incluso ahora mientras el padre Malachy levantaba la mano en señal de bendición. Los hermanos de Alexander estaban reunidos detrás de ellos, y los campesinos de Kinfairlie se apiñaban detrás de ellos, toda la compañía sonriendo. Alexander deslizaba su pulgar por la mano de Eleanor, una caricia pausada que hacía que la boca de ella se secara.

Eleanor se arriesgó a mirar en su dirección y encontró su mirada sobre ella, sus ojos bailando con esa alegría apenas contenida que ella encontraba tan tentadora. Él parecía complacido de estar a su lado, complacido de intercambiar votos con ella.

Como si él la hubiera elegido él mismo para ser su esposa.

Como si se hubieran elegido el uno al otro. Eleanor agregó ese elemento a su sueño. Él estaba finamente forjado, ese hombre decidido a tomarla por esposa, ese hombre al que ella había engañado. Y él era honorable, tan honorable que Eleanor sintió remordimiento por haberlo engañado.

Eleanor decidió creer por un momento que ese era un matrimonio que perduraría, que Alexander no resultaría ser un bruto, que esa soleada mañana de Navidad podría ser un buen augurio para su futuro. Y se complació con la imposibilidad de que ese fuera su primer matrimonio, quizás su único matrimonio. ¿Y si ella hubiera sido virgen la noche anterior? La mentira con la que había atrapado a Alexander era mucho más atractiva que la verdad, tanto que deseaba fervientemente que pudiera ser la verdad.

Su mano se levantó, aparentemente por voluntad propia, para acariciar el crucifijo que siempre llevaba debajo de su kirtle, el crucifijo que debía adornar su atuendo en sus votos nupciales, pero no encontró nada.

Por supuesto, la gema ya no estaba ahí. Eleanor lo había usado durante tanto tiempo que aun se olvidaba de que se había ido. Ella contuvo el aliento, sabiendo que la presencia de su reliquia habría bendecido ese matrimonio como no podría haber bendecido a sus dos últimos. Ella se dijo a sí misma que la pérdida de la gema era un pequeño precio a pagar a cambio de su vida.

"¿Qué está mal?" susurró Alexander. Él parecía preocupado en verdad, tan preocupado que ella sintió la necesidad de darle una respuesta.

"Perdí una joya de mi madre y todavía la extraño". Eleanor se encogió de hombros, como si el asunto no fuera importante.

"¿Qué tipo de gema?"

"Un crucifijo. Era simplemente una pieza sentimental" —mintió ella, sin querer que él se diera cuenta de que ella había poseído una reliquia de tal valor como el crucifijo dorado tachonado de rubíes del que Ewen se había apoderado.

Para su consternación, Alexander no se detuvo. El sacerdote se aclaró la garganta intencionadamente, pero Alexander continuó su conversación de todos modos. "No pareces el tipo de mujer que pierde cosas, especialmente artículos de valor sentimental", murmuró él, su mirada evaluativa. "¿Deberíamos buscarlo?"

"No obstante, lo perdí y lo perdí hace mucho tiempo." Eleanor miró al sacerdote, deseando que continuara. "Se ha ido, más allá de la recuperación." La mirada del sacerdote se movió entre los dos y apretó los labios con disgusto. Eleanor inclinó la cabeza profundamente como si estuviera arrepentida.

Alexander apretó su agarre sobre sus dedos. "Debes describírmelo y buscaré otro", dijo él mientras inclinaba la cabeza a su vez.

Eleanor contuvo el aliento. Ella se emocionó de que él hiciera tal oferta simplemente para verla complacida, antes de recordar que él no podía hacer eso. "¿Seguramente no deberías desperdiciar lo que se esconde en tus arcas con semejante frivolidad?" Dijo ella en voz baja y él inhaló bruscamente. Entonces ella se sintió grosera por recordarle a Alexander la verdad sobre su situación financiera.

El padre Malachy se santiguó y dijo "Amén" antes de fulminar con la mirada a la pareja distraída que tenía delante. Alexander le concedió al hombre una sonrisa tal que su ceño fruncido inmediatamente comenzó a suavizarse. La compañía se hizo eco de la bendición con entusiasmo, luego Alexander deslizó un pesado anillo en el dedo anular de la mano izquierda de Eleanor.

Ella lo miró, sorprendida por su peso, y estaba muy sorprendida por el anillo en sí. Una gran esmeralda redonda llenaba bastante su nudillo, sus verdes profundidades relucían, su circunferencia marcada con una multitud de pequeñas perlas blancas. Era una pieza justa y una que ningún hombre sin medios podría haber adquirido.

¿Alexander había mentido sobre su falta de dinero? ¿O eran los Lammergeier realmente los ladrones que tenían fama de ser?

Su asombro debió de mostrarse cuando lo miró a los ojos, porque Alexander sonrió.

"Era el anillo de bodas de mi madre", dijo él. "Mi padre lo aceptó como su único reclamo del tesoro de Ravensmuir, y mi madre lo dejó en el tesoro para su custodia antes de emprender el viaje que resultó ser el último." Él le tocó la barbilla con la yema de un dedo. "Yo apenas podía soportar mirarlo antes de esta mañana, pero ahora la gema me recuerda el tono de tus ojos."

"Podrías venderlo, si no tienes dinero.".

"Nunca", dijo él con ferocidad. "Hay tesoros con un valor superior a su precio."

"Deberías quedártelo, entonces, en caso de que lo necesites."

Él apretó los labios y habló con vigor. "Yo debería entregárselo a mi esposa, como mis padres sin duda pretendían que hiciera, para que brille desde el lugar que le corresponde en su mano."

Eleanor parpadeó, porque no sabía qué decir ante tanta generosidad. Ella se sintió muy honrada por ese regalo y nuevamente se avergonzó de haberlo engañado. Las palabras la eludieron.

Sin embargo, Eleanor tuvo pocas oportunidades de hablar, porque Alexander le dio otro de sus desconcertantes besos. Apreciando su consideración, ella se inclinó hacia su abrazo después de una mínima vacilación. Ella saboreó su calor y su fresco aroma, recibió su caricia con una notable confianza en que él no la presionaría demasiado.

Ella haría todo lo posible para servirle bien como esposa.

La compañía aplaudió esa demostración pública de afecto y las mejillas de Eleanor se encendieron, pero Alexander continuó con su beso despacio. Una de sus manos ahuecó su nuca, la otra se aferró con fuerza a su mano izquierda, encerrando el anillo que ahora llevaba. Una vez más, Eleanor se sintió mimada y segura. El calor se extendió hasta los dedos de sus pies y ella sintió un hormigueo en la piel, su mano se elevó a su hombro y se puso de puntillas, deseando más de lo que él le ofrecía.

Alexander rompió el beso demasiado pronto, su sonrisa cálida mientras la miraba. Eleanor le devolvió la sonrisa y le gustó cómo se le iluminaron los ojos.

"Este es un buen comienzo", dijo él, solo para sus oídos, y Eleanor sintió que se sonrojaba. Su corazón estaba ligero, más ligero de lo que ella recordaba jamás.

El padre Malachy se burló de Alexander con poca censura, luego se volvió y condujo al grupo a la capilla para celebrar la misa. Alexander le ofreció galantemente su codo a Eleanor y sus hermanas sonrieron ante lo que habían hecho.

Era perfecto. Así era como Eleanor había soñado que serían sus nupcias y la verdad le hizo un nudo en la garganta. Si eso era una ilusión, no solo era ingeniosa, sino que ella lo deseaba ardientemente.

Se habían encendido las velas y el sacerdote acababa de levantar la Eucaristía cuando los caballeros entraron al galope en la aldea de Kinfairlie. Eleanor supo en ese instante que su sueño inicial iba a romperse. Ella se preparó para lo peor, incluso cuando lamentaba amargamente que su pasado demostrara ser tan ágil.

ALEXANDER oyó los caballos y habría pensado poco en ello si Eleanor no se hubiera asustado tanto. Ella miró por encima del hombro, sus ojos muy abiertos y sus dedos apretados sobre los de él. Él la miró justo cuando se abría la puerta, la oyó recuperar el aliento y vio que el color se le escapaba de la cara.

Luego se giró para mirar al padre Malachy de nuevo. Alexander sabía que no se imaginaba que su mano temblaba dentro de la suya, aunque ella estaba erguida y estirada.

Entonces él miró hacia atrás y sus propios labios se estrecharon ante los recién llegados. Era el clan Black Douglas, el raramente justo Alan al frente del grupo.

Había algo extraño en Alan, más que la palidez de sus ojos o el extraño rubio dorado de su cabello. El solo hecho de verlo hacía que la gente se sintiera incómoda.

El grupo de Alan entró ruidosamente en la capilla, sin respetar el servicio en curso. Alan sonrió al ver a Eleanor, aunque la suya no era una sonrisa amable. Era una sonrisa que hacía que Alexander recordara a los lobos hambrientos y él acercó a Eleanor a su lado. Rhys y Erik siguieron la mirada de Alexander y apartaron a sus esposas del centro de la capilla.

Alan arrojó su yelmo y guantes a un escudero, luego se dirigió a la capilla. Los campesinos se apartaron de su camino y los murmullos siguieron su camino. Él se abrió paso entre Erik y Rhys, ninguno de los cuales le dio espacio, luego tomó el codo de Eleanor. ¿Cómo supiste de ella?

Eleanor nunca miró hacia arriba, pero tiró su brazo abruptamente fuera de su alcance.

"Es bueno encontrarte, hermana", dijo Alan, interrumpiendo al sacerdote.

"¿Es esa la verdad?" Murmuró Eleanor.

"Difícilmente es bueno", dijo Alexander, preguntándose por el vínculo entre esos dos. ¿Eran hermanos? "¿No tienes respeto por los oficios divinos?"

"Los asuntos terrenales son de mayor importancia en este momento", dijo Alan, luego tomó la mano izquierda de Eleanor, levantándola para que la luz jugara en la gema que Alexander acababa de colocar en su dedo. "Ah, veo que interrumpo los votos nupciales." Su sonrisa se volvió cruel mientras estudiaba a Eleanor. "Siempre supe que eras una perra astuta, pero esta astucia supera las expectativas."

Las hermanas de Alexander jadearon como una. Rhys y Erik dieron un paso adelante ante el insulto ofrecido a la dama de Alexander. El padre Malachy contuvo el aliento porque ese lenguaje se usara en la iglesia, pero nadie tuvo la oportunidad de responder.

Alexander ya había golpeado a Alan. Su puño aterrizó sólidamente sobre la nariz de Alan. Alexander no se sintió insatisfecho al escuchar un hueso crujir bajo su golpe. Alan retrocedió, la sangre brotaba de una fosa nasal, y nadie se adelantó para ayudarlo.

Alan se estabilizó y miró por encima de la atenta compañía. Eleanor no dijo nada, aunque su mirada se movió entre los hombres, aparentemente sin perder ningún tipo de respuesta. Los hombres de Alan intentaron avanzar, pero los hombres de Alexander bloquearon su avance.

Alan se tocó la nariz, que estaba hinchada a medida que enrojecía. Él miró a Alexander. "Siempre había pensado que no eras demasiado ingenioso."

"Y siempre he pensado que careces de caballerosidad, aunque

este incidente supera con creces las expectativas," replicó Alexander. "Nadie le habla a una mujer noble de manera tan grosera en mis tierras, y mucho menos en una capilla que depende de mi protección."

"Amén", dijo el padre Malachy.

Alan se limitó a sonreír. Él se enderezó y volvió a mirar a Alexander. "Permíteme darte un consejo, hombre, y salvarte de tu propio error antes de que se cometa por completo".

"No doy la bienvenida a tu consejo."

"Deberías." Alan agarró la mano de Eleanor. Él le quitó el anillo del dedo, incluso cuando ella jadeó indignada, luego se lo lanzó a Alexander. Alexander tomó el anillo y en ese mismo momento, Alan tiró a Eleanor a su lado tan rápido que ella tropezó. "Quédate con tu chuchería, vecino. Esta novia es fatal para reclamar."

"¡No!" protestó Eleanor y apartó la mano del agarre de Alan.

"La elección no es tuya", dijo Alan con un gruñido. Él tomó su mano de nuevo y Eleanor hizo una mueca cuando su agarre fue claramente duro.

"¿Es Eleanor tu hermana?"

"No."

"¿Es ella tu sobrina o tu hija?"

Alan le concedió a Eleanor esa sonrisa desagradable. "Ella es la viuda de mi hermano, Ewen."

Alexander parpadeó ante este bocado de noticias, luego miró a Alan. "Entonces, la elección ciertamente la debe tomar la dama", dijo él. Él agarró la muñeca de Alan mientras el hombre lo miraba desafiante. Alexander era más joven que Alan y no dudaba de que era más fuerte. De hecho, apretó firmemente la muñeca del otro hombre hasta que Alan soltó a Eleanor.

Alan maldijo.

Eleanor se liberó rápidamente y la marca roja en su carne enfureció a Alexander.

"¡No hay motivo para tratar así a una mujer!" Alexander solicitó a la dama a que se pusiera detrás de él. "No tienes derecho a reclamarla, y menos derecho a insultarla en mi morada. Vete, Alan, antes de que se diga lo peor este día."

Los ojos de Alan se entrecerraron. "Sabes poco del asunto, está claro. Como viuda de mi hermano y viuda cuyos parientes han muerto, el futuro de Eleanor es mío para determinar. Tengo derecho sobre ella y tengo la intención de que se haga justicia."

"¡No te debo nada!" dijo Eleanor con calor.

"La dama rechaza tu amable interés en su futuro", dijo Alexander con frialdad. "Y de verdad, no hay necesidad de tu participación, ya que ella ya se ha casado conmigo.".

"¿Es esto cierto?" le preguntó Alan a Eleanor.

"De hecho, lo es", dijo ella.

"¿Y te casaste con él de buena gana, sin coacción?"

Alexander sintió que Eleanor se enderezaba detrás de él, y sus palabras revelaron que algo de su determinación había sido restaurada. "Esa es una pregunta intrigante de un hombre que me vería casada por la fuerza."

¿Con quién casaría Alan a Eleanor?

Alexander notó la avaricia en la expresión de Alan y pensó que podía adivinar la respuesta a esa pregunta. Ella supuso que a Alan le gustaba la esposa de su difunto hermano, algo que esa dama no correspondía y que era inaceptable según la ley de la iglesia. El darse cuenta de eso lo hizo doblemente decidido a defenderla. Sus hermanas habían expresado a menudo temor por Alan Douglas y él podía entender bien por qué Eleanor podía haber huido del hombre.

"Sólo intento asegurar tu bienestar, hermana", dijo Alan.

"Está asegurado", dijeron Alexander y Eleanor al mismo tiempo.

"—Estás lejos de tu dominio, vecino" —añadió Alexander con cortesía. "Y seguramente debes darte prisa para verte en tu propia mesa esta noche.

"Descansamos en Tivotdale este Yule, que no está tan lejos." Alan asintió con la cabeza hacia Eleanor. "Aunque tu novia podría haberte dicho lo mismo, si así lo hubiera elegido. Ella caminó aquí desde ese salón, después de todo."

Que Eleanor hubiera caminado tanto en la nieve para evadir a Alan y su plan le decía a Alexander todo lo que necesitaba saber.

Alan se burló de Eleanor. "¿Caminaste a Kinfairlie específicamente porque oíste decir que su Señor no estaba casado?"

"¡No!" Eleanor replicó con tanta vehemencia que Alexander creyó que era verdad. "Me escapé y no sabía adónde corría. ¡La dirección tenía menos intención que la huida en sí!"

Alan sonrió y podría haber dicho más, pero Alexander había escuchado suficiente. "Tu presencia no es bienvenida en estas tierras, Alan", dijo él con determinación. "Porque demuestras que eres un mal invitado. Vete ahora y nos volveremos a encontrar de buen humor. Si te quedas y sigues causando insultos, esa circunstancia es menos segura."

"Mi intención es simplemente ser un buen vecino y aliado", dijo Alan suavemente, inclinándose ante Eleanor con un encanto que solo alimentaba la desconfianza de Alexander. "Simplemente te advertiría del mérito de la mujer que tomarías por esposa, antes de que sea demasiado tarde."

"Conozco el mérito de la dama", dijo Alexander, volviendo a capturar la mano de Eleanor con la suya. Ella tenía los dedos fríos. Él podía comprender muy bien su miedo a los hombres si se ella hubiera casado con Ewen Douglas. Ese hombre había sido un borracho ruidoso y violento, según los cálculos de Alexander.

"¿Lo sabes?" Alan volvió a sonreír con esa sonrisa lobuna. "¿Seguramente un hombre sensato lo pensaría dos veces antes de llevar a una asesina a su cama?"

La compañía retrocedió en estado de shock, como claramente Alan había anticipado que lo harían. Él se volvió hacia su audiencia absorta y asintió con la cabeza como si les confiara un secreto. "Es verdad. Hemos cazado a esta víbora durante cuatro días y cuatro noches, desde que, de hecho, encontramos a mi hermano Ewen, su cónyuge legalmente casado, asesinado en su propia cama en Tivotdale. No había ni rastro de su esposa, salvo el rastro de sus huellas que se alejaban en la nieve."

La compañía jadeó, pero Alan levantó un dedo. Alexander notó que la única persona que no se sorprendió por esa revelación fue Eleanor. Ella miró a Alan sin disimular su odio.

Debía ser una mentira repugnante que Alan decía, y Alexander no culpaba a Eleanor por despreciarlo por ello.

"Tú acusas sin pruebas", dijo Alexander.

Alan levantó un dedo. La única alma que estaba en compañía de Ewen era su esposa, nada menos que la dama con la que se quiere casar su señor esta mañana. Ella había huido de su propia habitación en medio de la noche, con solo el atuendo en su espalda, y esto la misma noche que mi hermano fue asesinado."

Él contempló la compañía. "Mi hermano Ewen ignoró las historias que se contaban sobre la desaparición del primer marido de la dama y la supuesta participación de la dama en esa desaparición, y eso fue para su propia pérdida."

Él se volvió hacia Alexander, la astucia en sus ojos hacía poco para persuadir a Alexander de que le creyera. "Sálvate a ti mismo ahora, vecino, y desprecia a esta mujer antes de que tu matrimonio se consuma. Ella solo puede traerte dolor."

"Y si Alexander la desprecia, ¿cuál será su destino?" Preguntó Madeline. Alexander no dudaba de que su hermana pretendía dejarle claro el resultado completo de tal elección, pero no tenía la menor intención de despreciar a Eleanor.

¿Cómo podía entregarse ella a la custodia de un hombre que la difamaba tan voluntariamente? Alexander no dudaba que algo peor que palabras crueles aguardaría a Eleanor bajo la mano de Alan.

Alan sonrió con su sonrisa escalofriante. "Ella regresará a nuestra morada y enfrentará la justicia como se merece."

Alexander miró a Eleanor, cuya expresión era imposible de leer. Ella arqueó una ceja, como anticipando lo que podría preguntarle. "Haz todo lo que quieras, mi señor," dijo ella, con un tono agrio. "Después de todo, no es el lugar de una mujer el elegir."

Alexander vio que Eleanor esperaba poco de él y supo que sus expectativas habían sido aprendidas. Sin duda, Ewen le había enseñado a no esperar nada, ni siquiera cortesía, de su esposo. Eso debía haber agravado las lecciones de su primer esposo.

Alexander le enseñaría a esperar lo contrario de su marido.

"Sin embargo, es el lugar de mi esposa permanecer a mi lado en Kinfairlie", dijo él y supo que no imaginaba la sorpresa que iluminó los ojos de Eleanor.

"¿Qué locura es esta?" Dijo Alan.

"No hay locura en absoluto. Te agradezco, vecino, tu consejo, pero la dama y yo ya hemos consumado nuestro matrimonio." Él atrajo a Eleanor a su lado izquierdo, donde ella pertenecía con razón, y le dedicó una sonrisa. "Me temo que celebramos la noche nupcial antes de que se hicieran nuestros votos nupciales. Al final, importa poco, siempre que ambos se completen de manera oportuna y ninguno de nosotros desee una anulación."

"Pero esto no puede ser..." protestó Alan.

Alexander chasqueó los dedos e hizo una seña. Vera, la doncella de sus hermanas, pasó por la compañía, portando con orgullo las sábanas manchadas de su propia cama. El sacerdote bendijo la mancha de sangre y rezó por el favor de los hijos, mientras que la frente de Alan se oscureció aún más.

"Esto es imposible", dijo él con furia. "No prueba nada".

"Demuestra que Ewen no tenía sangre en las venas", dijo Alexander en voz baja. Si él nunca tuvo la tentación de reclamar a su esposa. Parece que los dos antiguos maridos de la dama tenían mucho en común, aunque poco mérito para estar seguro."

El otro hombre parecía como si fuera a dar una respuesta ardiente, pero Alexander no le permitió hablar. "¿No se ha dicho desde hace mucho tiempo que Ewen prefería su cerveza por encima de todo lo demás? Quizás se cayó en su habitación, demasiado obsesionado como para encontrar su propia cama."

"¡No sabes nada de mi hermano o de su naturaleza!" comenzó Alan, pero Alexander negó con la cabeza.

"Y parece que tú no sabes nada de su desaparición. Ofreces solo acusaciones. No ofreces ninguna prueba contra mi esposa, salvo su ausencia de tu salón, y ninguna prueba de su culpabilidad. Hay quienes deben maravillarse de que Ewen no haya muerto por sus excesos hace años."

"Pero…"

"De hecho, tu comportamiento muestra el buen sentido de la dama al dejar Tivotdale una vez que su esposo murió. Ninguna mujer ingeniosa esperaría justicia de ti."

"¡No puedes discutir conmigo! ¡No tienes derecho a albergar a una asesina!"

"Tu acusación es un mal regalo para traerle a un vecino la mañana de Navidad, no menos el día de su boda", dijo Alexander, sin reconocer la interrupción de Alan. "Además, interrumpes nuestra celebración del milagro de este día." Él encontró la mirada del hombre mayor. "Únete a nosotros o vete."

"No puedes obligarme…"

"Mío es Kinfairlie, y mío es el mando de los que están en sus tierras." Alexander puso su mano sobre la empuñadura de su espada. "Haz tu elección". Él vio en la periferia de su visión que sus dos cuñados también habían dejado caer las manos en las empuñaduras de sus espadas.

La capilla se quedó en silencio por un momento, luego Alan maldijo.

Él giró y marchó hacia sus hombres, arrebatándole los guantes al escudero y luego miró a Alexander. "Este asunto no está resuelto entre nosotros", advirtió, pero Alexander sonrió.

"Digo que se acabó, y con razón."

Con eso, Alexander le dio la espalda al visitante no deseado, desafiando bastante a Alan a que actuara sobre su amenaza.

El otro hombre se fue con una maldición, como Alexander había adivinado que haría. La puerta se cerró de golpe y el sonido de los caballos atravesó la capilla, el eco de los cascos desapareció gradualmente del alcance del oído. La compañía lanzó un suspiro colectivo de alivio y luego comenzó a charlar.

Alexander levantó el anillo entre él y Eleanor una vez más, sosteniéndolo entre su dedo índice y pulgar. Lo sostuvo ante su mano y la miró a los ojos, dejándola decidir si se lo ponía o no.

Ella lo estudió por un momento, maravillada ante sus ojos. Estaba claro que la dama no había sido defendida antes de insinuaciones y rumores, pero Alexander tenía la intención de mostrarle que el matrimonio podía ser mejor de lo que ella había conocido.

Sin una palabra, ella empujó solemnemente su dedo a través del círculo del anillo. Él la vio parpadear para contener las lágrimas y se alegró de que pudiera concederle una oportunidad, después de todo lo que había soportado.

Ewen Douglas había sido un bruto y muchos no lo llorarían.

"Se ve bien en tu dedo", le susurró él cuando su peso se deslizó sobre sus nudillos. "Como si me lo hubieran dejado a mí, así tendría que dártelo a ti."

"Te doy las gracias", susurró ella. Entonces Eleanor sonrió, una sonrisa tan brillante que dejó aturdido a Alexander, una sonrisa que sabía que nunca dejaría de buscar, y mucho menos olvidaría. "Tu regalo para mí está más allá de lo esperado", susurró ella, luego apretó sus dedos alrededor de los de él.

Alexander prestó atención a las palabras del padre Malachy solo en parte, con un nudo en la garganta y la mano de su novia entre la suya. Contra todo pronóstico, le habían concedido una novia que hacía hervir su sangre a fuego lento, y entre los dos, Alexander sabía, harían un matrimonio por valor de todo el oro de la cristiandad. Ellos podrían haber tenido un comienzo poco convencional para su matrimonio, pero eso no había impedido que sus hermanas encontraran la felicidad.

Entonces eso no lo detendría a él.

Moira Goodall tenía talento para tomar cualquier miseria que Dios le hubiera concedido y aprovecharla al máximo. Se le había otorgado la mejor naturaleza para el servicio, y ella había servido fielmente a la dama Yolanda hasta que la dama murió.

Además, ella había asumido la promesa que la dama Yolanda le había exigido, en el lecho de muerte de esa dama en la habitación de parto. Ella había servido a la hija de la dama, Eleanor, desde el momento en que la niña tuvo su primer llanto, y eso a pesar de las protestas del esposo de la dama Yolanda y los esposos de la dama Eleanor. Moira no siempre había sido bien recibida en los nuevos hogares de su señora, pero ella tenía talento para ser útil y había logrado permanecer al lado de Eleanor en cada ocasión.

Dios sabía que la niña la necesitaba.

Moira también era franca, pero le había ofrecido esa carga a Dios y también había encontrado utilidad en ella. La mirada de un hombre pasaría por encima de ella con tanta facilidad que ella podría unirse a cualquier compañía y su presencia no sería notada ni recordada. De modo que ella se había sumado a la compañía de Alan Douglas, mezclándose con las putas que seguían cualquier campaña, cuando él partió en busca de la viuda de su hermano. Moira supuso que la avaricia aseguraría que Alan encontrara a Eleanor y ella sabía que él nunca notaría su presencia entre los que seguían a su compañía.

Y así fue como Moira encontró a su dama errante, aunque en circunstancias más felices de lo que hubiera esperado. Su leal corazón estalló al encontrar a su dama en la capilla de Kinfairlie, el mismo señor mirándola con el respeto que se merecía.

Moira dejó a las putas de Tivotdale mientras Alan Douglas discutía con el Señor de Kinfairlie. Ella se acomodó entre los feligreses de la aldea de Kinfairlie como si hubiera estado en su compañía todo el tiempo. Incluso las putas, tan fascinadas por los acontecimientos que tenían ante sí, nunca notaron su partida de entre ellas.

Así que Alan Douglas dejó Kinfairlie con un alma menos en su grupo, sin enterarse de la presencia o ausencia de Moira. Nadie la echaría de menos en Tivotdale, eso lo sabía bien Moira, y ahora ella podía servir a su dama fielmente una vez más. Solo había un alma en Kinfairlie que reconocería a Moira, y Moira deseaba estar segura de las circunstancias de su dama antes de revelarse.

Moira se subió la capucha, permaneció dentro de la compañía y escuchó cada palabra que le llegaba a los oídos. Uno nunca sabía qué detalle necesitaría, especialmente al servicio de esa desafortunada dama.

~

Elección.

Qué dulce había sido que Alexander le concediera a Eleanor el poder elegir. Él la había defendido, pero luego había dejado que ella decidiera volver a ponerse el anillo. A Eleanor nunca se le había concedido una elección, ningún hombre, y esa mañana, ella rezó con un fervor poco común, dando gracias porque sus pasos la hubieran llevado a la puerta de Kinfairlie.

Ella le daría un hijo a Alexander.

La idea se le ocurrió tan repentinamente que podría no haber sido la propia Eleanor, pero ella supo lo correcto de inmediato. Ella le concedería un hijo a Alexander, porque al hacerlo heredaría su legado y aseguraría la supervivencia de ese precioso santuario. Ese era el regalo que ella podía darle a cambio del regalo de la elección que él le había otorgado a ella.

Eso era lo que ella podía hacer para pagar la deuda que le debía.

Tan pronto como tomó su decisión, tan pronto como su corazón comenzó a latir con fuerza ante la perspectiva de encontrarse con Alexander en la cama, el padre Malachy levantó las manos y la compañía cantó el final de la misa juntos. Entonces la compañía aplaudió e intercambió el beso de paz, la capilla estalló en una alegre charla.

Alexander tomó la mano de Eleanor, sin duda con la intención de besarla profundamente, pero al hacerlo, inadvertidamente le pellizcó el corte en el pulgar. Eleanor hizo una mueca y contuvo el aliento ante la punzada de dolor. El corte que se había infligido la noche anterior apenas había sanado y, de hecho, empezó a sangrar de nuevo.

Alexander miró su mano. Frunció el ceño ante el corte limpio, obviamente adivinando que había sido forjado con una cuchilla. "Te has lastimado", dijo él confundido.

"No fue nada", dijo ella tan apresuradamente que su mirada voló para encontrarse con la de ella.

"Pero es una herida de considerable longitud", dijo él, sacudiendo la cabeza. "No recuerdo que te hayas lastimado tanto esta mañana, aunque está fresco."

"Sucedió anoche."

"¿Seguramente yo no te lastimé tanto?"

"No, no. Lo hice yo misma. Neciamente. Con mi cuchillo de comer. En la mesa."

Él la estudió, con una sospecha apareciendo en sus ojos. "Pero recuerdo el final del banquete, y no usaste tu cuchillo durante toda la comida."

Eleanor se humedeció los labios, recordando muy bien cómo él le había dado los bocados de manera tan seductora. Ella bajó la voz, sus pensamientos sobre lo que podrían hacer en la cama esa noche. "No necesitaba uno, según recuerdo, porque me viste saciada."

Pero Alexander frunció el ceño. "De hecho, no pensaba que llevaras un cuchillo." Él miró su cinturón, que en realidad ella no tenía una pequeña daga, porque Ewen le había prohibido poseer una.

"Debo haberla dejado en la habitación de tus hermanas", mintió Eleanor.

Alexander giró su mano y estudió el corte, sin inmutarse. Eleanor apartó la mano de la de él, pero sabía que él no dejaba de pensar en el asunto.

"Deberíamos ir al salón", dijo ella, con la esperanza de distraerlo.

Pero Alexander miró a la compañía con el ceño fruncido. "Todos sabían de las nupcias antes que yo", reflexionó él y Eleanor temió que estuviera demasiado cerca de la verdad.

"Pero anoche estabas amoroso", dijo ella apresuradamente.

Alexander la miró a los ojos. "Nunca he olvidado a una dama en la cama", dijo él con un leve movimiento de cabeza. "Dudo de todo corazón que seas la primera."

"¿No puede haber una primera vez para cada asunto?" Eleanor escuchó el miedo en su voz y supo que no se hacía ningún favor al responderle. Aun así, parecía que no podía contener la lengua.

"Hay un viejo truco", dijo él en voz baja. Su mirada se fijó en ella, esas estrellas notablemente ausentes de sus ojos, y su corazón comenzó a latir con fuerza. "Cuando una mujer desea ser considerada una doncella."

"¿Qué sabría yo de tales trucos?" Eleanor habló demasiado rápido, vio, porque los ojos de Alexander se entrecerraron.

"¿Qué broma me hacen tú y mis hermanas?"

"¡Ninguna!"

"Dime la verdad de este corte. Dime la verdad de lo que ocurrió entre nosotros anoche." Él se enderezó, luciendo tan sombrío que Eleanor temió su juicio. "Dime la verdad de lo que he hecho. ¿Te golpeé? ¿Te ofendí?"

"Por supuesto que no."

"Entonces, ¿qué ocurrió?"

Eleanor miró a su alrededor, pero las hermanas de Alexander habían abandonado la capilla, dejándola a las difíciles preguntas de su hermano. Ella, maldita sea, era una pobre mentirosa y, peor aún, Alexander era peligrosamente perceptivo.

"No veo la necesidad de tales confesiones", dijo ella encogiéndose de hombros. "Estamos casados y felizmente." Ella se inclinó hacia delante, iniciando un beso por primera vez en su vida, aunque no fue más que un beso en su mejilla. "Retirémonos a nuestra habitación, mi señor, y dejemos que los demás festejen en nuestro lugar."

Alexander se apartó. "¿Cuál es la raíz de las falsas acusaciones de Alan? ¿Por qué le temes tanto?

"Eso no es de importancia."

"Creo que lo es."

"Él quiere casarse conmigo, en lugar de su hermano", admitió ella, esperando que eso disuadiera su curiosidad.

No lo hizo. El ceño de Alexander solo se hizo más profundo. "¿Por qué anticipa que harías eso? Tal coincidencia sería muy poco común, de hecho, estaría en contra de la ley de la iglesia ".

"Por eso yo quería eludirla, por supuesto".

"Tiene poco sentido". Alexander se paseó a lo ancho de la capilla ahora vacía, pasando una mano por su cabello. "¿Por qué no confesaste ser la viuda de Ewen? ¿No te parece importante a cuál de mis vecinos ofendo? No estoy en condiciones de defenderme de todos ellos."

"¡Es solo un corte!" Eleanor gritó de frustración.

"Si simplemente me hubieras entregado tu nombre, habría sabido la verdad", replicó él. "¿Por qué me lo ocultaste?"

Eleanor extendió las manos. "¿Cómo es que una sola herida en mi pulgar despertó tantas dudas dentro de ti?"

"Deben haber estado allí todo el tiempo", dijo él, su actitud sombría. "Pero tu belleza me distrajo de su importancia."

Era imposible sentirse halagada por su comentario en ese contexto. "Pero estas preguntas no son importantes, no para nuestro matrimonio. El plan de Alan no es relevante, ¡no ahora!"

Él cruzó los brazos sobre el pecho y la miró. "Entonces respóndeme a mis preguntas. Si la verdad importa tan poco, tus respuestas no deberían retrasarnos demasiado"

Eleanor respiró hondo, no le gustaba el rincón en el que se encontraba. ¡Oh, por un niño en su vientre ya!

Pero ella no tenía hijos y, de hecho, ni siquiera se habían acostado todavía. Sin embargo, ella no se atrevía a confesarle eso a Alexander, porque él podría rechazarla con demasiada facilidad con ese bocado de información.

Y Alan todavía estaba peligrosamente cerca.

"Eres grosero al exigir tales confesiones tan pronto después de nuestras nupcias", dijo ella con tono ligero. "¿Seguramente podemos discutir estos asuntos en nuestro tiempo libre?"

Alexander la fulminó con la mirada. "Responde una sola pregunta y dejaré el asunto en paz."

Eleanor se enderezó, rezando para que él no hiciera la única pregunta que podría hacer que todo saliera mal. "Muy bien", dijo ella con una confianza que no sentía.

"Explícame el corte."

Eleanor sintió que sus labios se abrían, aunque no brotó ninguna palabra por un momento. "Tus hermanas me vieron lastimarme", dijo ella con súbita inspiración. "Estoy segura de que recordarán lo inadvertido que fue." Ella forzó una risa. "En verdad, Alexander, haces mucho de poco."

Él la miró con expresión inescrutable. "Entiende esto, mi bella dama. Me esforzaré por construir un matrimonio desde un comienzo pobre, pero no toleraré uno basado en una mentira. La honestidad debe ser la piedra angular de nuestra unión, Eleanor, porque sin honestidad, no podemos construir nada en absoluto. La confianza descansa sobre la base de la honestidad, al igual que el afecto e incluso el amor. Todos están debilitados por el engaño y, verdaderamente, no hay nada tan capaz de enfurecerme como una mentira."

A ella no le gustó cómo él había bajado la voz. "¿Y sin honestidad?" se atrevió a preguntar ella.

Alexander negó con la cabeza. "Entonces no tenemos matrimonio en verdad, y es solo una formalidad ver anulado un matrimonio tan falso." Su mirada repentina fue penetrante y ella temió que él pudiera ver sus muchos secretos. "¿Nos encontramos en la cama anoche? ¿Reclamé tu virginidad en verdad? No me mientas, Eleanor.

Eleanor mantuvo el respeto de Alexander, porque en ese momento, no tenía más remedio que decir una falsedad. "Por supuesto que lo hicimos", mintió ella, esperando contra toda esperanza que Alexander nunca supiera la verdad.

Y ella era una pobre mentirosa, tan pobre mentirosa como había temido. Él la estudió durante un largo momento y ella supo que no imaginaba ni su demora en ofrecerle la mano ni la formalidad de su postura.

Él no le creyó.

Ella había mentido para asegurar ese matrimonio, pero al hacerlo lo había condenado. Había una barrera entre ellos, una que no había estado allí antes. Tal como él había dicho, su mentira debilitaba todo lo que podrían poseer juntos.

Cuando Eleanor puso su mano sobre la de Alexander, se preguntó qué podía hacer ella para que ese asunto saliera bien.

Eleanor mentía. A pesar de su advertencia, a pesar de su insistencia en que ella le diera la verdad, a pesar de su petición a la honestidad entre ellos, Eleanor mentía. La sangre de su ropa de cama era de su pulgar, él habría apostado su alma por eso.

Sus maridos no habían dejado de consumar sus matrimonios. Él no había agredido a la dama él mismo, y mucho menos se había acostado con ella. Él no había olvidado lo que había ocurrido entre ellos, porque no había ocurrido nada. Eleanor lo había engañado, indudablemente con la ayuda de sus intrigantes hermanas, y seguramente a todas les parecía una broma alegre.

Él no había mentido al declarar que nada lo enfurecía más que una falsedad, a menos que tal vez fuera una falsedad que pudiera resultar cara para todos los que estaban bajo su mano.

Sus hermanas y su nueva esposa no sabían nada de las realidades que él enfrentaba. Su padre siempre se había aliado con la familia Black Douglas y ahora Alexander se había distanciado de Alan. Solo sería cuestión de tiempo antes de que un ejército llegara a sus puertas y Kinfairlie no podría resistir un asalto mayor. Alexander no tenía ninguna moneda en su tesoro para prepararse para esa inevitabilidad. La perspectiva de que quienes dependían de él sufrieran a causa de que sus hermanas buscaban verse divertidas lo enfurecía más allá de toda creencia.

Alexander entró en el salón de mal humor, acompañó a Eleanor a la mesa alta y la dejó allí sin decir una palabra. Él vio a Matthew y se acercó al joven.

"Matthew, todavía debes tener mi anillo de sello", dijo él, su manera aún breve. "Quiero que me lo devuelvan esta mañana". Alexander extendió la mano y Matthew se ruborizó.

"No lo tengo, mi señor," dijo el joven.

"¿Qué es eso?" Preguntó el padre de Matthew. "¡No puedes haber perdido el anillo de sello del señor!" Los que estaban sentados en otras mesas se volvieron al oír la voz elevada del molinero.

"¿Dónde está el anillo, Matthew?" preguntó Alexander, su paciencia casi se agotaba.

"Se lo devolví, mi señor", dijo Matthew, con la mirada fija en el suelo. Ese día parecía extraordinariamente tímido.

Alexander temía que Matthew también le mintiera, pero se esforzó por ser justo. "¿Cuándo?"

"Cuando, cuando se retiró, mi señor. Entonces se lo devolví."

Alexander intercambió una mirada con el molinero. "¿Estás seguro de esto? El anillo no adorna mi dedo esta mañana."

"Quizás no se lo puso este día, mi señor."

"Quizá no lo devolviste, Matthew."

"¿Llamas a mi hijo mentiroso, mi señor?" preguntó el molinero en voz baja, y Alexander supo que su frustración con Eleanor había afectado sus modales.

"No, por supuesto que no", dijo él, forzando una sonrisa. "Estoy simplemente molesto porque no puedo encontrar el anillo. Como saben, es la marca de mi autoridad y no un elemento que uno desearía extraviarse."

Matthew miraba obstinadamente al suelo, sus orejas de un vivo tono rojo, y no dijo más.

El molinero se aclaró la garganta. "Quizás lo puso en un lugar diferente al que es su costumbre, mi señor," sugirió él. Después de todo, no eras tú mismo anoche.

"Así tengo entendido", dijo Alexander. Él saludó con la cabeza al molinero y al hijo y luego regresó a la mesa alta. Era extraño cómo la velada terminaba tan abruptamente en su recuerdo, porque sabía que él no había bebido tanto vino. Por supuesto, él tampoco había comido mucho, por lo que el vino podría haber tenido un efecto más potente en él.

"¿Dónde está el anillo?" Preguntó Eleanor cuando él tomó su lugar a su lado, porque ella claramente había adivinado su misión.

Alexander se encogió de hombros. "Matthew dice que me lo devolvió cuando me dispuse a retirarme".

"¡Mentiroso!" murmuró ella.

Alexander le dirigió una mirada, intrigado por su acusación.

"Recuerdo que siempre estuve entre la mesa alta y el solar", dijo ella con tal determinación que él le creyó. "Y Matthew no te devolvió el anillo."

"Apenas puedo llamarlo mentiroso si no recuerdo los hechos", dijo Alexander.

"Entonces quizás no deberías haber bebido tanto vino", bromeó Elizabeth.

"No bebí mucho vino. Eso es lo que es tan curioso ". Alexander captó la expresión de culpa en el rostro de Isabella, luego notó la mirada que intercambió con Madeline y Vivienne.

EL SALUDO extraño se extendió por la mesa alta. Rhys estaba repentinamente sombrío. Eleanor había desarrollado una fascinación por su sopa, aunque solo llenaba la cuchara y dejaba que la sopa goteara en su plato. Elizabeth parecía saborear una broma privada mientras Annelise estaba carmesí desde el cabello hasta el cuello.

Alexander examinó a sus hermanos y se apartó un poco de la mesa. "De hecho, lo último que recuerdo fue que tú, Isabella, nos trajiste a Eleanor y a mí una copa de vino a cada uno."

Isabella se sonrojó a su vez. "Solo quería asegurarme de que tuvieras un poco", dijo ella con tanta alegría que él supo que había inventado un cuento. "La gente lo bebía con tanto entusiasmo que temí que te quedaras sin probarlo."

"E insististe en qué copa debería tomar". Alexander se sintió tenso por la certeza de que había sido el blanco de una broma que no tenía la menor gracia. "¿Qué había en el vino, Isabella?"

Ella se inquietó. "Nada. Nada en absoluto, salvo el vino en sí."

"Eres una mentirosa menos hábil que mi esposa", dijo Alexander con ardor. Él dejó la servilleta y alzó la voz. "¿Qué había en el vino?"

Isabella le dirigió una mirada rebelde. "Necesitas una esposa. No podemos confiar en que no nos cases en contra de nuestra voluntad, como hiciste con Vivienne y Madeline."

"Quizás una mujer se pondrá de nuestro lado más fácilmente", sugirió Annelise.

"Quizás tengas suerte de que no se haya agregado más a tu vino", dijo Elizabeth. "Porque el peso de tu autoridad es realmente costoso, Alexander."

"¡Ajá!" Alexander rugió. "Así que estaba contaminado".

"Te dije que nada bueno saldría de esto", informó Rhys a Madeline.

"Él es lo suficientemente sano", dijo esa mujer. "Alexander, haces mucho de poco. Solo deseamos darte una medida de tu propia medicina a cambio, y ver la seguridad de Eleanor asegurada también."

"Así que me sedan, vuelven a mis aliados en mi contra" —él se volvió hacia Eleanor quien tuvo la gracia de lucir desconcertada— "me mientes, y esperas que reciba esta revelación con buen ánimo."

Él echó un vistazo al salón y encontró a la anciana partera sonriéndole. Ella estaba medio loca, Jeannie, pero su expresión le dijo que ella sabía algo del asunto. Él hizo un gesto hacia ella. "Jeannie, ¿preparaste una poción anoche?"

"—Sí, lo hice, mi señor, para asegurarme mejor de que durmiera profundamente. Confío en que el sabor haya sido lo suficientemente favorable."

"Nunca pensé que el vino estuviera contaminado, si ese es tu significado."

Jeannie asintió con orgullo y susurró para sí misma.

"Jeannie, ya que sabes lo que has mezclado, dime esto", exigió Alexander. Toda la compañía estaba asombrada. "¿Podría un hombre haberse acostado con una mujer, podría haber plantado su semilla dentro de ella, después de beber esa poción?"

Jeannie se rió. Ella se dio una palmada en los muslos y se rió con tanta fuerza que nadie pudo dudar de la respuesta. "Él no tendría ni la voluntad ni los medios, mi señor, después del contenido de esa copa. Todo él se dormiría, si comprende mi significado. Todo él estaría tan flácido como para quedarse sin vida."

Alexander bajó la voz, dirigiéndose sólo a sus parientes en la mesa principal. Él habló con los dientes apretados y había calor en sus palabras. "Pero había sangre en mi cama. La sangre aparentemente de la virginidad de una dama, pero aparentemente derramada por una mujer dos veces viuda."

ALEXANDER LEVANTÓ la mano de Eleanor, mostrando el corte en su pulgar a toda la mesa. Confirmó sus sospechas que ninguna de sus hermanas se sorprendiera por la vista. "Pero era sangre de su pulgar y apuesto a que todos lo sabían bien."

"Alexander", comenzó a protestar Madeline, pero Alexander no estaba interesado en su lado de los asuntos.

Curiosamente, Eleanor no dijo nada en su propia defensa. Ella estaba pálida y estaba sentada con las manos apretadas con fuerza y la cabeza inclinada.

"Me engañaron", dijo Alexander a sus hermanas, sus palabras

ardientes. "Muy justo, han tenido su broma. Sin embargo, la diversión termina inmediatamente."

"Pero Alexander..." protestó Vivienne.

"No puedes..." comenzó Madeline.

Pero Alexander se había puesto de pie, la ira ardía en su pecho. Le habían mentido, lo habían engañado, habían visto volverse en su contra a uno de sus aliados y habían puesto en peligro a todas las almas de Kinfairlie. Alexander Lammergeier no encontraba humor en la situación.

"Alégrense todos", gritó a la compañía. "Participen de la hospitalidad de Kinfairlie, pero sepan que este día no se celebran nupcias."

La compañía lo miró con asombro.

"Mi boda no fue más que una broma, inventada por la dama y mis hermanas, en honor a nuestra noche de desgobierno. Seguro que están todos entretenidos." Alexander se detuvo, pero nadie sonrió. "Así que, banquete, coman hasta saciarse y saboreen la historia de mi propia locura. Padre Malachy, le pediría que tache la entrada en su libro de contabilidad este día, como si no se hubiera celebrado ninguna boda."

El sacerdote se puso de pie y visiblemente respiró hondo. Sacudió la cabeza. "No puedo deshacer lo que se ha hecho, mi señor. Se anularon las prohibiciones, ante su insistencia y ante mi protesta, por lo que le aconsejo que mantenga lo que ha hecho. Muchos matrimonios comienzan desfavorablemente y avanzan bien."

Alexander le dirigió al sacerdote una mirada dura, disgustado por un desafío aún mayor. "Ningún mérito se basa en una mentira", dijo él con determinación. "Porque el cariño no puede arraigarse en el engaño."

"Te ruego me disculpes", comenzó a protestar Madeline.

"Tengo un pensamiento sobre ese asunto", dijo Vivienne, ambas hermanas se pusieron de pie indignadas.

Alexander las ignoró a ambas porque el sacerdote no vaciló en su convicción. "Los dejo a todos con la carne, pues, tengo una carta que escribirle al obispo. Cuando todo esté dicho y hecho, la dama y yo anularemos nuestro matrimonio como si nunca se hubiera comprometido, en eso todos pueden confiar."

Con eso, Alexander abandonó la mesa, echando humo.

Él miró hacia atrás, pero una vez desde el pie de las escaleras, y vio a Eleanor mirando fijamente al otro lado del salón, con la barbilla alta y los hombros rectos. Entonces conoció un momento de duda, porque no debería haberla avergonzado tanto. No era apropiado.

Sin embargo, ella le había mentido, a pesar de que él le había concedido la oportunidad de revelar la verdad. Alexander se dijo a sí mismo que no debía permitir que su belleza o su espíritu debilitaran su determinación. Ella había participado en el engaño contra él, e incluso si se le había dado la oportunidad de explicarse, ella había persistido en la mentira.

Él no necesitaba una esposa tan poco confiable, sin importar que cada alma en su salón pensara lo contrario.

Cuanto antes le escribiera al obispo, mejor.

<h1 style="text-align:center">CAPÍTULO 5</h1>

¿**Q**ué había en la poción, Jeannie?" Preguntó Eleanor una vez que Alexander se hubo ido y el salón se convirtió en un pandemonio.

"No tengo necesidad de confesarte mis secretos", dijo la vieja bruja con una carcajada.

Eleanor la miró con severidad. "Podrían juzgarte por intentar asesinar al señor a quien le has jurado lealtad", dijo ella, al ver la oleada de conmoción que sacudió a la compañía. Ella se puso de pie y caminó hacia la anciana partera, cuya valentía se desvanecía con cada paso que daba Eleanor.

"No hice tal cosa. Todo el mundo sabe que no guardo rencor contra el señor"

Eleanor comenzó a contar los efectos en sus dedos mientras cada alma en el salón escuchaba atentamente. "Su pulso era salvaje anoche, y su piel estaba sonrojada."

"Eso no es raro para un hombre en su lecho nupcial", bromeó un alma bromista, pero Eleanor no le dedicó ni una mirada.

Ella continuó contando, con la mirada fija en la vieja Jeannie. "Él no estaba seguro de su paradero, sus pensamientos vagaban, sus pupilas eran tan pequeñas como la cabeza de un alfiler." Eleanor se detuvo junto a la partera, que se movió nerviosamente. "Su estómago se agitó esta mañana con algo de entusiasmo, después de haber dormido profundamente. Tú y yo sabemos que estas son las marcas de un veneno en la sangre de un hombre." Ella se inclinó más cerca. "¿Qué hubiéramos visto si hubiéramos puesto una gota de su orina en el ojo de un gato?"

La brujo se sobresaltó y miró a Eleanor con miedo. "No puedes saber lo que usé. ¡No puedes adivinar! "

"Era belladona", dijo Eleanor y vio reconocimiento en la expresión de la anciana antes de que se volviera.

"No deberías revelar mis secretos", se quejó Jeannie.

"No deberías intentar matar a tu señor", espetó Eleanor y giró para mirar hacia la mesa alta. Ella se maldijo a sí misma, porque debería haber adivinado la hierba antes. Sólo la solanácea podía afectar a un hombre con tanta prisa.

Pero la belladona podía matar fácilmente a un hombre, por muy sano que estuviera. Alexander había comido muy poco la noche anterior, mucho menos de lo que cualquier alma hubiera esperado. Que él lo hubiera hecho porque la había escoltado afuera, para convencerla mejor de que se quedara, era realmente aterrador. Su persecución por ella podría haberlo llevado a su desaparición, y la forma en que su mera presencia confundía su ingenio le había impedido pensar con tanta claridad como para ayudarlo.

¡Ella era una tonta de verdad!

Pero ella no era la única tonta en ese asunto. Eleanor miró a Isabella. "¿Qué locura había en tu cabeza que le concediste a Alexander belladona?" Todas las personas en la mesa principal se sorprendieron por su tono, excepto el esposo de Madeline, Rhys. Ella la miró con cauteloso respeto.

"Jeannie dijo que sabía la poción correcta para mezclar", dijo Isabella, claramente sin darse cuenta de la potencia de esa planta.

"¿Y confías en su palabra, tan fácilmente como eso?" Toda la compañía miró a Eleanor, pero estaba demasiado enojada como para preocuparse. "La belladona puede matar a un hombre. Solo tres bayas matan a un niño. ¡Tres!"

"Hace dormir a un hombre", declaró Jeannie con un movimiento de cabeza. "Lo respetas demasiado."

"Mientras tú no lo respetas lo suficiente. Un hombre se despertará de un sueño inducido por la belladona, pero solo si la medida es correcta. Y la diferencia entre una medida para hacer dormir a un hombre por una noche y la medida que lo hará dormir por toda la eternidad es muy pequeña." Eleanor señaló a Isabella con un dedo. "Puede que tuvieras buenas intenciones, pero había una peligrosa locura en esto. Tu hermano podría haber sido encontrado muerto esta mañana."

"Conozco la medida", insistió Jeannie.

Que la mujer pudiera creerse tan segura de lo que no se podía saber con certeza solo enfureció más a Eleanor. Ella se volvió hacia la mujer con tal rabia que la bruja se encogió.

"¡Tú, entre todas las almas, deberías saber la locura de esa declaración! Cada planta tiene su propia fuerza y se deben respetar las diferencias. Cada puñado de tierra variará en la potencia que otorga a dicha planta. E incluso de un año a otro, incluso las plantas que crecen en el mismo lugar, variarán en su fuerza debido al sol, la lluvia y el calor. No en vano, los griegos decían que la diosa Atropos usaba la belladona para cortar el hilo de la vida. Eleanor tomó un suspiro tembloroso. "Me enseñaron que solo los tontos y los asesinos usan la belladona. ¿Cuál, Jeannie, eres tú?

La compañía guardó silencio durante un largo momento, luego estalló en una charla emocionada. Eleanor no dudaba de que especulaban sobre la estratagema de las hermanas, pero ella sostuvo la mirada de la vieja sanadora con determinación. La locura pareció menguar en los ojos de la vieja Jeannie y fue reemplazada por una especie de astucia.

"Sabes mucho de venenos para una dama", dijo Jeannie tímidamente y el salón se quedó en silencio. Quizá tu intención sea más importante que la mía.

Eleanor no soportaría tal insinuación, no cuando fuera sin motivo, no en ese lugar que ya era tan preciado para ella. "¡Difícilmente eso!" respondió ella "Tú mezclaste la poción que se le entregó a tu señor, no yo, y no fue mezclada por mi dictado. Yo no sabía nada de eso hasta ahora. Sólo se cuestiona la intención de quienes lo sabían y, de verdad, Jeannie, sospecho que solo tú conocías la potencia de lo que inventabas.

Los ojos de la bruja se entrecerraron, pero Eleanor no le permitió hablar más. Ella volvió a mirar a las hermanas de Alexander. Isabella, para su crédito, no pudo sostener la mirada de Eleanor. "Aunque aprecio que no quisiste hacer daño, el daño fácilmente podría haber salido de esto. Le debes una disculpa a mi esposo."

"Él ya no es tu esposo, no según su propia contabilidad", señaló Elizabeth.

"Aún no se ha enviado ninguna carta al obispo", replicó Eleanor. "Alexander es mi marido hasta que llegue la noticia del obispo, y tal vez incluso, después de eso."

La compañía se quedó sin aliento, pero Eleanor les había dado lo suficiente para considerar. Ella se giró para salir del salón, sus faldas carmesí crujían, la barbilla en alto.

"Ahora supongo que ella se asegurará de que nuestros matrimonios sean repugnantes, simplemente por despecho", murmuró Elizabeth, sus palabras se trasladaron de la mesa principal a los oídos de Eleanor.

Eleanor giró, dejando que la seda se arremolinara alrededor de sus tobillos, dejando que la muchacha viera que su comentario no era bienvenido. "Me horroriza escuchar que el señor de esta propiedad, un hombre que me ha tratado con una amabilidad poco común por pocas razones más allá de su propia bondad, debería recibir tal falta de respeto en su propio salón."

"Escucha, escucha", declaró un aldeano en una mesa junto a ella.

Elizabeth se ruborizó, pero no apartó la mirada de Eleanor. De hecho, se puso de pie, el desafío hizo brillar sus ojos. "Alexander nos casaría en contra de nuestra voluntad, como lo hizo con nuestras dos hermanas mayores."

"¿Y dónde estaría el daño en ese ejemplo?" Preguntó Eleanor. "Tus hermanas están casadas con hombres de honor, hombres con posesiones a su nombre, hombres que son jóvenes y viriles y tratan a sus esposas con cortesía."

"Pero…"

"Dime el defecto en cualquiera de estos hombres", dijo Eleanor y el desafío de Elizabeth se desvaneció.

"Alexander ha sido afortunado, sin duda…"

"O tal vez tiene un ojo astuto para el carácter."

Vivienne levantó un dedo para discutir. "No se puede objetar que Elizabeth no tiene una preocupación razonable."

"Puedo y lo hago", respondió Eleanor con vehemencia. "¿Tu marido te pega? ¿Comparte tus favores con sus hombres? ¿Te deja indefensa? ¿Te insulta en tu propia mesa? ¿Se asegura de que nadie en su casa te muestre una medida de respeto?

La compañía murmuró ante esta letanía de malas perspectivas y las hermanas intercambiaron miradas de horror. "¡Por supuesto que no!" Vivienne y Madeline declararon al unísono.

"Entonces saben poco de lo pobre que puede ser un matrimonio", dijo Eleanor. "De hecho, encontrarás poca simpatía de mi parte en este asunto, Elizabeth. ¿Cuántos veranos has visto? "

"Doce."

"Y, sin embargo, sigues sentada en la mesa de tu hermano, una doncella bien alimentada, bien adornada y bien protegida." Eleanor levantó una mano e indicó a la siguiente hermana, con la intención de que las hermanas de Alexander supieran lo complacidos que habían estado. Que ellas no apreciaran su preocupación, que lo menospreciaran cuando él luchaba para ocultarles la verdad sobre las finanzas de Kinfairlie, la enfurecía más allá de lo creíble. "Al igual que tu hermana mayor, Isabella. ¿Cuántos veranos has visto, Isabella?

La hermana más alta, esa con los gloriosos cabellos rojos, el fino atuendo y el afecto por las pociones de Jeannie, se encogió de hombros. "Catorce."

"¿Y Annelise?"

Esta hermana era de voz más suave, una doncella tímida con cabello castaño rojizo suelto sobre los hombros. Solo ella parecía castigada por la ira de Eleanor. "Dieciséis, mi señora."

Y sin embargo, aquí están todas sentadas, seguras de que su destino es suyo, de hecho, seguras de que tienen derecho a exigirle a su hermano. Aquí se sientan todas contentas con la seguridad de que habrá carne para llenar sus estómagos, frivolidades para recortar sus dobladillos y hombres armados para garantizar su castidad. Estoy segura de que piensan poco en cómo llegan a ser estas maravillas."

Las hermanas intercambiaron miradas, las dos mayores asintieron en silencio en aprobación. Eleanor encontró comprensión en las miradas de esos dos maridos.

Pero no de Elizabeth. Esa muchacha abrió la boca para discutir, pero Eleanor había perdido la paciencia. "—Te crees mal atendida, Elizabeth, eso está claro. Te invito a especular sobre qué destino habrías encontrado si realmente hubieras logrado ver muerto a Alexander esta mañana" La muchacha podría haber hablado, pero Eleanor no había terminado. "De hecho, déjame decirte lo que es estar mal servido. Me casé a los doce veranos, contra mi voluntad, con un amigo de mi padre que había visto más de sesenta veranos él mismo."

Las hermanas miraron hacia arriba como una sola, con los ojos muy abiertos, pero Eleanor continuó con calor. "Haberlo llamado cruel habría sido exagerar su compasión por cualquier criatura que no fuera él mismo. Y cuando me quejé de lo que soportaba en su casa, mi padre me dijo que yo era tan buena como los bienes de mi marido." Ella se enderezó y sostuvo la mirada de Elizabeth. "Él me dijo, mi propio padre, que si mi esposo mostraba su desacuerdo conmigo, seguramente me merecía su reprimenda."

Elizabeth desvió la mirada. Esa no era la mitad de la historia, aunque Eleanor no quiso compartir más. Ella sabía que los más inteligentes vincularían sus preguntas anteriores con la historia de su primer cónyuge, y con razón. Su primer marido, Millard, había sido un canalla incomparable; un perro encantador poseído de una astuta crueldad.

La compañía se quedó en silencio, mirando a Eleanor. Ella se encontró temblando de rabia por lo que había soportado, por la audacia de las hermanas de Alexander al esperar más para ellas.

"Desde mi punto de vista", dijo ella, "no tienen ninguna queja con la intención de su hermano, porque él ha mostrado más cuidado que muchos hombres al librarse de bocas que alimentar. Las mujeres pueden casarse tan pronto como comiencen sus cursos, así que agradezcan cada mes desde ese día en que no se han visto obligadas a casarse con un hombre en contra de su elección, ni menos con uno inadecuado."

Madeline se puso de pie entonces y puso una mano sobre el hombro de Elizabeth. "Vas demasiado lejos en esto. Nuestros matrimonios son buenos porque los hicimos así, no por ningún cuidado por parte de Alexander."

Eleanor ni siquiera cedería eso. "Cada matrimonio es fruto del azar, pero al elegir hombres de mérito para tomar tu mano, Alexander se aseguró de que la Fortuna cabalgara en tu compañía. ¿No escuché que ustedes mismas tuvieron la oportunidad de elegir a sus cónyuges, una oportunidad que ambas se negaron a aprovechar? Madeline y Vivienne se ruborizaron levemente cuando asintieron. "Otorguen crédito donde es debido, todas ustedes. Mi señor esposo les ha servido bien, mucho mejor de lo que lo hubieran hecho la mayoría de los hombres. Deben tener el ingenio para reconocer eso, más aun, para apreciar las bendiciones que han obtenido."

Con eso, Eleanor se dio la vuelta y abandonó el salón, incluso cuando los escuchó comenzar a charlar detrás de ella. Tan pronto como llegó al pasillo, escuchó a un hombre que comenzaba a aplaudir.

"Escucha, escucha", gritó él y Eleanor se detuvo en las sombras para escuchar. Ella sonrió aliviada cuando otro se unió a él, luego otro y otro, luego el salón se llenó de aplausos.

Ella había confesado mucho más de su propia historia de lo que pretendía, pero estaba tremendamente feliz de haber defendido a Alexander. Ella se había comportado como debería ser una buena esposa y, por una vez en todos sus días, se alegró de ello. El deber no le había sido impuesto y estaba contenta de haberlo hecho tan bien.

Todo lo que tenía que hacer era persuadir a Alexander de que la mantuviera como esposa.

Sin embargo, había una acción que ella tenía que completar antes de buscar a Alexander. No estaría de más que su recado permitiera que su temperamento se enfriara y le diera tiempo a ella para idear un plan.

La triste verdad era que no tenía idea de lo que podría ofrecerle a ese hombre para convencerlo de que la mantuviera a su lado.

ALEXANDER TAMBORILEABA con los dedos sobre la mesa. Su carta estaba ante él, una apelación expresada en los términos más corteses, el sello de cera secándose mientras miraba. Él frunció el ceño ante la misiva, no le había gustado sentirse obligado a escribirla.

La raíz de su inquietud no era que pedir la anulación medio día después de casarse con una mujer lo hiciera parecer un tonto impulsivo. No era que el padre Malachy se hubiera negado a simplemente eliminar la entrada de la boda de sus libros, aunque el desafío nunca era una buena señal. Ni siquiera era que la cera roja estuviera sin adornos con la impresión del sello de Kinfairlie, porque el anillo de sello de Alexander se hubiera perdido, debido a su propia y tonta confianza y a la poción de sus hermanas, lo que lo irritaba.

Era el recuerdo de Alan Douglas y la determinación de ese hombre de proporcionar la supuesta justicia a Eleanor lo que hacía que Alexander se mostrara reacio a enviar la misiva. No importaba cómo lo había engañado la dama, no importaba lo correcto que fuera dejarla a un lado, era imposible pensar que mereciera un día en los tribunales de Alan.

De hecho, haría falta ser un tonto para creer que Alan no pretendía hacerle daño a Eleanor. Alan mentía para culpar a Eleanor por la muerte de su hermano y eso no le vendría bien a Eleanor. ¿Era Alexander un tonto al preocuparse por lo que le había sucedido, cuando ella lo había engañado con un asunto de tanta importancia? Alexander se puso de pie y se paseó por la habitación, deteniéndose para mirar el mar ondulante.

Si alguna vez él había deseado el consejo de su padre y su tío, lo deseaba más en este momento.

Él se detuvo ante un ligero golpe en su puerta, luego miró hacia el mar. "Entra, Anthony", dijo, sabiendo que el castellano se deleitaría en enumerar sus muchos defectos. Bien podría estar de acuerdo con Anthony en ese día.

"Si no soy Anthony, ¿todavía puedo entrar?"

Alexander miró por encima del hombro a la familiar voz femenina y aun así se sorprendió al encontrar a Eleanor en el umbral. Ella había abierto la puerta sólo un poco y estaba con una mano en el pestillo, como si estuviera a punto de huir. Su actitud cautelosa hizo que él volviera a lamentar su demostración pública de ira, aunque todavía no confiaba en ella.

"No pensé en volver a verte", dijo él y le dio la espalda una vez más.

"Yo esperaba eso". No había inflexión en su voz, no había forma de que él pudiera adivinar si ella pensaba que eso era bueno o malo.

Pero ella lo había buscado. Eso debía ser de alguna importancia.

"Si has venido a decirme que soy un bribón incomparable, entonces da tu opinión y termina con eso. No niego que mis modales fueron malos. Puedes decirme rápidamente que estoy amargado por no encontrar humor en la broma de mi hermana, y luego déjame en paz."

"Podrían haberte matado con esa poción", dijo ella con ardor.

"No hay nada divertido en su acción y, de verdad, pensaría que eres tonto si encontraras humor en ello."

Él miró hacia atrás con sorpresa por la pasión en su tono, y encontró sus ojos brillando.

"Les he dicho que te deben una disculpa", dijo ella, su manera feroz. "Que Jeannie es una tonta si se imagina que puede evaluar fácilmente la potencia de una planta belladona. Prácticamente no tenías carne en el estómago anoche; una pizca más de hierba o un bocado menos de comida se habrían asegurado que nunca despertaras este día."

Alexander parpadeó. Era raro que un alma lo defendiera. "No terminé el vino que me trajo Isabella", dijo él, porque no podía pensar en nada más que decir.

"Y ahí está la verdad. Esa bruja te habría visto muerto, si lo hubieras consumido todo. ¡Lo peor es que ni siquiera sabe lo que estuvo a punto de hacer!"

Eleanor se transformó por su furia, como si el hielo en ella se hubiera derretido de repente. Que su apariencia se viera tan vitalizada por la indignación a causa de él era realmente notable.

"Y aquí yo pensaba que habías venido a decirme que mis hermanas tenían razón, después de todo."

Eleanor sonrió con ironía y entró en la habitación, aparentemente tomando su falta de protesta como una invitación. "Para su crédito, a menudo he pensado que lo que era salsa para el ganso podría ser salsa para el ganso."

"No traté de dañar a ninguna de mis hermanas, simplemente verlas casarse y casarse felizmente"

"Pero parece que se pudo haber hecho daño en ambos casos, a pesar de tu intención de lo contrario. Quizás no haya tanta diferencia entre las tres situaciones"

"Quizás la hay". Alexander sostuvo su mirada. "Un error servido a cambio no hace que otros errores salgan bien."

"Es bastante justo, pero no puedes culparlas por tratar de asegurarse de que te casarás también."

"Puedo culparlas por no entender lo que está en juego. Por los matrimonios de mis hermanas, no hay más ni menos en juego que su felicidad y seguridad"

"No puedes culparlas por no saber lo que no les dijiste", señaló ella y él la miró confundido. "Sobre tu estéril tesoro."

"—No, pero eso tiene menos importancia en el asunto de mi propio matrimonio que mi condición de señor. La soberanía y la seguridad de Kinfairlie y de los juramentados deben estar garantizadas, incluso si el precio es mi propia felicidad."

Eleanor miró sus zapatillas.

Alexander respiró hondo y luego dijo lo que tenía que decir. En verdad, era un alivio tener a alguien con quien hablar sin rodeos. "Debes saber que no habría enemistado con el clan Black Douglas por mi propia voluntad. Si me hubieras dicho tu lealtad anoche, bien podría haberte dejado partir."

Los labios de Eleanor se tensaron mientras lo miraba, y él se sintió obligado a matizar su declaración. "Lo habría hecho ignorando las intenciones de Alan, sin duda, porque nunca pondría en peligro a una dama por voluntad propia. Sin embargo, tradicionalmente nos hemos aliado con ellos y esta hazaña anula ese antiguo acuerdo. Esa elección debe hacerse deliberadamente, no por accidente, ya que podría poner en peligro a todas las almas que me hayan jurado fidelidad. El riesgo de represalias no es pequeño."

Ella bajó la mirada, aparentemente decepcionada por su respuesta. "Preferirías aliarte con ellos."

"Esa era la preferencia de mi padre y también la de mi tío". Alexander la miró y luego decidió continuar con su franco discurso. "Quizás tú aprecies su convicción de que es preferible tener un Black Douglas a tu lado que detrás de ti."

Eleanor se rió entonces, como sorprendida por su franqueza, luego lo miró con algo de diversión. "De hecho puedo entender tal sentimiento. Son hombres que no se detienen ante nada para ver cumplidos sus objetivos." Ella arqueó una ceja y se puso seria. "No hay maldad delante de ellos, sin duda."

Entonces él estuvo tentado de preguntarle sobre el tipo de matrimonio que había tenido con Ewen, de preguntarle qué sabía de la muerte de ese hombre, pero ella habló antes de que él pudiera hacerlo.

Más tarde, él se preguntaría si su elección había sido deliberada.

"Entonces, casas a tus hermanas apresuradamente, aunque por medios poco convencionales, solo queriendo asegurar su felicidad y seguridad. Y ellas resienten tus elecciones, aunque han encontrado buenos matrimonios. Quizás no sea la Fortuna quien les sonriera. Quizás tú tengas un sentido para hacer un buen matrimonio." Ella encontró su mirada. "Tal vez viste la verdad de esos hombres, a pesar de las pobres circunstancias que los arrojaban a la luz."

"Yo no reclamaría un don así", dijo Alexander con un movimiento de cabeza.

"Supuse eso", dijo ella con suave vigor. "Por eso yo lo reclamé por ti".

Alexander miró hacia arriba para encontrar sus ojos brillando. Su corazón dio un brinco al verla. "¿Qué es eso?"

Eleanor sonrió de la manera más cautivadora. "Les dije que no tenían motivos para quejarse, porque podrían arreglarse matrimonios mucho peores que los que tú concertaste con Rhys y Erik."

"Excepto que yo no organicé esos matrimonios", Alexander se sintió obligado a señalar. "Ambos hombres me engañaron y salí a cazarlos a los dos una vez que se reveló su verdad. Yo los habría matado sin ningún reparo si mis hermanas hubieran resultado heridas."

"Así que proteges a los que están debajo de tu mano, pero aun así ellas no entienden la razón por la que estabas tan ansioso por verlas casarse de inmediato. Ninguna de ellos sabe que las arcas de Kinfairlie están vacías, ¿verdad?

"¿Cómo podría decirles tal cosa?"

"¿Cómo podrías quedarte con esa carga para ti?" preguntó ella con cierta impaciencia. "Tenías que adivinar que sin saber tu razón, ellas temerían tu intención. ¡Tenías que saber que te menospreciarían!"

Alexander suspiró de nuevo y se pasó una mano por el pelo. "Y si les dijera, una podría elegir un pretendiente con excesiva prisa, tal vez condenándose a la infelicidad. No hay buenas opciones en esto." Su mirada se desvió por la ventana, a los campos que habían dado tan poco ese año, y consideró el clima, aparentemente tan benigno ese día, que había podrido la semilla en esos campos.

"Así que te temen a ti, en lugar de temer por la prosperidad de Kinfairlie", dijo Eleanor, su mano aterrizando en su brazo. "Ese miedo las llevó a engañarte, lo que puso en peligro tu propia vida."

Alexander se encogió de hombros. "No dudo que hablas bien. De hecho, no voy a discutir con ningún alma que proteste por haberme desempeñado mal en esta responsabilidad de la administración de la tierra." Él pensó que ella podría criticarlo, así que habló apresuradamente antes de que ella pudiera hacerlo. "¿Qué hay de ti? ¿Desprecias a tu padre por elegir a tus cónyuges por ti?"

Fue el turno de Eleanor de estudiar sus zapatos. Ella frunció el ceño levemente y él anhelaba aliviar el surco de entre sus cejas con la punta de un dedo.

"Lo hice", admitió ella, luego miró hacia arriba. Su mirada estaba clara. "Hubo años en los que lo odié con todo mi corazón y alma, cuando no podía creer que un hombre que me amaba como yo creía que lo hacía, pudiera haberme entregado a matrimonios tan miserables."

"Suenas como si hubieras cambiado tu forma de pensar".

Ella lo observaba, ahora. "Al hablar contigo, me pregunto si yo sabía todo lo que el enfrentaba. Me pregunto qué opciones tenía él, si tenía menos opciones de las que yo creía. Me pregunto qué había en nuestras arcas y quién se reunía en nuestras fronteras." Ella sonrió y sacudió su cabeza. "Él era mi padre, el único padre que conocía, y confieso que creí que había colgado tanto el sol como la luna." Ella exhaló un suspiro y su voz se suavizó. "Me pregunto si él tenía responsabilidades que considerar con sus propios deseos, si tan sólo me tenía a mí para apostar."

"¿Nunca le preguntaste?"

"Él era un hombre poco dispuesto a hablar de asuntos tan íntimos", dijo ella en voz baja. "Como todos los que tenían su confianza." Eleanor miró por la ventana a su vez. Y mi tutor no me diría nada de los pensamientos de mi padre, incluso si los conociera. Él consideraría ese hecho como una traición, sin duda."

Alexander frunció el ceño ante ese insólito comentario. "¿Tienes un tutor? ¿Pero por qué?"

Eleanor habló rápidamente. "Hablo de él así, aunque seguramente sus deberes están cumplidos. Después de todo, me he casado dos veces"

"Pero…"

"Mira." Ella levantó la mano, aparentemente escondiendo algo en su puño. "Vine a darte algo."

Alexander, curioso, extendió la mano. Eleanor sostuvo su mirada mientras empujaba algo frío y duro en su palma, luego cruzó sus dedos sobre el artículo. Sus ojos bailaron, tan complacida estaba con su regalo, y sintió que su boca se abría de asombro.

¡Era su anillo del sello! Alexander lo sabía sin abrir los dedos. Él la miró fijamente, no menos sorprendido cuando ella sonrió. Sus ojos brillaron ante la sorpresa que le había dado.

"¿Pero cómo lo encontraste?" Alexander abrió la mano y miró el anillo que descansaba en su palma. "¿Lo has tenido todo este tiempo?"

Ella rió. "No. Simplemente adiviné dónde estaba y convencí a su guardián de que me lo entregara." Su ceja rubia se arqueó. "Ella estaba tremendamente asustada por tu enfado en la mesa, por lo que, sin saberlo, me facilitaste la tarea."

Alexander volvió a colocarse el anillo en el dedo con alivio y luego negó con la cabeza. "Pero no comprendo. ¿Ella? ¿Seguramente lo sacaste de las manos de Matthew?"

Eleanor negó con la cabeza. Él no te lo devolvió anoche. Yo

recuerdo eso, aunque tú no puedes. Pero hoy no pudo entregártelo, porque ya no lo tenía."

"¡Ceara!" adivinó Alexander y la sonrisa de Eleanor volvió a brillar.

Ella le señaló con un dedo. "No importa lo que digan tus hermanas, parece que tienes talento para hacer matrimonios. Matthew y Ceara prometieron su fidelidad anoche, aunque habrían mantenido el asunto en secreto hasta que los padres de Ceara les concedieran su permiso."

"¿Y entonces él le dio el anillo, mi anillo, para sellar su acuerdo?"

Eleanor se rió, un sonido cautivador. "¡Estás en shock!"

"Difícilmente es una baratija para ser usada". Alexander se encontró sonriendo a su vez.

"Ellos no conocen su valor, salvo que es una pieza hermosa." Ella levantó su mano y giró el anillo para que su insignia reflejara la luz. Su toque era ligero y sus ojos brillaban de la manera más seductora. "Y respetan al hombre cuya mano suele agraciar." Su sonrisa se volvió traviesa cuando se inclinó más cerca, y Alexander quedó encantado. Ella lo tenía escondido debajo de su camisola, enganchado a un trozo de cuerda. Dudo que tu anillo haya sido alguna vez más cuidado de lo que estuvo entre los senos de Ceara"

Alexander se rió. Era poco común sentir que algún alma en esa casa estaba aliada con él, que sus cargas eran compartidas y le gustaba mucho esta sensación. "¿Seguramente no piensan que su promesa se ha deshecho ahora?"

Eleanor negó con la cabeza. "Isabella les ofreció un anillo de plata para reemplazar este. En verdad, creo que les gusta más, porque se ajusta al dedo de Ceara"

Alexander frunció el ceño con sospecha. "Isabella no entrega ninguna baratija con tanta facilidad." Él miró a Eleanor arqueando una ceja. "Apuesto a que ella tuvo algo de aliento para eso, tal vez de tu parte."

Eleanor se puso seria. "Ella te debe más que el valor de un solo anillo de plata," dijo ella con la misma ferocidad que había mostrado antes. El corazón de Alexander se alegró de que ella lo protegiera. Para su asombro, ella se acercó más y puso la otra mano sobre su pecho. "Su locura podría haberte matado."

El corazón de Alexander saltó ante su proximidad. Él se sentía engañado una vez más, y por el momento, al menos, no sentía temor. Eleanor estaba cerca de su pecho, sus labios llenos y atractivos. Había un ligero rubor en sus mejillas y un brillo en sus ojos. Él sintió que se le aceleraba el pulso ante la perspectiva de otro beso de la dama.

"Sospecho que ningún alma en este salón me habría echado de menos", dijo él, esperando que no ocurriera tal cosa.

Los ojos de Eleanor brillaron y estaba paralizado por este destello de su pasión. "Sospechas mal, Alexander Lammergeier", dijo ella con determinación. "Porque yo te habría extrañado".

Para su asombro, Eleanor se estiró y tocó los labios con los de él.

~

La suya era una elección racional, o eso se decía Eleanor. De hecho, ella no sabía por qué no lo había pensado antes.

Un matrimonio podía ser anulado por dos razones solamente: sangre común entre el hombre y la esposa, o no consumar el matrimonio. Ella y Alexander no compartían sangre, por lo que cualquier argumento que él pudiera presentarle al obispo se basaría únicamente en que no se habían reunido en la cama.

Y ese argumento podría eliminarse de manera bastante simple.

Ella nunca había seducido a un hombre. En verdad, ella nunca había deseado encontrarse con ninguno de sus maridos en la cama y había cumplido su deuda conyugal con cierta desgana. Además, si se hubiera atrevido a iniciar un beso con cualquiera de esos hombres, habría sentido el dorso de una mano por su audacia desenfrenada.

Alexander no solo persuadía su pasión, sino que no la obligaba a rendirse a él. Y resultaba que tampoco le preocupaba cuando ella mostraba ardor. Ella lo besó, con cautela al principio. Ella saboreó su sorpresa, escuchó su incoherente murmullo de placer y supo que había elegido bien.

Ella cerró la boca sobre la de él, imitando su beso anterior, y le tocó los labios con la lengua. Alexander gruñó y su brazo se cerró alrededor de su cintura. Eleanor se puso de puntillas, enmarcó su rostro entre las manos y lo acercó más. Ella podía sentir la ligera barba incipiente en su mandíbula, ella podía oler su piel, podía oírlo gemir.

Alexander la agarró por las nalgas con las manos y la levantó contra él. Eleanor cerró los ojos y lo besó de nuevo, dejando que el deseo la reclamara por completo.

El sexo siempre había sido una cuestión de conquista para Eleanor, la conquista de su cuerpo por un agresor hostil. Se trataba de sumisión y entrega y el placer de un hombre, aunque fuera a costa de ella. Ella no estaba acostumbrada a saborear semejante intimidad, pero Alexander se contentaba con besarla con tranquilidad. Sin duda, ella podía sentir el vigor de su respuesta, pero él no la apresuraba, no la sujetaba y tomaba lo que le correspondía.

Él la invitaba a unirse a él en la búsqueda del placer.

Eso por sí solo habría sido lo suficientemente tentador, pero también estaba el trueno de su pulso bajo las yemas de sus dedos. Ella podía sentir su corazón latiendo contra el suyo, ella podía sentir el pulso saltando en su garganta, podía escucharlo inhalar rápidamente cuando lo besaba con más valentía.

Ella tenía poder en esa transacción, un poder que nunca había sabido que poseía, un poder que tendría que aprender a ejercer. Ella no tenía ninguna duda de que Alexander saborearía todos sus esfuerzos para hacerlo, y la perspectiva la hizo sonreír bajo su beso.

"¿Qué está mal?" preguntó él, levantando sus labios un poco de los de ella. La observó, sus ojos brillantemente azules y su sonrisa se ensanchó.

"Quizás debería haberte dejado persuadir mi sonrisa con un beso", murmuró ella y él sonrió.

"Me parece recordar que me prohibieron tocarte", reflexionó él. Quizá mi caricia no sea tan molesta como temías.

"Quizás no," dijo ella, sosteniendo su mirada.

"Y ahora ofreces un beso."

"Ofrezco mucho más que un beso", susurró ella, deleitándose en la forma en que sus ojos se oscurecieron. Bajo su mirada ardiente, ella soltó la corbata de su camisola y la sacó de la prenda. Sus pechos quedaron al descubierto, sus pezones se hincharon bajo su mirada y el aire frío.

Él levantó una mano y ahuecó su pecho en su palma, la seda de su kirtle se frunció bajo su mano. Entonces él se inclinó y besó el pico y Eleanor jadeó de placer. Ella se arqueó hacia atrás y cerró los ojos, dejándolo saborearla, dejándole concederle placer.

Ella anudó sus dedos en su cabello, tirando de sus labios hacia los de ella cuando él levantó la cabeza. Se besaron con renovado fervor y Eleanor sintió que los dedos de él soltaban su trenza. Su diadema cayó, su velo fue echado a un lado. Ella se sentía como la cortesana que había dicho ser y no le importaba.

"Estoy cansada de tu galantería, señor", murmuró ella en su oído, luego besó esa oreja con tanta tranquilidad que él gimió. "Quizá simplemente bromees conmigo. Quizás no me deseas en absoluto."

"Quizás eres sorda y ciega", dijo él y Eleanor se rió. Él la tomó en sus brazos y luego la sentó en la mesa. Él apoyó las manos en la madera y la miró. "Pensaba que temías a los hombres."

Eleanor sonrió, sabiendo que el demonio había sido desterrado en presencia de ese hombre. "He temido a los hombres en el pasado." Ella se desató los cordones de los lados de la falda, consciente de que él la miraba con avidez. "Parece que me has curado de esa enfermedad." Ella se quitó los cordones y luego dejó a un lado la prenda de seda. La camisola que le habían prestado era muy pura y poco de ella ocultaba.

De hecho, Alexander miró y tragó.

Envalentonada por su respuesta, Eleanor se quitó la última cinta que sujetaba su cabello y sacudió las largas trenzas sobre sus hombros. Él la miró con asombro en sus ojos, lo que solo la animó más. Ella se quitó la camisola, luego se reclinó sobre la mesa, la madera fría contra sus nalgas desnudas. Ella llevaba sólo medias y zapatos, y sintió un momento de vulnerabilidad bajo el calor de su mirada.

Él sonrió entonces, sonrió con una sonrisa que iluminó sus ojos y él tomó su nuca en su mano. "No temas", susurró él y su corazón dio un vuelco porque él había vislumbrado su incertidumbre. "Tu confianza es un honor que cumpliré." Ella podría haber sonreído, tan tranquila estaba, pero Alexander inclinó la cabeza y la besó completamente.

Su seducción era suave y exigente, él esperaba su asentimiento y luego la dejaba jadeando por más. Sus dedos la acariciaban mientras dejaba besos por su hombro, a lo largo de su clavícula. Era como si él pudiera aprender cada curva de ella, cada lunar solo con el toque. Eleanor nunca se había sentido tan querida, nunca había sido explorada con tanta sensualidad. No había violencia en él y no la forzaba. Eleanor sabía que podía apartarlo con la yema del dedo y eso era realmente embriagador.

Alexander no mostraba prisa; de hecho, la saboreaba. Él capturó su pezón con los labios y descubrió la mejor combinación de dientes y lengua para provocarlo hasta un punto turgente. Él encontró el cosquilleo detrás de sus rodillas y la acarició allí hasta que sus huesos se derritieron. Él dedujo de alguna manera que un beso debajo de su oreja disolvía todas sus inhibiciones. Él sujetó su cintura con sus manos, mostrando que sus manos casi podían rodearla por completo.

"Hechos el uno para el otro", susurró él y Eleanor se atrevió a esperar que tal cosa fuera posible.

Finalmente, él levantó la cabeza, luciendo tan despeinado y travieso que ella supo que tenía otra hazaña reservada. Eleanor sabía que estaba sonrojada, despeinada y excitada como nunca antes. Le dolía bastante sentir su calor dentro de ella.

Alexander le concedió una sonrisa maliciosa, le rodeó la cintura con las manos y luego su beso se volvió realmente íntimo. Él se agachó entre sus muslos, el calor de su boca aterrizó en el lugar más secreto de ella. El placer se disparó a través de Eleanor y ella cayó hacia atrás, jadeando, sobre la mesa.

Alexander no cesó en sus caricias y, de verdad, ella no quería que lo hiciera. Él despertaba una pasión que ella nunca había imaginado que poseía y lo hacía con tanta facilidad que ella se maravilló de lo que se había perdido. Su misma carne parecía estar en llamas, podrían haber salido chispas de sus dedos. Ella ardía con una lujuria tan fuerte que temía que pudiera consumirla.

Ella gimió su nombre y él se rió entre dientes, su aliento le hacía cosquillas aún más. Implacable, él persuadía al infierno dentro de ella para que ardiera con más intensidad. Ella se retorcía y se arqueaba, buscaba una meta que no podía nombrar. Ella gemía y no le importaba quién la escuchara. No había nada en el mundo salvo el beso juguetón de Alexander.

De repente, Eleanor se sintió envuelta por el placer, el fuego estalló con una ferocidad inesperada. Ella gritó, apretó sus rodillas alrededor de él, se agarró a la mesa. Ella nunca había sentido tanta pasión, nunca se había sentido conmovida hasta el fondo.

Ella lo miró con asombro cuando los temblores cesaron y él sonrió, sabiendo muy bien lo que había hecho.

"Más", susurró ella cuando recuperó el aliento. "Deseo más".

Alexander se apresuró a obedecer. Él estuvo encima de ella, sus calzas zafadas pero por lo demás completamente vestido. Había determinación en su expresión y una luz salvaje en sus ojos que hizo que su corazón se acelerara de nuevo. Ella jadeó cuando él la penetró, porque él era inusualmente grande, luego ella lo agarró por los hombros cuando él la esperó.

Ella le sonrió y le gustó mucho su calor. La fuerza de él la saciaba como pocas otras cosas podrían haberlo hecho, o eso pensaba ella, hasta que sus dedos traviesos encontraron ese lugar tierno una vez más. Él le besó la garganta, ese lugar detrás de la oreja, y Eleanor se desmayó por el placer que conjuraba. Él la acariciaba incluso mientras se movían juntos en esa antigua e íntima danza.

Sus ojos brillaban con un azul temible, su cabello estaba enredado y húmedo por el sudor, su atención estaba completamente fija en ella. Eleanor se sentía poderosa y cautiva, libre y atrapada. Ella sabía que eso estaba bien, así era como el marido y la mujer debían encontrarse en la cama, así era como debía compartirse el placer.

Se le llenaron los ojos de lágrimas de que él le mostrara una verdad tan maravillosa. Ella lo abrazó fuerte, deseando que este momento durara para siempre y también encontrar esa liberación fascinante de nuevo. El calor se elevó cada vez más entre ellos, los latidos de su corazón se aceleraron y Alexander le sonrió. Se movieron como uno solo, cautivados el uno con el otro mientras alimentaban su pasión, luego un rayo la golpeó en la médula.

"¡Alexander!" gritó ella, sin importarle quién la oyera.

"¡Eleanor!" Gritó él y se enterró profundamente dentro de ella. Se estremecieron juntos en su mutua liberación, luego se quedaron quietos. Él rodó sobre su espalda, manteniéndola apretada contra él y se recostó sobre la mesa con un gemido de satisfacción. Eleanor se tumbó encima de él, muy contenta, y apoyó la mejilla en su pecho.

Ella puso sus dedos en el pulso de la garganta de Alexander mientras cerraba los ojos exhausta, sonriendo al ritmo de sus corazones latiendo como uno solo.

ELEANOR LO MATARÍA.

Eso era seguro. Si Eleanor lo seducía así todos los días de su vida, Alexander no tendría que soportar la carga de la Fortaleza Kinfairlie por mucho tiempo. Él estaba sorprendido de haberla reclamado sin siquiera desvestirse, pero ella le había dejado la oportunidad solo de desatar sus calzas. Él sabía incluso mientras recuperaba el aliento que nunca más podría sentarse a esa mesa y trabajar en sus cuentas sin recordar ese momento.

Ella le sonrió tímidamente, su piel tan sonrosada y su cabello tan enredado que él estuvo tentado de reclamarla de nuevo sin demora. Él deslizó la yema de un dedo por el costado de su barbilla y sus pestañas cayeron tímidamente. "¿Satisfecha?"

Su sonrisa se volvió traviesa. "¿No podrías adivinar eso?"

"Supongo que podría", reflexionó él, muy cautivado por la mujer que llenaba sus brazos.

Cualquier otra cosa que Alexander pudiera haber dicho nunca salió de sus labios. Se oyeron pasos en las escaleras. Esas pisadas cruzaron el suelo fuera de su habitación y en un abrir y cerrar de ojos se dio cuenta de lo que iba a suceder antes de que sucediera.

"¡No!" gritó él, justo cuando se abría la puerta de su habitación. Él hizo rodar a la dama debajo de él, ocultando su desnudez de ojos curiosos.

"Alexander, ¿estás bien?" demandó Anthony.

"Escuché gritos y temí violencia", dijo Isabella, incluso mientras trataba de mirar alrededor del castellano. Alexander se movió sobre Eleanor, esforzándose por ocultarla, y a su pose íntima, de los dos en la puerta.

Anthony maldijo con inusitado vigor y empujó a la curiosa doncella al pasillo. Cerró la puerta con fuerza y muchas toses y gruñidos atravesaron la puerta de madera.

"Dios del cielo, no hay paz en esta morada." gimió Alexander y apoyó la frente en el hombro de Eleanor. Para su alivio, la dama se echó a reír.

"Necesitas una cerradura".

"Tengo una cerradura en esa puerta", replicó él, luego le dio una mirada maliciosa. "Si hubiera sabido que tenías la intención de seducirme, lo habría usado."

Ella fingió considerar esto. "Quizás en el futuro, debería cerrar la puerta cuando tenga un plan de este tipo."

"Quizás deberías," estuvo de acuerdo él. Se sonrieron el uno al otro, luego Alexander dejó su calor bienvenido con desgana. "Te resfriarás." Él se quitó el abrigo y se lo dio. Él encendió un fuego más grande en el brasero y luego le ofreció la palangana con agua y un paño.

Anthony se aclaró la garganta deliberadamente desde el otro lado de la puerta de madera. "¿Confío entonces, mi señor, que no enviará una misiva al obispo?"

Alexander miró a Eleanor, quien sostuvo su mirada. Miraron como uno la misiva que él había escrito tan recientemente, y se dio cuenta de que ya no tenía motivos para solicitar una anulación.

Y había testigos de ese hecho.

Eleanor de repente se centró en asegurarse de que sus cordones estuvieran bien atados, su misma actitud alimentaba las sospechas de Alexander. Ella parecía culpable, al igual que sus hermanas, cuando se revelaba uno de sus planes.

"Dime que no inventaste este hecho", dijo él con voz ronca.

Ella no dijo nada, se limitó a anudar un cordón con más fuerza. Sin embargo, sus labios se tensaron con una terquedad que él conocía bien.

Él dio un paso a su lado y la tomó del codo con la mano, obligándola a mirarlo a los ojos. "¿Me sedujiste para asegurarte de que no pudiera haber una anulación?"

"No tengo que responderte".

"Sí, tienes que hacerlo", dijo él con calor. "Tendré una respuesta, y tendré honestidad entre nosotros, o no tendremos matrimonio. Si no puedes decirme la verdad, encontraré alguna manera de dejarte a un lado, en eso puedes confiar."

Sus ojos brillaron y levantó la barbilla, sosteniendo su mirada con valentía. "—Me casaría contigo, Alexander Lammergeier. Elijo tenerte como mi cónyuge y, por lo tanto, sí, decidí asegurarme de que nuestro matrimonio se consumara. Decidí asegurarme de que no tuvieras motivos para la anulación"

"Todavía puedo dejarte a un lado".

Sus labios se tensaron. "No se hará tan fácilmente."

"¿Te aseguraste de que hubiera testigos?"

Sus mejillas ardieron ante la sola idea. "¡No!"

Alexander le creía, al menos en eso. Él caminó a lo ancho de la habitación y se pasó una mano por el pelo, sin gustarle la verdad que ella le había entregado. Él la miró desde el otro lado de la habitación. "¿Por qué?"

Ella apretó los dientes y luego lo miró con recelo. "Porque no eres como los hombres que he conocido. Porque aprovecharía la oportunidad de casarme con un hombre que me trataría con dignidad."

Si ella hubiera suplicado pasión, si le hubiera confesado su amor, podría haber sido más fácil dar crédito a su impulso. Pero Alexander estudió a la mujer desafiante que tenía ante él y supo que ella sabía poco de pasión y amor, que incluso la dignidad era una novedad para ella.

Y eso tomó la decisión por él. Su corazón estaba desgarrado porque la habían tratado tan mal y, aunque sabía que él podía enseñarle a esperar algo mejor, también sabía que el camino no sería fácil. Él lanzó un suspiro.

"Verdad", insistió él gentilmente. "Debemos tener la verdad entre nosotros".

Ella respiró hondo y asintió con la cabeza. Tendrás de mí toda la verdad que deseas, Alexander Lammergeier. Sin embargo, te pediría que no me culpes si no te gusta su sabor en la lengua."

Sus miradas se encontraron y se mantuvieron a través del espacio de la habitación. "Muy bien", dijo él, escuchando una gran cantidad de historia en sus palabras. Él levantó la misiva de la mesa y la arrojó a las llamas del brasero. La vio estremecerse de alivio, vio el brillo de sus lágrimas no derramadas.

"Te doy las gracias", dijo ella en voz baja y él se sintió humillado por su belleza y su orgullo.

Eleanor nunca rogaría por un bocado de su mesa, aunque no tenía reparos en decirle que estaba equivocado. Él respetaba su ingenio y su conocimiento. Su consejo sería invaluable para él, sin duda.

Él podía enseñarle, a su vez, que a una dama se le debía más de su cónyuge que lo que sus primeros maridos le habían ofrecido.

Alexander le sonrió a Eleanor, le gustaba la visión del anillo de su madre en su dedo, le gustaba que su corazón hubiera dado un salto cuando la había visto por primera vez. Él tomó su mano entre la suya y le besó los nudillos, y cuando ella se sonrojó, se atrevió a alentarse de que sus heridas sanarían.

Entonces Alexander levantó la voz, sin apartar la mirada de su esposa. "Lo has adivinado bien, Anthony. No habrá anulación, y Kinfairlie tiene una nueva dama este día."

"¡Hurra!" gritó Isabella desde el otro lado de la puerta. Eleanor y Alexander compartieron una sonrisa cuando esa doncella aplaudió. "¡Se lo diré a los demás!" Se oyeron los pies de Isabella alejándose, luego el hombre mayor se aclaró la garganta.

"Muy bien, mi señor." Anthony bajó la voz. "¿Puedo anticipar que estará ocupado esta tarde, mi señor?"

"De hecho, podrías", dijo Alexander con una sonrisa. "Como bien saben, es imperativo que revise minuciosamente mis cuentas antes de fin de año. Hay activos en Kinfairlie de los que todavía no tengo un inventario completo" Él cogió a Eleanor en sus brazos y ella empezó a sonreír, ambos olvidando la presencia de Anthony hasta que ese hombre se aclaró la garganta.

"Muy bien, mi señor."

"—Cierra esa puerta" —susurró Eleanor cuando llegaron a la cama y Alexander se alegró mucho de obedecer. Que le entregara la llave a su esposa con un gracia le valió una sonrisa, una que lo calentó hasta los dedos de los pies.

## CAPÍTULO 6

El cielo estaba oscureciéndose cuando Eleanor se despertó en la gran cama del solar de Kinfairlie. Ella estuvo confundida por un momento, encontrándose en una cama desconocida, usando nada más que un anillo que era un nuevo peso en su mano. Alexander dormitaba a su lado, con el pelo revuelto y una sonrisa en los labios. Ella se complació en su impulso y apartó la espesura de su cabello de su frente, solo para que él abriera los ojos.

"Debe haber sido el mismo Rey de Jerusalén", dijo él, sus ojos brillaban.

Eleanor sonrió. Él había empezado una broma esa tarde tratando de adivinar quién había sido su primer marido, aunque sus sugerencias habían sido extravagantes desde el principio. ¿Había existido alguna vez un hombre tan decidido a hacerla sonreír?

Ella sabía que nunca había habido uno tan exitoso en esa búsqueda.

"Por supuesto que no", dijo ella, fingiendo una actitud severa. "No hay Rey de Jerusalén en estos días."

"¿Desde cuándo? Nadie me habló de esta farsa." Alexander se inclinó y besó uno de sus pezones con diligencia, como si la respuesta a los asuntos políticos pudiera encontrarse en su pecho.

Eleanor se rió, luego contuvo el aliento cuando su lengua comenzó a moverse contra su carne. El hombre podía seducir a una estatua, estaba claro. "Han pasado siglos desde que Saladino conquistó Jerusalén."

"¿Realmente?" Alexander deslizó los dedos entre sus muslos, sin mostrar gran interés por la historia de los Reinos Latinos. "Alguien debería habérmelo dicho."

"No tengo ninguna duda de que no prestaste demasiada atención a tu tutor."

Alexander se rió entre dientes. "Suficientemente cierto." Eleanor jadeó cuando él volvió a conjurar su pasión, y lo hacía fácilmente. "—Entonces tal vez tu esposo fue el gran poeta, Taliesin —dijo él, como si no estuviera despertando un fuego debajo de su carne.

"—Muerto hace muchos siglos" —jadeó Eleanor.

"El caballero Lancelot".

"Él estaba enamorado de Ginebra."

"Aunque el nombre de cualquier esposa que él pudiera haber reclamado no está registrado. Y en verdad, ¿no pondría a una mujer contra un hombre casarse con un caballero que corteja tan ardientemente a la esposa de otro hombre?

"Confío en que no harás eso."

"Sólo pretendo cortejar a mi propia esposa", dijo él, dándole una mirada ardiente.

"Ella está profundamente seducida, sin duda."

Alexander sonrió y se estiró a su lado. Sus dedos todavía se movían contra su calor, haciéndola retorcerse contra él. Entrelazó los dedos de su mano libre con los de ella y le puso las manos sobre la cabeza.

Tal pose infundió terror en el corazón de Eleanor, pero ella luchó contra su deseo instintivo de apartarse. El agarre de Alexander estaba suelto, su actitud era tranquila; de hecho, él le sonrió. Eleanor luchó por controlar su respiración, por ocultar el miedo que se había apoderado de ella.

Él la miró y ella se preguntó qué había visto, ya que le soltó las manos sin hacer comentarios. Las yemas de sus dedos bailaron a lo largo de ella, lanzando un ejército de deliciosos escalofríos a su paso, y cuando ella sonrió, sus ojos comenzaron a danzar de nuevo.

Que su placer procediera de concederle placer a ella era una noción nueva para Eleanor, pero una que a ella le gustaba bastante. A ella también le gustaba que él le concediera tiempo para acostumbrarse a él.

"Pero el corazón de mi señora es más esquivo que su satisfacción en la cama", dijo él en voz baja.

Eleanor contuvo el aliento. "¿Su corazón?"

Él arqueó una ceja. "¿Qué clase de bribón no buscaría el amor eterno de su esposa?"

"¿Amor?" Eleanor se apartó de su caricia. "El amor no tiene cabida en un matrimonio", dijo ella con determinación y él entrecerró los ojos.

"¿Piensas buscarlo fuera del matrimonio, entonces?"

"¡No, no! Pero el amor está más allá de las expectativas, de hecho, más allá del deseo de hombres y mujeres sensibles."

Entonces ella se levantó de la cama y se puso apresuradamente la camisola. Alexander permaneció en la cama, él permaneció desnudo, sus ojos brillaban como los de un gato a la caza.

Eleanor se enderezó, sintiéndose un poco protegida de él con la fina ropa de cama entre ellos. "Después de todo, el placer y el respeto deberían ser suficientes", dijo ella con una sonrisa.

Alexander no estaba claramente convencido por esa idea. "Tus maridos no deben haber tenido mucho mérito, si alguno de ellos te persuadiera de tal idea."

"Fue mi padre quien me enseñó así."

Alexander le sostuvo la mirada y ella supo que había encontrado otro asunto por el que él se sentía fuertemente conmovido. Sus ojos eran de un azul vibrante y él permanecía inmóvil. Ella sintió que la fuerza de la voluntad de Alexander se volvía hacia ella y supo que no podría convencerlo fácilmente de que cambiara de opinión.

"Fue mi padre quien me enseñó que el amor forja un buen matrimonio", dijo él con voz sedosa.

Eleanor giró y alcanzó su kirtle.

"¿A dónde vas?"

"Debes estar hambriento. Iré a buscar comida a la cocina."

"No necesitas hacer eso. Anthony puede ser convocado."

"También necesito visitar la letrina", mintió ella. La mirada de Alexander se dirigió rápidamente al cubo que se había dejado para ese propósito, pero no dijo nada más.

Él rodó de la cama con gracia felina, luego se acercó a ella. "Sugeriría que te vistieras apropiadamente antes de mostrarte en el salón," bromeó él, moviendo un dedo a sus costados. Ella había atado el cordón tan rápido que los ojales no estaban alineados y los lados del kirtle estaban arrugados.

Eleanor se sonrojó, porque ella nunca había sido tan torpe, pero Alexander sonrió mientras soltaba el cordón. Él se inclinó y le tocó la sien con los labios, susurrando allí. "No es del todo malo que la perspectiva de abandonar a tu marido te deje tan desconcertada".

"¡No es eso!"

"¿No lo es?" Él la miró, viendo demasiado para el gusto de Eleanor.

Ella le dio la espalda, sintiéndose realmente desconcertada. Eleanor se peinó y se puso el velo, pero no se sentía más dominada por el ritmo errático de su corazón que cuando estaba desnuda. Ella era demasiado consciente de los fuertes dedos de Alexander cuando él le abrochaba los cordones con tranquilidad, demasiado consciente del calor de él cerca de su lado, demasiado consciente del placer que él podía conjurar con un toque. Ella no se atrevía a olvidar lo poco que sabía de él hasta el momento, no se atrevía a olvidar que cualquier hombre podía mostrar encanto durante días o semanas.

Después de todo, Millard había sido encantador durante la mayor parte de un año. Ella contuvo el aliento cuando Alexander tomó su cintura entre sus manos y cerró los ojos ante su descarado encanto.

"Yo espero más del matrimonio, Eleanor", le susurró él. "Puede que hayas aprendido a esperar menos, pero yo espero más. Ganaré tu corazón, por muy reacia que seas."

Eleanor tragó saliva, temiendo que él pudiera tener éxito. ¿Y qué sería de ella entonces? ¿Cuán impotente sería ella una vez que ese hombre tuviera su propio corazón en sus manos?

Ella no pudo evitar levantar la mirada, porque sentía todo el peso de su atención, aunque no estaba preparada para el brillante azul de sus ojos. Ella lo miró sin decir palabra, aterrorizada y regocijada por lo que él prometía, luego, de repente, sonrió y chasqueó los dedos.

"¡Prester John! Ese debe haber sido tu cónyuge, porque él te habría dado el gusto por los textiles extranjeros."

"¡Ni siquiera existe!" protestó Eleanor con una sonrisa involuntaria.

Alexander la señaló con un dedo, con actitud cómplice. "Eso es lo que dicen, pero todo es un truco elaborado, sin duda." Él se acercó a ella y bajó la voz. "Dime, ¿te entregó él algún secreto para hacer dinero extra? He oído que él podría convertir la escoria en oro y debo decir que tengo una gran cantidad de escoria."

Aunque él estaba bromeando, Eleanor sabía que podía ayudar en ese asunto.

"Cobra aranceles más altos a las mercancías que van y vienen", dijo ella secamente, su actitud en tan marcado contraste con la de él que Alexander parpadeó. "Y tarifas más altas por la justicia en tus tribunales legales. La gente no tiene reparos en pagar por ventajas. Organiza una feria, aunque con una tarifa principesca, por permitir el uso de la tierra. Cobra también por el uso de los puentes y carreteras dentro de tu dominio, así como el derecho a atracar en tu puerto, si tienes uno. Impón un impuesto sobre las indulgencias, desde la seda hasta la cerveza y la plata, porque los ricos que pueden permitirse tales bienes también pueden permitirse unos pocos centavos para las arcas del señor."

Alexander la miró asombrado. "¿Cómo sabes acerca de estos asuntos?"

"Mi padre me enseñó a leer, a escribir y a contar, para asegurarse mejor de que nunca me engañaran." Eleanor se enderezó. "Yo llevaba los libros de su casa hasta que me casé por primera vez."

"¿No hacía eso él mismo?"

"Él viajaba mucho."

Alexander parpadeó. "¿Pero seguramente él tenía secretarios?"

"Él me tenía a mí, y yo le bastaba." Ella lo miró a los ojos, desafiándolo a desafiarla sobre ese asunto, pero Alexander solo frunció el ceño. Parecía como si él fuera a hacerle otra pregunta, pero Eleanor giró. "Será mejor que me vaya antes de que el cocinero salga de la cocina."

"De hecho", dijo Alexander, su voz pensativa. Él se puso sus calzas y le dirigió más de una mirada penetrante. Él estaba demasiado pensativo, su mirada demasiado evaluadora, y Eleanor se alegró de salir de su habitación antes de que él revelara todos sus secretos.

No había ninguna duda al respecto, Alexander veía demasiado. Que él estuviera decidido a ganarse su corazón hacía que ella acelerara el paso mientras bajaba corriendo las escaleras. No había ninguna posibilidad de que ella pudiera amar a su marido, por muy guapo y encantador que fuera. Eleanor había hecho un juramento en ese sentido años antes y no permitiría que un solo día en compañía de Alexander Lammergeier cambiara su forma de pensar.

Lo mejor sería que reuniera sus defensas para que él no descubriera muchos de sus secretos. Y sería mejor que ella encontrara en que servir, porque ella ya deseaba desesperadamente permanecer en Kinfairlie y no tenía nada más que su propio mérito para ofrecer a su persuasivo señor.

¿Qué mejor momento que ese para organizar el salón de su señor y garantizar su eficacia? Ella le enviaría una comida a Alexander y esperaría que se durmiera antes de regresar a su habitación. Él no podía quejarse de que ella cumpliera con sus deberes, especialmente porque ya se habían reunido en la cama varias veces ese día.

Perfectamente.

~

Durante toda la velada, Isabella había estada sentada con sus hermanas, bordando un tapiz para el salón que había diseñado Annelise, impaciente por ver cumplida su misión. ¿Cuánto tiempo podrían pasar Alexander y Eleanor encerrados en el solar? Isabella había mirado a su alrededor mucho más que a sus hermanas, mucho más que los que se quedaban a beber y charlar en el salón.

Finalmente, Isabella vio a Eleanor entrar al salón. Era el momento que había esperado y se estremeció de impaciencia por que Eleanor fuera a donde estaba destinada a ir.

Ella sabía que solo ella veía a su nueva cuñada.

De hecho, Eleanor se aferraba a las sombras, como si quisiera pasar desapercibida. Y por qué no querría, los zapatos de Eleanor no hacían juego y sus mejillas estaban enrojecidas. Ella tenía el aspecto de una mujer con la camisola puesta al revés. Isabella sonrió, adivinando que su hermano era el responsable de irritar a esa mujer que parecía tan poco probable que se enojara.

Después de todo, Alexander tenía no poca medida de encanto.

Isabella miró a Eleanor disimuladamente. Tan pronto como Eleanor se aseguró de que no la habían notado, se dirigió a las cocinas y desapareció en las sombras de ese pasillo.

Por supuesto, la nueva pareja tendría hambre, porque se habían perdido la cena. Pero debido a su ausencia del salón, había un detalle que Alexander no conocía sobre su nueva esposa. Isabella sabía que era ella quien se lo entregaría, porque le debía más de un favor.

¡Ahí estaba su oportunidad!

Isabella deslizó cuidadosamente su aguja en el tapiz y dio un elaborado bostezo. "Oh, estoy más cansada de lo que puedo creer", dijo ella, dedicándole una sonrisa a sus hermanas. "Creo que debo irme a la cama."

"Simplemente deseas dejar de bordar", acusó Elizabeth.

"Estoy cansada porque roncaste toda la noche", replicó Isabella.

"¡No lo hice!" Dijo Elizabeth.

"Dormías profundamente, Elizabeth, porque ni siquiera un empujón de mi pie te hizo callar", dijo Isabella con un movimiento de su dedo, luego bostezó de nuevo. "Sabes que necesito dormir."

"Dudo que haya sido un codazo suave", dijo Vivienne con una sonrisa.

La expresión de Elizabeth se volvió rebelde. "Eres una vaga, eso es todo."

"No seas ridícula", reprendió Annelise suavemente. "Isabella ha hecho el doble de trabajo que tú."

"No es mi culpa que sea rápida con una aguja y yo no", refunfuñó Elizabeth.

"Pero es culpa tuya que últimamente tengas un mal humor poco común", comentó Madeline. "¿Qué te aflige, Elizabeth?"

"Nada." La hermana menor cerró la boca con determinación y se inclinó sobre su trabajo. Las otras hermanas intercambiaron miradas de preocupación, pero Elizabeth las ignoró con vigor.

Isabella dejó el grupo, más concentrada en su misión que en los estados de ánimo de Elizabeth. Ella subió corriendo las escaleras tan pronto como se perdió de vista el salón y subió al piso que era de Alexander. Ella llamó a su puerta, animada por la línea de luz que se veía debajo de la puerta. "¿Alexander?"

"Entra, Isabella."

"¿Estás decente?"

Alexander se rió, un eco de su antiguo yo. "Estoy vestido, si eso es lo que quieres decir."

Isabella abrió la puerta y se detuvo al ver a su hermano inclinado sobre sus libros. Él estaba despeinado, sin duda, y su camisola solo estaba parcialmente atada, las mangas subidas para revelar el bronceado que se desvanecía en sus antebrazos. Él apoyó su peso en los puños y examinaba sus libros con un anhelo poco común. Él parecía vital, como no lo había estado en meses. Isabella se dio cuenta solo en ese momento de lo viejo y cansado que se había visto Alexander el año pasado, que no había sido más que una sombra de lo que era antes.

Una punzada la golpeó al darse cuenta de la verdad que había dicho Eleanor sobre la carga de Alexander, una verdad a la que todos habían estado ciegos.

"¿De verdad eres mi hermano?" preguntó ella, su tono halagador. "Porque sé que él no muestra tal fascinación con sus libros de contabilidad."

Alexander sonrió, la imagen de su antiguo yo pícaro. "Eleanor me concedió una idea, varias ideas de hecho." Él dejó a un lado su pluma con evidente satisfacción. "Son buenas ideas, sin duda. Cualquiera que haya sido su intención, me han encontrado un tesoro de esposa." Luego le sonrió con afecto. "¿Y eres realmente mi hermana, Isabella? Es demasiado pronto para que consideres la posibilidad de retirarte, porque siempre eres la última en salir de una celebración de cualquier tipo. ¿No me digas que todas las almas se han acostado tan temprano en la noche de Navidad?

"Por supuesto que no." Isabella cruzó el umbral con las manos unidas. Eleanor tenía razón. Te debo una disculpa, Alexander. Nunca adiviné la potencia de lo que mezclaba Jeannie y nunca le pregunté qué hacía. Debería haber tenido más cuidado." El miedo que ella había sentido cuando Eleanor le había hablado de la hierba brotó dentro de ella ahora y su voz se elevó. "Nunca quise hacerte daño. ¡Debes creerme!"

Alexander inmediatamente cruzó la habitación y la abrazó. "Lo sé, Isabella. No hay malicia dentro de ti."

"¡Pero algo terrible pudo haber sucedido!"

"Pero no fue así, por lo que el asunto descansa."

"Pero tu…"

"Estoy más sano de lo esperado, está claro." Él la sostuvo por los hombros y le dirigió una mirada severa, como hubiera hecho su padre. Sabía que él no escucharía más de eso. "Ahora, entiendo porque entregaste tu anillo de plata a Ceara."

Isabella se inquietó. "Parecía lo mínimo que podía hacer para enmendarlo."

"Fue amable de tu parte y lamento no tener un anillo con el que reemplazarlo."

Ella tocó su anillo de sello. "Excepto el que reemplacé."

Alexander negó con la cabeza. "Quiero tenerlo en mi mano a partir de este día."

"Algo bueno es que no tengo otro anillo de plata." Compartieron una sonrisa y ella volvió a tocar su mano. "Fue muy amable de tu parte, Alexander, asegurarte de que los dos tuvieran la oportunidad de hablar."

"Ah, bueno, me había cansado de que Matthew suspirara al cielo cada vez que pasaba por el molino", dijo él con un guiño. Al igual que su padre, sin duda. Ese par solo necesitaba un empujón para ponerlos en su curso."

De manera característica, Alexander se atribuía poco crédito por lo que había hecho, sino que lo veía como su obligación hacerlo.

Isabella miró al suelo, sin saber cómo empezar. "Quería que supieras que Eleanor te defendió con valentía, al igual que una dama debe defender a su esposo, y que lamento no haber visto nunca tu versión de los asuntos."

"¿Lo hizo?" Alexander la miró con interés.

"No me di cuenta de lo afortunadas que somos de estar tan a gusto en Kinfairlie, no hasta que ella me contó su propio destino."

Su mirada se agudizó. "¿Y qué fue eso?"

"¡Ella se casó a los doce años, contra su voluntad, con un hombre que había visto más de sesenta veranos!" Isabella no pudo contener su horror. "Y él fue cruel con ella, de eso estoy segura".

"Y de allí se casó con Ewen Douglas", reflexionó Alexander.

Isabella no pudo evitar hacer una mueca. "No es de extrañar que ella espere tan poco de los hombres y el matrimonio."

"Ella debe pensar que eres demasiado bueno para ser real", bromeó Isabella, aunque su hermano pareció encontrar la sugerencia aleccionadora.

"Posiblemente así es." Alexander cruzó la habitación, pensando claramente, e Isabella detestaba interrumpirlo. Él giró de repente y fijó su mirada en ella, luego sonrió. "Te pediría un favor, Isabella."

"¡Cualquier cosa!"

"No te apresures a hacer una promesa sin saber lo que prometes", reprendió él, tal como lo había hecho su padre. Isabella siempre había sido demasiado impetuosa con una promesa, eso siempre lo había dicho su padre.

"¿Entonces qué?"

"Lo que te pido es simple: te pediría que me digas si hay un hombre que reclame tu corazón. O incluso si hay uno que anhelas conocer, cuéntamelo y veré que se haga."

Ella contuvo el aliento. "¿Me casarás contra mi voluntad?"

Él la miró con solemnidad en su mirada. "No puedes quedarte en Kinfairlie para siempre", dijo él con suavidad. "Tampoco deberías desear hacerlo. Elije un espodo o me veré obligado a elegir uno por ti. Es mi deber como tu tutor."

Isabella asintió, comprendiendo la plenitud de lo que le decía. "¿Hay una fecha en la que desearías que yo haya elegido?"

Alexander lanzó una mirada fugaz a sus libros de contabilidad, una mirada preocupada que hizo que la sangre de Isabella se enfriara. "Por supuesto que no", dijo él con la tranquila confianza que ella conocía tan bien. Una vez, ese tono de Alexander había disfrazado una broma. Ahora ella no sabía qué hacer con eso. Él le guiñó un ojo. "Pero debes saber que eres joven y encantadora y que los hombres se enamoran más fácilmente de las vírgenes jóvenes."

Isabella apoyó la mano en su cadera, su ira creció en defensa de su nueva cuñada. "Oh, ¿eso significa que no amarás a Eleanor, simplemente porque ella estaba casada antes y por lo tanto ya no es virginal?"

"¡No!" La sonrisa de Alexander se amplió y negó con la cabeza. "No, no anticipo un destino tan espantoso como ese." Su viejo humor hizo brillar sus ojos.

"No fueron al salón esta tarde", aventuró.

"No lo hicimos." Alexander le sostuvo la mirada sin pestañear.

Isabella, que tenía una temible curiosidad por los asuntos íntimos, se atrevió a preguntar, aunque sus mejillas ardían con su audacia. "No vi muy bien lo que hacías esta mañana y me preguntaba qué exactamente..."

"Y tú no deberías haber visto tanto como lo hiciste." Gruñó él con fingida desaprobación, lo que le habría recordado más a Anthony si sus ojos no hubieran brillado con tanta picardía. "La mirada de una doncella no debe caer sobre algunas cosas, Isabella Lammergeier".

"¡Pero tengo curiosidad!"

"Y tu curiosidad se saciará en tu noche de bodas, como es justo y bueno. ¿No es un incentivo suficiente para elegir esposo?"

"¡Conviertes cada detalle en tu objetivo!" Isabella dijo con una risa, luego se sonrieron el uno al otro en comprensión.

Anthony golpeó la puerta y luego lo abrió, deteniéndose en el umbral sorprendido. Él sostenía una bandeja muy cargada y sus rasgos estaban iluminados con algo que podría haber sido llamado alegría en otro rostro. Alexander e Isabella guardaron silencio.

"Le pido perdón, mi señor, pero creía que estaba solo."

"Incluso tú puedes equivocarte en ocasiones, Anthony", dijo Alexander e Isabella se encontró sonriendo. Su hermano le guiñó un ojo y luego sostuvo la puerta. El castellano cruzó la habitación y se preocupó por preparar la comida, su manera indicaba que no se iría en breve.

Debía tener algo que decirle a Alexander. Isabella se disculpó y se apresuró a ir a la habitación que compartían las hermanas, sonriendo todo el tiempo. Todas las quejas que Alexander había tenido sobre sus nupcias parecerían haber sido abordadas, y su felicidad estaba asegurada con Eleanor.

Todo lo que Isabella tenía que hacer era considerar a todos los hombres que había conocido y luego decidir a cuál de ellos deseaba conocer mejor. Alexander hablaba correctamente en un asunto: había una única manera de saciar su curiosidad acerca de lo que sucedía en la cama entre marido y mujer. Los comentarios de Eleanor habían convencido a Isabella de que era hora de que supiera la verdad.

ESA VIEJA bruja Jeannie estaba al acecho en las cocinas, murmurando acusaciones, su sola presencia impulsaba a Eleanor a hacer más y más. Ella no había tenido la intención de quedarse tanto tiempo, pero los comentarios de Jeannie provocaban a Eleanor.

Cuando Eleanor insistió en que se guardara lo último del vino para Alexander, Jeannie soltó una carcajada. "Ella quiere tenerlo para ella, solo espera y verás." La vieja había hecho esa acusación en un tono que había llegado a todos los oídos.

Cuando Eleanor discutió el reemplazo de las hierbas esparcidas en el salón con las doncellas, Jeannie murmuró. "Quiere asegurarse de que no tenga plantas a mi disposición, pero no sabe la ubicación de la mitad de ellas."

Cuando Eleanor sugirió varias salsas para el venado, ya que el cocinero estaba claramente cansado de intentar crear algo nuevo con los mismos ingredientes, Jeannie resopló. "Ella controlará todos tus gestos, solo espera. Hemos encontrado una amante más dura que nunca en un señor."

Los que estaban en las cocinas se pusieron cada vez más incómodos, aunque Eleanor decidió ignorar a la mujer mayor. Ella sabía por experiencia propia que era su desafío público lo que irritaba a Jeannie. Ella había cuestionado las habilidades de Jeannie, y con razón, en su opinión, ante toda la compañía. Eso solo podría llevar a menos almas a la puerta de Jeannie pidiendo su ayuda.

Menos almas presionando monedas en las manos nudosas de Jeannie.

Las sospechas de Eleanor se probaron cuando ella revisó el inventario con el cocinero. "¡Cuidado que no se entrometa en tus almacenes!" gritó Jeannie. Es realmente traicionero que tengamos una tan familiarizada con los venenos en la cama de nuestro señor. ¿Se encontrará muerta algún alma que sea lo bastante tonta como para desafiarla?"

"No debes tolerar sus tonterías", dijo el cocinero con aspereza.

"Está molesta y es mejor que hable de tal aflicción que actuar en consecuencia", dijo Eleanor.

"¿Quieres compartir tu consejo en Kinfairlie?" preguntó el corpulenta cocinero.

Eleanor asintió. "Es mejor compartir tal conocimiento que velar en secreto. Esto es lo que me enseñaron. Ayudaré a quien me lo pida"

"Y eso es lo que teme Jeannie", dijo el cocinero. "Pocos irán a su puerta ahora que has cuestionado sus habilidades; menos aún si proporcionas el mismo consejo sin amenazas ni misterios."

Eleanor le dirigió una mirada penetrante. "Yo tenía razón al cuestionar la intención de cualquier alma cuyos actos amenazaran la vida de mi esposo."

El cocinero asintió mientras jugueteaba con las llaves de las alacenas. "Es cierto, mi señora, pero no permitiría que la vieja Jeannie arrojara su veneno a mi espalda, no por ningún precio."

Entonces le mostró cómo se almacenaba el inventario y cerró cuidadosamente las puertas detrás de ellos. A Eleanor le complació observar que en el torreón se guardaban varias hierbas eficaces, así como una medida de especias. Una vez que terminaron, el cocinero le ofreció las llaves a Eleanor. "Estas deben ser tuyas para gobernar ahora, mi señora."

Eleanor aceptó el anillo de llaves, dando la bienvenida a su peso en sus manos. En verdad, ella era la Dama de Kinfairlie, y su marido le había asegurado la administración de la casa como era justa y buena. Ella le sonrió al cocinero, incapaz de ocultar su placer.

"Espero que estés feliz en Kinfairlie", dijo.

"Yo también lo espero", respondió Eleanor, luego negó con la cabeza. "Aunque hasta ahora ha parecido ser un lugar demasiado bueno para existir en verdad."

"¡Oh, tenemos nuestra parte de verrugas en este burgo!" dijo ella con una carcajada, luego la convenció de que regresara a las cocinas. Jeannie, afortunadamente, se había ausentado, y Anthony estaba haciendo los preparativos finales para la bandeja que tenía la intención de entregar a Alexander.

Eleanor se apresuró al lado del castellano, asegurándose de que hubiera suficiente queso y carne, luego olió el vino. "Ha escaseado desde anoche. ¿No había una docena de pellejos en el inventario? Quisiera mejorar su sabor para mi señor con uno o dos de ellos."

Y así se hizo, Eleanor se llevó el vino al almacén para agregar especias. Incluso reflexionó un poco sobre el vino, pensando solo en el placer de Alexander, y saboreó cómo Anthony olfateaba apreciativamente su aroma cuando levantó la bandeja.

Sin duda, ella se mostraría útil a su esposo.

ALEXANDER SE PREGUNTÓ qué misión mantenía a su esposa alejada de su habitación. Él había esperado que Eleanor regresara con la comida, que la compartieran, tal vez en la cama, y que él pudiera revelar más de sus secretos. En cambio, Anthony se ocupaba por la mecha de una linterna, claramente decidido a permanecer en el solar.

Alexander, por su parte, se sentó de nuevo ante sus libros de contabilidad, considerando el valor de las sugerencias de Eleanor. Era cierto que él cobraba muchos de los honorarios que ella había sugerido, pero no se habían incrementado desde que su padre había reclamado el sello de Kinfairlie. Si él agregaba medio centavo a cada una de esas sumas cobradas por su tribunal, por ejemplo, las sumas funcionarían mucho mejor. Él no deseaba sobrecargar demasiado a su gente, pero quizás había algo de verdad en su afirmación de que la gente pagaría de buena gana por lo que percibiera como ventajas.

Y le gustó mucho la idea de una feria. Solo podía ser bueno traer comerciantes de lejos para comerciar en sus tierras, dejar centavos en sus arcas que no vinieran de las manos de sus propios arrendatarios. Él tendría que pedirle a Eleanor más detalles sobre cómo se arreglaban esos asuntos.

Anthony se aclaró la garganta y Alexander miró hacia arriba para encontrar a su castellano radiante. Ese hombre sostenía una linterna llena de aceite y, ante el asentimiento de Alexander, reemplazó la que estaba delante de Alexander, que estaba casi vacía. Anthony hizo un escándalo por recortar la mecha, como nunca lo hacía, por lo que Alexander supo que el hombre mayor tenía algo que decir.

"¿Y qué te preocupa esta noche, Anthony?"

"Nada, señor, nada en absoluto". El hombre mayor sonrió remilgadamente. "Es simplemente que debo felicitarlo, mi señor, por su excelente elección de esposa."

"Te agradezco, Anthony, tus felicitaciones".

Anthony se enderezó y echó un vistazo a la bandeja que había dejado a un lado. Él sacudió la cabeza, como maravillado, y contra toda expectativa, su sonrisa se ensanchó. "Nunca pensé en tener que preguntarle esto, mi señor, pero ¿podría dejar sus libros de contabilidad a un lado, para que yo pudiera preparar su comida?"

"¿Seguramente mi señora tiene la intención de volver y hacer eso?"

"No estoy seguro, mi señor. Ella está bastante ocupada en las cocinas."

"Pero la comida ha sido convocada. Aquí hay pan, queso y embutidos que son suficientes para cualquier hombre, y ciertamente más que abundantes porciones para la dama y para mí.

Los ojos de Anthony parecieron brillar. "Ah, pero la dama busca poner a Kinfairlie bajo su mano administradora, que es claramente competente."

"¿Realmente?" Alexander estaba intrigado por eso.

"De verdad", dijo Anthony con satisfacción. "Con una docena de palabras amables pero pronunciadas con firmeza, ella hace que el cocinero invente una nueva salsa para el venado, y él se había estado quejando justo antes de su llegada de que el venado era un desperdicio de su considerable talento. Ella ha reunido a las doncellas para que comiencen a eliminar las hierbas esparcidas, dando instrucciones esta noche para que la tarea se complete por la mañana. Los mozos de cuadra aún saboreaban su medida de cerveza navideña en el salón, y ella amablemente los persuadió de que limpiaran sus establos al día siguiente para que quedaran tan limpios que uno pudiera comer desde el mismo piso."

"Afortunadamente, no tenemos que hacerlo, ya que tenemos mesas", murmuró Alexander, pero su castellano no se rió.

"La dama tiene el don de encender un fuego debajo de aquellos que harían lo menos posible, sin duda", afirmó Anthony. "Además, las comidas están previstas para el resto de la temporada navideña. Si usted o sus invitados deciden cazar, mi señor, hay una lista en las cocinas de lo que podría agregarse a cualquier comida, dependiendo de su éxito."

"Eso está bien hecho". Alexander cerró deliberadamente uno de los libros de cuentas y lo apiló en su baúl con tal aparente concentración que esperaba que el anciano lo dejara en paz.

Anthony no hizo tal cosa. "Y, aunque seguramente no necesito convencerte de los encantos de la dama, ella ha recuperado tu anillo, contra toda expectativa."

Alexander descubrió que su castellano lo señalaba con un dedo, los modales de ese hombre tan amonestadores como los de un abuelo cariñoso. Alexander parpadeó, pero el recién hablador Anthony negó con la cabeza con benevolencia.

"Un hombre debe ser consciente de sus tesoros, mi señor, eso es lo que siempre me han enseñado. Fuiste descuidado, si se me permites decirlo, y has tenido la suerte de que te devolvieran el anillo. ¡Con qué mujer de recursos te has casado!"

Anthony sonrió ampliamente, una visión tan rara que Alexander no podía creer que este fuera el castellano gruñón que conocía tan bien.

"Y además", continuó Anthony, "en un mero día, la señora te ha convencido de que gastes tiempo en tu contabilidad de buena gana. Yo, como bien sabes, he pasado un año esforzándome por lograr los mismos fines, mi señor, y solo puedo reconocer las habilidades persuasivas de la dama." El hombre mayor le guiñó un ojo de la manera más inesperada. "Por supuesto, si no te importa que diga lo mismo, una dama tiene otras armas en su arsenal contra su esposo de las que yo podría esperar tener."

Alexander parpadeó. "¿Hiciste una broma, Anthony?"

Ese hombre movió sus cejas plateadas y volvió a guiñar el ojo. "Lo confieso, mi señor no tengo tu experiencia con tales asuntos, pero de hecho hice un intento de humor."

"Entonces la dama ha realizado un cambio considerable en este salón, sin duda."

Anthony se echó a reír, y Alexander estaba seguro de que nunca había escuchado al hombre mayor hacer eso. "Es una maravilla, de eso no cabe duda. ¿Le gustaría el vino, señor?"

Alexander negó con la cabeza con repulsión ante la perspectiva. "No tengo gusto por eso, no después de anoche".

Anthony frunció el ceño. Pero es la última medida del barril, mi señor. Mi señora insistió en que se guardara para ti, como es correcto y apropiado."

"Entonces se desperdiciará, porque no puedo ni pensar en beber de él."

El hombre mayor frunció los labios y consideró la jarra. "Pero la dama Eleanor se preocupó muchísimo de verlo condimentado para tu gusto, mi señor. No quiero que insultes sus esfuerzos, aunque sea por descuido."

"Entonces lo verteré desde la ventana y la felicitaré por ello. No puedo beberlo, Anthony. Mis entrañas se agitan ante la misma perspectiva."

"¡Señor! Derramarlo sería un desperdicio de un gasto considerable." Anthony parecía alarmado, pero Alexander se encogió de hombros. "No traje cerveza, mi señor, siguiendo las instrucciones de mi señora, pero regresaría de buen grado a las cocinas y..."

"No hay necesidad, Anthony." Alexander reclamó un trozo de pan y bostezó con fuerza. "En este momento, estoy tan cansado que no tengo nada de apetito."

"Eso es una vergüenza, mi señor." Anthony frunció el ceño ante la jarra de vino en su preocupación, claramente molesto.

"¿Probaste el vino anoche, Anthony?" preguntó Alexander impulsivamente. "Es una cosecha de lo más excelente y se ha conservado más allá de las expectativas."

"Sabes, señor, que nunca complazco mi gusto por el vino"

"Es Navidad, Anthony", dijo Alexander amablemente. "Insisto en que reclames esta jarra y saborees su contenido por ti mismo."

"¡Señor! No podría olvidar así mis obligaciones. Me enorgullezco de asegurarme de que ninguna debilidad te preocupe, mi señor, y... "

"Por tu propia confesión, Anthony, mi señora tiene la administración de Kinfairlie en sus manos. Podrías permitirte una noche de respiro."

El hombre mayor observó el vino, un anhelo en sus ojos. "Una vez tuve bastante gusto por un buen vino", dijo él.

"Entonces tómalo, insisto en ello. Nadie sabrá que saboreaste este deleite en mi lugar. Serías tan amable de aconsejarme por la mañana sobre su sabor, para que yo pueda felicitar mejor a mi esposa."

"Por supuesto señor."

"Deja la comida como está, Anthony. Comeré solo o esperaré la compañía de mi señora. No necesitas preocuparte por mí esta noche." Alexander se puso de pie y volvió a bostezar. "De hecho, puede que me quede dormido en poco tiempo."

Anthony le señaló con un dedo. "Y con razón. Le ruego que recuerde, señor, que debe conservar sus fuerzas para sus cuentas.

Alexander se rió de eso, pensando que podría acostumbrarse a su nuevo y amable castellano.

El anciano se fue con el vino como si fuera un trofeo, y aunque Alexander comió una medida de la comida, no se quedó mucho tiempo en la mesa. Su dama no vino, y aunque él no podía imaginar qué ocupaba tanto de su tiempo, no dudaba de que ella reuniera sus recursos de formas que él no había creído posibles.

Él bostezó de nuevo, incapaz de luchar contra el cansancio que se apoderaba de él, y volvió a la cama.

Aun así, Eleanor no vino, y la quietud del torreón comenzó a adormecer a Alexander. Un solo día en presencia de Eleanor y él supo que había hecho un gran progreso en la eliminación de los temores de la dama. Puede que ella todavía no le hubiera confiado plenamente, pero lo había defendido en su salón, había recuperado su anillo del sello y se había asegurado de que su matrimonio no pudiera ser anulado.

Al borde del sueño, Alexander sonrió. A su nueva esposa le agradaba él, lo sabía bien, tanto si ella lo admitía como si no. Él se ganaría su corazón antes de que la primavera estallara sobre Kinfairlie, eso estaba fuera de toda duda.

ELEANOR BOSTEZÓ a su vez mientras subía las escaleras hacia el solar. Le había llevado algún tiempo, pero estaba segura de que todo en Kinfairlie sería más perfecto al día siguiente. Alexander pronto vería sus méritos, e incluso si ella no se atrevía a amarlo, seguramente percibiría que no era digna de ser dejada de lado. Ella llevaría a cabo cada acto a la perfección, para que él no pudiera encontrar ningún defecto en ella, y tal vez incluso pudiera llegar a preocuparse por ella.

Y ella le daría un hijo dentro de un año, lo que garantizaría tanto su afecto como un tesoro completo para Kinfairlie. A ella le gustaba mucho esa morada, le gustaba tanto su gente como su señor.

Ella se detuvo en el umbral fuera de la habitación compartida por las hermanas de Alexander y sonrió al oír el sonido de su descanso. Su doncella hablaba sobre ellas, su sombra visible incluso en la oscuridad mientras murmuraba a esto y aquello, arropando y manteniendo un ojo vigilante sobre la puerta. Eleanor podría haberlas asustado con su propia historia, pero ella estaba tan decidida como Alexander a ver a sus hermanas casarse felizmente. Con un poco de esfuerzo, podría lograrse.

Ella bostezó de nuevo y comenzó el siguiente tramo de escaleras, aunque nunca llegó a la cima. Los pies corrían detrás de ella y se volvió para encontrar a la esposa del cocinero corriendo hacia ella. Rose tenía el rostro rojo y los ojos muy abiertos por la alarma.

"¿Qué está mal?" Preguntó Eleanor. Vera, la doncella de las muchachas, salió al rellano, su rostro amable mostraba preocupación incluso cuando cerró la puerta detrás de ella.

"¡Es Anthony! Entró en la cocina, quejándose de que su corazón se aceleraba como una cosa salvaje, luego cayó al suelo."

"¡Dios en el cielo!" Eleanor recogió sus faldas y se apresuró a bajar las escaleras. Para su asombro, la esposa del cocinero le puso una mano en el brazo para detenerla.

"No quiero faltarte al respeto, mi señora, pero hay quienes no quieren que la llame".

"¿Qué es eso?"

"Hubo quienes dijeron que sabías demasiado sobre veneno y que Anthony parecía estar envenenado."

"¿Pero por qué iba yo a envenenar al castellano de Kinfairlie?" Eleanor hizo a un lado la idea con impaciencia. "El hombre ha sido bueno conmigo y confío en su consejo." Ella se apresuró a bajar los escalones, sin esperar a que la esposa del cocinero le abriera el camino.

"Pero todos saben que Anthony bebió el vino que preparaste para tu señor esposo", dijo Rose, su voz sonaba con claridad.

Eleanor se giró para mirarla y vio la condena en los ojos de la mujer. Vera dio un paso atrás, con miedo en su expresión.

Rose levantó la barbilla, preparándose para su propia audacia. "¿No se susurra, mi señora, que le gusta demasiado enterrar a sus maridos? ¿Qué plan tienes para nuestro señor Alexander?"

"¡Ninguno!" Respondió Eleanor. "¿Qué plan tienes para mantener alejado a un sanador del lado de Anthony?" Con eso, corrió escaleras abajo para ser de la ayuda que pudiera. Solo esperaba que no fuera demasiado tarde.

ALEXANDER SE DESPERTÓ temprano a la mañana siguiente, sintiéndose renovado y vigorizado. Para su asombro, no había señales de que Eleanor se hubiera acostado alguna vez. Él se lavó y se vistió con prisa, sorprendido de que Anthony aún no le hubiera traído agua tibia. El sol brillaba y claramente no era tan temprano en la mañana.

Él sonrió, pensando que su castellano debía haber disfrutado demasiado del vino. Era bueno que Eleanor no estuviera cerca, esperando un comentario sobre su condimento. Convencido de que todo estaba bien, Alexander salió de sus aposentos.

Fue en su propio salón donde descubrió la plenitud de su error. Todo estaba lejos de estar bien en Kinfairlie.

# CAPÍTULO 7

Para cuando amaneció, Eleanor estaba tan agotada que sabía que estaba viendo cosas que no estaban allí.

Ella había corrido a la cocina cuando Rose la llamó y encontró a Anthony retorciéndose en el suelo. Un toque en su garganta reveló lo peor, porque su pulso era rápido e irregular. Sin tiempo que perder, ella inmediatamente empujó sus dedos por su garganta.

Él había vomitado mucho y su contenido era del color rojo intenso del vino. Él cayó hacia atrás, jadeando por su esfuerzo, y cerró los ojos, pero Eleanor no le concedió un respiro al hombre mayor. Ella lo obligó una y otra y otra vez a vaciar su estómago, hasta que sólo la bilis salió de sus labios. La familia se reunió a su alrededor en silencio y ella pudo sentir el peso de su ansiedad.

Por el momento, sin embargo, ella se preocupaba únicamente por Anthony. Cuando estuvo claro que él no podía convocar nada más, ella se recostó y consideró la situación.

"¿Qué le preocupa?" preguntó el cocinero, su tono lleno de una cautela que Eleanor conocía muy bien.

"El vino estaba envenenado", dijo ella, sin dejar de mostrar emoción. "¡Estaba destinado a Alexander! Y su condimentación del vino se había asegurado de que ningún hombre hubiera notado la toxina que contenía. ¿La mala suerte no se apartaría nunca de su lado? "Sospecho que fue acónito. ¿Crece aquí el acónito?"

El cocinero se encogió de hombros. "Me interesan poco los inventarios de hierbas medicinales." Él se aclaró la garganta. "Fue usted, mi señora, quien los revisó esta misma noche."

Y así lo había hecho. Eleanor estaba bastante segura de que había acónito en el almacén, porque era común poseerlo, especialmente en el norte. En pequeñas cantidades, el polvo de su raíz podría ser un bálsamo para las articulaciones dolorosas y, por lo tanto, la gente se mostraba reacia a estar sin él.

"¿Qué podemos hacer por él?" preguntó el cocinero, agachándose a su lado.

Eleanor consideró al anciano boca arriba, cuyo color parecía estar mejorando ligeramente. Ella tocó su garganta con las yemas de los dedos. Su pulso se hacía más lento, pero esa podría ser una señal de que el acónito está trabajando más. "No sé si llegué a tiempo", dijo ella, sin ver ninguna razón para adornar la verdad. "Puede que se recupere o puede que no. Se le debe vigilar y mantener caliente, darle leche para beber cuando lo desee. Por la mañana, sabremos la verdad."

"No toda la verdad, mi señora", corrigió la esposa del cocinero. "Porque para entonces probablemente no sabremos por qué el vino estaba contaminado en primer lugar."

"Oh, creo que hay pocas dudas de eso", dijo Eleanor rotundamente. "Alguien trató de matar a mi señor esposo, pero la fortuna intervino."

Hubo susurros ante eso y se retiraron de su sencillo discurso, pero a Eleanor no le importó. Ella era inocente y no tenía paciencia con aquellos que encontrarían culpable a un alma sin pruebas en sus manos.

Ella se aseguró de que Anthony se sintiera cómodo y, aunque él no era del todo consciente de su entorno, lo convenció de que bebiera un poco de leche. Era leche fresca y dulce, procedente de cabras atadas en los huertos.

Ella se había sentado en vigilia con él toda la noche, limpiando su frente del sudor inducido por la hierba, hablándole para alentarlo a despertar cuando su pulso se desaceleraba demasiado. Ella había exigido su consejo más de una vez y el castellano estaba tan obligado que se había movido con gran esfuerzo para responder.

Eleanor también estaba cansada y se sentía inclinada bajo el peso de la sospecha que la rodeaba. Con cada hora que pasaba, se alegraba más de que Anthony sobreviviera.

Ella había visto cosas en medio de esa larga noche oscura que sabía que no estaban allí. Ella se imaginó a su padre mirando desde la puerta en penumbra, con los labios tensos en disgusto por haber sido tan estúpida como para alimentar dudas sobre sí misma. Ella se imaginó a su leal doncella, Moira, rondando detrás de ella, con una expresión de preocupación y simpatía. ¿Por qué ella había dejado atrás a Moira? Eleanor había creído que había una mayor amenaza para Moira en viajar a un destino desconocido que quedarse en Tivotdale, pero ahora deseaba tener un aliado en Kinfairlie.

Pero cuando llegó la mañana y Alexander llegó a las cocinas, Eleanor supo que él en verdad veía lo que tenía delante. La frente de su marido estaba tan oscura como un trueno, una expresión que conocía tan bien como su propio nombre.

Su convicción naciente de que no había violencia dentro de Alexander Lammergeier murió rápidamente y le temió de nuevo.

Eleanor se enderezó junto al colchón de Anthony, con el corazón acelerado, y luchó por parecer adecuadamente recatada. Ella era dolorosamente consciente de la mancha roja del vómito del castellano en el vestido de seda que le habían prestado las hermanas de su marido. Ella no dudaba de que su descuido le haría ganar su ira.

Al igual que sus otras acciones. La familia susurró y retrocedió, atenta al inevitable encuentro entre señor y la dama. Eleanor despreciaba su curiosidad pero al mismo tiempo se alegraba de su presencia.

Era menos probable que cualquier hombre levantara los puños ante testigos.

"Buenos días, mi señor," dijo ella con toda la docilidad que pudo convocar. "Confío en que hayas dormido bien".

"Si dormí bien, fue sólo porque la verdad de lo que ocurrió dentro de estos muros fue ocultada a mis propios oídos", respondió Alexander y marchó a su lado. "¿Cómo es posible que no me dijeran esto?"

Eleanor tragó saliva, dándose cuenta de que nadie más en las cocinas respondería. "Temía verte inquieto, mi señor."

"¿Me dejarías dormir durante el segundo día también?" Alexander negó con la cabeza con impaciencia. "Eleanor, nada es tan importante como el bienestar de los de mi casa. En el futuro, esta omisión no se repetirá."

Eleanor se mordió el labio, no creyendo que fuera oportuno recordarle a Alexander que él había estado necesitando su propio sueño para recuperarse del vino contaminado que había bebido la noche anterior. A ella se le empapó la frente de sudor, porque se habían servido dos copas de vino contaminado en ese salón desde su llegada, y podía adivinar fácilmente quién cargaría la culpa.

Ella echó un vistazo a las almas de la casa de Alexander y se sintió enferma por la condenación que encontró en sus ojos. Oh, ella conocía bien ese sentimiento, pero no le gustaba a pesar de su familiaridad.

Mientras tanto, Alexander se agachó junto a su castellano y el afecto por el anciano suavizó su expresión. "¿Cómo le va?"

"Creo que se recuperará por completo", dijo Eleanor, consciente de que el propio Anthony asistía a la conversación. Ella sonrió para el hombre mayor, quien logró una débil sonrisa a cambio. "Fue el más incondicional en la batalla que se libró durante la noche".

"Tenía un defensor valiente, sin duda", susurró Anthony. Él

agarró la mano de Alexander y los tendones de la mano de Anthony se hicieron prominentes con la edad.

"¿Qué pasó?" preguntó Alexander lacónicamente.

"—Había acónito en el vino que enviaron a tu habitación anoche —dijo Eleanor, sin ver ningún motivo para mentir. Alexander la miró. "Es un veneno potente, uno que mata a un hombre con una velocidad temible. Supongo que Anthony tomó el vino, en tu lugar."

Alexander miró a su castellano y Eleanor no pudo ver su expresión. "¿Quién preparó el vino?" preguntó él, su tono cuidadosamente controlado. Ella no podía adivinar sus pensamientos, ese hecho alimentaba su miedo a su respuesta.

La cocina estaba tan silenciosa que Eleanor podía oír perfectamente la respiración de los ratones en el sótano.

"Yo lo hice", dijo ella. Ella nunca había retrocedido ante la verdad de sus hechos, cualquiera que fuera su precio.

"¿Y lo dejaron desatendido?"

Eleanor lo consideró. "No lo sé. Se sirvió ante el cocinero y yo revisé el inventario en los almacenes. No sé quién más estuvo en las cocinas durante nuestra ausencia."

Alexander asintió con la cabeza y luego la atravesó con una mirada brillante. No había estrellas en sus ojos y ninguna risa curvaba sus labios. Él hablaba muy en serio y ella temía su juicio más que cualquier cosa que hubiera temido antes. "¿Y colocaste el acónito en el vino, por alguna razón?" preguntó él, sin acusación en su tono.

Él la miró con avidez y Eleanor supo que él buscaba pruebas de que ella mentía.

Eleanor sostuvo su mirada. "No, mi señor, no lo hice", dijo ella con firmeza. Es cierto que no me gustó el olor del vino a nuestro regreso del inventario, cuando Anthony preparó para llevártelo. Yo lo calenté y le agregué algunos clavos, porque pensé que un condimento mejoraría su sabor.

"El sabor era de lo más excepcional", dijo Anthony, su determinación de defender a Eleanor le desgarró el corazón. Su agarre se apretó sobre la mano de Alexander. "No culpes, mi señor, donde no se pueda probar su presencia."

Alexander se puso de pie y sonrió levemente. Que él dejara a un lado la mano de su castellano con tanta firmeza no era un buen presagio en el pensamiento de Eleanor. "Te agradezco, Anthony, tu consejo", dijo él con suavidad. "Y ahora te aconsejo que duermas y te recuperes." Él señaló con un dedo al hombre mayor, su actitud juguetona por primera vez desde que había entrado en las cocinas. "¿Qué debería hacer sin tu sabio consejo?"

"Tienes a tu esposa, mi señor."

"Te quisiera tener a ti, Anthony", dijo Alexander con una resolución que hizo temblar a Eleanor.

El castellano luchaba contra la determinación de su cuerpo de descansar, probablemente pensando que sería descortés quedarse dormido en presencia de su señor, pero perdió la batalla. Sus párpados se agitaron, luciendo tan delgados como el pergamino más fino. Anthony parecía mucho mayor de lo que era y más frágil, y Eleanor no dudaba de que él había estado a punto de perder la batalla.

La respiración del castellano se hizo más profunda, aunque no lo suficientemente profunda para el gusto de Eleanor. A ella tampoco le gustaba su palidez y se inclinó para tocar con las yemas de los dedos el pulso de su garganta una vez más.

Al menos parecía haber recuperado el ritmo normal.

Alexander frunció el ceño mientras observaba dormir al castellano. "¿Qué saldrá de esto?" preguntó en voz baja.

"No puedo decir."

Él encontró su mirada fijamente. "Puedes adivinar."

Eleanor suspiró. "Necesitará descansar".

Alexander la consideró y ella vio que él entendía el significado de sus palabras. "¿Pero anticipas una recuperación?"

"Espero una. Es un veneno potente y estuvo en su estómago más tiempo de lo que uno preferiría."

Su mirada tocó la mancha de su atuendo. "¿No le gustó?"

Eleanor levantó dos dedos. "Persuadí su vientre para que se vaciara."

Alexander exhaló un suspiro y luego volvió a estudiar a su castellano. "Entonces le salvaste la vida. Anthony es afortunado de que estuvieras aquí, nada menos que alguien pensara en llamarte." La tomó del codo en la mano y habló con decisión. Eleanor no pudo evitar notar que su favor no llegaba a sus ojos. "Te agradezco, mi bella dama, tu rápido ingenio. Regresaremos a nuestras habitaciones ahora, y te llevarán un baño caliente."

"Debería quedarme con Anthony", dijo Eleanor con pánico. Cualquier acto podría realizarse detrás de la robusta puerta de esa habitación, y un giro de la llave aseguraría que ningún alma pudiera ayudarla.

Alexander negó con la cabeza. "Otros pueden atenderlo en tu ausencia. Necesitas tu propio sueño y no escucharé ninguna protesta contra eso." Él comenzó a sacar a Eleanor de la cocina, pero la esposa del cocinero se interpuso en su camino.

"Le ruego me disculpe, mi señor, pero debe tenerse en cuenta que su dama preparó ese vino e insistió en que se lo llevaran a usted."

Los ojos de Alexander se entrecerraron, su actitud incisiva. "Mi señora está por encima de la acusación de los de mi casa. Cualquier discusión sobre este asunto se llevará a cabo entre la dama y yo, en la privacidad de nuestras habitaciones."

Eleanor se estremeció ante el anuncio de eso.

"Pero…" protestó Rose.

"No hay ninguna razón por la que mi señora me hubiera deseado muerto y menos razones para que ella desearía la muerte de Anthony", dijo Alexander, su tono no permitía discutir. "En lugar de especular sobre tonterías, les pediría que consideren quién estuvo en las cocinas anoche." Él hizo un gesto a su cuñado, que lo había seguido desde el salón. "Encargo a Rhys FitzHenry de hacer un resumen de los hechos."

"Se hará", dijo Rhys. "Ninguno de ustedes hablará antes de hablar a solas conmigo."

"Yo hablaré primero", dijo el cocinero, dando un paso al frente. "Y ofreceré lo que recuerdo a mi señor Alexander."

"Hablen con Rhys, como se los he pedido a todos. Tengo otro asunto ante mí", dijo Alexander con tranquilidad, su misma seguridad hizo que el espíritu de Eleanor se acobardara. "Y aquellos de ustedes que no sean convocados de inmediato a Rhys, les pediría que trajeran el baño de la dama a toda prisa."

Eleanor comprendió que iba a enfrentarse a un ajuste de cuentas de su esposo, y aunque apreciaba que no ocurriera ante su casa, no estaba ansiosa por recibir ese ajuste de cuentas. Ella tenía la mandíbula apretada y temía que Alexander, como sus otros maridos, hubiera eliminado su encanto.

ÉL LA LLEVÓ BASTANTE BIEN hacia las escaleras. Eleanor sentía que su pecho se contraía con cada paso. Ella no se atrevía a desafiarlo, no fuera a provocar su ira aún más, pero esperaba tener la oportunidad de recuperar su favor.

En verdad, Eleanor temía a su actual marido más de lo que jamás había temido a otro hombre. Alexander era joven, fuerte y ágil. Si él optaba por golpearla, bien podría matarla. Ella ya entendía que en ese salón, al igual que en los otros salones que había ocupado, ningún alma levantaría la mano para ayudarla.

Pero Eleanor se sorprendió al darse cuenta de la diferencia en sí misma desde que se había enfrentado a un hombre en esos otros salones. Ella tenía un gran deseo de vivir y aún más deseo de vivir en Kinfairlie. Aunque ella temía la ira de Alexander, una parte de ella se atrevía a esperar que su furia pudiera ser desviada, su encanto podría ser convocado nuevamente, y Kinfairlie podría resultar ser el santuario que inicialmente ella había esperado que fuera.

Ella sabía que si él le concedía la más mínima oportunidad de hacer realidad ese sueño, ella haría todo lo que él le pidiera para hacerlo realidad.

Y esa era una perspectiva realmente aterradora. ¿Cómo había ganado ese hombre tanto poder sobre ella en tan poco tiempo para que ella fácilmente entregara todo para tranquilizarlo?

Eleanor no lo sabía. Ella no estaba segura de si tener más miedo de Alexander o de su propio deseo de complacerlo. Cruzaron el umbral de su habitación como uno solo, luego Alexander cerró la puerta con las yemas de los dedos.

"Es hora, mi señora, de que una medida de verdad salga de tus labios", dijo con él fuerza. Eleanor lo miró, sin atreverse a imaginar cómo él la animaría a confesar esa verdad.

Luego asintió con la cabeza, tan dócil como podía ser.

ALEXANDER NOTÓ el cambio en los modales de Eleanor tan pronto como ella se giró para mirarlo en la cocina. Ella estaba erguida y alta, sus emociones ocultas, su cuerpo tenso. Era como si comenzaran de nuevo, como extraños una vez más. Eso le recordó su huida del solar el día anterior, su desesperación por reclamar la llave en ese mismo incidente, el terror que había iluminado sus ojos cuando incidentalmente él le había puesto las manos sobre la cabeza.

Si él no lo hubiera sabido mejor, podría haber adivinado que ella tenía miedo, pero no podía imaginar que su formidable esposa le tuviera miedo.

"¿Estás segura de la recuperación de Anthony? ¿O hay algún detalle que no quisiste agregar delante de los demás?"

Ella sacudió la cabeza y luego se abrazó. Había sombras debajo de sus ojos, haciéndola parecer cansada y perseguida. "Creo que se recuperará, pero llevará tiempo".

"¿Qué hay del acónito? ¿Sabes quién lo agregó al vino?

Ella negó con la cabeza, aunque no se encontró con su mirada.

"¿No podría haber sido un accidente su adición?" preguntó él, esperando que ella le diera confianza.

Su expresión lo decía todo. "No. Alguien pretendía hacer daño, sin duda. Si Anthony no hubiera vomitado y lo hubiera hecho tan rápido como lo hizo, habría muerto con una prisa dolorosa."

Alexander se pasó una mano por el pelo. "¿Crees que el vino contaminado estaba destinado a mí?"


ELLA INCLINÓ la cabeza para mirarlo y entrecerró los ojos. "¿Por qué no me preguntas simplemente mi intención?"

"Porque no le agregaste el veneno al vino, por supuesto." Ella parecía tan asombrada por su convicción que Alexander sonrió. "—Sé que ayer estabas muy complacida, Eleanor, y aunque no estás ansiosa por entregar tu corazón a ningún hombre, no creo que me desees eso. Después de todo, te aseguraste de que nuestras nupcias no pudieran ser anuladas." Sus labios se abrieron con asombro y él descubrió que su sonrisa se ensanchaba. "Al menos no soy el único sorprendido de encontrarme defendido", bromeó él.

Ella tragó y él vio un brillo de lágrimas en sus pestañas antes de parpadear. ¿Qué había hecho él, o no había hecho, para que ella pareciera tan agradecida?

"También has encontrado un campeón en Anthony, y eso antes de este lamentable incidente. Él quedó muy impresionado con tu dominio de mis escasos recursos y me intriga la idea de una feria." Él observó la forma en que ella miraba hacia arriba y no pudo nombrar el motivo de su cautela. Él pensó en animarla con una conversación. "¿Dónde aprendiste a administrar una casa? Pensé que la hermana de Ewen gobernaba en su salón."

"Y ella lo hace", dijo Eleanor con firmeza. Ella cruzó la habitación, dándole la espalda.

"Así que debes haber administrado el salón de tu primer marido."

Eleanor negó con la cabeza con determinación. "Millard solo deseaba un acto de mí como esposa y no tenía nada que ver con la administración." Ella se volvió hacia él, su compostura era tan completa que podría haber sido forjada en piedra. "Su madre reinaba en su salón."

"¿Y tú?"

"Yo lo esperaba en la cama, en posición boca arriba, silenciosa y abierta".

Alexander la miró con ironía. "Eso es bastante más de lo que hubiera preferido saber".

Eleanor sonrió levemente. "Era más de lo que yo deseaba saber sobre la deuda matrimonial, puedes estar seguro."

"Isabella dijo que hablaste de haber sido casada joven."

Ella cruzó los brazos sobre el pecho y sostuvo su mirada, como desafiándolo a que le creyera. "Yo tenía doce veranos el día de mi primer matrimonio, mientras que Millard había visto sesenta y dos veranos."

"¿Dónde conociste a un hombre así?"

"En el altar. Mi padre me dijo que Millard se casaba conmigo por el rumor de mi belleza, ni más ni menos.". Eleanor se encogió de hombros. "Él debe haber estado complacido, porque vino a mí todos los días hasta su muerte."

Alexander hizo una pausa, sabiendo que tenía que preguntar. Esa mañana, sus pensamientos estaban llenos de las acusaciones de Alan y los modales de la dama hacían poco para disipar esas duras palabras. "¿Cómo murió Millard?"

Eleanor le sostuvo la mirada sin pestañear. "Dejó de vivir".

"¿Eso significa?"

"Que dejó de respirar, y así murió". Ella parecía desafiarlo a que la acusara de algún acto inmundo y eso solo hizo que Alexander se mostrara reacio a hacerlo.

De todos modos, él deseaba una mejor respuesta.

"Entonces, ¿no hubo otro factor que contribuyera, salvo su edad?"

"Él se retiró sano pero no despertó del letargo de esa noche."

. . .

"—ELEANOR, apuesto a que sabes más de esto de lo que admites. Cuéntamelo"

Eleanor desvió la mirada. Alexander esperó, oyendo el mar estrellarse en la orilla, viéndola luchar contra un demonio interior.

Finalmente, ella tragó y habló, sus palabras se tensaron. "Se rumoreaba, por supuesto, que su fallecimiento no había sido natural, y ese es el rumor al que aludiría Alan Douglas."

"¿Por qué "por supuesto"?"

"PORQUE LA JOVEN esposa de Millard era infeliz, y todos lo sabían. Ella no era lo suficientemente inteligente como para ocultar sus verdaderos sentimientos a aquellos que podrían usar tales detalles en su contra." Eleanor se humedeció los labios, incómoda porque Alexander nunca la había visto.

A él le pareció intrigante que ella hablara de su propio pasado como si se le hubiera ocurrido a otra persona. Si así le resultaba más fácil, entonces debió ocurrir algún acto horrible en el salón de Millard. "Y como sabes algo de venenos, la culpa recayó sobre ti", supuso él, queriendo ayudarla a contar su historia.

"No fue tan simple como eso". Ella se volvió hacia la ventana, con los brazos todavía envueltos con fuerza a su alrededor. Alexander esperó, otorgándole todo el tiempo que necesitara, aunque en realidad temía lo que ella pudiera decir.

Lo que ella dijo lo sorprendió.

"Es cierto que aprendí de las plantas, incluidas las tóxicas, pero no porque tuviera un interés particular en ellas. Simplemente se debió a circunstancias en la casa de mi padre."

Sus palabras eran apretadas, como si tuviera que luchar para soltarse en ese momento, y él apreciaba que le fuera difícil entregar tal información sobre sí misma. Él se sentía honrado de que ella decidiera confiar en él, aunque no podía entender por qué lo hacía.

"Cuando era niña, había una mujer en la morada de mi padre que sabía mucho de mezclar pociones. Era como tu Jeannie, una vieja bruja llena de secretos, a la que pocos hablaban a menos que tuvieran necesidad de sus talentos. Ella me enseñó sus habilidades."

"¿Tu padre consiguió un tutor para ti?" Su sorpresa hizo que Eleanor sonriese levemente.

"¡Difícilmente eso!" Ella lo miró por encima del hombro y sus miradas se cruzaron durante un largo momento.

Él podía ver su incertidumbre y sabía que nunca antes había confiado en otra alma. Él levantó la mano para animarla, pero Eleanor le dio la espalda abruptamente. Alexander se preguntó si ella intentaba ocultarle algo o si evitaba la distracción del deseo entre ellos. Él era muy consciente de sus ágiles curvas, muy consciente de la forma en que la luz del sol invernal la hacía parecer frágil y helada. Su vulnerabilidad lo conmovía tan rotundamente como su rara pasión.

Él puso su mano sobre su hombro y se sorprendió al sentirla temblar.

Quizás ella tenía frío. El viento era frío esa mañana y las contraventanas estaban abiertas. Él levantó su propia capa, tan ricamente adornada, y se la puso sobre los hombros. Ella lo apretó, sus dedos sin sangre.

"Mi padre se habría sorprendido, si lo hubiera sabido, y seguramente habría puesto fin a esas discusiones. Ella no era más que una mujer del bosque, desaliñada y extraña, pero me hablaba." Ella se encogió de hombros y contuvo el aliento antes de continuar. "Yo escuchaba sus lecciones para que no me dejara sola de nuevo."

Eleanor había sido una niña solitaria. Alexander escuchaba la confesión que ella no había hecho explícitamente. "Y le ocultaste la verdad a tu padre, para que no interfiriera".

"No fue difícil. Él estaba yendo a la guerra la mayor parte del tiempo ".

Alexander deslizó la yema del dedo por sus hombros, empujando la seda de su cabello hacia un lado y habló en voz baja. "¿Y tu madre?"

"Murió en mi nacimiento. Éramos solo dos, porque mi padre nunca se volvió a casar."

Alexander comprendió un poco más la raíz de los modales fríos de su dama. Ella había estado sola cuando era niña y él sentía simpatía por ella. No es de extrañar que no sintiera ningún respeto por el amor en un matrimonio; su padre no debía sentir nada por su madre, y sus maridos le habían mostrado poco a Eleanor. ¿Qué sabía ella del amor? ¿Dónde podía haberlo aprendido?

Alexander se dio cuenta entonces de la abundancia con la que había sido bendecido en Kinfairlie. Él se sintió humillado por haber poseído tantos dones durante tanto tiempo y nunca haber apreciado su valor. Él no tenía derecho a quejarse, ahora que sus bendiciones eran menos generosas. "Háblame de tu padre", instó él, dejando que las yemas de sus dedos recorrieran la carne desnuda en la nuca de la dama.

Ella miraba resueltamente por la ventana a la aldea de Kinfairlie. "Hay poco que contar. Él era un señor de una fortaleza, como tú, y uno que se tomaba sus deberes muy en serio."

"¿Incluso los deberes de un padre?"

"Él me vio alimentada y vestida", dijo Eleanor con fuerza. "Cabalgó a la guerra y vio nuestras fronteras aseguradas".

"Esa es una medida pequeña, Eleanor."

Ella se enderezó. "Uno toma lo que se le ofrece y lo aprovecha al máximo".

"Uno siempre puede desear más".

Ella se miró las manos y él sintió que sus hombros volvían a temblar. "Siempre tuve la esperanza", dijo ella en voz baja, "que cada vez que salía a caballo, sería la última vez que lo haría, pero la verdad es que creo que él no deseaba quedarse en nuestra morada. Él siempre estaba inquieto, siempre ansioso por irse."

"¿Por ti?"

"Claramente." Eleanor se volvió para enfrentarse a él y le dolió la soledad en sus ojos. "Mi madre murió en mi nacimiento y sospecho que mi padre no podía mirarme sin recordar su pérdida. Ciertamente no me veía mucho ni con frecuencia."

Alexander frunció el ceño cuando varios detalles se juntaron en sus pensamientos. "Espera. ¿No me digas que administraste la casa de tu padre en lugar de tu madre, aunque eras una niña?

Eleanor se encogió de hombros. "Era una acción que podía hacer, de alguna manera en la que podía serle útil".

"¡Pero te casaste a los doce!"

"Las hijas rara vez son útiles para los padres como pueden serlo los hijos. Me esforcé por demostrar que había algo de mérito en mi presencia."

Alexander supuso que la verdadera raíz estaba en otra parte. "Hiciste eso para ganarte su favor", sugirió él y ella desvió la mirada. ¿Es por eso que asumiste tanta responsabilidad en mi salón anoche? ¿Querías ganarte mi favor con tus talentos?

ELLA RESPIRÓ HONDO y cuadró los hombros. "He aprendido que los hombres prefieren tener un salón limpio y organizado, y que les sirvan las comidas de manera oportuna, y no estar obligados a juzgar las objeciones en la cocina."

"Y HAS APRENDIDO que los hombres desean eso y solo una hazaña más de sus esposas, ¿no es así?"

Ella lo miró a los ojos, desafiándolo a que le dijera lo contrario. "¿Qué más esperaría un hombre de una esposa?"

"Compañerismo", dijo Alexander con fuerza. "La amistad y el intercambio de consejos". Eleanor parecía tan escéptica que él dio más detalles. "Mi padre confiaba en la capacidad de mi madre para comprender a las personas, porque ella tenía una percepción de la naturaleza de los demás que excedía con creces la suya. Por lo tanto, gobernaban a Kinfairlie juntos de manera más justa de lo que podrían haberlo hecho solos."

Eleanor no dijo nada. Ella no se movió. Él podría no haber hablado por toda la reacción que ella mostraba, pero Alexander sentía que Eleanor consideraba sus palabras. Él la miró y esperó, preguntándose qué podría hacer para convencerla de que entregara más de su verdad, preguntándose cómo podría persuadirla de su intención, preguntándose si realmente podría curar sus heridas sin conocer la enfermedad.

"Tenías miedo cuando salimos de las cocinas", dijo él en voz baja. "Dime por qué. Dime qué pensaste que yo haría."

Entonces ella se enderezó, su reina guerrera, y lo miró a los ojos con determinación. Su corazón tronó de orgullo por su valor. Él no dudaba de que ella había soportado mucho, pero ella tenía un espíritu feroz, uno que no se dejaba intimidar fácilmente.

"Ni más ni menos que otros hombres."

"He hecho lo que me enseñaron que los hombres deben hacer. Te he pedido consejo", dijo él. "¿Qué más esperarías de mí?"

Eleanor salió de debajo del peso de su mano y cruzó la habitación con pasos apresurados.

"No puede haber matrimonio entre nosotros sin honestidad", le recordó Alexander. "Aunque claramente has aprendido a ser cautelosa con tu confianza, debes confiar en mí, Eleanor. Debes hacerlo, o nunca podremos hacer un matrimonio en verdad."

"Estás enfadado conmigo."

"Estoy molesto por mis intentos de hacer un buen matrimonio con un comienzo pobre. Solo tu desconfianza es el obstáculo entre nosotros."

Ella lo miró de cerca. "¿No por el rumor?"

"No doy crédito a los rumores, ni a las acusaciones hechas por un hombre como Alan Douglas. Confía en mí, Eleanor."

Ella respiró hondo, como si se estabilizara. "Entonces déjame decirte esto. El rumor sobre la muerte de Millard se alimentó por la negativa de su joven viuda a llorar en su funeral."

Alexander eligió su pregunta con cuidado, porque claramente había mucho en esta historia y no deseaba que ella se quedara en silencio tan pronto. "¿Y los rumores fueron alentados aún más por los modales de su joven esposa hacia él? ¿Ella lo deseaba muerto?"

Eleanor asintió con vigor. "A menudo y con gran pasión" Ella se atragantó con sus palabras y Alexander recordó la seguridad de Isabella de que el primer marido de Eleanor había sido cruel. "Ella no podía sentir ningún dolor por su muerte, solo alivio de que él no pudiera atormentarla más". Entonces ella caminó a lo ancho de la habitación, sus facciones tensas por una vieja furia.


"PERO NO HUBO ninguna acusación contra ella, ¿verdad?"

"Había rumores y el deseo de su padre de aliarse con el clan Black Douglas. Ewen Douglas llegó con el padre de la viuda para reclamarla antes de que los rumores pudieran constituir una acusación." Eleanor le dirigió una mirada astuta. "Pero eso no significa que la acusación no hubiera llegado. Ciertamente, no significa que la viuda de Millard no pudiera haber sido declarada culpable, ni que no hubiera sido ejecutada por su pecado."

"¿Su pecado? Hablas como si ella fuera culpable."

Eleanor miró sin ver al otro lado de la habitación. "Ella lo mató, aunque no de la forma en que todos creían".

Alexander se sobresaltó, pero Eleanor no parecía darse cuenta de él, tan perdida estaba en el doloroso recuerdo.

"Millard murió encima de su esposa, en lo que él llamaba su lugar favorito en todo su territorio", dijo ella con amargura. Esa noche se echó encima de ella con su vigor habitual y luego se quedó quieto tan abruptamente que ella se alegró. Se alegró de que la terrible experiencia hubiera durado menos de lo que era su costumbre. Entonces se dio cuenta no solo de que él no se movía más, sino de que era un hombre tan grande que no podía deshacerse de su peso."

Alexander miró hacia otro lado, enfermo.

Pero Eleanor miró a Alexander, sus ojos brillaban, sus palabras ardían. "Y así se quedó toda la noche, sintiendo que él se enfriaba encima de ella, esperando la ayuda de un sirviente para ser liberada. Durante esa noche, ella sabía que estaba llena de pecado y reconoció eso como su castigo. Ella había anhelado perversamente la muerte de su esposo."

"¡Eso no es lo mismo que matarlo!"

"Millard había afirmado a menudo que la mera presencia de su esposa despertaba su lujuria hasta tal punto que no podía pensar en nada más que acostarse con ella. Y así, como fue la lujuria que ella alimentó lo que le cobró la vida, se podría argumentar fácilmente que ella lo mató."

"Yo no discutiría así", dijo Alexander, pero ella lo ignoró.

Eleanor respiró entrecortadamente y sus palabras se derramaron con una ráfaga acalorada. "Y no sería una mentira decir que a menudo ella deseó en años posteriores que se hubieran formulado cargos contra ella, y que hubiera sido declarada culpable de sus pecados, y que su tiempo en esta tierra hubiera terminado, porque entonces no se hubiese casado con Ewen Douglas." Ella echó la cabeza hacia atrás, sosteniendo la mirada de Alexander, atreviéndose y desafiándolo una vez más.

"¿POR QUÉ ÉL LA GOLPEABA?"

Eleanor cerró los ojos y luego respiró hondo. "A menudo, pero siempre donde el moretón no sería visto por otra persona."

Alexander exhaló con fuerza, sacudido por su confesión. "Pero entonces, si la hubieran ejecutado, la joven viuda nunca habría venido a Kinfairlie", dijo él.

Eleanor asintió con la cabeza sin dudarlo. "Y eso hubiera sido realmente espantoso".

"¿Por qué dices eso?"

"Porque aquí hay esperanza y aquí hay un santuario". Ella cruzó la habitación y le tendió la mano y él vio ese escurridizo brillo de lágrimas en sus ojos. "Porque aquí en Kinfairlie reina un señor que no tratará injustamente a su esposa, un señor que no da crédito a los rumores sin pruebas." Ella tragó. "Aquí, espero, reina un señor que no tiene violencia dentro de él."

ALEXANDER TOMÓ su mano entre las suyas, la sintió temblar y entrelazó sus dedos con los de ella. "Tienes razón, aunque me asombra que me concedas tanto crédito."

Eleanor sonrió levemente. "Uno solo tiene que ser mordido por un perro una vez para ver la diferencia entre buenos sabuesos y malos." Ella se encogió de hombros. "Aunque confieso que mi miedo a los sabuesos y sus dientes es demasiado profundo para ser evadido por completo."

"Así que ahora soy tan complejo como un perro", bromeó Alexander.

"Lo siento. No quise decir..."

"Sé lo que quieres decir. Simplemente buscaba tu sonrisa," La mano de Alexander se levantó para tomar su rostro. Él no sabía cómo empezar a expresarle su admiración, pues ella había soportado mucho en sus días. Él se sentía honrado de que ella incluso le concediera la oportunidad de demostrar que no todos los hombres eran brutos. "Será mejor que terminemos esta conversación antes de que me insultes con su resultado."

La alarma parpadeó en sus rasgos, a pesar de su tono burlón, aunque Alexander ahora conocía su raíz.

Él se inclinó y rozó sus labios contra los de ella. "Se le debe advertir, señora mía, que cuando me insulta la estimación que una dama tiene de mi naturaleza, siento un impulso abrumador de demostrar que sus expectativas son incorrectas." Ella sonrió fugazmente, la incertidumbre aún persistía en sus ojos, luego Alexander la besó completamente.

Él tuvo que esperar solo un latido antes de que ella se ablandara y se apoyara contra él. Ella se estremeció cuando él la atrapó cerca, pero separó los labios para besarlo. Alexander sabía que su dama luchaba contra sus dragones con tanta determinación como él.

Alexander no tenía ninguna duda de que entre los esfuerzos de los dos, esas bestias no deseadas pronto serían desterradas del reino.

~

EL HOMBRE DESAFIABA LAS EXPECTATIVAS. Él no era de los que usaban los puños, no como Ewen, lo que en verdad era un alivio. Aun así, Eleanor era cautelosa. Después de todo, Millard poseía un suave encanto que disimulaba su crueldad.

Ella había aprendido temprano que darle la bienvenida en la cama hacía que la casa fuera más pacífica.

Sin embargo, era mucho más sencillo considerar el mérito de recibir a Alexander entre sus muslos. Él la besaba con seductora facilidad, sus labios se movían persuasivamente contra los de ella.

Eleanor apenas vaciló antes de recibir su caricia con un ardor propio. Él no la había juzgado. No la había golpeado. Él la había escuchado con compasión. Ella no se sintió desnuda después de haber hecho su confesión y, aunque no podía comprometerse a amar a Alexander Lammergeier, se sintió alentada de que la honestidad y la confianza le sentarían bastante bien.

Y un hijo, por supuesto.

Su beso se calentó con asombrosa velocidad, sus manos se elevaron para enredarse en su cabello, sus brazos rodearon su cintura. Él la besó con tan delicioso abandono que Eleanor casi se olvidó de las instrucciones que él había dado en las cocinas de abajo.

Así que saltó tan alto como Alexander cuando el fuerte golpe llegó a la puerta. "¡Tu baño, mi señora!" gritó un alma, luego empujó la puerta para abrirla. Alexander hizo una seña y la tina de madera fue colocada en el centro de la habitación. Un verdadero ejército de las cocinas la siguió, llevando hervidores con agua humeante y vertiendo su contenido en la tina sucesivamente.

Entonces Isabella apareció en la puerta. Su actitud era cautelosa, ya que no había estado en presencia de Eleanor hasta el momento, aunque sonrió a Alexander. "Te quería traer un regalo nupcial", dijo ella con una rápida mirada a Eleanor. Ella ofreció algo en su puño, sus mejillas sonrojadas.

"¿Y esto qué es?" Eleanor aceptó el pequeño frasco de vidrio, pero no supo si soltar el tapón o no. ¿Era eso una broma o un comentario sobre su conocimiento de las hierbas?

"Es para tu baño", dijo Isabella. "Supe que sería perfecto cuando oí que habías pedido un baño para Eleanor. Rosamunde me lo dió cuando cumplí trece años y me dijo que lo guardara para mi noche de bodas. Ella dijo que evocaría dulzura entre marido y mujer, aunque no sé a qué se refería. Te lo quiero dar, como disculpa y como regalo nupcial."

"¿Estás segura?" Preguntó Eleanor. Ya ella había notado que esos hermanos tenían en estima a esa tía fallecida. "Seguramente deseas quedarse con este regalo para ti, como te le pidió."

"Nunca he hecho lo que me piden", admitió Isabella con una carcajada.

"Es bastante cierto", murmuró Alexander con algo de afecto.

"¡Aunque supongo que tú eres tan inocente como todos los ángeles!" Isabella dijo, dándole a su hermano un golpe en el hombro. "Nunca olvidaré la rana que dejaste en mis mejores zapatillas."

"Eso debe haber sido hace una década." sonrió Alexander, impenitente. "¿Cómo puedes recordarlo con certeza?"

"Nunca conseguí sacar el olor del cuero", resopló Isabella. "—Un consejo para ti, Eleanor. Vigila de cerca tus zapatillas..."

"O tus ranas", intervino Alexander.

"... porque este pícaro es malditamente rápido."

"—Haré todo lo posible" —dijo Eleanor, incapaz de evitar sonreír. ¡Kinfairlie debe haber sido realmente ruidosa con estos niños debajo de los pies, todos haciéndose bromas unos a otros!

Quizás ella debería entregar más de un hijo a Alexander, para asegurarse de que sus hijos crecieran en medio del ruido y la alegría que ella nunca había conocido. La misma perspectiva hizo que la sangre de Eleanor se calentara y se encontró mirando a su esposo.

Ella lanzó una mirada chispeante al frasco. "—Creí que tenías curiosidad, Isabella. ¿No temes ceder parte del misterio, y que con eso lo inexplorado?

"Confío en ti para hacerme arrepentir de mi impulso", replicó Isabella y Alexander se rió.

"En verdad, no recibirás otras baratijas de Rosamunde", dijo él, sobrio. "Si cambias tu forma de pensar ahora, ninguno de nosotros pensará lo peor de ti."

Eleanor le ofreció el frasco en silenciosa aprobación, pero Isabella negó con la cabeza. "Debo entregar algo importante para que este asunto salga bien. Mi error contra ti no fue pequeño, Alexander, y este frasco es un pequeño precio a pagar por tu perdón."

"¿Además de un anillo de plata?"

"También", dijo Isabella con fuerza. Eleanor no pudo evitar admirar que a esos hermanos se les hubiera enseñado a corregir las cosas, a disculparse por sus errores y a garantizar que se preservara la justicia.

"Ya tienes mi perdón", dijo Alexander e Isabella sonrió.

"Entonces tómalo como un regalo."

Alexander levantó el frasco de las manos de Eleanor y lo miró con fingido escepticismo. "Esto y el anillo de plata", reflexionó ella, considerando el frasco. "Creo, mi señora, que debe haber algo mal con esa poción, o de lo contrario esta no es realmente mi hermana Isabella."

"¿De verdad?" Preguntó Eleanor, bajando la voz para igualar la de él.

"Oh, ella es una belleza, pero es alguien con un profundo dominio de sus posesiones. No es propio de ella entregar gran parte del mérito."

"¡Oh, simplemente podrías agradecerme!" gritó Isabella.

Alexander tiró del tapón, luego él y Eleanor inhalaron como uno solo.

"Lavanda", dijo Eleanor. "Con rosa y miel, apostaría". Puso su mano sobre la de Alexander y se encontró con su mirada parpadeante. "Debo confesar que siempre he encontrado que la mezcla de aromas es particularmente seductora."

Alexander vertió todo el contenido del frasco en la tina humeante y luego sonrió con malicia. "¿Estás seducida, mi señora?"

"Por algo más que un olor, sin duda". Eleanor sonrió, disfrutando de que se burlaran de Isabella, pero la mirada de Alexander se calentó.

Él se volvió bruscamente hacia su hermana y señaló la puerta. "Es hora de que te vayas".

"¡Oh, justo cuando las cosas se vuelven interesantes!" protestó ella de buen humor. "Nunca sabré la verdad de lo que sucede entre marido y mujer".

"Razón de más para elegir un esposo con prisa", dijo Eleanor. Alexander se rió de eso, para su confusión, e Isabella alzó las manos hacia el cielo.

"¡Incluso suenas igual que él, y esto en solo dos días!" acusó ella, luego se rió y se fue. Alexander cerró la puerta con firmeza detrás de ella y puso la llave con unr gracia. Él lanzó la llave al aire, la atrapó y luego se la arrojó a Eleanor.

Ella la atrapó, a pesar de su sorpresa.

"Tenías miedo ayer cuando cerré la puerta", dijo él en voz baja, con los ojos brillantes. "No me gusta el miedo en una mujer y no creo que sea apropiado que una dama se sienta obligada a huir de la habitación que debería considerar suya. Esta llave siempre estará a tu alcance."

Eleanor sonrió mientras tocaba la fría llave. Se la ató al cinturón, y le gustó que su nuevo marido fuera perspicaz y amable. Quizás no fuera del todo malo confesar uno o dos secretos, siempre que tales gemas fueran entregadas a la persona adecuada.

¿Se atrevería ella a esperar que este marido fuera la persona adecuada?

"Tal consideración merece una recompensa", reflexionó ella, luego se quitó los zapatos.

Alexander miró a su alrededor con fingida confusión. "Ah, pero no puedo pensar en una sola ventaja que falte en mi vida", dijo él con el ceño fruncido. "Tengo una esposa hermosa, mis hermanos están sanos, mi casa es lo suficientemente cálida."

El hecho de que él pudiera contar las ventajas con sinceridad cuando su tesoro estaba vacío calentó el corazón de Eleanor. Ella se detuvo ante él y levantó una mano para tocar su mandíbula. Había una sombra de barba incipiente que le pinchaba las yemas de los dedos. Él la miró, sonriendo levemente, sin apresurarla ni exigirle. Eleanor se estiró hasta la punta de los pies y tocó sus labios con esa sonrisa.

"Puedo pensar en una cosa que falta", susurró ella contra su garganta. El sabor de él hizo que su sangre se acelerara y su boca se secara. La altura y la amplitud de él la hacían sentir delicada y femenina. Su paciencia la hacía sentir potente.

"Entonces ilumíname", murmuró él, sus palabras agitando su cabello. "Porque no puedo imaginar lo que podría ser."

"No tienes un hijo".

"Suficientemente cierto. Pero, ¿qué podemos hacer para remediar eso?"

Eleanor encontró el brillo alegre en sus ojos y fingió considerar ese dilema. A ella le gustaba que Alexander la dejara marcar el ritmo de su relación sexual, y le gustaba aún más que él fuera juguetón en la cama. Sus modales alimentaban su confianza en su propio encanto y le mostraban gran parte de su propio deseo de intimidad.

Pensar que sus esposos siempre la habían llamado fría. Éste encendía un fuego dentro de ella que no se podía negar. El suyo era un don, uno que merecía un regalo a cambio, y Eleanor sabía que el hijo cuyo nacimiento vería lleno el tesoro de Kinfairlie era el único regalo que sería suficiente.

Que Alexander cortejara su favor ignorando lo que ella podía darle era el detalle más seductor de todos.

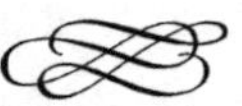

# CAPÍTULO 8

Alexander vio como Eleanor fruncía los labios y fingía considerar el enigma de darle un hijo. Sus labios eran tan carnosos y rubicundos que él deseó besarla, pero se armó de valor para esperar. Era la violencia de un hombre lo que la hacía insegura, aunque él ya sentía que ella había vencido el recuerdo.

¿Millard la había golpeado, así como a Ewen? Quizás su padre también la había maltratado. Una parte de Alexander estaba furiosa de que cualquier hombre creyera conveniente herir a una mujer para que su voluntad reinara supremamente.

Que Eleanor lo encontrara en la cama con tan poco miedo como lo hacía, lo llenaba de asombro y admiración. Ella era valiente, no había ninguna duda al respecto, aunque Alexander sabía que la confianza total entre él y su esposa solo llegaría cuando ella estuviera segura de sus intenciones.

Así que esperó, con la sangre hirviendo, y dejó que ella lo sedujera. Era una dulce tortura que soportaba por el bien de la armonía marital, pero él no podría haber hecho otra cosa y ser el hombre que era.

Eleanor dejó que las yemas de sus dedos se deslizaran por la garganta de Alexander en una suave caricia que dejó un rastro de fuego a través de su carne. Sus dedos se detuvieron en el latido de su pulso en su garganta y ella se encontró con su mirada como si estuviera asombrada por el poder de su propio toque. Alexander sonrió, esperando que ella viera la plenitud de su admiración por ella.

Ella contuvo el aliento y sus pestañas revolotearon hacia abajo, como si ella no pudiera soportar mirar su pasión. Ella extendió las manos en abanico y las recorrió por su pecho, su toque más firme cuando lo sintió a través de su atuendo. Alexander se quedó completamente quieto y la miró, incapaz de descubrir su respuesta.

Sus manos aterrizaron en la hebilla de su cinturón con determinación y él contuvo el aliento. Luego ella miró hacia arriba, sus ojos brillaban con deseo y su corazón se apretó. "Podrías reclamar a un huérfano y darle tu nombre", reflexionó ella.

Alexander fingió considerar eso. Él apretó los puños a los costados, porque todavía no se atrevía a tocarla y asustarla. "Podría, si tan solo no estuviera tan orgulloso de mi linaje. Quizás eso sería más apropiado para un segundo hijo, en lugar de mi heredero."

Eleanor le desabrochó el cinturón y lo dejó a un lado, luego deslizó las manos por debajo de su abrigo. "Sin duda, hablas bien", dijo ella, mientras le pasaba la prenda por la cabeza. Ella desató el lazo de su camisola con dedos rápidos. Ella arrugó la nariz y luego le lanzó una mirada juguetona. "Pero he oído que tu esposa es fría y que no te da la bienvenida entre sus muslos."

Alexander la señaló con un dedo. "¡No debes dar crédito a los rumores!"

"¿No es fría ella, entonces?" Eleanor abrió mucho los ojos, luego tiró de su camisola por encima de su cabeza y la tiró a un lado. Ella tragó saliva mientras lo miraba, luego levantó una mano lentamente y la puso sobre su corazón.

Alexander tomó su mano entre la suya, la giró y la besó en la palma. Ella lo miró, casi sin respirar, y él le sonrió. "Ella ha soportado mucho", dijo él en voz baja. Y, como resultado, guarda sus secretos muy cerca. Cualquier hombre con ingenio vería que el tiempo es el mejor ungüento para esta herida."

Ella liberó su mano de su agarre, luego alcanzó el cordón de sus calzas. "Mi padre solía decir que una mujer necesita un bebé en sus brazos para estar verdaderamente contenta. Quizás se pueda persuadir a tu esposa de que te entregue ese hijo."

Alexander estaba confundido por sus persistentes referencias a los hijos. ¿Su incapacidad para concebir había sido la causa del descontento de sus ex maridos? "Mi padre solía decir que es el amor lo que hace que una mujer se sienta verdaderamente contenta. Aunque daría la bienvenida a un hijo o incluso a una hija, no es imperativo que yo lo tenga."

Ella miró hacia arriba, claramente sorprendida.

Alexander sonrió. "Tengo dos hermanos menores, uno no tiene título y el otro ha visto su herencia derrumbarse en escombros. Cualquiera de los dos agradecería la soberanía de Kinfairlie, en caso de que yo no tuviera heredero."

"¿Hay más de ustedes que las hermanas que he conocido?"

"Tengo siete hermanos. Cinco hermanas y dos hermanos."

"Eso es asombroso", dijo ella, claramente asombrada. "¿Y tu padre tenía cuántas esposas?"

"Sólo una. La amaba con tal fervor que nunca habría reclamado a otra si ella hubiera muerto antes que él." Alexander tomó el rostro de Eleanor entre sus manos mientras ella se maravillaba de eso y rozó sus labios con los de ella. "Pero debido a mis hermanos, mi esposa no tiene por qué preocuparse por tener hijos. No hay ninguna preocupación de que deba demostrar su utilidad para permanecer en mis afectos."

Eleanor lo miró durante un largo momento, luego sus dedos se deslizaron en sus calzas. Ella lo acarició para que él recuperara el aliento y luego sonrió.

"Te gusta esto", dijo ella, aunque sus modales parecían tan obedientes que Alexander adivinó la razón detrás de su acto.

Él reclamó su mano, deteniendo sus dedos. "Tienes un toque seductor, pero no quiero que me acaricien solo por el deber." Él la miró, notando su sorpresa. "Doy la bienvenida a tu caricia, Eleanor, solo si es una que deseas dar, no si es una que te sientes obligada a dar."

Ella lo miró durante un largo momento, luego sus labios se curvaron en una cálida sonrisa. Ella cogió sus cordones y rápidamente se soltó la kirtle, saliendo de los amplios pliegues de seda. Ella se desató las ligas, le temblaban los dedos por la prisa, y luego dejó las medias a un lado. Ella se quitó la camisola y se sacudió el cabello para que cayera reluciente por su espalda. Su carne brillaba a la luz de la mañana, sus pezones estaban llenos como perlas en el frío de la habitación. Ella era tan hermosa como una ninfa, tan elegante como una doncella de las hadas en uno de los cuentos favoritos de Vivienne.

Entonces ella se giró y le ofreció la mano a Alexander, con los ojos inusualmente brillantes y una sonrisa en los labios. "Isabella habla bien", dijo ella con voz ronca. "Su poción de hecho conjura una dulzura entre marido y mujer que no tiene comparación. Ven, mi señor, únete a mí en mi baño antes de que se enfríe demasiado. Puede que encuentres tu vida completa, pero mi mayor deseo es entregarte un hijo. Para tener éxito en esa misión, necesitaré tu ayuda."

Alexander se rió y tomó la mano de su dama. Él la besó en los nudillos incluso mientras se deshacía de sus calzas. "Estoy muy contento de acudir en ayuda de una dama", dijo él con galantería y ella lo reprendió con el dedo.

"Solo ayudarás a esta dama en cuestiones de engendrar hijos", bromeó ella, con un brillo alegre en los ojos, y Alexander se contentó con ceder a esa petición también.

Esta vez, resolvió él, la dama estaría encima de él, para animar mejor su confianza. La sola perspectiva de la sorpresa de Eleanor hizo sonreír a Alexander, aunque era un momento feliz antes de que ella descubriera lo que tanto divertía a su señor marido.

Y entonces ella estaba tan asombrada que él se rió de verdad.

~

A ÚLTIMA HORA de la tarde, Alexander descendió al salón. Pidió un poco de carne fría, porque las actividades en la cama habían asegurado de que se perdiera la comida del mediodía, y él se unió a Rhys en la mesa. Ese hombre parecía más sombrío de lo que era su costumbre.

"¿Cómo le va a Anthony?" Preguntó Alexander.

"Bastante bien, supongo. Durmió esta mañana."

"¿Y qué noticias tienes del vino?"

Rhys puso los ojos en blanco. Tienes un salón muy concurrido, Alexander. Parece que todas las almas de Kinfairlie pasaron por tus cocinas anoche. Algunos notaron el vino y otros no; algunos saben cuándo estuvieron allí y otros no. Todos saboreaban su medida de cerveza del señor, así que su testimonio refleja lo mismo."

"Ah. Había temido que pudiera ser así."

"Es imposible eliminar a una persona de cualquier lista de posibilidades." Rhys apoyó los codos en la mesa y miró fijamente a Alexander. "Lo que significa, por supuesto, que cualquier hombre sensato debe buscar primero las mejores perspectivas. ¿Algún alma te desea muerto?"

"No hasta donde yo sé". Alexander se encogió de hombros. "Pero entonces, sería particularmente tonto decirle a la víctima de uno de sus intenciones."

"Esto no es una broma", dijo Rhys con severidad.

"No quise bromear. Solo quise decir que alguien que conjure un plan de este tipo, para asegurarse de no poder ser nombrado responsable, debe ser muy ingenioso."

"Eso es verdad", reconoció Rhys. Él trazó un círculo en la mesa de madera y Alexander supuso que no recibiría con agrado lo que su cuñado dijera a continuación. "También hay que decir que el responsable debe saber algo de venenos." Entonces Rhys miró hacia arriba, con expresión sombría.

Alexander dejó a un lado el resto de su pan, su hambre eliminada. "Hablas de Eleanor."

Rhys respiró hondo. "Confieso que soy cauteloso con las curanderas y con aquellos que saben mucho de toxinas, pero esto es muy poco común, Alexander." Él marcó puntos en sus dedos. "Considerando que Alan Douglas la llamó asesina..."

"¡Alan Douglas no es un hombre cuya palabra tenga reputación!"

"Considera que él también aludió a un cuento de que ella también había matado a su primer esposo..."

"Ella me explicó eso. No es de importancia."

"Considera que ella no te confesó su nombre completo," dijo Rhys con determinación. "No disculpo a mi esposa y sus hermanas de la responsabilidad en esta estratagema, pero Eleanor era la única que sabía que casarse con ella te enfrentaría a tus vecinos. Ella debería haber hablado de sus alianzas."

"Ella y yo también hemos discutido ese asunto."

"Sí, y si te casas con una mujer acusada de asesinato, incluso si eso es solo un rumor, debes preguntarte la verdad cuando tu propia vida está en peligro." Rhys levantó dos dedos. "—Dos veces en pocos días tu vida ha estado en juego, Alexander. ¿Qué gana tu esposa en tu ausencia? Kinfairlie es un premio, sin duda."

Alexander se volvió con el ceño fruncido, no queriendo corregir las nociones de Rhys sobre la riqueza de Kinfairlie. Cualquier confesión a Rhys seguramente llegaría a los oídos de Madeline y de allí a los de todos sus hermanos. "Kinfairlie no es tan rica", dijo él con brusquedad.

Rhys resopló. "Es más de lo que muchos pueden llamar a su nombre, sin duda. ¿No te parece extraño que una mujer esté tan ansiosa por casarse como ha demostrado estar tu dama?"

Rhys se inclinó hacia adelante. "¿No te parece extraño que cuando propusiste anular el matrimonio, la dama no solo se aseguró de que tus nupcias se consumaran sino de que hubiera testigos de su hecho? No puedes dejarla a un lado fácilmente después de eso."

"No creo que ella haya llamado a los testigos", dijo Alexander.

"Cree lo que debas."

Alexander miró fijamente la mesa, las dudas se agitaban dentro de él. "Ella ha confesado que solo quiere un hijo", dijo él en voz baja.

Rhys se burló. "Entonces, con tu fallecimiento, ella administraría Kinfairlie como regente en lugar de ese hijo. Ella no sería la primera mujer que intente asegurarse de ser rica y poderosa sin la carga de un esposo."

"Rhys, no puedes saber eso..." protestó Alexander.

"No, no puedo." Rhys se puso de pie. "No es más que un rumor y especulación, y prefiero no difamar a una mujer inocente. Pero hay susurros en tu salón, Alexander, y sospechas en los pensamientos de muchos."

"Alan Douglas no tiene ni una palabra de reputación."

"Sin embargo, su hermano Ewen está muerto, y aun así su esposa vino aquí con nada más que el atuendo en su espalda. ¿Por qué otra razón habría huido de Tivotdale tras la muerte de su marido, aparte de su propia culpa?"

Alexander miró fijamente a la mesa, sus pensamientos turbulentos.

Rhys exhaló un suspiro. "Planeamos partir hacia Caerwyn mañana, como bien sabes, aunque si quieres que nos quedemos en Kinfairlie, haremos eso. No te dejaría en peligro."

Alexander forzó una sonrisa, defendiendo a su esposa sin pensarlo dos veces. —"Rhys, agradezco tu consejo, pero creo que haces mucho de poco. Los rumores le han servido mal a la dama, al igual que a sus ex esposos, pero sé que nuestro matrimonio resultará agradable."

Entonces pregúntale sobre esto. Eso es todo lo que te pido. Al menos ten tu explicación de lo que ocurrió en Tivotdale."

"—Él la golpeaba, Rhys."

"Eso no vería a un hombre muerto".

Alexander se cuestionó, porque Rhys hablaba con justicia. ¿Qué había ocurrido en Tivotdale? ¿Por qué había huido Eleanor y lo había hecho con tanto miedo de ser perseguida?

Rhys estudió a Alexander durante un largo momento y luego se encogió de hombros. "Te agradezco la cortesía de aceptar mi discurso honesto por lo que es", dijo, su tono más formal que antes.

"Te agradezco tu consejo, Rhys."

Entonces Rhys lo dejó. Alexander vio como Madeline se acercaba a su esposo con una sonrisa y Rhys inclinaba la cabeza hacia su esposa. Su mano aterrizó sobre su vientre mientras escuchaba sus palabras y Alexander estaba complacido con la luz en los ojos de su hermana.

Él se dio la vuelta, pensando que era impropio mirarlos tan abiertamente, y observó la cerveza en su copa. ¿Seguro que Rhys estaba equivocado? Pero Eleanor había estado demasiado cerca la noche anterior y ella se había quedado mucho tiempo en las cocinas después de que le enviaran el vino a él. No había ninguna razón para que ella hiciera un inventario la noche de Navidad, sin duda.

A menos que quisiera asegurarse de que ningún alma pudiera haber tocado el vino. Y ella podría haberle llevado el vino ella misma, en lugar de buscar otras labores en las cocinas.

A menos que quisiera estar segura de que su víctima estuviera más allá de la ayuda cuando ella llegara al solar.

Alexander exhaló un suspiro, incómodo con sus propias sospechas. Él no podía argumentar que su seducción había sido deliberada, e incluso ella no había protestado por esa conclusión. Él recordó la capacidad de Eleanor con las cuentas, su consejo sobre cómo equilibrar sus libros de contabilidad, su competente administración de su salón. ¿Qué necesidad tenía una mujer así de un esposo, una vez que tuviera un hijo?

La dama había admitido que no tenía ninguna intención de amarlo. De hecho, ella no creía en el amor, lo que significaba que todos sus objetivos debían ser mundanos.

Como propiedad y poder.

¿Podría Rhys tener razón?

Alexander se puso de pie, nuevamente inquieto. Se dirigió a las cocinas para asegurarse de que Anthony se había recuperado.

Sería reprochable si la lealtad de ese hombre fuera recompensada con malicia. Alexander esperaba y rezaba para que nadie en su casa pagara el precio por cualquier mala intención hacia sí mismo.

~

EL COLCHÓN del castellano se había acercado a la chimenea, pero estaba fuera del camino, para verlo mejor calentado. Anthony debía estar recuperándose, porque se había apoyado en un codo para observar el proceso.

"Deberías usar menos azafrán en la salsa", le dijo al cocinero. "Es malditamente caro y mi señor no está hecho de dinero."

"Si no hay suficiente azafrán, la salsa quedará fina y pálida", argumentó el cocinero. "Lo que le dirá a todos los invitados que su presencia en la mesa del señor no es bienvenida."

"Pero aun así..." Anthony argumentó.

"¡Pero aun así, la señora ha pedido una salsa de azafrán!"

"Pero aun así..." insistió Anthony.

"Pero aun así," replicó el cocinero, su voz se elevaba con cada palabra. "¡Es Navidad y el costo del azafrán es menos importante que una salsa adecuada!"

"Bien dicho", intervino Alexander.

Todos en la cocina se enderezaron ante sus palabras y se giraron para mirarlo, porque no habían sido conscientes de su presencia.

El cocinero se inclinó profundamente. "Buen día, mi señor. ¿Quisieras revisar el menú de mañana?

"¿Mi esposa lo ha discutido contigo?"

"Sí, mi señor."

"Entonces confío en que todo esté bien".

"Sí, mi señor." El cocinero hizo un gesto a sus ayudantes y volvieron corriendo a sus labores. Su esposa cortaba cebolletas con ganas de vengarse, apretando los labios con desaprobación.

"¿Hay algún motivo de preocupación, Rose?" preguntó Alexander y esa mujer tomó una respiración reconfortante.

"Le suplico permiso, mi señor, para hablar libremente."

Alexander inclinó la cabeza. "Por supuesto." Él temía que Rose también acusara a Eleanor, pero ella apuntó con el cuchillo en dirección a Anthony.

"Si alguna vez un hombre merecía otra medida de lo que lo abatió, ¡ahí está! Durante todo el día nos ha aconsejado sobre lo que mejor sabemos hacer, y de verdad "—ella sacudió el cuchillo con no poca amenaza—" mi paciencia se agota." Ella respiró de nuevo y se encontró con la mirada de Alexander. "Si le agrada a mi señor, también nos agradaría que su castellano se cure en otro lugar."

Alexander bajó la voz a un tono de complicidad. "Mi madre decía a menudo que cualquier hombre lo suficientemente sano para quejarse es lo bastante sano para levantarse del lecho de enfermo."

Rose sonrió con satisfacción. "Siempre supe que tu madre era una sabia incomparable, mi señor. Dios guarde su alma." Y se persignó, con ese cuchillo considerable todavía en la mano.

"Ten cuidado, Rose, o perderás la nariz", bromeó Alexander y la esposa del cocinero se rió. Él se dirigió al lado de Anthony y se alegró de ver que los ojos del hombre mayor brillaban y su color era bueno. ¿Qué dices, Anthony? ¿Te sientes sano de nuevo?"

"Sólo espero instrucciones de su esposa, mi señor, porque ella es más que competente en tales asuntos." El hombre mayor sonrió, su admiración por Eleanor claramente no había disminuido. "La dama Eleanor insistió en que ella me revisaría esta noche y me comprometí a esperar su decisión en ese momento."

La compañía de las cocinas gimió al mismo tiempo.

"—Quizá te convenza de que te tomes un respiro en el gran salón" —sugirió Alexander. "El leño de Yule se quema allí, por lo que el salón es casi tan cálido como las cocinas y puedes supervisar mejor el reemplazo de las hierbas esparcidas desde allí."

"Una idea excelente, mi señor. No desearía que su dama encontrara desaprobación con un asunto tan simple."

El cocinero hizo un gesto y dos muchachos se apresuraron a ayudar a Anthony a ponerse de pie. Alexander se tragó una sonrisa ante la impresión de que estaban sacando al castellano de la cocina a toda prisa. Él le guiñó un ojo al cocinero mientras acompañaba al castellano, y el cocinero le hizo un guiño a cambio.

Él sabía que no se imaginaba la muda aclamación que resonó tras ellos.

"Las mujeres", explicó Anthony, "tienen un afecto admirable por los detalles y su esposa, fiel a esto, especificó muy claramente qué plantas deben esparcirse en el salón. Qué previsión demuestras, mi señor, al darte cuenta de que yo deseaba estar presente para asegurarme de que todo fuera como ella me ha mandado." Él exhaló un suspiro cuando llegó a un banco y le lanzó una mirada a Alexander. "Una mujer tan maravillosa, por supuesto, siempre debe soportar los chismes de celos a sus expensas en su morada. Después de todo, es un fracaso de la naturaleza humana despreciar a quienes son mejores que nosotros mismos."

"¿De verdad?" Preguntó Alexander. "¿Qué has oído decir contra mi esposa?"

"No insultaría tus oídos con detalles tan insignificantes, mi señor."

"Te pido que me lo digas, Anthony. No le entregaré tales cuentos a mi señora, sobre eso no tengas miedo."

El hombre mayor sonrió. "Siempre fuiste un hombre muy valiente. Tu padre estaría orgulloso de ti, mi señor.

Alexander miró hacia otro lado, sin estar seguro de querer especular sobre esa idea.

El castellano se aclaró la garganta. "Fue Jeannie, mi señor, quien dijo lo peor. Creo que sus modales son amargos como los de alguien que ha sido desacreditado. Ella no estuvo presente para ayudarme y le molesta la presencia de alguien que sabe tanto de hierbas como ella, sin duda..."

"¿Y qué dijo Jeannie?"

"Que tu señora no me salvó la vida. ¿Te imaginas la locura de eso?" Anthony resopló en su indignación. "Después de que tu dama se dignó ensuciar sus propios dedos nobles..."

"¿Pero qué quiso decir Jeannie?" Alexander lo interrumpió para preguntar.

"Ella dijo que si hubiera sido una dosis mortal, yo habría muerto sin importar lo que su dama hiciera para ayudarme. Ella dijo que entre las toxinas, el acónito es el más rápido y fatal" Él sostuvo la mirada de Alexander. "Debes recordar, mi señor, que Jeannie es anciana y está amargada..."

"¿Qué más dijo ella?"

"Ella dijo que debió haber sido una advertencia, una medida inadecuada para matar a un hombre, pero con la única intención de debilitarlo."

Alexander juntó los dedos mientras consideraba eso. ¿Por qué alguien querría que advertirle? ¿Y advertirle de qué? Él no podía comprender tal razonamiento, porque seguramente, si se buscaba matar a un hombre, no había justificación para una cantidad a medias.

Él sonrió para Anthony. "Recuerdo también que a menudo se dice que Jeannie está loca".

"Así es, mi señor, así es". Anthony sonrió, asegurando que no se había proferido ofensa y Alexander lo dejó para acosar a las sirvientas que trabajaban en el salón.

Él necesitaba pensar y necesitaba hacerlo en ausencia de su esposa. Aunque las pruebas contra Eleanor eran escasas o inexistentes, las posibilidades eran lo suficientemente preocupantes. Si Rhys estaba en lo cierto, entonces Alexander, al plantar su semilla en el vientre de su dama, podría ver sus días contados.

Por otro lado, Rhys no conocía toda la historia de Eleanor. El instinto le decía a Alexander que Eleanor necesitaba su confianza para ver curadas las heridas de su pasado, a pesar de que se pudieran reunir pruebas en su contra. Por el momento, él optó por evitar a su dama y sus abundantes encantos.

Afortunadamente, él tenía muchos deberes que realizar.

~

ALGO ANDABA MAL.

Eleanor podía olerlo bien. Ella se despertó sola en la cama de

Alexander, y aunque se quedó allí hasta que el cielo se oscureció, él no volvió a ella. Luego ella se lavó y se vistió y bajó al salón. Todas las personas allí la saludaron cortésmente, pero sus miradas se alejaban de la de ella. Nadie se quedaba a su lado, aunque sus modales no podían ser criticados.

Lo que ella sentía era cautela y Eleanor sabía la razón. Solo Anthony la saludó con lo que pareció ser un placer genuino. Él expresó su gratitud por su ayuda y atención, aunque claramente se alegró de que le dieran permiso para volver a sus funciones.

Y luego Eleanor volvió a estar sola, como había estado sola durante la mayor parte de sus días y sus noches. Ella comprobó las diversas tareas que había solicitado que se hicieran, aunque sabía muy bien lo que iba a encontrar. Todos los mandatos que ella había concedido se habían cumplido, cada detalle estaba organizado como ella había creído conveniente. El salón de Alexander estaba tan bien administrado como ella podía asegurar, pero el propio Alexander estaba notablemente ausente.

Ella escuchó que él se dirigía a la aldea, que cumplía con una vieja tradición al aceptar una copa de cerveza del sheriff, y solo sintió decepción por no haber sido incluida. Sin duda, él no había querido despertarla, porque Alexander era caballeroso hasta el extremo, pero Eleanor tenía la persistente sensación de que había más en la historia.

Las hermanas de Alexander la invitaron a compartir sus bordados, pero estaba claro que cada una había reclamado un panel específico de la pieza para resaltar su propio trabajo. Ellas charlaban entre sí sobre personas que Eleanor no conocía y relaciones que ella nunca había conocido y pasados Yule que ella no había compartido. Eleanor sabía que ellas no tenían la intención de ser crueles, pero estaba dolorosamente consciente de que no estaba habitualmente en su compañía.

Y que, hasta el momento, ella no pertenecía a Kinfairlie.

Las dos hijas de Vivienne, tal vez sintiendo su estado de ánimo, le exigieron un cuento, pero Eleanor solo pudo negarles eso. Ella no conocía ningún cuento, al menos ninguno adecuado para niñas tan jóvenes. Ellas expresaron su asombro por su ignorancia con una franqueza tan juvenil que Eleanor no pudo ofenderse, y luego regresaron con su madre, que conocía muchos cuentos.

Una vez más, Eleanor se encontró añorando todo lo que no había conocido en sus días. Su padre no había tenido paciencia con los cuentos fantásticos y sus tutores no habían gastado tiempo en tales frivolidades, según sus dictados.

Ella caminó por el salón con insatisfacción, careciendo de algún ingrediente en la receta para su propio deleite. Que fuera uno que ella podía nombrar fácilmente no importaba mucho.

Que fuera la presencia de un hombre debería haber sido más preocupante de lo que era.

Alexander permaneció ausente hasta que ya fue hora de retirarse. Eleanor no nombraría la partida de él como su enfermedad, porque eso implicaría que ella ya confiaba en él. Después de todo, ya se habían encontrado en la cama ese día en busca de su hijo, por lo que era de poca importancia que ella no lo encontrara.

Así le informaba la razón, pero aun así se encontró buscando un atisbo de su alegre sonrisa y mirando hacia arriba cada vez que se abría la puerta al patio.

¿Seguramente ella no podía extrañar a su apuesto esposo tan pronto después de sus nupcias, tan pronto después de conocerse? Seguramente ella no se había dejado seducir tanto por el encanto de un hombre como para olvidar su propia determinación de no depender de nadie.

De todos modos, fue solo después de que todas las demás almas de Kinfairlie se hubieran retirado que Eleanor subió las escaleras hacia la habitación del señor. La habitación estaba fría y solitaria sin la perspectiva de escuchar la risa de Alexander, aunque Anthony había encendido llamas en no menos de tres braseros. Eleanor se quitó la ropa y se metió en la gran cama fría, escuchando, escuchando hasta bien entrada la noche.

~

UNA TARDE, una noche y una mañana sin la presencia de su marido le decían a Eleanor la verdad. Ella había sido juzgada y declarada culpable de intentar envenenarlo, incluso por ese hombre que tenía fama de ser justo. Eleanor estaba decepcionada, aunque se llamó a sí misma una tonta por desear más de él.

Que ella nunca hubiera esperado más de un esposo antes de conocer a Alexander, que él había cambiado sus pensamientos tan rápidamente, era casi demasiado aterrador para contemplarlo.

¿Qué más había cambiado?

Las expectativas de ella en la cama, sin duda. Eleanor sabía que nunca más sería capaz de recostarse dócilmente debajo de un hombre que trabajaba para su propio placer, contando los pliegues de las cortinas de la cama hasta que él terminara su obra.

Ella bajó al salón, porque había invitados que se iban ese día y ella no fallaría en sus deberes. El corazón le dio un vuelco al ver por primera vez a su esposo, que la esperaba al pie de las escaleras. Eleanor devoró con avidez la vista de él. Él aún tenía el pelo húmedo contra el cuello y se había cambiado la camisola. Llevaba un abrigo oscuro y calzas, como era su costumbre, el orbe de la figura heráldica de Kinfairlie brillaba bastante contra la lana oscura de su abrigo. Sus botas altas relucían y una capa forrada de piel le colgaba de los hombros.

Él la miró y ella se detuvo en las escaleras. Ella notó que su color era menos de lo que había sido, que había sombras debajo de sus ojos, y se atrevió a esperar que él también hubiera dormido mal solo. Sin embargo, el semblante sombrío de Alexander no animó eso, y Eleanor temió que el asombro con el que él la había mirado por primera vez hubiese desaparecido para siempre.

Ella estaba desconsolada por el cambio de su marido, porque él ya no estaba feliz. Era peor saber que su propia historia era la responsable. Ayudaba poco que ella sintiera un hormigueo en su sola presencia, que anhelara tocarlo con valentía de nuevo, que no deseara nada más que su calor dentro de ella.

Eso era falso. Eleanor deseaba la sonrisa de Alexander más que su afecto en la cama. Y ella quería ver el destello de la luz de las estrellas en sus ojos.

Pero Alexander no le sonrió. Él tomó su mano al pie de las escaleras y la colocó en su codo, sus modales eran perfectos aunque sus gestos eran fríos.

"Confío en que todo esté bien en la morada del sheriff", dijo Eleanor, sintiendo la necesidad de intercambiar algunas palabras con él.

"Bastante bien", reconoció él, y ella ansiaba una broma o un guiño de ese hombre que antes se burlaba.


"Escuché que compartiste una copa con él anoche."

"Es costumbre.".

Eleanor caminó junto a su esposo, preguntándose si imaginaba que los susurros volaban a través de la compañía reunida. Anna, la hija del mozo, le sonrió, como si solo estuviera esperando su momento antes de reclamar la atención del señor. Alexander no le dedicó a Eleanor la más mínima mirada.

Para ser justos, él la había defendido a menudo, más que cualquier otro hombre. Para ser injusto, eso solo hacía que la injusticia de su actual moderación le doliera aún más.

Llegaron al patio, donde esperaban los grupos con rumbo a Blackleith y a Caerwyn. Los caballos estaban inquietos, todos los jinetes vestidos de manera sombría y abrigada.

Alexander lanzó una mirada al cielo y Eleanor siguió su mirada. Estaba nublado, un cielo invernal, pero no tan oscuro como para que pronto lloviera o nevara. El viento era suave, teñido con la sal del mar.

A ella le gustaba que Alexander se preocupara por el bienestar de sus invitados y sus hermanas, incluso cuando salían de su salón. Él protegía a aquellos a los que se creía obligado a proteger, o tal vez protegía a aquellos que eran objeto de sus afectos.

Eleanor anhelaba ferozmente estar en compañía de ellos.

Anthony trajo la copa de ceremonias, un enorme cáliz fundido en bronce y rebosante de vino. Él se lo entregó a Eleanor, lo que confirmó a todos su lugar en la casa. Él también le sonrió, la única persona que lo hacía, y Eleanor se sintió agradecida por su amabilidad. Entonces se dio cuenta de que la censura que sentía por parte de la casa de Alexander era una protección al señor por parte de sus vasallos e inquilinos.

Y su raíz era la misma: estas personas le tenían afecto a Alexander y no permitirían ninguna amenaza para su salud. Por eso, ella apenas podía culparlos.

Eleanor tomó un sorbo del contenido de la copa primero, como era apropiado, y un dulce aroma familiar la asaltó. El olor evocó un centenar de recuerdos, todos y cada uno de ellos provocando sus lágrimas. Eleanor le había ofrecido la copa de ceremonias a su padre tantas veces cuando él cabalgaba hacia la batalla, y tantas veces ella temió que él no regresara y que la dejara aún más sola de lo que ya estaba. El olor también le recordaba el miedo a su propia partida, su llamada a hombres desconocidos en altares lejanos.

El olor era amargo, o al menos los recuerdos que evocaba lo eran.

Eleanor respiró hondo, desterrando su pasado, y sonrió al castellano. "Lo has aromatizado con aspa dulce", dijo ella amablemente y él asintió con la cabeza. "Ese es el toque perfecto para enviar a los viajeros en su camino, porque su aroma alegra el corazón." En su caso, era una mentira, aunque ella a menudo había escuchado a otros decir lo mismo.

Anthony no cuestionó su evaluación. De hecho, las puntas de las orejas del castellano se volvieron ligeramente rosadas como si estuviera nervioso por su elogio. "Gracias, mi señora. Simplemente hago lo mejor que puedo."

Eleanor se volvió y le ofreció la copa a Alexander. Él la miró mientras se lo llevaba a los labios, con la mirada tan brillante que ella supo que él no se había perdido su respuesta.

"¿Te hace feliz?" preguntó él en voz baja.

Eleanor negó con la cabeza muy levemente, sorprendida una vez más por su percepción. "Las despedidas no pueden ser felices para los que se quedan atrás", respondió ella, sus palabras tan suaves como las de él.


ELLA SE GIRÓ ANTES de que Alexander pudiera hablar y le ofreció la taza a Rhys. Ese hombre vaciló un poco antes de aceptar el cáliz.

"¡Rhys!" Madeline reprendió en voz baja.

"Eleanor es mi esposa", dijo Alexander, sus palabras frías. "Y te agradeceré que le muestres el respeto que se le debe en nuestra morada."

Madeline contuvo el aliento y miró a los hombres, pero Rhys tomó la copa. Eleanor sabía que ella no era la única que notaba cómo sus ojos se habían entrecerrado, ni menos cómo había olido el contenido de la copa antes de tomar un sorbo.

Eleanor apartó su mirada de la mirada fría de Rhys, el corazón le latía con fuerza en el pecho. ¿Alexander la había defendido porque sabía la verdad? ¿Había sido solo el deber lo que lo había alejado de ella? ¿O él simplemente insistía en que se mostrara cortesía cuando era debida?

Ella no lo sabía y se sorprendió al encontrarse temerosa de la verdad. Ella miró en todas direcciones, excepto en la de su marido, porque temía encontrar desaprobación en sus ojos y creyó ver un rostro familiar en la compañía que se reunía. Era un rostro que ella no esperaba volver a ver.

¿Moira? ¿Moira estaba ahí?

¡La presencia de Moira debía ser enviada por el cielo en ese momento!

Eleanor miró con avidez a la compañía de sirvientes, buscando otro vistazo de su fiel doncella. Pero solo había rostros de extraños, cualquiera de los cuales podría haberse confundido con Moira con un vistazo momentáneo.

Sin duda, era el aspa dulce, el aroma de la memoria, lo que también evocaba una vista familiar. Moira, después de todo, a menudo había estado a su lado cuando Eleanor había bebido de una copa así. Pero ahora Moira estaba a salvo en Tivotdale, donde Eleanor la había dejado, donde sería alimentada y alojada y continuaría sirviendo. No había motivo de preocupación para un alma tan competente como Moira.

Esas lágrimas volvieron a aparecer en los ojos de Eleanor, aunque ella trató de apartarlas con un parpadeo. La compañía permaneció en un incómodo silencio mientras Rhys le pasaba la copa a su esposa.

El caballo de Rhys acarició el hombro de Eleanor y, en su soledad, ella se apartó de la cautelosa lectura de Rhys para ofrecer su mano al caballo. El caballo le acarició la palma de la mano y ella sonrió ante la suavidad de su nariz.

"Cada uno de mis tesoros por una manzana", murmuró ella, y miró hacia arriba para encontrar a Madeline sonriéndole. Madeline tomó un sorbo del contenido de la copa sin dudarlo, ignorando el leve ceño de su marido. El caballo de Rhys mordió el pelo de Eleanor para recuperar su atención y ella sonrió a pesar de sí misma.

Luego pasó la copa a Erik y Vivienne por turno, acariciando también las narices de sus caballos. A ella siempre la había tranquilizado estar con caballos y recordaba la frecuencia con la que había montado simplemente para escapar de su situación.

Inevitablemente, ella recordó ese horrible incidente en la morada de Millard, y la bilis subió a su garganta. Ella se apartó bruscamente de Vivienne y le llevó la copa a Alexander, el dolor de la traición tan crudo como cuando era nuevo.

Alexander tomó el cáliz y se lo acercó a los labios. "¿Quién te ha dejado tan a menudo que todavía estás entristecida?" preguntó él cuando el vino tocó sus labios y ella no pudo apartarse.

"Sería más rápido contar a los que no me han abandonado", dijo ella, luego el padre Malachy dio su bendición. Ella sintió que su esposo le habría pedido más, pero no tuvo la oportunidad de hacerlo.


Y REALMENTE, ella no estaba de humor para proteger sus secretos de su escrutinio. Hacía apenas tres días que lo conocía y eso era poco para que confiara plenamente en él. ¿Ella había perdido el juicio? ¡Millard había sido amable durante un año!

"¡Vayan con prisa y buen tiempo!" gritó Alexander, sosteniendo la copa en alto. "¡Y regresen pronto, con buena salud!"

"¡Amén!" gritó la compañía, luego los hombres silbaron a sus grupos. Dos docenas de caballos de distintos tonos de marrón se giraron, moviendo la cola y salieron al galope del patio. Rhys y Madeline encabezaban un grupo, Erik y Vivienne el otro, cada uno seguido por escuderos, doncellas y caballos cargados de baúles.

Las dos niñas de Erik iban con sus padres, la mayor, mimada en el regazo de Erik, la menor con Vivienne. Ellas saludaban con tal vigor que podrían haberse caído de las sillas de montar si sus padres no los hubieran sujetado tan rápido. Otro día, la vista de su entusiasmo podría haber hecho sonreír a Eleanor.

Ambos grupos atravesaron el grupo de aldeanos, Madeline y Vivienne aceptaron sus buenos deseos, luego atravesaron las viejas murallas. Las hermanas se besaron mutuamente, luego al grupo ante las puertas de Kinfairlie. Alexander saludó con la mano, al igual que sus hermanas menores, que también se despidieron a gritos. El grupo se dividió en dos grupos, uno se dirigió hacia el norte y otro hacia el sur, y los caballos echaron a correr como un trueno.

La familia de Kinfairlie permaneció ante la puerta de la fortaleza hasta que el último eco de los cascos se desvaneció, entonces Alexander le ofreció la mano a Eleanor una vez más. Su gesto no fue más que de cortesía, pudo ver ella, porque la precaución aún acechaba en sus ojos, pero él era el marido que ella tenía y el marido que había elegido.

Era su deber recuperar su confianza. Eleanor sabía que había asuntos que valían la pena la batalla para ganarlos y ella creía que la confianza de Alexander era uno de ellos. Ella sabía que no estaba libre de la carga de su pasado, y sabía que no estaba en su naturaleza confiar fácilmente.

Pero ella estaba preparada para intentar hacer un buen matrimonio con eso, incluso para intentar crear uno tan maravilloso como el que Alexander decía que buscaba.

Además, Eleanor sabía cuál era la mejor manera de comenzar a buscar tal unión. Había un asunto, al menos, que era simple entre ella y Alexander, y las confidencias se intercambiaban más fácilmente en la cama y en la intimidad.

Sintiéndose extraordinariamente audaz pero sabiendo que todo estaba en juego, Eleanor levantó la mano de Alexander y le besó los nudillos, sabiendo que no se imaginaba cómo él podía recuperar el aliento. Era alentador tener una leve señal de que él pensaba que ella poseía algún atractivo.

"Te extrañé anoche, mi señor", murmuró ella solo para sus oídos y Alexander la miró a los ojos. "La cama estaba fría sin tu presencia."

Los ojos de Alexander, para su consternación, se entrecerraron. "—Entonces quizás deberías pedirle a Anthony que te encienda otro brasero esta noche —dijo él, con un tono tan uniforme que podrían haber estado hablando del clima, no de su ausencia de su cama. "Tengo deberes a lo largo del año nuevo que atender. Confío en que encontrarás algún asunto en el que ocuparte en estos días."

Sin más que eso, la dejó. Él se giró bruscamente, convocando a Anthony y a uno de sus escuderos mientras caminaba por el salón de Kinfairlie mientras Eleanor lo anhelaba.

Y fiel a su palabra, Alexander no regresó al salón esa noche.

~

ALEXANDER NO SABOREABA la elección que había hecho, aunque sabía que una acción amarga a menudo daba resultados.

Eso no facilitó soportarlo.

Incluso el clima conspiraba contra él y su determinación de verificar los límites de Kinfairlie. Comenzó a llover en frías sábanas constantes poco después de que su grupo abandonara el salón y el viento del mar se volvió amargo. La nieve se derretía en un revoltijo de lodo y hielo que hacía que su viaje fuera aún más costoso de lo que hubiera sido de otra manera.

El único consuelo de todo eso era que no había montado en su caballo, sino que había elegido un caballo más pequeño. Alexander sabía que Uriel habría protestado contra tal indignidad como ese clima, y la última censura que necesitaba en esos tiempos era la del mozo de cuadra por arriesgar la salud de un caballo vigoroso y costoso.

Los escuderos que lo acompañaban no charlaban, como era su costumbre, ni lo hacía el alguacil del pueblo. El pequeño grupo comprobó los límites oeste y sur, algunos aldeanos cordiales acompañaban al grupo cuando estaba más cerca de la aldea. Algunas madres enseñaban a sus hijos pequeños las marcas del perímetro de la aldea a la antigua, golpeando las orejas del niño cuando llegaban al límite de la aldea, para recordar mejor la línea.

El grupo se refugió esa noche en la morada del sheriff y Alexander sintió el peso de la compañía exclusivamente masculina. El sheriff no estaba casado, aunque era hospitalario. Había puesto una mesa sencilla, aunque Alexander le agradeció por su generosidad. La casa del sheriff parecía desprovista de consuelo para Alexander, quien anhelaba tener su propio salón. De hecho, él anhelaba algo más que la comodidad de su propia cama y el calor de su propio hogar y el sonido de sus hermanas enfrascadas en alguna pequeña discusión.

Él anhelaba el destello de los ojos de su esposa, el brillo de su ingenio, la dulzura de sus besos en la cama. Peor aún, Alexander sabía que la dama habría vuelto a recibir con agrado su abrazo si él hubiera estado tan decidido a quedarse en casa.

Pero él buscaba honestidad, y había notado que Eleanor entregaba detalles sobre su historia solo cuando se sentía obligada a hacerlo. Era su naturaleza mantener sus secretos cerca, y dado lo que había soportado, o lo que Alexander sabía de lo que ella había soportado, ella tenía una buena razón para ello. Sin embargo, él estaba impaciente y estaba dispuesto a obligarla a contarle más sobre su pasado.

Sin duda, él no daba crédito a los temores de Rhys, pero el hecho era que Eleanor deseaba casarse con él, aunque Alexander no sabía por qué. Ella había accedido a casarse con él con poca antelación, ella se había cortado el pulgar para forzar su propuesta, se había asegurado de que su matrimonio fuera consumado cuando él había amenazado con anularlo. Ella había admitido que sólo deseaba tener un hijo, aunque Alexander no comprendía por qué lo había elegido a él para que le concediera ese hijo.

Después de todo, la dama no creía en la noción de amor entre marido y mujer. Por mucho que a Alexander le irritara admitirlo, ella no podía enamorarse de él.

Entonces, ¿por qué lo había elegido a él?

Él no lo sabía, pero sí sabía que ella entregaba historias cuando creía que su matrimonio estaba en peligro. Entonces, él la había dejado en Kinfairlie, porque no podía quedarse en su presencia y fingir enojo con ella sin ninguna razón. Él todavía se sentía un bribón por su elección, pero Alexander estaba decidido a deshacerse de los secretos de su dama.

Porque él creía en el amor, y además, supuso que Eleanor podría capturar su corazón por completo. Sin embargo, él necesitaba saber con certeza que ella era digna de su confianza. Alexander sólo esperaba que ese breve intervalo diera frutos, porque no sabía qué más hacer.

Porque él temía no tener que pasar mucho más tiempo en presencia de su dama, presenciando su fuerza, su ardor y su intelecto, para perder su propio corazón en la verdad.

ESA MISMA NOCHE en que Alexander yacía despierto en la morada del sheriff y Eleanor paseaba por el suelo solar, Elizabeth tuvo un sueño familiar. Ella daba vueltas y vueltas en sueños, pero el progreso del sueño era implacable. Ella no quería revivir su parte en asegurar la desaparición de Rosamunde, pero los demonios de la noche no le dejaron otra opción. Elizabeth se movió, luchando contra el sueño, pero fue en vano.

Ella está con sus hermanos en una taberna y la preocupación se asienta entre su compañía en la mesa. El sueño es tan vívido que ella podría estar allí de nuevo. Cabalgan en persecución de Madeline y Rhys, y Elizabeth vuelve a saborear su cansancio, su miedo, la frustración de Alexander. Ella se observa a sí misma salvar al hada Darg del propio afecto del spriggan por la cerveza. Ella no podría haber elegido de otra manera, no podría haber dejado que el hada se ahogara, pero el hecho está claro.

Una vez ella salvó la vida de la spriggan.

El sueño cambia con una previsibilidad despiadada. Ella conoce este sueño y lo detesta, pero eso la retiene en sus garras una vez más. Elizabeth está sentada en la habitación superior de Ravensmuir con Vivienne. Ha pasado el tiempo, su cabello es más largo y Vivienne es más mujer de lo que era meses antes en la taberna. Una vez más, el afecto de Darg por la cerveza traiciona al hada, y nuevamente Elizabeth ve a la spriggan salvada de una muerte segura. Una vez más, ella no podría haber tomado otra opción; de nuevo, ve la importancia de su propia acción.

Por dos veces ella ha salvado la vida del hada.

El sueño cambia una vez más y Elizabeth sabe que esto es lo peor. Ella lucha por despertar, pero no puede. Ella gritaría en protesta pero el sueño la condena al silencio. Ella está en el laberinto debajo de Ravensmuir. Ella ve a su tía Rosamunde y le duele el corazón por haber podido evitar la muerte de esa mujer. Y todo se desarrolla precisamente como lo había hecho hacía tantos meses. Darg y Rosamunde pelean y en la lucha y confusión subsiguientes, la spriggan es casi olvidada en el agua fría que fluye en los abismos del laberinto.

Pero Elizabeth nota la ausencia de Darg. Elizabeth insiste en salvar a la spriggan. Elizabeth arriesga su propia vida para recuperar a Darg.

Tres veces ella había salvado la vida del spriggan. Tres veces Elizabeth había tenido la oportunidad de alejarse, tres veces ella podía haber dejado morir a la spriggan, que admitía ser maliciosa. Pero como ella no apartó la mirada, Darg sobrevivió.

Al igual que el odio de la spriggan por Rosamunde.

Y entonces, justo cuando ella esperaba despertar, el sueño de Elizabeth dio un nuevo giro.

Elizabeth está en el laberinto de Ravensmuir, el laberinto al que ya no se puede entrar porque está en ruinas. Ella se arrastra entre los escombros y llama a su tía perdida. Elizabeth siente la humedad de las lágrimas en sus propias mejillas, siente el calor emitido por la única llama parpadeante de su linterna.

ELLA SABE de alguna manera que está en la gran caverna que una vez marcó el punto más bajo del laberinto, la caverna que alguna vez tuvo un techo alto tallado en la piedra. Desde ahí se podía subir al torreón o caminar hasta la bahía escondida que conducía al mar, la bahía donde se podía esconder un pequeño bote. Ella no sabe cómo sabe eso, porque solo hay escombros y piedras sueltas a su alrededor y una sombra temible sobre su cabeza.

Ella prueba su propia bilis, temiendo que la hubieran convocado al lugar de la desaparición de Rosamunde. De hecho, ella ve algo entre los escombros, algo que podría ser la punta de una bota de cuero negro.

Elizabeth reza, pero se arrastra más cerca, aparentemente incapaz de hacer otra cosa. Justo cuando llega a la bota, porque eso es lo que es, una ráfaga de viento apaga la llama de su linterna.

Elizabeth se ve sumida en la oscuridad y su corazón se detiene de terror. ¿Ella también está destinada a morir en el laberinto? ¿Cómo subirá ella a un lugar seguro? ¿Cómo saldrá de los escombros sin luz?

La piedra comienza a retumbar en lo alto. Está cambiando. Elizabeth jadea de terror. La primera piedra suelta golpea su hombro y ella grita de miedo.

La roca comienza a caer en serio. Ella se apresura en la dirección en la que cree que ha venido, pero sus dedos aterrizan en el cuero de la punta de la bota. Ella siente un grito acumulándose en su garganta, porque adivina que hay el pie de un cadáver dentro de esa bota. Ella se volverá loca en las cavernas de Ravensmuir y nadie sabrá de su destino. El grito comienza a desgarrarse de su garganta.

Entonces aparece una luz. La luz es dorada y acogedora, parece llenar un portal que Elizabeth no recuerda haber visto antes. Y enmarcada en ese portal hay una silueta familiar, una mujer cuya sola presencia hace a Elizabeth jadear de asombro.

"Date prisa, niña", dice Rosamunde con cierta urgencia. "No tenemos todo el día y toda la noche para ver esto resuelto. ¡Apúrate! ¡Ven a verme de inmediato!"

Entonces todo se volvió negro.

ELIZABETH SE DESPERTÓ con un sudor frío en la espalda y lágrimas en las mejillas. El sueño nombraba la raíz del asunto: al no permitir que las Parcas reclamaran a la spriggan cada vez que habían intentado hacerlo, al interferir en el orden de las cosas, la propia Elizabeth era responsable de la desaparición de Rosamunde.

Era su culpa que Rosamunde estuviera muerta, porque era su culpa que Rosamunde se hubiera visto obligada a regresar a Ravensmuir para saciar la codicia del hada, su culpa había estado dentro de los laberintos de Ravensmuir cuando finalmente colapsaron. Elizabeth lloró, porque era amargo que ella, que amaba tanto a Rosamunde, fuera la responsable de la muerte de esa mujer.

De todos modos, ella había hecho lo que tenía que hacer, porque no podría haberse apartado mientras alguna criatura estaba en peligro. Al hacerlo, había condenado a la única persona que amaba más que a ninguna otra cosa.

Sus hermanas dormían profundamente, el eco de su respiración uniforme enfureció a su hermana menor. ¿Qué dulces sueños saboreaban? ¿Por qué era ella atormentada por ese terrible sueño, casi todas las noches? Mientras ella descansaba allí, melancólica y amargada, recordó la última y nueva parte de su sueño. Ella se sentó, tan repentina fue su comprensión.

Ella estaba siendo convocada. Ella no sabía qué significaba su sueño de Rosamunde, pero sabía adónde debía ir para averiguarlo.


Ravensmuir.

Alexander, por supuesto, nunca le permitiría emprender tal locura, y Elizabeth tampoco imaginaba que Eleanor estuviera de su lado en ese esfuerzo.

Lo que sólo significaba que Elizabeth necesitaba un plan.

# CAPÍTULO 9

El sol salió con una desgana que se hizo eco de las propias incertidumbres de Alexander al regresar a su salón. Aquella mañana, el mar parecía un cristal plateado, tan tranquilo como no lo estaba Alexander, y el cielo se estaba aclarando. Había niebla a lo largo de la costa, agrupada en los rincones de la costa, pero Alexander se encontró estudiando las olas distantes, doradas como estaban con las primeras luces del sol. Su grupo galopaba a lo largo de la costa, comprobando los límites de ese último tramo de las fronteras de Kinfairlie.

A Alexander siempre le había fascinado el mar y ahora se daba cuenta de que la raíz de su fascinación era su variabilidad. ¿Su fascinación por su enigmática esposa tenía una razón similar?

¿Era su fascinación tan traicionera? Después de todo, el mar había mostrado su capricho al cobrar la vida de sus dos padres hacía un año. ¿Eleanor tenía planeado un destino similar para él? ¿O la dama era calumniada falsamente?

Completado su deber antes de que saliera el sol, el grupo se dio vuelta hacia Kinfairlie como uno solo. Los caballos empezaron a galopar, sin necesidad de que los animaran a volver a la comodidad de los establos de Kinfairlie. Alexander escuchó el ruido de los cascos y pensó por un momento que el paso de su propio grupo se agravaba con los ecos en las paredes de las casas del pueblo.

Pero no. Se acercaban caballos. Alexander lo sabía con la certeza de quien ha sido educado para estar familiarizado con caballos de todo tipo. Y eran numerosos, tan numerosos que él temió la intención de sus jinetes. No por primera vez, Alexander lamentó que el muro cortina de Kinfairlie nunca hubiera sido reconstruido, y más lamentó que no tuviera dinero con el que hacerlo ahora.

"¿Quién cabalga a Kinfairlie?" gritó Alexander mientras cabalgaba hacia su propio patio, notando que sus centinelas miraban a lo lejos. Estaban en los puntos altos que había, incluidos los escombros de la antigua muralla, y más de uno tenía su arco listo.

"¡Alabado sea!" gritó un centinela con aparente alivio. ¡Llega el Señor de Ravensmuir!

"Alabado sea, de hecho", dijo Alexander con una sonrisa de alivio, luego se dirigió a saludar a su hermano menor.

Era Malcolm, contra toda expectativa. ¡Qué bendición que su hermano hubiera regresado a casa para celebrar la Navidad! Alexander había temido que los deberes de Malcolm impidieran ese viaje este año, aunque en realidad Ravensmuir no estaba lejos. Él lo saludó con entusiasmo.

Entonces los ojos de Alexander se entrecerraron ante el tamaño de la compañía de Malcolm y su brazo se detuvo. Algo andaba mal.

Una auténtica manada de caballos formaba el grupo que llegaba, aunque no todos tenían jinetes. Todos y cada uno eran un brillante caballo de la cría de Ravensmuir, cada uno tan negro como la noche, cada uno alto y orgulloso. Daban un paso alto y arqueaban sus cuellos, esas bestias que no tenían igual en la cristiandad, sus melenas oscuras fluían, sus fosas nasales estaban dilatadas.

Alexander contó los ocho caballos que actualmente engendraban en los establos de Ravensmuir, así como las dos docenas de yeguas, las cuales no eran ninguna mucho más pequeña que los sementales. Ese año habían nacido siete potros, él lo sabía por las misivas de Malcolm, y los siete estaban en esa compañía.

Consternado, se dio cuenta de que los jinetes que acompañaban a Malcolm eran el personal de la casa de su hermano, sus mozos y escuderos.

Todos necesitarían comer. Ese fue el primer pensamiento de Alexander y el segundo fue una revisión mental de sus inventarios. Alexander volvió a sentirse maldecido por la realidad de su circunstancia. Cada alegría que le llegaba tenía que ser moderada en esos días, al parecer.

Malcolm detuvo su caballo ante Alexander, desmontó y se quitó los guantes mientras Alexander hacía lo mismo. Malcolm se quitó el yelmo, revelando el ébano de su cabello tan parecido al de Alexander, y su expresión era extraordinariamente solemne.

"¿Qué está mal?" dijo Alexander a modo de saludo. Él supuso que había algún problema importante detrás de la llegada de Malcolm, no menos con el hecho de que su hermano estaba acompañado por toda su familia.

Malcolm agarró la mano que le ofrecía Alexander y luego lo miró a los ojos con firmeza. "Los cuervos se fueron".

El corazón de Alexander se hundió. ¡No puede ser! Una mirada a Malcolm le dijo que era la verdad, pero aun así se sintió obligado a discutir el asunto. Pero ellos nunca abandonan Ravensmuir. Tú lo sabes tan bien como yo."

"No obstante, se han ido."

"Seguramente regresarán en breve, seguro solo harán una migración." Alexander forzó una sonrisa. "¿Quién puede decir lo que planean los pájaros? Sin duda pierdes la fe demasiado pronto."

Los labios de Malcolm se tensaron. "Ellos nunca se van ni por un día, ya lo sabes. Se fueron la semana pasada."

"Pero…"

Malcolm lo interrumpió con actitud severa. "Ellos volaron como uno solo, docenas de ellos, y volaron hacia el este sin un graznido. Me esperaron para presenciar esa partida, lo sé bien."

"Pero eso es una locura."

"Esperaron que yo saliera de los establos, que viera su partida.

Esperaron para asegurarse de que yo conocía la importancia de su elección."

Alexander puso una mano sobre el hombro de su hermano. Él podía comprender la amargura de Malcolm. Se decía que la presencia de los pájaros en Ravensmuir respaldaba al señor en el poder, por lo que su ausencia no podía interpretarse de muchas maneras.

A los hermanos Lammergeier les habían enseñado la historia de los cuervos de Ravensmuir desde la cuna, aunque Alexander lo consideraba extravagante. Él estaba convencido de que Malcolm compartía su punto de vista, porque Malcolm tenía aún menos paciencia con los cuentos fantásticos.

Alexander consideró el tamaño de la atenta compañía con cierta consternación, preguntándose cómo alimentaría a todas esas almas durante el resto del invierno. "Creo que pusiste demasiada credibilidad en ese viejo cuento", dijo él, esperando tranquilizar a su hermano.

"¿Cómo se puede interpretar de otra manera?" exigió Malcolm con ira. "Ravensmuir se ha convertido en escombros, su laberinto se derrumbó y el torreón cayó sobre las ruinas. Un conejo apenas puede abrirse camino hacia el antiguo salón, por lo que la estructura se derrumbó. El propio señor está muerto, perdido en esas mismas cavernas, su cuerpo no ha sido recuperado y su heredero aún no ha sido probado. Los cuervos se fueron, como cuenta el viejo presagio, porque no hay un verdadero señor en Ravensmuir."

"No es más que un cuento, Malcolm."

"Es un cuento antiguo y ahora veo que es verdadero. Los cuervos no me encuentran digno, por eso me han abandonado." Malcolm suspiró y frunció el ceño en la distancia, su voz se suavizó. "Preferiría descartarlo, Alexander. Preferiría no encontrar ningún mérito en los viejos cuentos, pero este no puede ser evadido. Los pájaros simplemente se hacen eco de mis propias convicciones. Estoy mal preparado para esta herencia. Hace menos de un año que el tío Tynan me dio la bienvenida a su casa y, aunque aprendí mucho bajo su tutela, eso es solo una fracción de lo que necesito saber para hacer algo bueno en Ravensmuir, especialmente con las ruinas en la que se ha convertido."

Alexander consideró a la compañía, prácticamente todos hombres, y los encontró tan inseguros como su soberano. "¿Qué piensas hacer?"

Malcolm miró a los que los seguían. "Hemos estado viviendo en los establos desde el colapso del torreón, Alexander. Aunque estos hombres me han servido bien, no es apropiado que permanezcan en tales circunstancias y con tanta incertidumbre sobre su futuro." Él se encontró con la mirada de Alexander de nuevo. "Vengo a pedirte que tomes a los hombres y a los caballos bajo tu cuidado en Kinfairlie. De hecho, vengo a rogarte que hagas eso. Te entrego todo a ti, porque claramente estás mejor preparado para administrar una propiedad."

"Pero Kinfairlie siempre ha considerado a Ravensmuir como su soberano."

"Yo te haría soberano de ambos."

El pecho de Alexander se tensó hasta el punto que apenas podía respirar. "¿Y tú qué?"

Malcolm se enderezó. "Quiero buscar mi fortuna." Él lanzó un suspiro. "Y tal vez, con el tiempo, me muestre digno de asumir de nuevo la carga de Ravensmuir, si lo consideras oportuno otorgármelo."

Alexander estuvo tentado de decirle a su hermano la verdad sobre Kinfairlie, pero él temía que Malcolm tuviera demasiado en cuenta que ambas propiedades estaban en peligro. "Pero ya eres Señor de Ravensmuir, Malcolm. ¿Ese título no es suficiente para ti? Piensa antes de entregar tu mayor tesoro."

Malcolm casi sonrió, luciendo mucho mayor que sus veinte veranos. "Tal como está Ravensmuir, no, ser su señor no es suficiente para mí. No puedo hacer nada por mi fortaleza, salvo verla desmoronarse en el olvido. Nuestro legado merece algo mejor, Alexander, y tengo la intención de encontrar los medios para hacer que Ravensmuir vuelva a ser glorioso. Mientras tanto, dejo su administración en manos capaces."

Alexander no supo qué decir. Él no solo se creía menos capaz de tener éxito en esta hazaña, sino que Ravensmuir era más una desventaja que una ventaja. No poseía aldea ni campos, por lo que no tenía diezmos. Su tesoro se había llenado una vez mediante el comercio de reliquias religiosas, pero ahora esas reliquias se habían vendido y perdido. Ravensmuir era de mayor importancia como legado: se mantenía como una fortaleza y un pedazo de tierra para ser defendido por el bien de la historia familiar, pero uno que tenía poco mérito propio que ofrecer.

Especialmente para un señor que ya está en la miseria.

Malcolm puso una mano sobre el hombro de Alexander, aparentemente malinterpretando las razones de la renuencia de su hermano a aceptar a Ravensmuir. "—No temas por mí, Alexander. Encontraré el camino de alguna manera, regresaré para reconstruir nuestra herencia, y ambos sabremos que mi hazaña estará realizada cuando los cuervos aterricen en el patio de Ravensmuir una vez más."

La voz de Alexander se elevó con frustración. "Escúchate a ti mismo, Malcolm. ¡No puedes elegir tu curso basado en las acciones de los pájaros!"

Malcolm se puso serio y su mirada era acerada. "Puedo y lo hago, porque los cuervos de Ravensmuir no son simples pájaros. Deberías saberlo tan bien como yo."

Había algo extraño en la afirmación de su hermano, y Alexander miró a Malcolm con escepticismo. Seguramente no aprendiste a hablar con ellos, como se dice que pueden hacer los Señores de Ravensmuir.

Malcolm desvió la cara. "El tío Tynan me enseñó mucho, pero todavía hay más que aprender. ¿Aceptarás el sello de Ravensmuir o no?"

Alexander maldijo, se pasó la mano por el pelo y se paseó. Cuatro docenas de hombres más para alimentar. Tres docenas de caballos enormes y hambrientos. Millas de territorio que defender, sin más dinero en sus arcas. Su corazón se hundió ante la esperanza en las expresiones de la compañía de Malcolm.

Pero, ¿qué más podía hacer?

"Lo guardaré en fideicomiso para ti, ni más ni menos", dijo él con determinación. "El tío Tynan te eligió como su heredero y yo apoyaré su elección, tengas fe en ella o no".

"¿Acogerás a los caballos también en el establo? Eres bienvenido a criarlos en mi ausencia, siempre y cuando te asegures de que no sean maltratados. Ellos también son parte de nuestro legado."

"Mi establo es humilde, pero es tuyo", dijo Alexander con resignación. "No sé cómo serán alimentados, porque no hemos hecho provisiones para tal número de caballos para el invierno, pero..."

"Hay heno y paja en Ravensmuir", interrumpió Malcolm con firmeza. "Gasté el última moneda de Ravensmuir en él, y es tuyo, por supuesto, porque ahora eres señor allí. Él rebuscó en su bolsa y luego puso el sello de Ravensmuir en la mano de Alexander. Parecía más pesado de lo que Alexander podría haber esperado.

"Te doy las gracias", dijo Malcolm, aparentemente aliviado tan pronto como la carga se le escapó de las manos. Sus palabras se volvieron roncas. "—Sabía que me ayudarías, Alexander. Siempre fuiste ingenioso, a pesar de tus muchas bromas, y siempre prestaste ayuda donde más se necesitaba."

"Debes quedarte al menos hasta la Epifanía, porque no puedes viajar en los días santos." Él se las arregló para convocar una sonrisa de aliento en su hermano. "Bien podríamos haber encontrado una solución para tus problemas entre nosotros en ese momento."

La sonrisa de Malcolm se tornó triste. "Lo dudo, Alexander, aunque le doy la bienvenida a la posibilidad." Él dejó escapar un suspiro, su expresión era un eco perfecto del estado de ánimo de Alexander durante gran parte del año pasado. "En verdad, no sé dónde debo cabalgar, solo sé que no puedo quedarme." Su sonrisa se ensanchó. "Quizás encuentre una heredera para casarme."

"Quizás encuentres una hechicera para casarte", murmuró

Alexander, porque dudaba que la dote de cualquier mujer pudiera hacer que ambas fortalezas se reconstruyeran. Su hermano se rió entre dientes. "Ven, desayuna. Un problema siempre parece menos formidable cuando uno tiene la barriga llena."

Malcolm estuvo de acuerdo con eso, y Alexander ordenó a los hombres que llevaran los caballos al establo. Él llamó a su propio mozo y se aseguró de que la autoridad de ese hombre fuera clara para el mozo de Malcolm, aunque era evidente que los hombres se consultarían entre sí. La pareja se puso inmediatamente a evaluar establos y caballos y a organizar el grupo que regresaría con carros a los establos de Ravensmuir.

Alexander miró el sello, muy agobiado por la historia de su familia, mientras Malcolm conducía a su propio caballo a los establos. Él giró el sello, dejando que la luz temprana jugara sobre él, reconociendo sus sentimientos encontrados. Por un lado, sería un honor empuñar ese sello, aunque fuera por poco tiempo. Por otro lado, Ravensmuir solo podía barrer el último vestigio de polvo de plata de su tesoro.

Él miró hacia el cielo, tal vez esperando ayuda divina, y vio movimiento en la ventana del solar. Él miró de nuevo y vio que era Eleanor, su cabello suelto se agitaba con el viento mientras permanecía inmóvil. Ella lo miró mientras él la miraba y él sintió un cosquilleo de conciencia bajo su mirada.

Él tuvo la curiosa sensación de que ella sabía lo que él sostenía, sabía lo que acababa de ocurrir, aunque era imposible que ella hubiera escuchado sus palabras. ¿Y qué pensaría ella de esas nuevas? Ella comenzó a asomarse por la ventana, como si fuera a saludarlo o felicitarlo por aumentar sus posesiones.

Alexander cerró el puño sobre el sello y lo metió en su bolso. Podría ser una locura, pero tener todo el legado de su familia lo hacía doblemente decidido a sobrevivir a cualquier intención que la dama pudiera tener para él.

La solución más simple, se dio cuenta él con repentino vigor, había sido su primer impulso. Él tenía que ganarse su afecto en verdad, porque ninguna mujer estaría ansiosa por perder al hombre que tenía su corazón.

Según cualquier cálculo, él tenía al menos nueve meses para hacerlo, ya que a cualquier hijo le llevaría nueve meses mostrarse a sí mismo, y su género, al mundo.

Tal hazaña todavía significaba que Alexander tenía que desvelar primero los muchos secretos de Eleanor. De hecho, era una suerte que él fuera malditamente terco, o eso habían repetido a menudo sus hermanas. Ese era un desafío que Alexander tenía la intención de ganar. Él le dio a su esposa una última mirada, notando que ella se retiraba a su habitación y luego él se dirigió al salón.

Él necesitaba una comida fortalecedora para afrontar el desafío que presentaba esa dama.

~

¡Caballos!

Eleanor se despertó con el trueno de los cascos. Ella se había quedado dormida encima de la ropa de cama, todavía con su atuendo del día anterior. Al oír el ruido de los caballos, se puso de pie y se asomó a la ventana. Ella contuvo el aliento cuando las bestias más magníficas que había visto jamás entraron al galope en el patio de Kinfairlie. Eran criaturas exquisitas, cada una de ellas con una piel de un negro reluciente tan oscuro que podría haber sido antinatural.

Ella nunca había visto una raza como esa, y Eleanor había visto muchos caballos. De hecho, ella amaba los caballos, por lo que su primer impulso fue correr a los establos para recibir a esas bestias. Eran enormes pero elegantemente labrados, sus fosas nasales se ensanchaban y sus cuellos se arqueaban con orgullo. Sus colas y crines eran largas y sedosas, y tan oscuras como el ébano. Golpearon el suelo con impaciencia real cuando se detuvieron, como si hubieran corrido a Jerusalén sin detenerse.

Y había muchos de ellos. Eleanor se apoyó contra la pared al lado de la ventana, sus rodillas debilitadas por el deseo de montar una de esas espléndidas bestias. Ella no se atrevió a asomarse en la ventana, ella apenas se atrevió a parpadear, tan ansiosa estaba de darse un festín con la vista de ellos.

Ella se dio cuenta tardíamente de que Alexander estaba de pie frente a ellos, con el pelo casi tan oscuro como los abrigos de los elegantes caballos. El hombre que hablaba con él compartía su color y su estatura. Parecían estar discutiendo. ¿Eran amigos o familiares? Ella no podía oír una palabra de lo que decían, y su mirada se movió entre los caballos y su marido.

Algo se había resuelto, ya que ambos, los caballos y los invitados se dirigieron hacia los establos. Alexander miró hacia arriba y, aunque su impulso fue esconderse de la vista, Eleanor se mantuvo firme. Su corazón se aceleró con la esperanza de que él acudiera a ella, pero Alexander se dio la vuelta, su silenciosa despedida hizo que el corazón de Eleanor se desplomara hasta los dedos de los pies.

Pero ella no era una doncella frágil que se escondería en sus aposentos. Si Alexander no acudía a ella, ella iría a él.

MALCOLM SE REUNIÓ con Alexander en el salón, justo cuando comenzaba a despertar el bullicio. Los centinelas y mercenarios desayunaban en las mesas, su actitud más moderada de lo habitual. Un fuego crepitaba alegremente en la chimenea, porque el tronco de Yule apenas se consumía. El olor a pan recién hecho llenaba el salón y se podía escuchar cantar en las cocinas. Había cerveza, aunque era fina, y yerbas frescas esparcidas por el suelo.

"Kinfairlie se ve diferente", dijo Malcolm con el ceño fruncido. "¿Qué ha cambiado?"

"Me casé el día de Yule", dijo Alexander con toda la despreocupación que pudo reunir. Su hermano lo miró conmocionado. "Y mi esposa tomó la casa bajo su mando."

"¿Te casaste?" farfulló Malcolm. "¿Con quién? ¿Cómo? ¿Cuándo?" Él dejó la copa pesadamente sobre la mesa. "¿Esta misma semana?"

"Es una pena que no hayas venido antes", reflexionó Alexander, disfrutando del asombro de su hermano. "Porque Madeline y Rhys estuvieron aquí en Nochebuena, al igual que Vivienne y Erik."

"Espera un momento. Madeline y Vivienne estaban aquí, con los maridos que acordaste para que se casaran sin su consentimiento." Una luz sospechosa amaneció en los ojos de Malcolm. "¿Y partieron cuando, precisamente?"

"Ayer", admitió Alexander.

"¿Y te casaste mientras ellos eran invitados?"

"Como ya te he dicho."

Malcolm se echó a reír. "Ese fue un noviazgo apresurado, hermano mío", dijo, él con los ojos bailando. "La última vez que hablamos, no tenías intención de casarte, ni estabas cortejando el afecto de ninguna doncella."

"Conocí a la dama en la víspera de Yule…"

"¡El día antes de tus nupcias! Cuando Madeline y Vivienne estaban presentes en este salón. ¡Huelo represalias, Alexander!"

"… aunque eso no cambia la medida de mi admiración por ella."

"—Admite la verdad" —insistió Malcolm con actitud alegre. "Madeline y Vivienne se vengaron de ti."

Alexander asintió. "Eso no quiere decir que las cosas no saldrán bien al final, como ambas han aprendido."

Malcolm bebió un sorbo de cerveza, su mirada sabía. "¿La pareja es amable, entonces?"

"Por supuesto." Alexander no tenía ningún deseo de confesar sus recelos a su hermano, porque cualquier detalle que le admitiera a un hermano se compartiría inmediatamente con todos los demás. Él los había protegido a todos de la verdad sobre las finanzas de Kinfairlie durante tanto tiempo que era instintivo protegerlos de otras verdades duras. "De hecho, Eleanor está ansiosa por concebir un hijo."

"¿De verdad?" Malcolm masticó el pan mientras consideraba ese detalle. Él estudió a Alexander como si sospechara que su hermano le había contado la mitad de la historia. "Una esposa enamorada no es un destino tan terrible. Te felicito, Alexander, porque parece que todo te sale bien, incluso cuando nuestras hermanas conspiran contra ti. ¡Eso es una hazaña!"

"No sé si todo procede tan bien como eso..."

"¡Eres modesto! Kinfairlie está segura en tus manos y en paz, tienes un salón lleno de hombres leales, un establo lleno de excelentes caballos, dos hermanas bien casadas y tu propia esposa deseosa de un heredero." No había amargura en el tono de Malcolm, porque su naturaleza nunca había estado teñida de avaricia, pero Alexander sintió el deseo de aclarar las cosas.

Él apoyó un codo en la mesa y bajó la voz con confianza. "Te digo un asunto que no va bien con facilidad", dijo él y Malcolm se inclinó más cerca. Alexander hizo una mueca. "En verdad, me he olvidado de como cortejar el favor de una dama. ¿Tienes algún consejo para mí?"

Los ojos de Malcolm se agrandaron. "Seguro que bromeas."

"Seguramente no."

"¡Has cortejado a todas las doncellas desde aquí hasta Londres, y no sin éxito!"

Alexander negó con la cabeza con fingida consternación. "Es diferente coquetear con los afectos de las doncellas que fomentar el amor en el corazón de la esposa."

"Ah, así que por una vez en tus días, deseas algo más que un simple placer en la cama." Malcolm sonrió, olvidando sus propios problemas. "¿Estás enamorado, hermano mío?"

Alexander se limitó a sonreír.

Malcolm asintió, aparentemente satisfecho. "Te diré lo único que sé sobre el noviazgo de mujeres, porque mi éxito en tales esfuerzos nunca podría comenzar a igualar el tuyo", dijo él. "Este consejo proviene del tío Tynan, y no estoy seguro de que quisiera confiártelo. Él podría haber estado simplemente expresando sus pensamientos en voz alta"

Esa no era una perspectiva tentadora, en opinión de Alexander, ya que Tynan había muerto soltero después de rechazar el afecto que Rosamunde le ofrecía de todo corazón. "¿De verdad?"

Malcolm frunció el ceño. "Él dijo que es importante tener regalos para regalar a una dama mientras la cortejas. Él dijo que temía que él y Rosamunde nunca hubieran encontrado la felicidad juntos porque no había nada que pudiera ofrecerle que ella no poseyera."

"Él podría haberle entregado su amor", señaló Alexander. "Porque ella no podría haber tenido eso de otra manera."

Malcolm ignoró esto. "Creo que él creía que los regalos ablandan el corazón de una mujer y no le gustaba que Rosamunde tuviera tanta riqueza propia. Él solo le dio el anillo de plata que nuestro abuelo le había regalado a su propia esposa."

Y Rosamunde se lo devolvió.

Malcolm asintió. "Él lo usaba todo el tiempo después de que ella se fue de su lado, y lo miraba todas las noches en silencio. Creo que él sabía que había abandonado su oportunidad, y creo que creía que el único regalo que le había dado a ella no era el correcto."

Alexander miró fijamente su copa y consideró esto. Después de todo, podría haber sabiduría en ello. ¿El obsequio correcto que se le diera a Eleanor en el momento adecuado disolvería su determinación de deshacerse de él? ¿Podría demostrar él que era un esposo que valía la pena mantener?

Eleanor sentía afecto por los caballos, de eso Alexander estaba seguro. Él recordó la admiración en sus ojos cuando ella había acariciado los caballos de los grupos que partían el día anterior. Sus rasgos se habían iluminado como rara vez lo hacían. Él podía imaginarse a Eleanor sobre uno de los caballos negros de Ravensmuir y recordaba muy bien cómo ella había caminado desde la morada de Ewen. Quizás ella había dejado atrás un caballo favorito al no estar segura de su destino. Quizás Ewen le había negado un caballo propio.

Entonces, ¿qué mejor manera de persuadirla de que Alexander

cortejaba su afecto? Además, si él le diera los medios para huir de él, ¿no demostraría eso que no tenía ningún deseo de encarcelarla contra su voluntad? ¿No podría eso mostrarlo mejor que sus los antiguos esposos de ella?

Un hombre solo podía intentarlo.

Él miró a Malcolm con una mirada brillante. "¿Me entregas completamente los caballos de Ravensmuir?"

"Por supuesto. Sé que los verás bien tratados y que sabes tanto de crianza como yo. Después de todo, viviste en Ravensmuir durante años, mientras que el tío Tynan te entrenaba para ser caballero."

"Entonces creo que elegiré una yegua para mi esposa", dijo Alexander, poniéndose de pie con determinación.

"¡Qué espléndido regalo de bodas!" Malcolm estuvo de acuerdo. "Te ayudaré en la elección, porque conozco la naturaleza de cada caballo. Podemos adaptarnos a su propia naturaleza."

Pero los hombres no tendrían que hacer eso en ausencia de la dama. Justo cuando se levantaron de la mesa con determinación, Alexander vio a Eleanor al pie de las escaleras. Ella parecía dudar en acercarse a él, y él se maldijo a sí mismo por crear esa vacilación.

Él se giró y sonrió, ofreciéndole la mano. "Eleanor, ven a conocer a mi hermano, Malcolm"

～

ELEANOR CRUZÓ el piso del salón con pasos deliberados, aprovechando la oportunidad para estudiar a ese recién llegado. Entonces, ese era uno de los hermanos que daría la bienvenida al sello de Kinfairlie si Alexander muriera sin un heredero. Era más joven que su marido, pero no mucho. Compartían el mismo cabello de ébano y constitución musculosa, aunque Malcolm tenía ojos verdes. Eran mucho menos atractivos, en opinión de Eleanor, que los ojos de un azul brillante.

Eleanor sonrió cortésmente incluso cuando resolvió que

Malcolm nunca ganaría la fortaleza de su marido. Pasaría a su hijo, de eso ella quería estar segura.

Intercambiaron saludos, luego Malcolm sonrió a Eleanor. "¿Viajas a menudo, entonces?" preguntó él y ella tuvo la sensación de que había entrado en medio de una conversación.

"Por supuesto, me enseñaron a montar, todas las mujeres nobles lo hacen", dijo ella, lanzando una mirada a Alexander. Él parecía tan inocente como un ángel, una expresión muy poco común en él, y una que la hizo preguntarse por sus intenciones. "¿Por qué preguntas?"

"Le he pedido a Alexander que se asegure del cuidado de los caballos de mi establo en mi ausencia, y él propone concederte uno como regalo de bodas."

Eleanor sintió que la sangre se le escapaba de la cara ante la perspectiva. ¡Ella no podía soportar ese horror de nuevo!

Ella sintió que su boca se movió por un momento antes de que lograra hacer un sonido. "No necesito un caballo propio", dijo ella con voz inestable. "Aunque te agradezco la idea."

"Es más que una idea", dijo Alexander, reclamando su codo. "Es una obra por hacer. Ven y ayúdanos en la elección."

"¡No!" gritó Eleanor con tal vigor que todo el salón se volvió a mirar. "Te lo ruego, no. No tengo deseos de un caballo." Sus palabras cayeron con inusitada prisa, en su temor de que el pasado se repitiera. "Estoy contenta de caminar, de verdad."

Alexander se inclinó hacia ella, sus ojos brillaban. "Eleanor, tienes poco sentido en esto", dijo él en ese tono tranquilo pero firme que no toleraba discusión. "No debes temer el gasto", dijo él, confundiendo el motivo de su protesta. "Veré a mi dama con una montura propia, y así serán las cosas."

"No elegiré uno", insistió ella, sabiendo que sonaba como una tonta. "No tomaré parte en este plan." Y luego, como él parecía dispuesto a insistir, ella mintió. "Le tengo miedo a los caballos, Alexander."

"Pero dijiste que aprendiste a montar joven..."

"Y así lo hice, y durante años lo hice a pesar de mi miedo. Pero he tenido numerosas malas experiencias y ya no me aventuro cerca de los caballos."

"El mejor remedio para una caída es volver a subir a la silla de montar", dijo Malcolm, con intención de ayudar. "Y no debes temer que un caballo Ravensmuir te arroje de la silla. Se necesita mucho para provocarlos."

"¡No!" Eleanor dijo, demasiado alto. "¡Rechazo tu regalo!" Ella se volvió furiosa hacia Alexander, sabiendo que sonaba loca, pero necesitaba asegurarse de que esto no ocurriera. "¡Ten la gracia de aceptar mi negativa! ¡NO TENDRÉ UN CABALLO!"

La familia se quedó en un asombrado silencio, pero Eleanor giró y abandonó el salón. Una vez en las escaleras, ella corrió lo más rápido que pudo hacia el santuario del solar. Ella empujó a una de las hermanas de Alexander en las escaleras, sin perder tiempo para responder a su pregunta. Ella se arrojó al solar y giró la llave contra todos.

Fue entonces cuando Eleanor se permitió llorar. Era su propia locura la culpa, sin duda. Ella había traicionado la memoria de Blanchefleur al mostrar afecto a los caballos el día anterior, y ahora su afecto sería usado en su contra.

Como había sido usado antes.

Ella no podía permitir que ese crimen volviera a suceder, no podía, no le importaba lo que tuviera que decir para que así fuera. Que pensaran que estaba loca. Mientras los caballos estuvieran a salvo, a ella no le importaba.

ALEXANDER MIRÓ a su esposa con evidente asombro.

"La mayoría de las mujeres recibirían con agrado un regalo tan rico, como he oído decir", dijo Malcolm.

"Yo también esperaría eso", dijo Alexander, sintiendo que había más en ese asunto que el rechazo de un regalo. Eleanor había entrado en pánico. Él había visto el terror en sus ojos, aunque no podía comprender la razón.

"Supongo que su vigor es menos asombroso si se sabe de su miedo", dijo Malcolm.

"No estoy seguro de que sea a los caballos a lo que teme", dijo Alexander, y luego le contó a su hermano la respuesta del día anterior. Malcolm luego compartió su confusión. "Creo que deberíamos elegir uno para ella, a pesar de este incidente."

"—Quizás ella piense que el regalo es demasiado generoso" —sugirió Malcolm. "O no se atreve a creer que sea posible que ella pueda tener un caballo propio. Si le gustan, podría parecer una idea elevada."

"En efecto. Ella estaba en la ventana cuando llegaste, así que sabe lo buenos que son los caballos", asintió Alexander. "Quizás no se atreva a desear uno, por temor a decepcionarse."

"¿Has decepcionado demasiado a tu esposa?" bromeó Malcolm.

Alexander no tuvo oportunidad de responder, porque Isabella cruzó el salón con no poca indignación. "¿Qué le has hecho a tu esposa?" exigió ella. "¿Cómo pudiste hacerla llorar tan temprano en el día, Alexander? ¡Ella no está tan acostumbrada a tus bromas como nosotros! Y esto después de que la hayas dejado sola durante dos días y dos noches. Seguro que eres un bribón grosero."

"Simplemente le quería conceder un regalo", dijo él, levantando las manos en señal de apelación. "¿No es apropiado que un hombre otorgue un regalo a su esposa?" La compañía rió entre dientes ante su actitud y se dispuso a comer, aunque sin duda una buena parte de los chismes en el salón eran sobre el señor y su dama.

"Ella no debe creerte," dijo Isabella con autoridad. "Aunque Dios sabe cómo ella ya deber haber visto que puedes ser despiadado al molestar a otra alma."

"—Quizá sea extraordinariamente perceptiva" —bromeó Malcolm, e Isabella jadeó de alegría al verlo.

¡Malcolm! ¡No me había dado cuenta de que estabas en casa!" Ella se apresuró a darle un abrazo y luego sonrió a sus hermanos.

"Deberías habernos dicho que él iba a venir", le informó a Alexander.

"Yo no lo sabía. Acaba de llegar y no me atreví a enviarte un mensaje para despertarte demasiado pronto. Después de todo, sospechaba que dormirías hasta mucho más tarde."

El afecto de Isabella por quedarse en la cama era bien conocido y Malcolm se rió de este recordatorio. "De verdad, ¿eres Isabella?" dijo él, retrocediendo para estudiar a la doncella en cuestión. "Te pareces a ella, sin duda, pero nunca había visto a mi hermana Isabella antes del mediodía."

Isabella le dio un manotazo en el hombro y falló.

"Es la culpa lo que la mantiene despierta", dijo Alexander solemnemente. "Porque ella trató de matarme en Nochebuena, " Isabella se quedó sin aliento ante esa acusación e intentó disfrazarla, pero Malcolm no le concedió la oportunidad de hablar.

"¿Por qué esperaste tanto?" le preguntó él. "Podríamos habernos librado de él hace años. Habría sido mucho más sencillo cuando éramos más jóvenes."

Todos se rieron de eso, aunque Alexander echó un vistazo a las escaleras. ¿Empeoraría las cosas perseguir a Eleanor o debería dejarla en paz? El hecho era que ella nunca había mostrado tanta emoción como lo había hecho ante la perspectiva de que le regalaran un caballo. Él tenía la sensación de que el velo sobre uno de sus secretos había sido alterado.

Y estaba seguro de que la mejor manera de revelar completamente ese secreto era seguir el mismo camino.

"Isabella, ¿nos ayudarías?" preguntó él. Eres tan alta como Eleanor. ¿Nos ayudarías a elegir una yegua para que ella tuviera como propia?"

"¿Quieres darle un caballo?" La boca de Isabella se abrió de asombro. Alexander habría apostado a que no había una pequeña dosis de celos en su respuesta. "¿Para ella misma?"

"Una de las yeguas de Ravensmuir", contribuyó Malcolm.

Isabella se quedó boquiabierta ante esa aparente injusticia. ¡Pero la conoces desde hace sólo unos días! Me conoces desde todos los días de mi vida. ¡Alexander, debes concederme un caballo!"

"Toda novia debe tener un regalo nupcial", dijo Alexander con suavidad. "Quizás tu esposo, cuando elijas uno, también te conceda un caballo."

Isabella lo fulminó con la mirada. "Quieres convencerme para elegir apresuradamente a un pretendiente."

Alexander se encogió de hombros. "Si te demoras, entonces no puedes culparme por tomar una decisión por ti".

Los ojos de Isabella brillaron, pero de repente lo miró con sospecha. "No es un regalo pequeño darle a una mujer un caballo de este tipo. Ya le has dado una joya."

"Toda novia también necesita un anillo para sellar sus votos", dijo Alexander.

"¿Ves?" bromeó Malcolm. "El matrimonio no deja de tener sus méritos".

"Es más que eso." Los ojos de Isabella brillaron. "¡Estás enamorado de ella!"

"No estoy enamorado", argumentó Alexander, pero ambos se rieron de él con tanta alegría que parecía grosero seguir discutiendo el asunto. Después de todo, había algo de verdad en ello, porque él al menos estaba fascinado con su esposa. "Vengan, ustedes dos, elijamos un caballo para mi señora". Él hizo por marcharse fuera de su salón, sin esperar a ver si lo seguían, pero Anthony entró en su camino justo antes de la puerta.

"Le quisiera preguntar, mi señor, si los hombres de los establos se quedarán para la comida del mediodía".

Alexander mantuvo una sonrisa en sus labios, él no quería que Malcolm se diera cuenta de la importancia total de lo que le había pedido a su hermano mayor. "Por supuesto, Anthony. De hecho, el grupo de Ravensmuir permanecerá en Kinfairlie indefinidamente, mientras que el propio Malcolm permanecerá solo durante la Epifanía."

La conmoción de Anthony fue clara, lo que significaba que debía ser considerable. El hombre mayor solía ser experto en ocultar sus pensamientos.

Alexander habló rápido, lo mejor para que no se expresaran las dudas de Anthony. "Hay forraje para los caballos, que también permanecerán, en Ravensmuir, aunque los mozos de cuadra tienen la intención de recogerlo hoy,"

"Pero mi señor..."

"Es Yule, Anthony, y estoy seguro de que nuestros invitados pueden ser acomodados hábilmente." Alexander habló con alegría.

El castellano se irguió en toda su estatura y miró a Alexander a los ojos. "Tal vez, mi señor, podría dedicar un momento al cocinero, para decidir qué carne se servirá en la comida del mediodía de este día."

No sería suficiente, Alexander ya lo sabía. Él sostuvo la mirada de castellano, aliviado de que el hombre mayor pareciera haber entendido la situación. "Es la Fiesta de los Santos Inocentes este día, ¿no es así?" El castellano asintió minuciosamente. "Y un día tan santo es apropiado para una medida de moderación. Por favor indícale al cocinero que hornee pan con harina integral y pídele que determine la cantidad de pescado a nuestra disposición. Regresaré en breve para revisar los asuntos con él."

"Por supuesto, mi señor." Anthony hizo una reverencia y Alexander salió del salón, deseando que sus hermanos guardaran silencio.

"Odio el pan integral", dijo Isabella con cierta irritación.

"Es mejor que nada", replicó Malcolm. "Doy la bienvenida a cualquier bocado después de estos últimos meses en Ravensmuir. La despensa ha sido estéril, sin duda.

Isabella se sonrojó. "Deberías haber venido antes", lo reprendió ella, tomando su codo. "Siempre hay comida en abundancia en Kinfairlie, ese es un asunto en el que todos podemos confiar."

Alexander no dijo nada. Para su alivio, el asunto fue abandonado, porque llegaron a los establos y los caballos de Ravensmuir, como siempre, sacaron todas las demás preocupaciones de los pensamientos de su hermana.

De hecho, eran bestias magníficas, y su propio asombro no era menos considerable.

~

ELEANOR RESPIRÓ TEMBLOROSAMENTE y se enderezó después de su inusual tormenta de lágrimas. Ella escuchó pasos y voces y miró por la ventana del solar a tiempo para ver a Alexander cruzando el patio con Malcolm y una de sus hermanas. El rojo fuego del cabello de la doncella y su altura indicaban que era Isabella. Debió haber sido Isabella quien se había cruzado con Eleanor en las escaleras. Los tres se dirigían a los establos, Alexander caminaba con tal determinación que Eleanor temió nuevamente su intención.

Ella estaba atormentada por lo poco que sabía de él. Después de todo, había confiado en Millard, y él no solo había cometido un crimen atroz, sino que le había echado la culpa a sus pies. Eleanor nunca lo olvidaría y su repulsión era tan grande que temió que el crimen se repitiera.

Ella necesitaba contar los caballos, ahora, antes de que uno solo de ellos pudiera ser sacado de los establos.

Eleanor se secó las lágrimas y se ajustó el aro que sujetaba su velo. Ella enderezó las mangas de su kirtle y se aseguró de que sus ligas estuvieran bien abrochadas. Abrió la puerta y aseguró la llave en su cinturón. Ella eligió el borde de las escaleras, donde era menos probable que crujieran, y se movió como un espectro escaleras abajo.

El pestillo de la puerta de la habitación que compartían las hermanas traqueteó justo cuando Eleanor pasó junto a ella. Ella se apresuró a bajar las escaleras, no queriendo que se presenciara su misión. Ella estaba casi en el salón cuando escuchó que la puerta de madera se cerraba sobre su cabeza, lo que solo aceleró aún más sus pasos.

El salón estaba lleno y ella no estaba dispuesta a intercambiar cortesías. Ella asintió con la cabeza y sonrió a varios hombres que se inclinaron ante ella, luego se dirigió a la cocina como si tuviera un deber allí.

"¡Mi señora!" Anthony hizo una reverencia tan baja al verla que su frente casi tocó el suelo. El cocinero, de pie a su lado, parecía sombrío e inclinó la cabeza con brusquedad a modo de saludo. "Quizás pueda ayudarnos, mi señora. El señor insiste en que la cuestión de la carne para la comida del mediodía se abordará cuando él regrese de los establos."

El corazón de Eleanor se aferró a eso, aunque se esforzó por no dar señales externas de consternación.

"Pero el cocinero dice que es tarde y que quisiera saber sus órdenes de inmediato, si no antes."

"Por supuesto", asintió Eleanor, y el cocinero pareció aliviado. "¿Tengo entendido que tenemos invitados este día?"

"¡Otros veinte hombres llegaron de Ravensmuir esta misma mañana, incluidos los que ya estaban en el salón!" dijo el cocinero, su frustración era clara. "Solo quedan restos de venado. El señor ha pedido pan integral este día, lo que ayuda mucho en el asunto, pero no podemos servir el pan solo"

"¿Tienes pescado?"

"—Dos barriles de pescado ahumado, mi señora. El señor sugirió pescado, pero yo tenía la intención de servirlo para el ayuno del viernes."

"Nos preocuparemos por el viernes el viernes", dijo ella secamente. "Y bien puede ser un ayuno en verdad. Comeremos el pan y el pescado ahumado, frito si puede, porque los hombres que han viajado prefieren una comida caliente en la barriga."

"Se puede hacer, mi señora."

Y esta noche tendremos un guiso, uno ligero con mucha salsa. ¿Te queda col rizada en el jardín?

El cocinero hizo una mueca. "No está tan buena como antes..."

"Pero está ahí y servirá, especialmente con salsa de venado.

Incluso en sus días santos, el Señor no puede esperar que ofrezcamos más que todo lo que tenemos."

El cocinero sonrió ante esta resolución. "—Todavía tengo una medida de mantequilla, mi señora, y las cebolletas aún están creciendo porque no las he cortado últimamente. El pescado será digno de un rey, en eso puedes confiar."

Eleanor sonrió. "Te doy las gracias y lo espero con anticipación."

Ella se dio la vuelta y Anthony fue rápido a su lado. "Te agradezco, mi señora, su puntual llegada y también su solución."

"Necesitamos un grupo para montar a cazar esta tarde, Anthony", dijo ella, pensando sólo en asegurarse de que hubiera suficiente carne para la mesa. "¿Mi señor tiene terrenos de caza, por supuesto?"

"Kinfairlie posee extensas tierras, mi señora, y sus bosques son abundantes en vida salvaje."

"Excelente. Un ciervo u otra bestia grande sería ideal, aunque incluso un carro lleno de faisanes sería bienvenido. Ya sea que el señor esté ocupado este día o no, ¿podrías organizar una partida de caza entre sus invitados?

Anthony frunció el ceño. "Pocos son nobles, mi señora, muy pocos tienen derecho a cazar."

Ella le dirigió una mirada severa. "Es cuestión de ver a la mesa llena, Anthony. Si el señor no puede liderar el grupo, entonces tú lo liderarás. No me importa si sus miembros son nobles o comunes; solo me importa que regresen con suficiente carne para cien almas durante al menos dos días."

La ceja de Anthony se arqueó. "Pero…"

"No tiene ningún mérito para la reputación de un señor no tener ningún bocado que ofrecer a sus invitados, especialmente en esta temporada. Confío en que te asegurarás de que se respete el honor de nuestro señor."

Anthony hizo una reverencia. "Será como usted decrete, mi señora." Si él estaba sorprendido o complacido, Eleanor no supo decirlo, pero él la miró fijamente con ojos brillantes. "Si puedo sugerirle tanto, mi señora, es alentador notar que tú y el señor comparten puntos de vista similares sobre este asunto. Ayer mismo, mi señor Alexander insistió en que suficiente azafrán adorna la salsa, sin importar el costo."

Eleanor sonrió ante eso y se tranquilizó al saber que su propio consejo era coherente con el de su cónyuge. "Es Yule, Anthony".

"Así es, mi señora, y las bendiciones abundan en Kinfairlie".

Entonces, Eleanor abandonó el salón y se dirigió a los establos, el dulce aroma del heno y la piel de los caballo despertando mil recuerdos. Un mozo de cuadras le hizo un gesto con la cabeza. Él debía haber visto cuarenta veranos, por lo que debía estar en una posición de alguna autoridad, aunque Eleanor no recordaba haberlo visto antes.

"Le ruego que me disculpe, pero usted debe ser la Dama de Kinfairlie, si no me equivoco", dijo él, y se inclinó con una torpeza que indicaba que no estaba acostumbrado a encontrarse con mujeres nobles.

"Eso soy". Una emoción curiosa había aparecido con la carne de Eleanor cuando ella había reclamado su título de esposa de Alexander por primera vez. "Tengo entendido que han llegado nuevos caballos."

Docenas de caballos se asomaron por encima de sus establos al oír voces, y sus oídos se movieron con curiosidad. Ella no podía ver a Alexander, aunque los establos estaban profundamente ensombrecidos en comparación con el brillante sol de la mañana.

"—De Ravensmuir, mi señora. Yo los traje." Él vaciló, sus manos pesadas se retorcieron con indecisión cuando ella simplemente se paró y miró fijamente lo que podía ver de las bestias. Eran caballos grandes, más grandes que cualquiera de los que ella había montado antes, más grandes de lo que ella había adivinado desde la ventana del solar. Eran hermosos más allá de lo creíble. "¿Te gustaría ver a los más jóvenes?" ofreció él. "Creo que el señor tiene planes para ellos, así que deberías verlos más temprano que tarde."

La respiración de Eleanor se atascó de nuevo por el miedo. "Los veré a todos", dijo ella con determinación. "Aunque veré a los potros primero, por favor."

El mozo de cuadra agachó la cabeza y se volvió, contento de tener un propósito, y la condujo a un gran puesto del establo. "Cuidado con sus patas, mi señora. No llevan mucho tiempo en el establo, pero nunca se sabe. Y dos de las yeguas no quieren tener nada que ver con estar separadas de las crías, por lo que el puesto está abarrotado sin duda."

Él abrió la puerta de madera y Eleanor cruzó el umbral. Los potrillos se volvieron, curiosos, sus ojos brillando en las sombras. Sus colas se sacudieron y uno podría haberse acercado, pero una enorme yegua se interpuso.

Ella se colocó entre Eleanor y los potrillos con paso decisivo. La yegua olió las manos de Eleanor y su cabello primero. Era como si el caballo quisiera asegurarse de su intención, y Eleanor contuvo la respiración. La lectura pareció durar demasiado y, por un momento, ella temió que la yegua supiera de alguna manera de su traición.

¿Sabían los caballos de Blanchefleur, o peor aún, que Eleanor no había tenido la capacidad para salvar a ese caballo?

La yegua resopló inesperadamente y sacudió la cabeza, luego se inclinó para mordisquear el pelo de Eleanor. Eleanor, abrumada, sintió que sus rodillas se debilitaban ante esa aprobación. Ella alargó la mano para rascar la nariz del caballo.

Ante eso, los potros se acercaron más, haciéndose eco de la forma en que la yegua la había olido. Sus pieles eran suaves como la seda, sus narices como el más fino terciopelo, sus patas musculosas. Incluso los potros eran casi tan altos como ella, aunque debían haber nacido la primavera anterior.

Eran exquisitamente hermosos, y aunque Eleanor ansiaba tener uno como suyo, no se atrevía a dejar que ninguna otra alma fuera testigo de su cariño por ellos. Ella había cometido ese error una vez antes y, a regañadientes, levantó las manos cuando recordó la presencia del mozo. Ella estaba ahí solo para completar su conteo.

Pero ella no tuvo la oportunidad de hacerlo.

"¿Qué estás haciendo aquí?" exigió Alexander antes de que ella pudiera volverse. El corazón de Eleanor se hundió como una piedra. Ella compuso sus rasgos para que no se mostrara nada de su alegría, luego se giró para enfrentarlo.

Él estaba de pie junto al mozo de cuadra, su ceño seguramente era de confusión. "Pensé que temías a los caballos. Entonces, ¿por qué entrarías en el establo y no menos lo harías sola?

Eleanor se encontró con la mirada fija de Alexander y, por una vez en todos sus días, no supo qué decir.

CAPÍTULO 10

Alexander aún no había visto a Eleanor sin palabras y no estaba seguro de querer volver a ver eso.

Ciertamente, él no quería volver a ser responsable de la circunstancia. Ella se quedó de pie y lo miraba con los ojos muy abiertos, el color había desaparecido de su rostro. No había duda de que él le había dado un golpe, aunque sin querer.

"Pensé que no te gustaban los caballos", repitió él con más suavidad y ella pareció sacudirse. Ella levantó la barbilla y recuperó la compostura. Alexander tenía la sensación de que ella se había armado contra él, y realmente no podía leer más sus pensamientos que los de un oponente con la visera baja.

"No me gustan", dijo ella secamente. "Sin embargo, mi rechazo a tu regalo pareció molestarte, así que me esforcé por superar mi instinto. Después de todo, es deber de una mujer ver complacido a su marido."

Había sido, por el contrario, la dama la que había estado preocupada por la perspectiva de su regalo. Alexander simplemente había estado confundido por su respuesta.

Su protesta podría haber sido más creible si la yegua no hubiera insistido en acariciar su cabello. Alexander estaba lo suficientemente familiarizado con los caballos como para saber que ellos no mostraban afecto por quienes les temían o les desagradaban.

El caballo hundía la nariz en el escote del vestido de Eleanor con cierta persistencia y era imposible creer que alguien a quien no le gustaran los caballos hubiera sido considerado digno de un asalto tan amistoso por parte de la yegua, o igualmente, que tal persona lo hubiera soportado. Los dedos de Eleanor temblaban, como si ella anhelara rascar la nariz de la yegua, por lo que Alexander no puso mucha fe en sus palabras.

De hecho, su sangre comenzó a hervir a fuego lento porque ella mentía. ¿Qué tan tonto creía ella que era él? ¿Y cuál era el valor de su palabra, ella que se había comprometido a tener honestidad entre ellos?

Él resolvió en ese momento fingir creer en su mentira, para ver mejor cuánto tiempo insistiría en ella.

"—Pareces hacer un gran progreso" —dijo él, como si no hubiera notado la evidencia contradictoria, como si no estuviera realmente molesto. Entró él mismo en el establo, y le concedió al mozo un asentimiento de despedida. Eleanor se puso rígida y no levantó ni un dedo hacia los caballos. Los pequeños la empujaban, revelaban que ella los había acariciado antes. "¿Montabas a menudo cuando eras niña?"

"Por supuesto", admitió ella como si hubiera preferido no hacerlo. "Mis tutores se aseguraron de que pudiera montar con gracia."

"Y así deberían haberlo hecho", dijo Alexander fácilmente. Él rascó las orejas de la yegua y la bestia resopló de placer. "Esta es Ginebra, en caso de que no se hayan hecho las presentaciones."

"¿El nombre de la reina de Arturo?" Eleanor miró al caballo con cautela, aunque había una admiración reveladora en sus ojos.

Alexander asintió, reprimiendo su creciente disgusto. ¡La mujer no podría haber mentido ni para salvar su vida! ¡Ella debía pensar que él era un tonto! "Así es, porque los sementales no pueden resistir su encanto. Ella se reproduce casi todos los años, a pesar de los mejores esfuerzos del mozo para asegurarse de lo contrario."

"¿Tú no la criarías anualmente?"

"Ha sido práctica de mi familia criar cada yegua cada segundo año o incluso cada tres años, para que se recupere mejor de su hazaña." Alexander sonrió levemente. "Ginebra, sin embargo, tiene demasiados pretendientes ardientes para encontrar ese plan adecuado."

"Ella parece lo suficientemente sana".

"Ella es una maravilla, sin duda." Alexander tomó la mano de Eleanor y la colocó sobre la nariz de Ginebra, cubriéndola con la suya como si realmente ella le tuviera miedo a los caballos. Él sintió sus dedos curvarse instintivamente hacia el caballo antes de que ella apartara su mano.

"Es demasiado grande para confiar en ella. ¡Mira sus dientes!"

"Ella es tan suave como una lluvia de primavera", argumentó Alexander. Él se encontró con la mirada de Eleanor y bajó la voz para que solo su esposa pudiera escucharla. "Pareces muy familiarizada con los caballos."

Ella lo miró fijamente durante un largo momento, luego bajó la mirada y habló apresuradamente. "No obstante, me causan terror en mis venas", insistió ella sin aliento.

Alexander se acercó a su esposa cuando sus palabras fallaron. Ella podría haber pasado a un lado de él y abandonado el cubículo, pero él la tomó del codo con la mano, decidido a saber la verdad.

Pero Eleanor temblaba como una hoja en el viento. Su vulnerabilidad tomó a Alexander por sorpresa y, como antes, lo desarmó por completo. Él le insistió a acercarse a su lado antes de pensarlo dos veces. Ella se quedó temblando, casi entre sus brazos, y él se maravilló de su angustia.

"—No me obligues a poseer otro caballo, Alexander. No me concedas este regalo, te lo ruego. Si alguna vez ha habido una medida de bondad en tu corazón, entonces dame esta concesión. Y no me preguntes más de este asunto, te lo ruego."

Alexander estaba asombrado por esa petición, no menos por el hecho de que Eleanor lo hiciera. No era propio de ella revelar sus emociones con tanta claridad. "me refiero como un regalo nupcial."

"Ningún regalo sería mejor", dijo ella con vehemencia.

Alexander la abrazó con fuerza, con la intención de preguntar más, pero las lágrimas brillaron en las mejillas de su esposa. ¿Qué le había sucedido a ella?

"¿Al menos mirarías estos caballos?" Alexander sugirió gentilmente. "Son excelentes bestias, y es posible que nunca volvamos a ver a los de su raza tan reunidos."

Eleanor se sobresaltó al oír eso, aunque Alexander no podía imaginar por qué, y ella lo agarró del brazo con repentino vigor. "¿Cuál es tu intención para los caballos?" preguntó ella con urgencia. "El mozo dijo que tenías un plan para ellos"

Alexander se encogió de hombros, sin ver el motivo de su preocupación. "No tengo ninguno todavía, aunque quizás el mozo crea que sí. Ellos obtendrían un precio justo, sin duda, pero mi familia no tiene la costumbre de deshacerse casualmente de los caballos de Ravensmuir. Los mantenemos hasta que tienen al menos dos años de edad, por lo que estos potros no dejarán nuestro cuidado pronto."

"¿Entonces qué?" Su ansiedad no disminuyó, aunque a él lo desconcertaba.

"Los otorgamos como obsequios de honor, a amigos y aliados que sabemos que son dignos de poseer tal bestia. Son tesoros, y nos aseguramos de que cualquier amo que tenga uno vea a la bestia realmente bien tratada." Alexander sonrió, esperando tranquilizarla. "Hay tesoros en este mundo con un valor superior a su precio."

Ella lo estudió, como si no supiera si creerle.

"Ven", sugirió Alexander. "Ven y conoce a mi propio caballo. Él fue confiado a mi cuidado por mi tío Tynan cuando gané mis espuelas. Últimamente he ignorado a Uriel, y debo advertirle que bien podría demostrar que es digno del nombre de 'el fuego de Dios'"

Se suponía que era una broma, pero Eleanor no se rió. Sin

embargo, ella dejó que Alexander la guiara fuera el establo que contenía los potros y la llevara más profundamente en los establos, aunque su agarre en su brazo estaba apretado.

Él no entendía el hecho de que ella murmurara entre dientes mientras atravesaban los establos. A menos que se fallara en su suposición, ella estaba contando los caballos.

¿Pero por qué? ¿Quería ella tener un inventario de la riqueza de Ravensmuir? El pensamiento oscuro no era bienvenido, pero no fue descartado fácilmente. Cualquier riqueza que Ravensmuir poseyera estaba casi en su totalidad en esos establos, sin duda, y si los caballos se vendían, obtendrían un alto precio.

Alexander encontró un momento de miedo. ¿Tenía su esposa un plan para sus activos, uno que seguiría después de la prematura desaparición de él? Era una perspectiva inquietante, pero no podía desacreditarla fácilmente, no cuando ella le mentía con tanto vigor.

No había nada que hacer: Eleanor conjuraba un nuevo acertijo por cada uno que él creía haber resuelto. Y Alexander, quizás en detrimento suyo, estaba más intrigado con cada misterio sucesivo que ella revelaba. La verdad era lo que él necesitaba de ella, aunque no sabía cómo persuadirla para que la revelara.

Él estaba aún menos seguro de cómo lo sabría cuando la encontrara.

EL FABRICANTE de salsa resultó ser la ruina de Moira.

Era imperativo que Moira le confiara un detalle que había observado a su ama, lo que significaba que tenía que entrar en el salón de Kinfairlie. Moira había logrado unirse a la fiesta para celebrar las nupcias de su dama, pero no había podido quedarse en el salón. Esa noche, los alegres invitados habían sido arrastrados hasta el patio. A pesar de sus mejores esfuerzos, ella no había logrado entrar en la fortaleza desde entonces.

El castellano era malditamente rápidamente, sin duda.

Pero este plan era ideal. Era una hazaña simple recoger un montón de leña y marchar hacia las cocinas de Kinfairlie como si ella perteneciera allí, especialmente cuando tantos otros hacían lo mismo. Porque en verdad, Moira pertenecía a los muros de la fortaleza, ya que su dama ahora era la señora allí.

El leal corazón de Moira ardía ante la burla de los susurros que había escuchado contra la dama Eleanor. Peor aún, había traición en marcha en ese mismo salón, una traición que haría que su dama fuera mal atendida y eso demasiado pronto. Ella podría arreglar las cosas, Moira podría, si tan solo pudiera llegar a su ama.

Ella se sintió aliviada al notar que el castellano había abandonado las cocinas. Moira siguió a las otras mujeres hasta la gran pila de leña y se inclinó para depositar su carga allí, fingiendo estar familiarizada con las cocinas todo el tiempo. De modo que Moira se asombró cuando se enderezó y el hombre rubio regordete le apuntó con su cucharón.

"¿Quién eres tú?" Preguntó, su voz lo suficientemente fuerte como para que varios otros se volvieran.

Moira miró hacia atrás, porque sabía que ella misma no era digna de mención.

"No, me refiero a ti", insistió el hombre. "Nunca te había visto en este salón antes. ¿Quién eres tú?"

Moira sintió que se le calentaban las mejillas. Ella no estaba acostumbrada a que la notaran. "No seas ridículo." Ella conjuró una mentira apresuradamente. "He trabajado aquí desde mediados del verano."

Él sacudió la cabeza y se acercó. "No me parece. Te hubiera recordado, de esto estoy seguro. ¿Quién eres tú?"

"Sí, ¿quién eres tú?" preguntó el cocinero. Él era un hombre formidable, y aunque no estaba enojado, su mismo tamaño hacía que Moira desconfiara de él.

"Soy simplemente una mujer, una apenas digna de mención", dijo Moira con algo de orgullo y se enderezó el delantal. "Si me disculpan, hay que traer leña para las hogueras."

"No, no te disculparé, no sin saber tu nombre", insistió el salsero.

Moira lo fulminó con la mirada. "Mi nombre no es importante".

El cocinero se echó a reír. "Ella ha visto tu intención, Cedric, y no agradece tus atenciones. Deja a la mujer en paz."

Las orejas del salsero se pusieron carmesí. "Solo deseo saber su nombre. Esa es toda mi intención."

El cocinero se rió más fuerte. "—La salsa necesita espesarse, Cedric. Ponte manos a la obra"

Cedric balbuceó por un momento, le dio a Moira una mirada suplicante. Cuando ella no respondió, lanzó un suspiro. Se volvió hacia su salsa, evitando alguna que otra mirada en su dirección.

Contenta de ese indulto, Moira se volvió para marcharse, pero el cocinero le puso un pesado dedo en el hombro para detenerla. "Y yo aún no sé tu nombre, ni de dónde procedes", dijo él, bajando la voz para que los demás en las cocinas volvieran a su trabajo.

Moira se encogió de hombros. "¿Seguramente el nombre de una mujercita no es tan importante?"

El cocinero arqueó una ceja. "El nombre de cada alma en mis cocinas es importante, porque no permitiré que el salón de mi señor sea traicionado por mi puerta. Además, has mentido y lo has hecho con facilidad. Sé que no estabas aquí en pleno verano. De hecho, Cedric habla bien, porque sé que no has cruzado este umbral antes." Él sostuvo su mirada, la suya, amable pero firme. "¿Quién eres tú?"

Moira cuadró los hombros, sin perder nada por eso. "Mi nombre es Moira Goodall y me comprometí al servicio de la dama Eleanor Havilland, entregando ese compromiso a su propia madre cuando esa dama se puso a las puertas de la muerte."

El cocinero frunció los labios. "¿La misma dama Eleanor que se casó con nuestro señor?"

Moira asintió. "La misma."

"Pero ella vino sin sirvienta".

Moira levantó la barbilla. "Yo la seguí, como es mi deber".

El cocinero la observó por un momento. Él inclinó la cabeza y Moira pensó que estaba disculpada, pero él reclamó su codo. "La verdad de tu historia se puede determinar fácilmente", dijo él. La condujo desde las cocinas al pasillo oscuro que debía conducir al salón.

Fue solo entonces cuando el espíritu de Moira se acobardó. Seguramente la dama Eleanor no la había dejado atrás en Tivotdale por alguna razón. ¿Seguramente su dama no estaba disgustada con su servicio?

¿Seguramente su dama no la negaría?

ELEANOR ESTABA HALAGADA por las atenciones de Alexander y su determinación de ayudar a conquistar su supuesto miedo a los caballos. No era un calvario tenerlo a su lado, sus dedos rozando su codo, su mano, la punta de su nariz en una secuencia de pequeños gestos que la dejaban hormigueando de la cabeza a los pies.

El hombre podría despertar la lujuria en un cadáver, Eleanor estaba segura de ello. Él cubrió la mano de ella con la suya cuando le mostró cómo acariciar un caballo, le rodeó la cintura con el brazo para acercarla a uno de los grandes caballos. No había nada impropio en sus gestos, no entre marido y mujer, pero cada uno de sus toques la hacía anhelar encontrarse con él en la cama de nuevo.

De todos modos, era menos conveniente ser el centro de su atención. Ella no podía contar los caballos con precisión, y un recuento preciso era fundamental para garantizar su bienestar. Alexander no se dejaría convencer de que la dejara sola en los establos, que debían ser el laberinto de sus temores, y Eleanor solo podía culpar a su propia mentira impetuosa.

Así fue como sus pasos se arrastraron cuando él regresó al salón y se giró hacia ella con ojos risueños. "Entonces, eres rebelde a dejar los establos", bromeó él, su gesto hizo que su corazón saltara. "El antídoto para tus miedos parece estar medio ingerido."

Entonces ella se preguntó si él habría descubierto su mentira y se sintió grosera por haberla pronunciado alguna vez. "Quizás hayas acabado mis miedos. Sabes muy bien que ninguna mujer con sangre en las venas podría resistirse a tus acercamientos ", replicó ella.

Él rió. "Entonces hay un número maldito de mujeres sin sangre en esta vecindad, sin duda. Incluso tú te has mostrado resistente a mí."

"¡Difícilmente eso!" Eleanor estaba segura de que su atracción por él era obvia para el observador más casual y lo era desde el momento en que se habían conocido. Ante su mirada escéptica, ella se ruborizó. "Anhelo tu caricia ante el más mínimo indicio de ti", admitió ella, sonrojándose por la verdad. "Y me dolió tu ausencia la noche pasada. Seguramente, debes saber tanto."

"¿De verdad?" Alexander se detuvo entre los establos y el pasillo. La luz del sol bailaba sobre los últimos restos de nieve que quedaban en los rincones del patio. El cielo era de un azul claro, un tono que hacía juego con los ojos de Alexander e hizo que los destellos dentro de ellos parecieran bailar más alegremente. Él le tocó el brazo con la yema de un dedo, una travesura en la curva de sus labios. "¿Qué tal un toque?" reflexionó él.

Eleanor sintió el peso de la yema de su dedo y el calor a través de su camisola. "Me obligas a cederte una ventaja", acusó ella. "En tu búsqueda de la verdad entre nosotros".

Su sonrisa brilló y la yema de su dedo subió por su brazo. "La verdad nunca se gana fácilmente", murmuró él. "Aunque esta sería bienvenida."

La punta de su dedo encontró su hombro y Eleanor se enderezó bajo su incesante caricia. Alexander observaba la punta de su dedo mientras trazaba la curva de su clavícula. Incluso a través de la barrera de sus prendas, ella estaba segura de que podía sentir su toque con tanta seguridad como si hubiera estado desnuda ante él. Su misma carne estaba en llamas, su corazón latía como si hubiera corrido mil millas.

"Seguramente no te acobardarás ante tal búsqueda", dijo ella, sus palabras inusualmente sin aliento. "Pensé que eras un caballero de formidable voluntad."

Él encontró su mirada, atrapándola con ese azul vivo. "¿Seguramente ni siquiera el guerrero más valiente debería emprender tal búsqueda sin el apoyo de su dama?"

"¿Pides el mío?"

Él asintió con la cabeza, sus modales eran tan intensos que ella supo que no se perdía ningún matiz de su expresión.

"Entonces lo tienes", dijo ella en voz baja. "No tienes más que pedirme cualquier acto que esté en mi poder para entregarlo."

"¿Qué hay de la verdad?"

Eleanor tragó. "Tuya para pedirla".

Él arqueó una ceja oscura, la punta de su dedo alcanzó el hueco de su garganta, que estaba desnuda al tacto. Eleanor contuvo el aliento mientras él trazaba un círculo allí. "¿Le entregaste eso a tus otros maridos?"

Eleanor tragó y sostuvo su mirada con determinación, deseando que él entendiera. "Ninguno de los dos me pidió la verdad. Ninguno me trató con cortesía." Ella tomó su mano entre las suyas, la levantó de su carne y le dio un beso en la palma. "Ninguno me tentó a la indecencia ante toda la casa." Ella sonrió entonces, adivinando que él estaría sorprendido por su franqueza. "¿Qué tal tu gusto por la verdad, esposo?"

Sus ojos brillaron con lo que podría haber sido satisfacción. "No sabía que te había tentado a la indecencia."

Eleanor sintió que su sonrisa se ensanchaba. "Has despertado mi deseo con un propósito, mi señor. Ten el honor de confesar algo de tu propia verdad."

Alexander sonrió. "Intento conjurar tu deseo, sin duda, aunque no me corresponde a mí decir qué tan bien lo logré."

"Sin embargo, seguramente debes saber que lo haces". Ella puso su mano contra su garganta, dejándolo sentir el latido de su pulso. Sus ojos se abrieron un poco, luego ella dio el único paso entre ellos. Ella colocó sus labios contra su propia garganta y susurró contra su propia carne. "Sepa, mi señor, que anhelo un bocado dulce este mediodía, uno más dulce que el que se servirá en la mesa."

Alexander se rió entre dientes. "Creo que debería haber pedido honestidad antes", bromeó él, tomando sus hombros en sus manos. Pero, ¿por qué tanto ardor, Eleanor? Tengo entendido que un deseo tan acalorado es poco común en las mujeres."

Ella lo estudió durante un largo momento y luego le concedió la verdad que deseaba. "Y así siempre fue para mí", admitió ella en voz baja. "—Nunca había saboreado las reuniones en la cama, Alexander. Solo he soportado el toque de mis maridos, hasta que llegaste tú."

Él parecía escéptico.

"¿No forma parte de todas las historias que el beso del campeón despierta la pasión que acecha en el corazón de su dama?"

Alexander sonrió. "Ahora, suenas como mi hermana Vivienne, aunque probablemente ella habría dicho que el beso del campeón derrite la escarcha sobre el corazón de su dama. Ella insistiría en que el verdadero amor de la dama sería el único hombre que podría despertar el amor que dormía dentro de ella, y que su acto al hacerlo demostraría a la dama su mérito."

"Hablas de amor de nuevo".

"Saludo su mérito."

"Yo hablo de deseo y placer en la cama, y del hecho de que he echado de menos tus caricias estas dos últimas noches."

"Eso está muy bien, aunque te advierto que busco más".

Eleanor se apartó de él y se dirigió al salón. Se le revolvieron las entrañas, porque entendía lo que él le pedía y sabía que no podía entregárselo.

Ella se giró para mirarlo y dejó que las palabras se derramaran antes de pensarlo mejor. "Aquí está la verdad, Alexander. El amor entre marido y mujer sólo conduce a la amargura y la infelicidad. El amor puede ser una maravilla, pero es de corta duración y está destinado a volverse contra los amantes. Yo juré siendo joven que nunca amaría a un hombre, que nunca amaría a mi esposo, y por eso mantengo esa promesa. Te deseo, como nunca he deseado a ningún hombre. Que eso sea suficiente."

"No lo será", dijo él con suave convicción. Él caminó hacia ella, agarrando su mano cuando ella podría haberlo dejado. "Me criaron para esperar el amor, la honestidad, la verdad y la justicia, y espero eso, de verdad."

"¡No me obligues a mentirte!"

"No lo hago", dijo él con mucha fuerza. "Aunque eliges hacerlo."

Eleanor se sonrojó y apartó la mirada de él, temerosa de que él la rechazara por su mentira, más temerosa de que sus sospechas pudieran resultar ciertas.

"Háblame de Ewen Douglas", dijo él en voz baja y la mirada de Eleanor voló a la suya con alarma. "Alan te acusó de que lo mataste, y aunque no le doy crédito a la palabra de ese hombre, todavía me pregunto por qué te fuiste de Tivotdale con tanta prisa, en medio de la noche."

Eleanor se enderezó. El brillo en los ojos de Alexander le dijo que todo dependía de su respuesta a eso. "Te advertí una vez que tal vez no saborees el sabor de la verdad".

Él inclinó levemente la cabeza. "Y, sin embargo, la pido de todos modos."

Eleanor se humedeció los labios. Su corazón se aceleró, tan temerosa estaba de que Alexander la dejara a un lado, de que ese frágil sueño se hiciera añicos tan pronto.

Pero no había nada que hacer. Ella levantó la barbilla. "Alan habló bien. Yo maté a Ewen Douglas, y por eso huí de Tivotdale. Pero eso no es lo peor."

"Dime", instó él, su actitud intensa.

"No me arrepiento del hecho y sé que nunca lo haré." Eleanor sostuvo su mirada desafiante, luego giró para marchar hacia el salón. Ella pensaba que él no la seguiría, pensaba que todo lo que había esperado ganar en Kinfairlie estaba perdido.

Entonces la mano de Alexander se cerró alrededor de su codo mientras igualaba sus pasos a los de ella.

"No me abandonas", dijo ella, sabiendo que el asombro se reflejaba en su tono.

"Ya conozco una buena razón por la que tuviste que ver a Ewen muerto, y no dudo que haya otras", dijo él con tal convicción que la boca de Eleanor se abrió por la sorpresa. Ella miró hacia arriba, temerosa de que él bromeara con ella, pero Alexander simplemente le guiñó un ojo. "Te agradezco tu confianza, Eleanor. Esto es un buen augurio para nuestro matrimonio."

Eleanor parpadeó mientras acortaban la distancia al salón. Ningún hombre le había concedido jamás el beneficio de la duda. Ningún hombre había sugerido jamás que ella pudiera haber tenido motivos para sus actos.

"Te pediría que reconsideres el mérito de tu juramento juvenil contra el amor", dijo Alexander mientras se acercaban al umbral. "Después de todo, fue hecho sin la plenitud de todo lo que ahora sabes que es verdad."

Ella lo miró fijamente, asombrada de encontrarse considerando esa misma idea. Ese era el peligro de ese hombre, su hermoso rostro y su suave encanto. Él podía persuadirla de que el día era noche o la noche era día. Él podía hacer que ella se preguntara si el amor tenía algún mérito, él podía hacerla arder para encontrarse con él en la cama, él podía tentarla para que le diera un hijo, podía persuadirla para que le ofreciera su corazón.

¿Y qué le pasaría a ella después de que Alexander tuviera un hijo? Entonces él se enteraría del legado de su padre, entonces tendría dinero en abundancia para Kinfairlie, entonces no necesitaría una dama a su lado que se negara a abrirle su corazón.

Pero, ¿no sería peor ser dejada de lado si hubiera abierto su corazón y llegado a amarlo? Eleanor lo miró fijamente, sin saber qué decir, y Alexander sonrió.

"Es un tonto el que se imagina que el premio del corazón de una dama se puede ganar con facilidad, porque lo que se entrega fácilmente rara vez tiene valor alguno."

Eleanor no desafió su afirmación, porque estaba comenzando a temer que él dijera la verdad. No podía ni empezar a adivinar qué significaría eso para ella.

~

Eleanor tuvo pocas oportunidades de considerar el asunto más a fondo, porque Anthony se reunió con ellos en la puerta del salón. El cocinero estaba a su lado y entre los dos hombres estaba la última mujer que Eleanor había esperado volver a ver.

Y lo que es peor, la criada parecía asustada.

"¡Moira!" exclamó ella. "¿Qué estás haciendo en Kinfairlie?"

Moira hizo una reverencia y los dos hombres intercambiaron una mirada. "La seguí, mi señora, porque estaba segura de que no había tenido la intención de dejarme atrás en Tivotdale y no podría romper mi promesa a su propia madre, hecha como fue en su lecho de muerte."

Por lo general, las palabras salían apresuradamente de los labios de Moira. La doncella nunca había sido valorada por su discreción, sino por su lealtad. En ese momento, Eleanor deseó que la criada se callara.

"No quería ponerte en peligro, Moira. No sabía dónde encontraría refugio o incluso si lo encontraría ". Eleanor sonrió. "Un destino tan inciorto parecía una pobre recompensa por tus años de servicio. Pensé que podrías encontrar un lugar en Tivotdale."

Moira resopló. "¡No me quedaría de buena gana en ese salón! ¡Las malas palabras que pronuncian sobre ti son increíbles!" Ella lanzó una mirada a Anthony. "¿Te quedarías bajo la autoridad de cualquier alma que crea conveniente difamar a tu señor?"

Anthony abrió la boca y la volvió a cerrar, porque no era rebelde a criticar a su propio señor. Eleanor vio que Alexander reprimía una sonrisa.

"Es incorrecto y está mal", declaró Moira. Ninguna doncella debería ni siquiera susurrar contra su dama. Yo se los dije, lo hice, que podría verse mal para ti, mi señora, pero que debemos haber visto solo la mitad de la historia. Mi señor Ewen bien podría haber merecido haber muerto por los hechos que cometió contra ti, pero eso no es lo mismo que la certeza de que lo viste muerto con tu propia mano. Moira respiró hondo.

"Eso es suficiente, Moira", intervino Eleanor, tratando de detener el torrente de palabras de la criada.

Su intento fracasó por completo.

"No, está lejos de ser suficiente, aunque eso no quiere decir que no se hubiera merecido tanto, el borracho", escupió Moira en el suelo. "No hay hombre que se aprecie que trate a una dama tan mal como él te trató a ti..."

"¡Moira, suficiente!"

"¡Quitarte la gema de tu madre la noche de tus nupcias!" Moira señaló con el dedo al castellano, luego al cocinero, y ambos hombres dieron un paso atrás en su desconcierto. "Un hombre que no quisiera honrar a su dama en una noche así es un bribón, un canalla y un pícaro desvergonzado, sin duda. ¡No me limpiaría los pies para asistir a su funeral!"

"¿Qué gema?" preguntó Alexander en voz baja y Eleanor supo que no se detendría hasta tener la historia completa.

"Era una pieza sentimental y poco digna de mención", dijo ella apresuradamente, dudando de poder limitar su curiosidad. ¡El hombre estaba malditamente decidido a descubrir un secreto! "Moira encontró su gesto descortés, nada más."

"Una vez más, Ewen mostró su medida", murmuró Alexander.

"¡Le ruego me disculpe, mi señora, pero había mucho más que eso!" Gritó Moira. "Mi señora da crédito donde no es debido, si puedo ser tan atrevida como para decirlo".

"¿No sería eso una crítica a tu dama?" murmuró Anthony, pero Moira lo ignoró.

En cambio, ella apeló a Alexander. "Esa era una joya de la propia madre de mi dama, la única muestra que le quedaba de esa gran dama, una dama a la que serví desde que tenía diez veranos de edad. Estuve allí cuando nació la dama Eleanor, estuve allí cuando la dama Yolanda expiró por última vez, estuve allí cuando el propio señor se arrancó el pelo y lloró como un niño.

"Moira", dijo Eleanor. La suya era una protesta simbólica, porque sabía que la historia completa se derramaría ahora y no había nada que pudiera hacer al respecto.

Moira respiró entrecortadamente y se clavó el pulgar en el pecho. "Estuve allí cuando la gran dama Yolanda tomó el crucifijo de su propio cuello y lo presionó en mi propia mano humilde y me pidió jurar que me ocuparía del bienestar de su bebé, la niña cuyo nacimiento reclamaría su propia vida, y que yo me aseguraría de que su hija recién nacida tuviera esa gema para ella."

Moira señaló con el dedo a Alexander. "Y protegí esa gema con mi vida y se la aseguré a mi señora, y el padre de mi señora Eleanor consideró oportuno dejarme, ¡a mí!, colgarla del cuello de Eleanor cuando celebró por primera vez el milagro de la Eucaristía." Ella respiró temblorosamente y se secó una lágrima. "Él era un hombre duro, era su padre, mi señora Eleanor, pero su corazón era bueno".

"Moira, creo que has dicho suficiente", dijo Eleanor con tanta firmeza que la criada se sonrojó.

"Al contrario", dijo Alexander. "Me gustaría escuchar más sobre esa joya". Eleanor habría protestado pero él apretó su mano con más fuerza. Le concedió una mirada penetrante. "Si no me equivoco, sería la que te hubiera gustado llevar en nuestras nupcias".

Eleanor asintió y desvió la mirada.

"Con razón, mi señor, porque es una joya que debería adornar a cualquier novia en el linaje de mi dama Eleanor. Así me lo dijo la gran la dama Yolanda y así lo vi con mis propios ojos, y eso más de una vez." Moira se quedó abruptamente en silencio. La mirada de la doncella bailaba entre señor y la dama, porque finalmente entendió los modales de Eleanor.

"¿Moira?" instó Alexander. Eleanor asintió débilmente, porque el daño ya estaba hecho, y la criada sonrió.

"Era un crucifijo, mi señor, uno que había estado en la familia de la dama Yolanda durante generaciones, o eso me dijo. Las mujeres de su familia lo usaban abiertamente el día de su boda y debajo de su atuendo, de lo contrario atraería miradas avariciosas, así que la dama Eleanor lo usó el día de sus nupcias con el Señor Ewen, tal como lo había hecho cuando se casó con mi señor Millard."

"¿Y cómo era?" instó Alexander.

"—Estaba forjado con rubíes engastados en oro, mi señor, tan largo y ancho como mi mano, tan brillante como el sol en el cielo de verano. Era un tesoro, sin duda, y uno que el diabólico Señor Ewen robó de mi bella dama.

"Un tesoro, tal vez, con un valor más allá de su precio", reflexionó Alexander. Eleanor sintió la mirada de Alexander sobre ella, así como la atención tanto del cocinero como del castellano, pero ella se quedó mirando las puntas de sus zapatos. Todo su ser estaba enfadado por la injusticia que le había hecho Ewen y, aunque una parte de ella deseaba contárselo todo a Alexander, otra parte temía que él no se tomara bien esa verdad en particular.

"¡En efecto!" Moira estuvo de acuerdo con entusiasmo.

"¿Y nunca lo recuperaste?" Alexander le preguntó a Eleanor en voz baja.

Ella había estado tan segura de que él haría otra pregunta, una menos suave, que levantó la vista. Había consideración en su mirada, una consideración que le decía que sus preguntas más importantes se harían en privado.

Había mucho que decir a favor de un hombre que la trataba con cortesía ante su casa. Eleanor soltó el aliento que no se había dado cuenta que había estado conteniendo y forzó una pequeña sonrisa. "Me lo iban a devolver cuando le diera un hijo, pero nunca estuve encinta en casa de Ewen." Ella se encogió de hombros como si el asunto fuera menos importante de lo que era.

"Borracho," murmuró Moira.

Alexander ignoró el comentario. "¿Y no lo recuperaste cuando te fuiste?"

"No pude encontrarlo la noche que partí de Tivotdale", dijo Eleanor con una suavidad que contradecía su búsqueda en pánico en la habitación de Ewen. "Aunque realmente me decepcionó perder un recuerdo tan precioso de mi madre."

"Como lo hubiera sido para cualquier alma pensante", dijo Alexander con determinación. "Te doy la bienvenida, Moira, a Kinfairlie. Si tu dama desea tu servicio continuo en su habitación, no tengo ninguna objeción, o si no, habrá un lugar para ti en mi salón en agradecimiento por tu lealtad a mi esposa.

"Gracias, mi señor", dijo Moira con una profunda reverencia, luego miró expectante a Eleanor. El cocinero hizo una reverencia y regresó a las cocinas.

"Gracias, mi señor, por esta cortesía", dijo Eleanor. "Y yo aconsejaría a Moira sobre lo que se debe hacer, con tu indulgencia."

"Por supuesto." Alexander le besó las yemas de los dedos al despedirse, dándole una mirada significativa que Eleanor no dudaba que era un presagio de las preguntas que haría más tarde. Parecía decidido, su esposo, como no lo había estado antes en su presencia.

Él le preguntaría por Ewen y ella solo podía esperar su misericordia.

Eleanor atrajo a Moira a su lado mientras Alexander avanzaba hacia el salón. "Quiero que te dirijas a los establos", le susurró a la criada. "Sin que nadie se dé cuenta de tu destino". La criada asintió vigorosamente. Y allí me gustaría que contaras los caballos. Son numerosos, ya que muchos han llegado este mismo día… "

"¡Los vi! Bestias tan maravillosas… "

"¡Moira!" Eleanor reprendió en un susurro, deseando que hubiera otra alma a la que pudiera pedirle que hiciera ese recado. "Te lo ruego, no dejes que nadie te vea entrar o salir de los establos. Ven a verme antes de la cena con tu cuenta. La habitación del señor está a dos pisos del salón; me aseguraré de que tu paso no se vea obstaculizado."

"Sí, mi señora." Moira hizo una reverencia, luego le dio a su ama una tímida sonrisa. "Me alegra encontrarla sana, mi señora."

Eleanor le devolvió la sonrisa. "Y yo a ti, Moira".

"Y te ofrezco mis felicitaciones, mi señora. No se puede oír una sola palabra grosera sobre el Señor de Kinfairlie."

Eleanor asintió, esperando que el rumor fuera cierto en esa circunstancia.

"Pero hay algo que debo confesarte, mi señora."

"Te agradezco tus noticias, Moira, pero esperarán hasta más tarde". Eleanor negó con la cabeza, sabiendo que la criada charlaría todo el día. "¡Date prisa en mi recado!"

ALEXANDER ESTABA JUBILOSO. Eleanor le había confiado y, mejor aún, le había entregado una verdad que no podría haber sido fácil de confesar.

A ella no le preocupaba haber matado a Ewen Douglas. Él sabía lo suficientemente bien que una mujer podía contraatacar en medio del abuso y lograr ver a su abusador derribado. El hecho de que Ewen bebiera con tanto entusiasmo solo daba crédito a tal idea.

Alexander no lamentaba el fallecimiento de Ewen y no podía culpar a su esposa por no hacerlo. Sin embargo, esa confesión suya lo animaba enormemente. Si ella podía decirle eso, entonces confiaba en él de verdad.

Y eso solo podría ser un buen augurio para su futuro juntos.

Para mayor deleite de Alexander, el cocinero no necesitó su consejo. Eleanor ya había resuelto las dudas sobre el menú de la comida del mediodía. Bien podría acostumbrarse a la ayuda que ella le ofrecía con tanta destreza; de hecho, tenerla compartida hacía que el peso de la responsabilidad pareciera menos fuerte.

Alexander se volvió hacia el salón con un paso ligero, contento de dejar que Eleanor también dictara las acciones de Moira. Él aún estaba reflexionando sobre los detalles ofrecidos por la locuaz Moira cuando Anthony carraspeó portentosamente.

"¿No es eso todo, Anthony?"

"Me temo que no, mi señor. Mi señora ha hecho la sugerencia más excelente de que un grupo viaje a cazar esta tarde, para proporcionar mejor carne para la mesa de mañana. Una cacería proporcionaría entretenimiento a sus invitados, además de verles llena la barriga."

Alexander, audaz con las recientes revelaciones, no pudo evitar burlarse de su severo castellano. "Y es una buena idea, Anthony." Él suspiró y frunció el ceño, justo cuando Eleanor se les unió.

"¿Hay algún problema, mi señor?" preguntó ella.

Él sacudió la cabeza, como si estuviera muy agobiado. "Solo que mis responsabilidades me desgarran tanto de una forma como de otra. Yo tenía la intención de pasar la mayor parte de este día con mis cuentas, para asegurarme mejor de que se resolvieran antes de fin de año, pero tu sugerencia de que salgamos hoy de cacería es buena."

"¿Querías trabajar de nuevo en tus cuentas?" exigió Anthony, luchando sin éxito para ocultar su alegría. "¿De buena gana, mi señor?"

"Por supuesto, de buena gana, Anthony. Un señor no puede descuidar sus deberes, y yo no debería tener que decirte que equilibrar los libros de cuentas es un deber de considerable importancia."

"Ciertamente, mi señor. No encontrará ningún argumento mío sobre este asunto."

"Ah, pero la carne", Alexander negó con la cabeza y dejó que su ceño se frunciera de nuevo. "¿Es un deber mayor ver a los invitados entretenidos y bien alimentados, o conocer el estado de la propiedad de uno?"

Eleanor se paró a su lado, la forma en que luchaba contra una sonrisa revelaba que había escuchado sus palabras. "Quizás otro podría liderar la caza. ¿Tu hermano, tal vez?"

"Pero él ya ha montado este día y no es su deber." Alexander dirigió a su dama una mirada traviesa, decidiendo que tampoco estaría de más burlarse de ella. "Y no podría pedirte que tomes un halcón en tu puño y lideres el grupo, sin tener en cuenta tu miedo a los caballos."

Para su crédito, Eleanor se sonrojó y miró hacia otro lado.

Anthony parecía estar realmente preocupado. "Pero mi señor,

¿seguramente los libros de contabilidad podrían esperar hasta mañana?"

"¡Anthony! ¡Me sorprende oírte sugerir una acción así! ¿Cuántas veces me ha dicho que dejar una escritura para mañana sólo anima a un hombre a dejarla para mañana otra vez y así sucesivamente, una tras otra, hasta que la escritura nunca se hace?"

Anthony se sonrojó y desvió la mirada a su vez.

Alexander puso una mano sobre su corazón. "Ah, mis amados libros de contabilidad. El deber llama y tendré que dejarlos a un lado para los caprichosos placeres de la caza. Ésta es sólo una de las cargas que se me han impuesto." Él comenzó a caminar hacia la mesa, dejándolos a ambos con algo que considerar.

Para su sorpresa, Eleanor lo siguió. "Yo podría trabajar en las cuentas en tu lugar, mi señor."

Alexander giró.

Los ojos de Anthony se agrandaron por su propia sorpresa. "Mi señora, tal habilidad no se encuentra típicamente entre los talentos de una mujer noble."

Ella levantó la barbilla. "Mi padre me enseñó a leer y escribir, así como a equilibrar una cuenta, para asegurarme mejor de que no me engañaran."

Los hombres intercambiaron una mirada, pero Alexander recordó sus afirmaciones anteriores sobre sus deberes en el salón de su padre y, de hecho, su sabio consejo con respecto a los diezmos y las tarifas.

De todos modos, su oferta llegó en un momento que lo hizo pensar. ¿Por qué ella desearía ver los libros de contabilidad de Kinfairlie? ¿Ella quería tener una mejor evaluación del peso de su bolsa? ¿No creía ella en sus protestas por la pobreza de su propiedad?

¿O ella simplemente pretendía ayudar? Él la miró con la barbilla en alto, la mirada firme y quería confiar en ella.

Él contempló la plenitud de sus labios, su tono rojizo, su deli- ciosa curva. Recordó su propia confesión de que fácilmente encendía su ardor, y pensó en participar de otro banquete además del que se estaba preparando en el salón.

Pero ese placer tendría que esperar.

"No podría pedirte tal hecho, no cuando ya haces tanto", dijo él con galantería. "Ven, divirtámonos en la comida del mediodía, luego llevaré a nuestros invitados a cazar." La atrajo hacia su lado mientras caminaban hacia la mesa alta y bajó la voz para que solo ella pudiera escuchar sus palabras. "Sin embargo, te advierto que me encantará deleitarme esta noche, después de que nos retiremos a nuestras habitaciones.

"Qué triste", murmuró ella, "porque tengo gusto por un deleite así, aunque ahora lo anhelo." Luego le dedicó una mirada chispeante, una que hizo que su sangre hirviera a fuego lento y le hizo preguntarse qué tan rápido su grupo puede cazar un ciervo o dos.

AL FINAL, no fue un ciervo lo que cayó.

Uriel, fiel a su nombre y a la reciente falta de atención de Alexander, se puso furioso en cuanto lo sacaron de los establos. El caballo poco se calmó, incluso cuando el propio Alexander agarró las riendas de la bestia. Toda la familia observaba, y Alexander no tenía la menor intención de ser superado por un caballo enérgico.

Por el rabillo del ojo, él vio a la doncella de Eleanor, Moira, escaparse de los establos. Ella se dirigió al lado de su ama y luego le murmuró algo a Eleanor. Eleanor asintió con la cabeza, sin apartar la mirada de Alexander. Alexander tuvo poco tiempo para preguntarse acerca de esa rareza, porque Uriel obtuvo toda su atención.

"Cálmate", le ordenó al caballo, sus palabras fueron severas y bajas. Él sostenía las riendas con fuerza. "No te soy tan desconocido." El caballo relinchó, le temblaban las orejas y había una luz aterradora en sus ojos. "¿Le ha pasado algo malo, Owen?" le preguntó al mozo de cuadra, incapaz de explicar el estado de ánimo del caballo.

"No que yo sepa, mi señor. Lo han cepillado y sacado a los campos todos los días, como es nuestra rutina. Tal vez él se sienta ofendido porque no lo has montado últimamente." El mozo de cuadra de Kinfairlie sonrió. "Es un caballo malditamente orgulloso".

Alexander se rió entre dientes a su vez. "Eso es bastante cierto." Él rascó la oreja del caballo. "¿Has sido descuidado últimamente, su alteza?"

Uriel resopló y volvió a sacudir la cabeza. No era raro que Uriel diera a conocer sus sentimientos, aunque era poco común que siguiera adelante con el asunto indebidamente. El caballo solía protestar simbólicamente, pero siempre se rendía a las órdenes de Alexander.

Esta vez, protestó largamente. Alexander no podía entender por qué. El caballo exhaló con fuerza. Sus ojos centelleaban incluso cuando Alexander le habló con dulzura. Su casco trasero golpeaba el suelo con furia.

"Lo cepillaré antes de montar, porque eso lo tranquiliza", dijo Alexander.

"Él ha sido cepillado, mi señor."

"De todos modos, un toque familiar puede ser reconfortante." A la palabra de Alexander, un mozo fue a buscar el cepillo. Alexander cepilló el caballo, le gustaba el ritmo de esa tarea. Tynan siempre le había dicho que se familiarizara con un caballo antes de montarlo, para cada vez ganarse su confianza con atención. De modo que, ajeno a la vigilante casa, le habló a Uriel de cosas sin sentido y luego se subió a la silla con determinación.

Uriel se encabritó.

El caballo luchaba contra la brida, relinchaba con una furia como Alexander nunca había presenciado en él. El mozo maldijo e intentó tomar las riendas, pero fracasó y la compañía retrocedió.

Uriel pateó, sacudió la cabeza, escupió bastante en su indignación. Hizo todo lo posible para tirar a Alexander de la silla. Era como si otro caballo, un caballo demoníaco, hubiera sustituido a la bestia que Alexander conocía y amaba tanto.

Él luchó por dominar el caballo, pero hubiese sido posible que el caballo nunca hubiera soportado una silla de montar. Era impactante, porque Uriel había mostrado espíritu, pero nunca había peleado con Alexander como lo hacía en ese momento.

Uriel echó a correr, dejando atrás a la asombrada compañía de Kinfairlie. Corrió como el viento, desesperado por escapar de algún tormento que Alexander no podía nombrar. Alexander escuchó a la compañía gritar y la partida de caza lo persiguió, él escuchó el familiar bramido de su mozo, pero él simplemente resistía.

Él temía que Uriel saliera corriendo a Londres o cayera exhausto en el camino, pero la bestia no prestaría atención a ninguna orden de detenerse. Las opciones de Alexander eran pocas: él podía dejarse arrojar o aguantar. Él apretó las rodillas con fuerza y se agachó, trabajando con el ritmo de Uriel, esperando que la bestia se cansara. Él hablaba constantemente con el caballo, esperando que el murmullo de sus palabras lo tranquilizara.

Uriel no mostró signos de tranquilizarse. Alexander usó sus rodillas para instar al caballo a que doblara su curso hacia el mar, pensando que el caballo se detendría cuando el camino ante él no fuera plano.

Al principio, parecía que el caballo desafiaría su orden, pero su entrenamiento era demasiado profundo y no pudo negar la orden con la presión de la rodilla de Alexander contra su costado derecho. Uriel se giró, la costa se acercaba cada vez más, Alexander empujó a la bestia hacia un punto que se adentraba en el mar, justo al norte de Kinfairlie.

Si el caballo no se detenía en ese punto, ambos quedarían gravemente heridos.

Alexander se arriesgó, aunque temió su decisión cuando Uriel no redujo el paso. La cresta de rocas en el borde de la costa se acercaba más y más, y una vez más. El corazón de Alexander dio un brinco por el temor de que pronto estuvieran en el mar.

Entonces Uriel se detuvo en seco, plantó sus cascos contra el suelo y agachó la cabeza. Alexander, que no estaba preparado para este movimiento, fue lanzado sobre la cabeza del caballo.

Él voló de cabeza. Intentó aterrizar de pie, pero todo sucedió demasiado rápido.

En cambio, Alexander aterrizó sobre sus nalgas y rugió de dolor. Luego se golpeó la cabeza y ambos codos contra las rocas, rebotando como si no fuera más robusto que una figura forjada de cáscaras.

Finalmente, se quedó quieto. Alexander se recostó y gimió. Tendría moretones, sin duda. Él no estaba ansioso por levantarse y evaluar el daño a su persona.

Al menos, estaba fuera de la silla de Uriel y no estaba del todo muerto. El caballo resopló muy cerca, ileso. Eso, supuso, era lo mejor que podía hacerse con ese asunto.

Mucho peor, se probaría, podría resultar de ese evento.

# CAPÍTULO 11

La consternación de Owen no conocía límites, porque su amo y señor había sido herido por un caballo bajo el cuidado de Owen. De alguna manera él era responsable de la mala acción de Uriel, de eso Owen estaba seguro. Así fue que el mozo de cuadra de Kinfairlie llegó primero al Señor Alexander.

Owen cayó de rodillas junto a su señor caído y dijo una oración cuando su señor abrió los ojos y le guiñó un ojo.

"Está claro que he olvidado todo lo que sabía de los caballos, Owen", bromeó el señor, dejando en claro que no culpaba al mozo de cuadra por los acontecimientos. Él era extraordinariamente amable en ese sentido, ese hijo del antiguo señor, y su amabilidad solo redobló la determinación de Owen de ver resuelto ese misterio.

"—Fue un plan inteligente traerlo hasta aquí, mi señor. Yo temí que corriera a lo largo de la cristiandad y se cansara hasta la muerte."

"Al igual que yo, Owen". El señor se movió tentativamente e hizo una mueca. Luego sonrió al mozo, su encanto y buen humor claramente no se habían visto afectados por su caída. "Aunque no creo que mi preocupación por su bienestar haya sido recompensada de la misma manera."

Owen no sonrió. "Así no es Uriel, mi señor. No puedo pensar en lo que le sucedió."

"Suficientemente cierto. Han pasado décadas desde que me arrojaban de una silla de montar, y nunca Uriel me había hecho una cosa así." El señor frunció el ceño. "¿Escapó?"

"—Él se demora, mi señor, pateando y sacudiendo la cabeza. Está sudando, sin duda, y tiembla enormemente. Quizás esté demasiado cansado para huir más lejos."

"Entonces ve con él, Owen, y mira si tu toque lo calma. Tienes una forma de ser que una bestia inquieta a menudo da la bienvenida." Una vez más, la sonrisa traviesa del señor brilló. "Creo que me quedaré aquí por el momento. La vista es muy buena."

¡Qué propio del señor tentar la sonrisa de los demás mientras él mismo sentía claramente dolor! No era de extrañar que los hombres le sirvieran con tanto fervor.

Owen hizo una reverencia y se puso de pie, luego se acercó al caballo negro con precaución. Uriel pateó y exhaló ruidosamente, su temperamento era furioso como no lo había estado cuando el propio Owen lo había ensillado. ¿Qué afligía a la bestia? Owen conocía caballos y conocía a ese y sabía que tenía que haber una razón para los modales de Uriel.

Luego vio la sangre. Tres flujos de sangre rojo rubí teñían el costado del semental.

Owen giró aterrorizado, pero su señor obviamente no sangraba, y una cantidad de sangre como esa habría manchado su atuendo.

¡Uriel estaba herido! ¿Cómo podría ser eso?

El resto del grupo llegó ruidosamente, sus gritos hicieron que el caballo se alejara de ellos. Owen gritó al mozo de Ravensmuir que lo ayudara, así como a los tres mozos más valientes a su servicio. Encerraron al caballo en un círculo apretado, luego el mozo de crianza de Ravensmuir tomó las riendas. Él sostuvo las riendas con fuerza y los muchachos detuvieron al caballo con las manos mientras Owen desabrochaba apresuradamente la silla y la levantaba.

Uriel se estremeció de la cabeza a la cola al quitarla, y Owen comprendió de inmediato por qué. Había tres espinas, cada una tan larga y casi tan ancha como el último dedo de su pulgar, cada una incrustada en la parte inferior de la silla. Owen nunca las había visto como esas.

La sangre corría limpiamente y las heridas no eran tan profundas como podrían haber sido, pero aun así era un horror ver la carne dañada de Uriel.

"Cuando el Señor Alexander subió a la silla, las puntas de las espinas se clavaron en la carne de Uriel", dijo el mozo de cuadra de Ravensmuir, su expresión era la de un hombre asqueado por lo que veía.

Owen levantó la mirada hacia sus compañeros. "Pero yo ensillé a Uriel, y juro por la gracia de Dios que estas espinas no estaban allí." Su bilis subió por la herida hecha al caballo. "Nunca hubiera cometido tal maldad. Nunca hubiera visto a un caballo herido intencionalmente, ¡todos deben saberlo!"

Uriel se inclinó y mordió el pelo de Owen, tal vez sintiendo la consternación del mozo, tal vez agradecido de que el mozo le hubiera quitado las espinas.

El mozo de crianza de Ravensmuir sonrió y la expresión suavizó las duras arrugas de su rostro. "El caballo te perdona, Owen, aunque eso no nos deja más cerca de saber quién cometió el hecho."

"¡Alexander!" El grito de la nueva esposa del señor resonó en la compañía. Ella se arrojó de la silla de un caballo con la soltura de quien está acostumbrado a montar, arrojó las riendas a un lado y corrió hacia su marido.

"Pensaba que ella le temía a los caballos", murmuró uno de los mozos.

"Ella viaja con la facilidad de alguien que ha montado toda su vida", dijo el mozo de crianza de Ravensmuir.

"Y su criada estaba en los establos", dijo otro muchacho. Los otros cuatro lo miraron con sorpresa. "Yo la vi. Ella dijo que iba a ver los caballos legendarios de Ravensmuir, pero fue de un establo a otro con gran diligencia, como si buscara un caballo en particular."

"Y el señor le mostró a la dama su propio caballo antes de la comida del mediodía", reflexionó el mozo de cuadra de Ravensmuir, antes de encontrar la mirada de Owen.

"Y dejé solo al caballo del señor una vez que lo hube ensillado, maldito tonto que soy, porque le traje una manzana a Uriel." Owen frotó la nariz de la bestia mientras los cinco fruncían el ceño al unísono. "Ojalá pudieras contarnos lo que has presenciado, amigo mío."

"El señor debe saber de esto", declaró el mozo de cuadra de Ravensmuir.

Owen vio a la dama exclamar por las heridas del señor y se preguntó si él era el único que recordaba los cargos de Alan Douglas en ese momento. ¿Qué plan tenía la dama? ¿Qué sombra en su corazón era eclipsada por su brillante belleza?

ELEANOR SINTIÓ la ausencia de buena voluntad en la casa de su esposo en el mismo momento en que fue anulada. Alexander, para su alivio, no había resultado gravemente herido, aunque ella había temido mucho por él.

"Estoy lo suficientemente dotado como para soportar tal golpe a mi orgullo", bromeó él mientras su hermano lo ayudaba a levantarse. Eleanor no se perdió de cómo él hacía una mueca cuando puso su peso sobre su pie, o cómo estiraba su espalda con una mueca, pero al menos ninguno de sus huesos estaba roto.

"No es tu dote por lo que temo", replicó ella, queriendo sólo ver su sonrisa.

"¿No? Pensé que anhelabas un hijo."

Eleanor se sonrojó ante eso y Alexander se rió. Luego él se puso serio de repente, dándole una mirada severa. "¿Cómo llegaste hasta aquí tan rápidamente? ¿Seguramente no montaste?"

Y Eleanor se dio cuenta de su error. Ella no había pensado en su mentira anterior, solo había pensado en perseguir a Alexander, en tratar de asegurar su bienestar. Ella se enderezó, sin saber qué decir, y encontró sospechas en todos los rostros que se volvían hacia ella.

Alexander solo la miraba con un brillo de complicidad en sus ojos, como si no le sorprendieran esas noticias. Él se acercó, incapaz de reprimir una mueca, aunque levantó una mano para evitar su ayuda.

Eleanor sabía que tendría pocas posibilidades de reparar su error. "Te mentí", admitió ella en voz baja y la expresión de Alexander se endureció.

"Lo sé." Su tono era frío. Él arqueó una ceja, su mirada inquebrantable. "Y eso después de que me prometiste honestidad."

Eleanor sintió que la sangre se le escapaba de la cara. Ella solo encontró ira en la expresión dura de Alexander y supo que estaba ante un juez que no tenía ninguna razón para concederle misericordia. Ella le había mentido, lo había engañado, lo había protegido de la verdad simplemente porque era fea. Ahora sus esfuerzos por asegurar que ese matrimonio tuviera la oportunidad de encontrar su fundamento solo lo destruirían.

A menos que ella pudiera persuadir a Alexander para que le concediera una audiencia. Ella recordó tardíamente que su respuesta más furiosa había sido la revelación de que había sido víctima de una mentira y sabía que su posición era peligrosa.

Ella bien podría haber perdido su apoyo para siempre en esa elección, aunque sabía que no podría haberlo hecho de otra manera. Ella volvió a pensar en Blanchefleur y le dio náuseas el sabor persistente de su propio pasado oscuro.

El mozo de crianza de Kinfairlie se acercó a Alexander en ese momento, con tres espinas ensangrentadas en la palma y acusación en su expresión. "Estas estaban debajo de la silla, mi señor. No estaban allí cuando yo ensillé a Uriel, pero lo dejé antes de tu llegada para traerle una manzana. Thomas declara que la doncella de mi señora, la que acababa de llegar, estaba en los establos en ese momento, y que revisaba cada puesto como si buscara un caballo específico."

La expresión de Alexander fue sombría. "¿Qué dices, Owen? Te pido que digas tus pensamientos con claridad."

"—No hago ninguna acusación, mi señor, porque no tengo pruebas, pero parece que las cosas se juntan de la manera más astuta. Tú le presentaste a tu dama tu caballo antes de la comida del mediodía, y la doncella de ella fue encontrada buscando un caballo en el momento en que se colocaron espinas debajo de la silla de tu caballo." El mozo cuadró los hombros. "—Podrías haber sido arrojado a la muerte, mi señor, porque estas son grandes espinas y, por lo tanto, no puedo evitar recordar la acusación que hizo Alan Douglas el día de Navidad en nuestra propia capilla."

Los rasgos de Alexander podrían haber estados tallados en piedra. Él habló con calidez silenciosa. "Entonces seguramente recordarás que él tampoco pudo ofrecer pruebas que respalden su acusación contra la dama."

Eleanor sintió que sus labios se abrían. ¿Él la defendía?

La expresión de Owen se volvió sombría. "Es usted un señor amable y alguien que ha sido bueno conmigo, y por eso, señor, me atrevería a seguir expresando mis pensamientos, aunque es posible que no los recibas con agrado. Temo por tu supervivencia. Tu esposa admite que sabe de venenos y ha habido dos envenenamientos en nuestro salón desde su llegada. Ella admite haber enterrado a dos maridos y se rumorea que al menos uno de ellos murió antes de su tiempo. Y si bien es cierto que no hay prueba de ello, la dama se muestra mentirosa por su propia obra." Él señaló el caballo en el que había montado Eleanor. "La escuché decirte esta misma mañana que ella temía a los caballos, pero cabalgaba con una facilidad poco común hace unos momentos."

"—Quizá mi señor sea extraordinariamente persuasivo para aliviar mis miedos" —se atrevió a sugerir Eleanor.

"—Quizá mi señora haya dicho una falsedad" —replicó el mozo de cuadra, con la mirada dura y las palabras agudas. "Nadie aprende a montar como tú en cuestión de horas. Has cabalgado desde el momento en que pudiste alcanzar el estribo, en eso apostaría mi alma, y no hay una pizca de miedo dentro de ti por los caballos, por eso también apostaría."

"Te sobrepasas, Owen", dijo Alexander en voz baja.

"No pretendo cometer ninguna impertinencia, mi señor..."

"Sin embargo, eres impertinente".

"Solo quisiera advertirte, mi señor, por si no puedes ver el presagio tú mismo. ¿No es el deber de un hombre que ha jurado al servicio de un señor devolver la bondad de ese señor con noticias, incluso si son malas?"

"Si es así, entonces esas noticias no deben entregarse a toda la compañía", dijo Alexander en voz baja. "Respeto tu intención, Owen, pero es una grosería hablar mal de la dama de una fortaleza ante todos los que la sirven. Si tuvieras pruebas de tu acusación, eso sería otro asunto, pero en esto, solo repites rumores e insinuaciones"

"Perdone que lo diga, mi señor, pero es más que un rumor." Con eso, Owen colocó las tres espinas en la mano de Alexander. "Con tu perdón, mi señor, me quisiera ocupar de la herida de Uriel."

Alexander inclinó la cabeza y Owen le dirigió a Eleanor una mirada fría antes de darse la vuelta. Alexander, notó ella, giró las espinas ensangrentadas en su mano y su expresión se volvió sombría.

"Owen", dijo él en voz baja y el mozo se detuvo, aunque se volvió sólo después de una pausa. "No imagines que no agradezco tus noticias, aunque sean malas. Mi padre me enseñó simplemente que ningún señor o dama debe ser condenado en su propio salón. Mis parientes han tomado decisiones poco convencionales y abundan los rumores sobre su intención, aunque ninguno de ellos ha tenido un corazón negro. Las cosas no siempre son lo que parecen, ese fue el consejo de mi padre."

Owen habría hablado, pero Alexander levantó un dedo pidiendo silencio. "Este asunto se resolverá, en eso puedes confiar, y si hay acusaciones y si hay pruebas, lo escucharemos todo en el tribunal de

Kinfairlie. Hasta ese momento, les aconsejo a ti y a tus compañeros que hablen de mi señora con respeto."

Owen pareció luchar contra su impulso de discutir el asunto. Su mirada se movió entre señor y señora, luego inclinó la cabeza. "Como tú dices, así será, mi señor."

Alexander asintió con firmeza y luego se volvió hacia su castellano. "Regresaremos a Kinfairlie, Anthony, y me retiraré a mis habitaciones por el resto del día".

"Muy bien. Enviaré por un médico, mi señor."

"—No es necesario, Anthony. Estoy lo suficientemente sano para sobrevivir." Alexander miró a Eleanor con tanta frialdad que a ella se le heló hasta la médula y luego se dio la vuelta.

Su matrimonio había terminado, a menos que ella arreglara las cosas.

"¡No!" gritó Eleanor cuando podrían haberla abandonado allí. "No. Este asunto no puede dejarse como está. Es cierto que les mentí sobre mi miedo a los caballos, pero quisiera decirles la verdad a todos ustedes. Lo quisiera hacer ahora."

Los mozos y escuderos se detuvieron y se giraron, claramente incrédulos. Alexander miró a Eleanor, su expresión inescrutable, y ella supo que todo estaba en juego.

Cuanto antes hiciera su confesión, mejor.

"Seguramente esto puede esperar, mi señora", sugirió Anthony. "Yo quisiera ver que mi señor se sintiera cómodo."

"Y quisiera ver que la verdad fuera escuchada", argumentó Eleanor. "Es tarde para confesarlo todo, y lo sé, pero quisiera arreglar el asunto ahora, ante todos ustedes, antes de que pase otro minuto." Ella respiró temblorosa. "No espero nada más que todos ustedes sean testigos del hecho de que mis sospechas son infundadas."

"¿Sospechas?" repitió Anthony confundido. "¿Qué sospechas tienes de nosotros?"

Eleanor cuadró los hombros. "Déjenme contarles algo."

❧

ALEXANDER MIRÓ a su dama con una mezcla de asombro y orgullo. Ella estaba tan erguida como una espada finamente labrada, con la barbilla alta y su porte majestuoso. Ella hablaba con claridad y convicción, sus palabras se trasladaban a la compañía con facilidad. La luz del sol brillaba sobre el dorado de su cabello, porque su velo se había perdido al perseguir a Alexander y pulía sus rasgos finamente labrados. Ella era hermosa y estaba herida y el corazón de Alexander dolió por su coraje.

"Una vez hubo una mujer cuyo padre la casó con un hombre muchos años mayor que ella", dijo Eleanor. Alexander sabía muy bien quién era la mujer y vio que otros en la compañía también lo habían adivinado. "Ella tenía doce veranos de edad, mientras que él había visto sesenta y dos veranos. Él era un hombre corpulento, enamorado de los placeres de la mesa y poco dispuesto a negarse a sí mismo ninguna indulgencia. Se rumoreaba que él era cruel, aunque de una manera astuta, pero era un camarada del padre de la doncella y ella decidió creer que él no podía ser culpable de lo que susurraban sobre él."

Ella asintió levemente. "Y verdaderamente, la evidencia parecía apoyar su fe en él, porque él era amable con ella. Ella había traído un caballo cuando se había unido a su familia, un caballo de color castaño con una estrella blanca en la frente. Cuando ella era niña pensaba que la marca se parecía mucho a una flor y por eso había llamado al caballo Blanchefleur. El caballo era tratado bien en los establos de su señor esposo, aunque él a menudo se burlaba de ella diciendo que amaba a la bestia más de lo que lo amaba a él."

Eleanor miró sus pantuflas por un momento. Ella lo negó, aunque temía que él hubiera descubierto su secreto. De hecho, habría sido poco común que una mujer tan joven hubiera tenido a un hombre como él en sus afectos más ardientes." Ella tragó y miró a la compañía. "Y así fue como la doncella se sintió muy aliviada cuando se enteró de que daría a luz al hijo de su marido. Él le había hecho saber que no deseaba más que un hijo, y ella esperaba poder cumplir su deseo."

Alexander frunció el ceño ante esa referencia a un hijo. ¿Había sido ahí donde Eleanor había aprendido su insistencia en un bebé de ese género?

"Pero la Fortuna no sonrió a la doncella. El bebé tenía solo cinco meses en su útero cuando ella rompió fuente. Ella luchó contra su parto, no queriendo entregar el premio que buscaba su esposo, pero el bebé llegó de todos modos. Era pequeño, estaba arrugado y rojo, estaba muerto." Ella se humedeció los labios. "Y era un niño varón."

Los mozos de mesa se inquietaron ante ese desagradable detalle, y Alexander notó que la simpatía iluminaba la mirada de más de uno de ellos. Él esperó, porque supuso que la pérdida del bebé, incluso tan tarde en su embarazo, no era el origen de cualquier cicatriz que Eleanor conservara de esos eventos.

"La doncella temió las represalias de su esposo, pero él fue encantador. Él fue atento y comprensivo. Él la convenció de acostarse en la cama, a recuperarse, a comer comidas tentadoras. Él la persuadió a sonreír cuando ella sentía que no tenía motivos para sonreír. De hecho, él demostró ser más galante de lo que ella había imaginado, y ella se culpó a sí misma por no haber visto sus méritos. Tres días después de esa lamentable pérdida de su hijo, él anunció que había preparado un banquete en honor de su esposa."

Ante eso hubo un murmullo en la compañía. Eleanor miró hacia el mar con los ojos entrecerrados, aunque aun así contó su historia. "No se repararon en gastos, para asombro de la doncella, porque ella no podía entender por qué su hazaña era tan digna de celebración. El salón estaba lleno hasta rebosar de nobles y vecinos, todos con sus mejores atuendos. La mesa se desbordaba con la cantidad de comida preparada y su esposo insistía en que bebieran por la salud de la doncella. Ella agradeció su comprensión y estuvo nuevamente decidida a brindarle un hijo.

"Luego, el plato principal fue servido por orden del marido, un guiso que le habían dicho a la doncella que había sido preparado para su propio placer. Se colocó ante ella con una gracia en el plato de plata más fino de su hogar. Su esposo insistió en que ella comiera primero, que comiera con abundancia, porque necesitaría sus fuerzas. De hecho, nadie podía comer un bocado antes de que ella hubiera comido todo lo que pudiera soportar.".

Los dientes de Eleanor estaban visiblemente castañeando. "Era un guiso extraño, como nunca había comido la doncella. Estaba impregnado de especias, ya que no se habían reparado en gastos en su preparación, pero la carne era extraña."

Owen, el mozo de cuadra, se volvió con expresión enferma.

"Era sedoso en la lengua, incluso grasoso, y la doncella no le gustó mucho. Su marido insistió, sin embargo, de hecho, él llenó su plato y se quedó a su lado hasta que ella se lo comió todo. Y cuando ella se sentó atiborrada de una comida que no había deseado, él se rió y la suya no fue una risa agradable. Él la agarró por los codos con fuerza cuando le susurró al oído, asegurándose de que no pudiera escapar de lo que le dijera."

"'Todos hemos perdido lo que más amamos esta semana, que es una especie de justicia", dijo él y ella no entendió lo que quería decir. "Perdiste a mi hijo y el precio para ti es Blanchefleur." Fue entonces cuando la doncella supo lo que había comido, qué carne había elaborado ese guiso."

Los mozos de cuadra rugieron ante esta parodia. "¡Bárbaro!" gritó el mozo de Ravensmuir.

"La muerte es demasiado buena para un villano así", declaró Owen.

Eleanor se enderezó. "Y la doncella corrió a los establos, incluso mientras su esposo se reía de su consternación, porque ella no podía creer que ningún alma pudiera ser tan perversa. Pero Blanchefleur se había ido y el mozo le dijo la verdad. Ella vomitó todo ese día y toda esa noche mientras lloraba en el establo que había ocupado su amado caballo." Eleanor levantó la barbilla, incluso mientras las lágrimas corrían por sus mejillas. "Y por eso ella decidió que nunca debía amar a otro caballo, lo mejor para no poner en peligro la vida de esa bestia."

Ella se volvió hacia Alexander con las mejillas húmedas. "Lo siento, porque te mentí. Pero el cocinero dijo que había necesidad de carne, y que tú resolverías el menú a tu regreso de los establos, y el mozo dijo que tenías un plan para los potros y "—ella respiró ahogándose—" e insististe en que debías hacerme un regalo de uno de estos maravillosos caballos y tuve miedo como nunca había tenido miedo." Ella se pasó una mano por la frente. "Lo siento, tengo el ingenio para saber que ningún hombre te serviría con tanta lealtad como estos hombres, si fueras de la calaña de Millard."

"No fue tu ingenio lo que alimentó tu miedo", dijo Alexander en voz baja. Él se acercó a ella y tomó su mano entre las suyas, bajando la voz. "Fue amor y miedo a perderlo. Fue tu corazón, Eleanor, el corazón que fingirías no poseer."

Ella lo miró fijamente, llorando pero todavía orgullosa, y él le besó la palma mientras ella temblaba ante él. Ella dobló sus dedos sobre su beso, luego él la atrajo rápidamente contra su costado. Él podía ver lo difícil que había sido esa confesión para ella y, de hecho, era horrible. ¿Qué clase de hombre haría tal acto? Alexander no pudo pensar en ello.

Él respetaba no solo que Eleanor se hubiera enfrentado a su miedo al revelar un secreto que guardaba con fuerza, sino que lo había hecho por el bien de su confianza.

"Regresamos a Kinfairlie", dijo él. "Mi señora y yo montaremos el caballo que ella montó hasta aquí y Uriel será conducido".

Owen, el mozo de cuadra, se interpuso en su camino con actitud contrita. "Mi señora, le pido perdón por los cargos que hice en tu contra este día. No hay persona que pueda sentir tanto dolor como tú por la pérdida de tu caballo y cometer un crimen como el cometido contra Uriel."

"Las apariencias estaban en mi contra, Owen", dijo Eleanor en voz baja. Ella se aferró al costado de Alexander, aparentemente debilitada por la intensidad de su relato. "Te lo agradezco y espero que nunca dejes de rendir tan buenos consejos a mi señor esposo."

"¡Nunca!" Owen hizo una reverencia. "Le pediría una bendición, mi señora."

Alexander sintió la confusión de su esposa, aunque adivinó lo que preguntaría el mozo. "Tu solicitud no se puede cumplir a menos que sea compartida", dijo ella, cuando el mozo no habló.

Owen miró a Uriel y luego se aclaró la garganta. "Se dice que los talentos de un curandero pueden usarse tanto para un caballo como para un hombre. ¿Hay algún ungüento que puedas hacer para que Uriel se cure más rápidamente? No quisiera verlo sufrir indebidamente por la crueldad de algún alma."

Eleanor contuvo el aliento y Alexander sonrió. El otro mozo y los escuderos se quedaron mirando, con aprobación en sus ojos.

"¿Me confiarías esto?" preguntó ella, asombrada.

Owen asintió con un gesto brusco.

"Me sentiría honrada", dijo Eleanor, sus palabras roncas. "Estaría orgullosa de ayudar a un caballo tan magnífico." Owen sonrió e hizo una reverencia, luego se apresuró a alejarse. Mientras tanto, Uriel sacudió la cabeza, aparentemente de acuerdo con ese sentimiento, y resopló con vigor.

Alexander sonrió a su esposa, muy complacido con lo que había logrado ese día.

"Has conquistado a todos los hombres de mis establos", bromeó él entre dientes. "Y eso con un solo cuento. Tendré que rezar para que estés satisfecha con las atenciones de un solo hombre."

Eleanor volvió su brillante mirada hacia él. "Solo puedo esperar que demuestres ser realmente atento. Dime, mi señor esposo, ¿hay tiempo para una caricia antes de la cena?

Ella lo amaba.

Era tan simple como podían ser las cosas y Eleanor se maravilló de no haber adivinado la verdad antes. Eleanor amaba a Alexander, con su convicción de que todo estaba bien, con la seguridad de que la honestidad y el buen humor harían que todo saliera bien, con su determinación de escuchar toda la historia antes de emitir un juicio.

Alexander era razonable, era justo, era amable. A ella le encantaba que los miembros de su casa le sirvieran con lealtad inquebrantable; le encantaba que él protegiera a todas las criaturas, grandes o pequeñas, humanas o caballos, los que confiaban en él.

A ella le encantaba que él pudiera ser pensativo o juguetón, que fuera inteligente y no tuviera miedo de mostrar sus sentimientos. Le encantaba que él apreciara la verdad y la honestidad por encima de todo, y que recompensara su entrega.

Y eso era solo una pequeña parte de lo que él le ofrecía. A ella le encantaba que Alexander le concediera el beneficio de la duda, como nunca lo había hecho ningún alma, que él supusiera que ella tenía una razón para cualquier acto que hubiera cometido. Alexander le daba a elegir, le daba tiempo, la trataba con honor y dignidad.

Él la había persuadido de que el mérito de lo que le ofrecía con amor superaba con creces cualquier riesgo. No era una lección fácil para Eleanor y ella no dudaba de que volvería a equivocarse en su compañía, pero ella sabía que Alexander siempre le daría la oportunidad de remediar cualquier paso en falso.

Era una gran bendición que él le ofrecía y ella le daba la bienvenida. Con la ardiente búsqueda de sus secretos, él había roto el último escudo que protegía su corazón maltrecho.

Ella quería mostrárselo, de la mejor manera que sabía.

Moira se reunió con ellos en la base de las escaleras, pero Eleanor sonrió y apartó a la doncella. "No hay necesidad de contar ahora", dijo ella, tirando de la mano de su marido.

Alexander la siguió, solo cojeando levemente, sus ojos brillando bastante ante su entusiasmo. "Estás ansiosa por llegar a nuestras habitaciones", bromeó él. "Debe ser el atractivo de mis libros de contabilidad."

Eleanor se rió. "Estoy ansiosa por tener tu compañía para mí", replicó ella, sin importarle lo que alguien pensara con sus atrevidas palabras.

Alexander sonrió. "Pero estoy herido..."

"Y conozco el mejor tónico para verte curado."

Alexander se puso un poco serio. "Debes saber que no estoy tan decidido a tener un hijo como lo han estado otros hombres. Los hijos e hijas pueden venir a su debido tiempo o no; su presencia o ausencia no cambia nada en un buen matrimonio."

"¡No es solo por un hijo por lo que me esforzaría!"

Moira se retorció las manos al pie de los escalones, sin compartir el humor alegre de la pareja. "¡Pero mi señora, hay otro detalle que le confiaría!"

"Más tarde, Moira, más tarde servirá bastante bien."

"Pero…"

Sorda a las súplicas de la criada, Eleanor tiró de la mano de su esposo hasta que él estuvo parado en el escalón inmediatamente debajo de ella. Ella enmarcó el rostro de Alexander entre sus manos, pasó el pulgar por sus labios sonrientes y luego lo besó de lleno.

Ella lo escuchó recuperar el aliento ante su muestra de afecto, luego sus brazos rodearon su cintura. Él la atrajo hacia sí incluso cuando abría la boca bajo su asalto. Alexander la dejó tomar lo que quisiera de él y Eleanor agradeció la conciencia de que no estaba sola en responder a su beso.

Ella rompió el beso de mala gana, solo para encontrar sus ojos inundados de estrellas. "Te ves tan feliz", susurró ella con asombro.

"¿Cómo podría un hombre no estar feliz, cuando su esposa lo mira como tú me miras a mí?"

"¿Cómo te estoy mirando?"

Su sonrisa se volvió traviesa. "Como si quisieras entregarme más que una mera sonrisa."

Eleanor se rió. "Te desafío, señor, a que emprendas otra misión."

"¿Otra? ¿Seguramente la estima de mi señora está bien ganada?

Eleanor frunció el ceño burlonamente. "Pero no su sonrisa. Una vez dijiste que la sonrisa de una cortesana podía fomentarse con caricias íntimas en la cama. Dudo que puedas ver el asunto terminado."

Ella solo vio el destello de sus ojos antes de que él la tomara en sus brazos, luego él subió las escaleras restantes de tres en tres. Él le dio una patada a la puerta de la habitación que se cerró detrás de ellos y la besó con prolongado abandono, abrazándola con fuerza contra su pecho. Eleanor se deleitó en su abrazo, en el completo destierro de su miedo, y supo con absoluta certeza que la Fortuna finalmente le sonreía.

Cuando finalmente se separaron, ella sacó la llave de su cinturón y la giró en la cerradura con satisfacción. "No te soltaré de esta habitación antes de que tengas éxito en tu búsqueda," bromeó ella, luego le concedió una sonrisa maliciosa.

"Entonces será mejor que comencemos", dijo él con entusiasmo. "Porque no puedo imaginar que tal objetivo se pueda ganar fácilmente."

Cuando Eleanor cerró la puerta del solar detrás de ellos, su sonrisa era a la vez tímida y audaz. Ella sostuvo la mirada de Alexander, sus propios ojos brillantes, incluso mientras sus mejillas se sonrojaban con su audacia.

La dama era una maravilla. A Alexander le encantaba la complejidad de Eleanor, le encantaba que ella pudiera ser tan fuerte como una reina guerrera o tan vulnerable como una muchacha joven. Ella podía defenderlo con la ferocidad de una madre loba, pero se rendía a su beso tan suavemente como una flor se abre al sol de verano. Él nunca se cansaría de sus muchos estados de ánimo, su rápido ingenio, su feroz defensa de todo lo que amaba.

Ella cruzó la habitación hacia él, se estiró y tomó su barbilla en su mano. Sus ojos eran de un verde claro y brillante, desprovistos de sombras y misterios. Ella miró a Alexander como si él fuera la maravilla, luego tocó sus labios con los de él.

Su beso fue lento y apasionado. Ella persuadía su respuesta con el menor toque y le ofreció una caricia que hizo hervir su sangre. Era la primera vez que ella había iniciado un beso que Alexander no se preguntara si ella buscaba distraerlo, que él no temiera, al menos un poco, que ella se entregara en cuerpo para mantener los secretos de sus pensamientos lejos de la lectura de él.

Cruzaron la habitación hacia la cama como en un baile, moviéndose como uno sin intercambiar una palabra. Se deleitaban en los labios del otro, saboreando y provocándose, sus manos recorriendo incesantemente el uno sobre el otro. Era como si se encontraran por primera vez, como si cada uno tuviera relaciones por primera vez en sus días. Alexander estaba bastante ensordecido por el trueno de su pulso, y sintió una urgencia similar en los latidos del corazón de Eleanor.

Él desabrochó los cordones de su kirtle mientras ella empujaba a un lado su abrigo, besando hambrienta todo el tiempo. Él se quitó la camisola mientras ella se quitaba las pantuflas, él se aflojó la camisola mientras ella desataba sus calzas. Él rompió el beso solo para quitarse las botas, viendo como Eleanor sacudía su cabello.

Ella se acercó a él, sin nada más que una sonrisa, y lo empujó hacia el colchón. Ella se subió encima de él y lo besó profundamente, sujetándole el cabello como si imaginara que él podría intentar evadirla. La sola idea le habría hecho reír, si Alexander no hubiera tenido mejores acciones que hacer con su boca.

Eleanor se lo entregaba todo a Alexander y lo hacía con abandono. Él no podía creer la diferencia en sus modales; él nunca hubiera creído que ella tuviera mucho más que concederle. Contar la historia de Blanchefleur y encontrar simpatía en su casa, quizás la primera compasión que ella había mostrado, pareció haber ablandado a Eleanor. Ella se abrió a Alexander y dio del banquete que solo ella podía ofrecer.

Y él estaba enamorado de la verdad. Él estaba asombrado por su esposa, por su fuerza y su habilidad para sanar. Él se maravilló de que a ella le quedara una pizca de ternura en su interior, que incluso pudiera reconocer la posibilidad de que un hombre pudiera ofrecerle más que todos los demás hombres de su vida.

Él la complacía como lo había hecho antes y saboreaba su eventual grito de liberación. Ella rodó sobre él entonces, sentándose a horcajadas sobre él con sus piernas, su cabello se desparramó alrededor de ellas como una cortina de oro. Él la agarró por la cintura y la levantó por encima de él, guiándola para que se sentara encima de él realmente.

Eleanor se rió, claramente encantada con esa pose. "—Eres mi cautivo, ahora" —bromeó ella, con los ojos bailando como él deseaba que siempre lo hubieran hecho.

"Y uno dispuesto, sin duda."

Ella se movió, haciéndole recuperar el aliento. "Puede que nunca te libere", amenazó ella.

"Ningún hombre de ingenio anhelaría ser liberado de tal cautiverio."

Eleanor se rió. Ella se movió con deliberación, descubriendo rápidamente qué era lo que más lo excitaba. Ella se inclinó y lo besó de nuevo, su lengua bailando dentro de su boca. Ella tomó su nuca en su mano, sosteniéndolo bajo su beso incluso mientras balanceaba su peso encima de él. Alexander la agarró por las nalgas con una mano y luego deslizó los dedos entre ellas.

"Juntos esta vez", le dijo él entre besos y ella contuvo el aliento mientras la acariciaba. Ellos encajaban como si realmente hubieran sido forjados el uno para el otro, se movieron juntos como si hubieran sido creados para bailar únicamente entre ellos. Alexander vio cómo la pasión ponía chispas en los ojos de su dama, observó cómo ella se ruborizaba cuando su excitación alcanzaba su punto máximo. Él mismo estuvo en el umbral del placer durante lo que parecieron mil años, mientras esperaba a que ella se uniera a él allí.

Ella contuvo el aliento de repente y sus ojos se abrieron de placer. Sus labios se separaron, su rostro enrojeció, y antes de que pudiera gritar, Alexander se permitió saltar ese umbral junto a su esposa. Gritaron como uno y se abrazaron con fuerza, luego, a raíz de su liberación, ella comenzó a reír.

"Seguramente mi esfuerzo no merecía la risa", bromeó él con un gruñido y ella se rió aún más fuerte.

"¡Eso no! Anthony estará seguro de que encuentras un placer poco común con tus libros de contabilidad", dijo ella.

Alexander se rió entre dientes y luego la besó lentamente. Él sabía que con una convicción poco común todo estaría bien entre ellos, solo aprenderían más el uno del otro en los años que compartirían, y su matrimonio solo mejoraría con cada día que pasara.

Y eso era tesoro suficiente para cualquier hombre.

Elizabeth finalmente arrinconó a Malcolm en el salón después de la comida del mediodía y logró tenerlo para ella sola. Él era quien podía ayudarla en su búsqueda, y ella quería tener la oportunidad de convencerlo de que se pusiera de su lado sin el consejo de Alexander.

"Malcolm", murmuró ella después de que intercambiaron cortesías. "Tengo un favor que pedirte."

Malcolm sonrió. "Sin duda alguna, debería pedírsele a Alexander cualquier favor o bendición. No tengo nada a mi nombre salvo mi propio yo, por lo que poco puedo conceder a una dama."

Elizabeth agarró la copa de cerveza que no deseaba. "Quiero ir a Ravensmuir." Malcolm se sobresaltó, pero ella se apresuró a seguir. "Debo ir a Ravensmuir. Debo buscar a Rosamunde y velar por su bienestar... "

Malcolm le puso una mano en el brazo. "Elizabeth, Rosamunde está muerta", dijo ella con suavidad.

"No, no, no puede ser así. ¿Cómo puedes saberlo? Nunca hemos encontrado su cadáver, ni el de Tynan. Ellos podrían estar vivos todavía, entre los escombros, esperando nuestra ayuda... "

"¡Elizabeth!" Malcolm habló con tanta firmeza que Elizabeth se quedó en silencio. "Ningún alma podría sobrevivir al colapso del laberinto de Ravensmuir, y mucho menos durante meses. Además, sería imprudente aventurarse entre los escombros, porque no se puede saber cómo podrían cambiar."

Elizabeth se sentó en el banco y miró a su hermano con tristeza. "No me llevarás allí".

"Ni siquiera imagines que deberías ir allí sola."

Elizabeth frunció el ceño y miró hacia otro lado, luchando contra sus lágrimas de decepción. "Pensaba que querrías recuperar el cuerpo del tío Tynan, saber con certeza de su fallecimiento, verlo enterrado con honor si es necesario."

Malcolm se inclinó sobre la mesa y la tomó de las manos, obligándola a mirarlo. "¿Por qué deseas hacer esto? ¿Qué piensas encontrar? Han pasado meses desde su desaparición, Elizabeth."

Ella suspiró y estudió sus manos entrelazadas. No había nada que perder en confesar toda la verdad. "Sueño con Rosamunde, todo el tiempo. Ella está en el laberinto y se está derrumbando y me está llamando en su ayuda." Ella se atrevió a encontrar la mirada de Malcolm, que era compasiva. "Tengo que ir. Tengo que intentar ayudarla."

Él negó con la cabeza y se aferró a sus manos. Su calidez era reconfortante. "Sería una locura, Elizabeth, y no encontrarías lo que buscas."

"¿Cómo puedes saberlo?"

"Están muertos, aunque no es tan fácil de creer" Malcolm suspiró. No les dije esto a ninguno de ustedes, pero soñé con mamá y papá después de su desaparición en el mar. Soñé que estaban pidiendo mi ayuda y soñé que les fallaba. Debo haber tenido este sueño doscientas veces." Él encontró su mirada fijamente. "El tío Tynan se enteró, porque me desperté gritando más de una vez. Él me dijo que era el dolor lo que creaba una historia en mis pensamientos. Me dijo que pasaría a medida que me acostumbrara a mi nueva verdad"

"¿Y lo hizo?" Elizabeth tenía la boca seca, porque no le gustaba su consejo.

"Lo hizo. Ya no tengo este sueño." Él forzó una sonrisa y le apretó las manos con fuerza. "Te haré un trato, hermana mía. Partiré en Epifanía para encontrar mi fortuna y si, para cuando regrese, sigues atormentado por este sueño, te llevaré a Ravensmuir.

"¿Prometido?"

"Prometido." Malcolm tocó la copa con la de ella y Elizabeth bebió con él. No era lo que ella había querido de su hermano, pero como era la mejor oferta que probablemente tendría, la de Malcolm tendría que ser suficiente.

Ella esperaba con vigor que Malcolm no tardara demasiado en encontrar su fortuna.

~

ALEXANDER Y ELEANOR se hicieron el amor tres veces antes de quedarse dormidos, exhaustos, entre las sombras de la gran cama. Afuera había oscurecido y se podían ver las primeras estrellas a través de la ventana.

El cabello rubio de Eleanor cruzaba el pecho de Alexander y sus piernas estaban enredadas con las de él. Su mano estaba entrelazada con la suya, ambas manos sobre los latidos de su corazón, y él sintió el dulce ritmo de su respiración contra su carne. La gran cama olía intensamente al placer que habían conjurado y compartido. Aunque tenía hambre, Alexander estaba tan fatigado que no veía ninguna razón de peso para moverse.

Hasta que Eleanor se estremeció. Ella se acurrucó más cerca de él y él hizo ademán de levantar las sábanas. Ella bostezó e hizo ademán de incorporarse. "Es tan tarde. Debería ir a buscar una comida a las cocinas antes de que todos se retiren."

"No seas ridícula. Si tienes hambre, yo iré."

"No, estás herido", dijo ella, su tono no permitía discusión. Ella lo empujó hacia atrás, con la mano en medio de su pecho, y él cayó hacia atrás como si no tuviera huesos.

"No estoy tan herido." Él la agarró por la cintura y la colocó encima de él. "Y no sería caballeroso dejarte ir a buscar comida."

"Necesitas tu fuerza", reprendió ella. "Quiero a ese hijo".

Alexander negó con la cabeza, maravillándose de su insistencia en ese único asunto, incluso mientras se estremecía. "Y tú estás bajo mi cuidado, ya que yo soy la sanadora en esta habitación", dijo ella, regañándolo con un movimiento de su dedo.

Ella se habría visto más solemne, y menos adorable, si su cabello no hubiera estado tan despeinado y su pecho desnudo no hubiera sido tan atrevido en el frío. Alexander tomó el peso de su seno en su mano, luego pasó el pulgar por el pico turgente. Ella se estremeció.

"Tienes demasiado frío. Es mi noble intención calentarte", dijo él, luego besó su pezón.

Eleanor contuvo el aliento y se estiró como un gato bajo su caricia. "Es tu noble intención volver a encontrarme en la cama"

"Quisiera verte muy complacida."

"¡Y ya lo has hecho!" protestó ella con una risa. "Debemos tener un bocado en el estómago, Alexander. Quédate aquí, pero será mejor que te arregles un poco. Hace un frío maldito en esta habitación y mi padre solía decir que se necesita calor para conjurar a un hijo."

"Anthony no ha podido encender los braseros con la puerta cerrada contra él", dijo Alexander, impaciente por sus repetidas referencias a los hijos. "Eleanor, entiende que no hay necesidad de apresurarse para crear un hijo. Los niños vendrán a su tiempo."

"Hay mucha necesidad de apresurarse", corrigió ella. "Especialmente si tienes la intención de conceder a tus hermanas la elección de con quién se casarán." Ella se levantó de la cama, su piel pálida brillaba bastante en la oscuridad, y corrió hacia la pila de ropa que habían tirado en el suelo.

"¿Qué significa eso?" Alexander estaba confundido pero ella no dijo más. "¿Qué quieres decir con las nupcias de mis hermanas? ¿Qué puede tener que ver nuestro hijo con ese asunto?

Eleanor buscaba entre los atuendos incluso cuando se le ponía la piel de gallina. Ella saltó un poco, porque probablemente el piso estaba frío. "¡Oh, estaré hecha de hielo antes de encontrar mis medias!"

"No importa lo que te pongas."

Ella le dio una mirada. "Siempre importa lo que viste la esposa del señor."

"¡Mujeres!" Alexander se levantó, pero no se puso la camisola que ella le ofrecía. "¡Usa lo que tengas a mano!"

"¡No!" Ella lo miró con ojos danzantes. "Todavía se habla en las cocinas de que llegué al salón con pantuflas que no coincidían después de que se consumaron nuestros votos."

Alexander sonrió. Tus cordones también estaban mal puestos. Recuerdo haberlos arreglado."

"¿Cómo no me lo habías dicho?"

"No fueron tus pantuflas lo que noté."

Ella le dirigió una mirada que habría sido más temible si sus ojos no hubieran brillado tanto. "Entonces ayúdame, no sea que todos los de Kinfairlie se rían de la esposa enamorada del señor".

Él cogió sus botas. "Ponte estas primero."

Ella negó con la cabeza, sus dientes castañetearon bastante. "No esas".

"¿Por qué no? ¡Tienes fríos!"

"Porque no es apropiado llevar botas en el salón. Usaré pantuflas, si puedo encontrarlas. Aquí hay una media al menos." Ella buscó sin encender ni una leña para ayudarla en su tarea. Él maldijo, no por primera vez, ante las nociones de las mujeres y su atuendo.

"¿Usarás pantuflas y pasarás frío en lugar de violar alguna convención tonta?" Él se sentó en el baúl allí, la sentó en su regazo y trató de ponerle una bota en el pie. "Eleanor, esto es una locura..." fue todo lo que logró decir antes de que ella gritara de dolor.

Él le quitó la bota y miró dentro. Había algo oscuro al acecho en el forro de piel. Eleanor se quedó sentada en silencio sobre su rodilla, frotando la base de su pie mientras él le daba la vuelta a la bota.

Dos espinas se derramaron en su mano, espinas tan grandes y temibles como las que habían perforado la piel de Uriel. Él miró al otro lado de la habitación, pero las tres que Owen le había entregado a él aún descansaban en la mesa de enfrente.

Ese par adicional había acechado en su bota, la bota que ella no había querido ponerse, como si estuvieran escondidas allí. La llave de la habitación brillaba en su cinturón, tirada en un rollo junto a sus propios pies.

Eleanor jadeó y Alexander la miró a los ojos. Días atrás, él podría haber tomado su expresión como una de culpa, porque se había descubierto algún oscuro plan. "Supongo que debo pensar que tenías demasiadas espinas para tu propósito hoy, que guardaste algunas para una hazaña similar otro día", reflexionó él y ella contuvo el aliento. "Después de todo, no querías ponerte las botas. Un hombre podría creer que sabías que las espinas estaban escondidas allí."

Eleanor apenas respiraba mientras Alexander hacía rodar las espinas por la palma de su mano. Pero si ella hubiera sabido acerca de esas espinas, si hubiera sido ella quien había herido a Uriel, entonces ella no solo había intentado matarlo —quizá dos veces— sino que le había mentido una y otra vez.

No podía ser así.

Alexander quería el matrimonio que había probado esa misma tarde. Quería el matrimonio que apenas habían comenzado a compartir, y eso significaba que debía confiar en su esposa, tal como ella había demostrado que confiaba en él.

Él sostuvo las espinas ante su esposa pálida. "¿Tienes una mejor explicación?"

Eleanor se puso de pie, luciendo pequeña y frágil. Su mirada se posó en la llave atada a su propio cinturón. Luego lo miró con miedo en sus ojos. "No tengo ninguna", susurró ella. "No sé nada de ellas, ciertamente no de dónde vinieron."

Alexander se puso de pie. "Entonces debemos encontrar quién en la casa busca que te culpen por lo que no has hecho."

Los rasgos de Eleanor se iluminaron con tal placer que él supo que había elegido bien. Ella se arrojó hacia él, pero él no tuvo oportunidad de saborear su abrazo.

Porque los centinelas tocaron sus cuernos con fuerza en ese

momento, y los hombres gritaron en el patio. "¡Kinfairlie está sitiada!" rugió un hombre y Alexander se apresuró a la ventana.

Eso era cierto. Un verdadero ejército cabalgaba hacia el torreón, la luz de la luna destellaba en sus armaduras y sus espadas desenvainadas. Eran numerosos y estaban completamente armados, su compañía se extendía en la distancia. El corazón de Alexander se hundió, porque dudaba que su fuerza pudiera ser desviada.

"¡Desbloquea la puerta!" le gritó a Eleanor. "Somos atacados". Él se puso su camisola, sus calzas y abrió el baúl que contenía su cota de mallas mientras se ponía las botas. Él escuchó un grito en las puertas y supo que no tenía tiempo para armarse adecuadamente.

"Pero es la paz de la Navidad..."

"A nuestros asaltantes parece no importarles". Alexander se enfundó en su abrigo y agarró su espada. Mientras tanto, Eleanor abrió la puerta con los ojos muy abiertos por el miedo. "Encuentra algo de ropa para cubrirte, reúnete con mis hermanas y bloquea esta puerta contra todos los asaltantes", le ordenó él y ella asintió entendiendo.

Luego ella lo agarró por la manga. "¿Pero seguramente triunfarás?"

"Seguramente es de buen sentido ser cauteloso. Ponte a salvo con mis hermanas", dijo él, luego la tomó de la nuca con la mano. Él la besó profunda y prolongadamente, luego se marchó apresuradamente del solar.

Alexander se lanzó escaleras abajo, bajándolos de tres en tres, dedicando sólo un momento a martillar la puerta de la habitación que compartían sus hermanas. —"Enciérrense todas en el solar" —le ordenó a Vera, y luego se apresuró a ir al salón.

Ya estaba el choque de acero contra acero y el olor a sangre en su propio salón. Alexander no era el único que había sido sorprendido. Él temía que esa batalla se decidiera rápidamente y no a su favor.

Él saltó a la pelea, blandiendo su espada hacia un mercenario. Él había hecho todo lo posible por Kinfairlie, haría todo lo posible hasta su último aliento, pero temía en ese momento que su mejor esfuerzo no hubiera sido suficiente.

Esa batalla debía ser el ajuste de cuentas que había esperado durante mucho tiempo, y Alexander Lammergeier esperaba ser el único en pagar el precio de su propio fracaso.

# CAPÍTULO 12

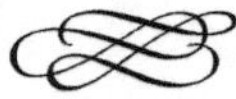

Eleanor no tenía intención de esperar dócilmente en el solar mientras su marido se enfrentaba a una matanza segura en el salón de abajo. Tenía que haber algo que se pudiera hacer para ayudarlo.

Quienquiera que estuviera atacando era un villano, sin duda, porque ningún hombre violaba la orden judicial contra la batalla en los días santos del año. Eleanor temía saber quién podría ser ese villano, porque había vivido cerca de una familia de villanos, uno de los cuales ya había demostrado estar interesado en su fortuna.

Alan Douglas.

Annelise, Elizabeth e Isabella llegaron al solar en camisola, con el cabello suelto, hablando todo el tiempo. Cada una llevaba una baratija u otra, así como sus propias capas y botas. Sus ojos estaban muy abiertos por el miedo. Vera llegó detrás de ellas con un montón de robustas faldas de lana, murmurando mientras las reunía como polluelos descarriados.

"Cierra la puerta, mi señora", instruyó mientras dejaba la ropa en un baúl. "Estamos todas aquí ahora, y hay poco más que se pueda hacer. Quisiera que ustedes, doncellas, se pusieran la falda y las botas, para que estén mejor preparadas para lo que ocurra."

"¿Pero qué podría ocurrir?" preguntó Annelise con un escalofrío.

"Vístete", dijo Isabella lacónicamente. "Si Alexander no gana, esta noche no será divertida para nosotras.".

Los labios de Vera se tensaron ante eso.

"Debemos ser capaces de defendernos", dijo Elizabeth, mirando alrededor de la habitación.

"¿Qué armamento tiene Alexander?" preguntó Isabella. Ellas mostraban una familiaridad con las posesiones de su hermano que sorprendió a Eleanor, porque ella nunca había tenido un hermano con quien compartir. En unos momentos, habían buscado en su baúl de armas y cada hermana sostenía una daga más severa que su propio cuchillo para comer.

"Yo digo que deberíamos unirnos a la batalla", dijo Elizabeth. "Alexander necesita todas las espadas que pueda reunir en esta noche."

"¡No, no, no!" gritó Vera. "No habrá doncellas bajo mi cuidado en un salón lleno de guerreros."

"O no habrá doncellas por la mañana", concluyó Eleanor. La criada asintió con la cabeza, pero las hermanas contuvieron el aliento como una sola. Isabella abrió los labios para hacer una pregunta, pero Eleanor la miró. "Una violación no es forma de enterarse de los asuntos de la cama", dijo ella con determinación y esa hermana guardó silencio.

Annelise se santiguó y se sentó, pálida de miedo.

Los sonidos de los intercambios de las espadas se hicieron más fuertes y más hombres gritaron. Se podían ver antorchas encendidas en el patio y, para asombro de Eleanor, un grupo de personas marchaba hacia el torreón desde la aldea de Kinfairlie. Llevaban guadañas y cuchillos, garrotes y azadas, y sus expresiones eran sombrías.

"Ahí está el molinero y su hijo Matthew", dijo Annelise, su tono indicaba que compartía la sorpresa de Eleanor.

"El curtidor y su aprendiz, y el herrero", dijo Isabella, acercándose a la ventana.

"Dios en el cielo", susurró Vera.

"¡Miren! ¡Ahí está el padre Malachy! Dijo Elizabeth, señalando mientras lo hacía. La sirvienta apartó la mano de la doncella, para que no se viera su presencia en la ventana oscurecida. "Y el panadero y el pastor y hasta el joyero."

"Pero no es su derecho ni su deber luchar", dijo Eleanor. "Ese es el orden de los hombres: los que trabajan, los que oran y los que luchan."

Vera le dirigió una mirada irónica. "Ese es el orden en algunos reinos, sin duda. ¿No se puede esperar que un hombre levante una espada en defensa, independientemente de su vocación, cuando su propia morada está en peligro?"

"Serán masacrados", susurró Eleanor. "Tales herramientas no son rival para las espadas y dagas de los caballeros. Ellos no tienen entrenamiento y tampoco tienen armadura."

"Alexander tampoco tiene armadura", replicó Elizabeth. "Esta batalla es injusta en todos los sentidos. Me alegro de que la ciudad venga en nuestra ayuda."

"Ellos tienen su amor por Kinfairlie", dijo Annelise en voz baja. "Y esa no es un arma pequeña."

Eleanor esperaba que ella tuviera razón.

Un hombre gritó abajo y Eleanor supo que los asaltantes a Kinfairlie habían visto a los aldeanos. Una docena de hombres armados se volvieron hacia el grupo que se acercaba, riéndose al verlos.

"¡No podemos simplemente esperar aquí!" protestó Isabella. "¡Debemos hacer algo!"

Eleanor se asomó por la ventana mientras las guadañas y las espadas chocaban, esperando ver mejor cómo les iba a los aldeanos. Ella no podía imaginarlos muriendo en defensa de Kinfairlie, pero al mismo tiempo, podía comprender bien su lealtad hacia Alexander. Ella también haría cualquier acto para que él y Kinfairlie estuvieran asegurados. Ella se estiró un poco más y vio un caballo familiar, la insignia de su penacho le detuvo el corazón.

Era Alan Douglas.

Ella podía detener esa carnicería. La comprensión llegó de repente. Alan Douglas solo la deseaba a ella, o más exactamente, deseaba solo el legado que ella le traería con el parto de un hijo.

Si ella se entregaba a Alan, el asalto a Kinfairlie se detendría. Tan pronto como Eleanor se dio cuenta de la verdad, tomó una decisión. Ella giró y sacó la llave de su cinturón. Abrió la puerta, las hermanas de Alexander se apiñaron a su alrededor en su emoción.

"¿Qué vamos a hacer?" exigió Elizabeth, su agarre feroz sobre su espada prestada.

"Van a permanecer aquí, como se les ha pedido que hagan", dijo Eleanor con firmeza. Ella colocó la llave en la mano de la doncella y cerró los dedos de Vera con seguridad sobre ella. Y cerrarás la puerta detrás de mí. Ábrela solo para Alexander."

"¿Pero a dónde vas?" Preguntó Isabella.

"A terminar con esta locura, de una vez por todas", dijo Eleanor con determinación, luego salió de la habitación. "Muevan los baúles contra la puerta", ordenó. "Lo mejor para que no se pueda abrir a la fuerza."

Eleanor esperó en el rellano hasta que oyó girar la llave en la cerradura, escuchó por un momento la protesta unánime de las tres doncellas. Vera les ordenó que hicieran lo que la dama les había ordenado y Eleanor escuchó los pesados baúles deslizarse por el suelo y luego chocar contra la puerta. Ella se alegró de ver que no eran doncellas frágiles sin fuerza más allá de la necesaria para usar una aguja. Una vez que estuvo segura de que estaban lo más seguras posible, marchó hacia el salón.

Alexander, Kinfairlie y todas las personas que se habían comprometido a servirle, ambos necesitaban el sacrificio que solo ella podía hacer. Eleanor no se arrepentiría de haberlo hecho, ni por un momento, porque creía que salvaría a ese refugio y su señor de una destrucción segura.

Ese sería un legado suficientemente potente para cualquier mujer.

~

EL SALÓN ESTABA lleno de humo. Alguien había dejado caer una antorcha en las hierbas esparcidas por el suelo, pero estaban tan recién cortadas que humeaban en lugar de quemarse. Solo algunas otras antorchas ardían, por lo que el salón estaba lleno de sombras. Malcolm miraba a través de la maraña de hombres y trataba de entender quién era quién.

Una cosa era segura: sólo los que atacaban llevaban armadura, porque ningún hombre de Kinfairlie había tenido tiempo de ponerse su cota de malla. Malcolm vio a su hermano bajar las escaleras y, con su característica confianza, entrar directamente en la pelea. Alexander había despachado a dos hombres y se había luchado con otro cuando Malcolm llegó a su lado. Lucharon más o menos espalda con espalda, abriéndose paso por el salón.

"Confío en que hayas dormido bien", le dijo Alexander a Malcolm, como si se levantaran en una mañana tranquila para partir el pan juntos. Él gruñó mientras clavaba su espada en las entrañas de un mercenario.

"Muy bien", respondió Malcolm, su tono confiable. "Aunque debo admitir que escuché algo de alboroto en medio de la noche. Él blandió su espada contra las rodillas de un mercenario y ese hombre cayó. Se dio la vuelta rápidamente y clavó la punta de su espada en el ojo de un hombre que había intentado acercarse sigilosamente a su lado.

"Ratas", dijo Alexander, como si confesara un lamentable secreto de su salón. "Nos asedian en los momentos más infrecuentes."

Él silbó una advertencia a su hermano, quien entendió la señal como ningún otro. ¡No en vano esos dos hermanos habían luchado juntos durante años!

Malcolm se agachó en el último momento cuando la hoja de Alexander cortó sobre su cabeza y luego golpeó el codo de un agresor. Ese hombre aulló y dejó caer su espada. Malcolm la recogió y luego se la arrojó a Alexander, que era más experto en pelear con ambas manos.

Alexander rodeó a otro mercenario, balanceando ambas espadas, mientras continuaba en un tono muy conversacional. "Como todas las alimañas, deben ser cazadas y eliminadas con diligencia."

"Ah, por eso escuché sonidos de espadas", dijo Malcolm. Él detuvo la estocada de otro hombre, sus espadas se engancharon de modo que sus muñecas casi se tocaron. "¡Oh, mira ahí!" le dijo Malcolm a su oponente, quien fue lo suficientemente tonto como para hacerlo. Malcolm lo despachó de un golpe mientras estaba tan distraído.

"Estamos plagados de alimañas particularmente grandes y viles este año", dijo Alexander con un movimiento de cabeza. Él y su agresor se encontraron en un furioso choque de acero contra acero. Alexander gruñó y golpeó, y arrojó el cadáver del hombre a un lado. "Solo me disculpo porque tales necesidades interrumpieron el sueño de un invitado."

"Y hay las alimañas más grandes de todas", dijo Malcolm, señalando con la cabeza hacia las puertas. Alan Douglas acababa de pasar por debajo del rastrillo. Él se subió la visera, sus rasgos extrañamente pálidos parecían brillar en las sombras, y miró a la compañía. Su mirada se posó en Alexander y sonrió con su cruel sonrisa, aparentemente en anticipación de una victoria fácil.

"El propio rey de las ratas", murmuró Alexander y se dirigió a grandes zancadas para enfrentarse a su atacante. "Él no robará el mejor bocado de mi mesa con tanta facilidad".

Los dos saltaron el uno al otro y Malcolm trató valientemente de defender la espalda de Alexander. Sin embargo, su hermano se movía rápidamente para interactuar con Alan, tan rápido que Malcolm fue atrapado por un mercenario decidido a verlo muerto.

El mercenario asestó un feroz golpe que puso a Malcolm de rodillas. Malcolm fingió una herida mayor de la que sentía y luego cortó hacia arriba. Su oponente fue tomado por sorpresa y la hoja se deslizó por debajo de la parte inferior de su camisa. Malcolm hundió la hoja profundamente, luego la sacó y pateó el cadáver del hombre a un lado.

En ese momento, Alexander estaba rodeado por tres hombres además de Alan. No era una pelea justa y aunque Alexander era un espadachín competente, Malcolm podía ver el sudor en la frente de su hermano.

Malcolm saltó a la escaramuza con un bramido y distrajo a los hombres lo suficiente como para que Alexander derribara a uno con un golpe contundente.

"Una rata menos en mi morada", dijo Alexander con los dientes apretados, luego paró el golpe de otro asaltante. Alan golpeó en ese momento, aprovechando el hecho de que Alexander estaba ocupado, pero Alexander todavía tenía la segunda hoja en su mano izquierda. La balanceó incluso mientras clavaba su propia espada en la garganta del mercenario y Alan gritó mientras se retiraba.

La sangre manaba de la oreja de Alan, notó Malcolm con una rápida mirada. Él mismo estaba ocupado, porque el cuarto hombre que había estado atacando a Alexander se volvió hacia Malcolm. Lucharon con ferocidad, luego el mercenario giró abruptamente para blandir su espada hacia Alexander. Malcolm silbó, su hermano se agachó y la pesada hoja pasó sobre la cabeza de Alexander para derribar a su oponente.

"Eso se hizo cuidadosamente", dijo Alexander con una sonrisa. Hizo un gesto con la cabeza al mercenario que aún estaba ante Malcolm. "Te agradezco tu contribución oportuna."

El mercenario rugió con furia y se abalanzó sobre Alexander, quien detuvo la espada ensangrentada de ese hombre con la suya. Lucharon de un lado a otro, sin ganar cuartel contra el otro, luego Alan salió de las sombras.

Él sonrió y Malcolm comenzó a gritar una advertencia, pero ya era demasiado tarde. La hoja oscilante de Alan golpeó a Alexander en la parte posterior de la cabeza.

Los ojos de Alexander se abrieron brevemente, luego cayó con tanta fuerza que Malcolm temió lo peor. La sangre se acumulaba alrededor del cuerpo de Alexander con alarmante prisa.

"¡No!" gritó Malcolm, pero el mercenario se volvió hacia él, con un brillo mortal en sus ojos. Malcolm esquivó el golpe y luego se acercó al hombre. Los ojos del hombre se agrandaron, tan sorprendido estaba por la proximidad de Malcolm, pero sus ojos se abrieron más cuando sintió la hoja del cuchillo de Malcolm deslizarse en su garganta.

Era un truco que Alexander le había enseñado a Malcolm, a dar un paso al frente de un golpe, y aunque era una maravilla verlo funcionar en una situación desesperada, Malcolm deseaba que su hermano hubiera presenciado su éxito. Él se volvió hacia Alan, decidido a ver a ese hombre muerto, pero en ese mismo momento, una mujer gritó.

"¡No!" gritó ella. "¡Detén tu asalto!"

Alan miró hacia las escaleras, con una sonrisa de complicidad en su rostro. Él levantó la mano y pidió que se detuviera la lucha, con tanta calma como si pidiera más sal en la mesa.

Malcolm se volvió, siguió la mirada de Alan y vio a la esposa de Alexander, Eleanor, de pie en el penúltimo escalón. Ella parecía fuera de lugar, su atuendo tan perfecto que podría haber estado apareciendo en la corte del rey para cenar, no entrando en medio de una batalla sangrienta. Su aplomo también era perfecto, su postura majestuosa, su compostura completa.

Solo su palidez revelaba su angustia.

Ella bajó la última de las escaleras del solar sin dudarlo. Caminó por el salón, tan bella como un espectro, tan inesperada como un ángel. Ella no prestó atención a lo que estaba esparcido bajo sus pies y no tropezó.

Los hombres retrocedieron para permitirle el paso, aparentemente tan asombrados por su presencia que dejaron caer sus espadas a los lados. Malcolm no dudaba de que sus modales tenían más poder que las órdenes de Alan.

Sus pasos solo vacilaron cuando se acercó al charco de sangre roja que rodeaba a Alexander. Ella se detuvo cuando mostró la primera fisura en su compostura. Ella hizo un pequeño sonido, un grito ahogado de dolor y su cabeza se inclinó como para ocultar sus lágrimas. Ella se interpuso entre Malcolm y su hermano caído.

Malcolm no dudaba de que la herida de Alexander fuera fatal, pero Eleanor habría entrado en la sangre. Ella habría ido al lado de Alexander, pero Alan le gritó. "No lo toques. Su destino está sellado, al igual que el tuyo."

Eleanor vaciló por un momento y Malcolm pudo ver cómo ella encontraba su impulso de desafiar la orden del otro hombre.

"¿Qué crees que puedes hacerme ahora?" preguntó ella suavemente.

Alan se rió entre dientes, aunque no fue amable.

Eleanor exhaló, el acero abandonó sus hombros con ese aliento. "Lo siento, amado", le susurró a Alexander, sus palabras desiguales. Malcolm no podía imaginar por qué se disculpaba, porque la culpa de ese asalto no podía recaer en sus pies.

¿O podría ser?

Para asombro de Malcolm, ella se dirigió a él aunque se enfrentó a Alan. "Te pediría, Malcolm, que le informaras a esa bruja Jeannie que si no ve a su señor curado de esta enfermedad, tendrá que temer" Sus palabras fueron pronunciadas con tal convicción que Malcolm no dudaba de que ella sería realmente vengativa. "Ya sea que la encuentre en este mundo o en el próximo, mi venganza por cualquier incompetencia que muestre en este asunto será tan feroz que la hará desear no haber respirado nunca."

Malcolm asintió. "Así lo haré".

Eleanor miró a Alexander y él vio un destello de lágrimas en su mejilla cuando se volvió hacia Alan. "Alexander me atrapó con un beso", dijo ella, sus palabras roncas, "mientras que este hombre me capturaría con una espada." Eleanor le dio a Malcolm una mirada, sus ojos eran tan vívidos y penetrantes de un verde que lo hizo contener el aliento. "Un hombre sabio sabe cuál es el arma más formidable."

"¿Te inclinas ante lo inevitable, entonces?" Preguntó Alan, alzando la voz para que todos pudieran escucharlo.

"—Te acompañaré, si eso es lo que quieres decir, pero solo mientras tus hombres envainen sus espadas de inmediato" —dijo Eleanor, como si tuviera algo con lo que negociar. "Partirán de Kinfairlie y ninguno de ustedes volverá a proyectar una sombra sobre sus tierras. Estos son mis términos para acompañarte."

Alan asintió. "De acuerdo." Él envainó su espada, lanzando una mirada condescendiente al hombre caído ante él. "Aunque podríamos haber tomado todo lo que deseamos por la fuerza."

"Solo porque hiciste trampa", dijo Eleanor con algo de calor. "En un campo nivelado, no habrías ganado una ventaja tan fácilmente."

"Hablas con valentía, para alguien que se entrega a mi poder", dijo Alan con el ceño fruncido.

Eleanor sonrió con frialdad. "Solo valgo para ti mientras viva. Ambos lo entendemos. Puedes reclamar mi cuerpo, pero nunca reclamarás mi corazón, y no puedes silenciar mis palabras."

Para asombro de Malcolm, Alan no lo refutó. Entonces Eleanor alcanzó a Malcolm, su mano cerrándose alrededor de su muñeca con vigor. "Quédate con él", le aconsejó con sereno vigor. "Ningún alma debe atravesar el velo sin una mano familiar sobre su hombro."

Cuando Malcolm se movió para cumplir sus órdenes, él sintió que ella empujaba algo duro y pesado en su mano. Instintivamente lo agarró, sin saber qué era.

"Porque tu hermano me enseñó que hay tesoros con un valor mucho más allá de su precio", le murmuró Eleanor, asegurándose de que sus palabras no pudieran ser escuchadas.

Malcolm supuso que nadie se había dado cuenta de que ella le había dado una pieza y cerró la mano sobre ella como si no tuviera nada en absoluto.

Entonces ella cruzó el salón hacia un sonriente Alan, y Malcolm supo que no imaginaba que la dama se estremecía cuando se acercó al lado de ese villano. Sin embargo, ella no se inmutó ante lo que tenía que hacer y, fiel a la palabra de Alan, sus hombres salieron pacíficamente del pasillo de Kinfairlie detrás de él.

Cuando se fueron y Malcolm finalmente abrió la mano, encontró un anillo en su mano. La gema de esmeralda que su madre había usado como señal de su compromiso nupcial con su padre, la gema que Alexander había usado para sellar sus propios votos, le devolvía el brillo en su propia palma.

Y Malcolm comprendió entonces que Eleanor se había rendido para garantizar la seguridad de Kinfairlie, aunque todavía no se imaginaba por qué Alan debería contentarse únicamente con la dama como premio.

~

ALEXANDER SE DESPERTÓ en su propio salón, un mar de rostros se apiñaba a su alrededor. Un rostro estaba notablemente ausente. Su cabeza palpitaba con un vigor impío. Sus hermanas estaban agrupadas a su alrededor, e Isabella rompió a llorar cuando él abrió los ojos. Alguien le lavaba la nuca con un brebaje que ardía, los gestos eran ásperos pero no desagradables. Él podía oler las hierbas dentro del brebaje e hizo una mueca de dolor.

"No estoy muerto todavía", dijo él con fingida irritación, aunque tomó mucho esfuerzo hacerlo. "A menos que quieran ver que la situación cambie."

"¡Alabado sea!" gritó Rose, la esposa del cocinero. "¡El señor habla!"

La gente de la casa de Alexander se acercó entonces, sus rostros se iluminaron de alivio. Elizabeth aplaudió y Annelise sonrió entre lágrimas, Isabella abrazó a Alexander con tanta fuerza que le dolió, pero él no se quejó.

"Pensaba que me habrías preferido muerto", bromeó con Elizabeth y ella se sonrojó.

"No eres tan malo", reconoció ella. "Al menos no todavía".

"No hay nadie mejor que una hermana para asegurarse de que la vanidad de un hombre se mantenga dentro de los límites", murmuró él, luego le guiñó un ojo cuando ella se sonrojó. Ella intentó golpearlo, luego pensó mejor en su impulso y retiró la mano. Alexander tomó su mano y la besó en los nudillos, apreciando su preocupación sin importar cómo se expresara.

El esfuerzo lo dejó mareado, aunque seguía tendido en el suelo y sabía que había sido herido. Él cerró los ojos y se recostó, y las náuseas disminuyeron. Él recordó que solo se había enfrentado a los hombres de Alan, luego una explosión de dolor en la parte posterior de su cabeza.

Entonces nada. Él miró de nuevo, pero Eleanor aún no estaba en la compañía. Su ausencia lo hizo levantarse, ignorando el dolor que acompañaba su movimiento.

Una mano nudosa se plantó firmemente en su pecho y lo empujó hacia el suelo. "Alan Douglas se ha ido, mi señor", dijo Jeannie, confundiendo el motivo con su urgencia. "No hay nada que temer salvo tu propio bienestar"

"No es Alan a quien busco, sino a mi esposa." Alexander intentó levantarse de nuevo, pero no tuvo menos éxito. De hecho, era irritante que la anciana partera pudiera detener su intento con una sola, aunque fuerte mano. "¿Qué me aflige?" le preguntó en voz baja.

"—Una herida en la nuca, mi señor, y una que derramó mucha sangre. Parece ser peor de lo que es, aunque te dolerá mucho durante unos días incluso con mi cuidado." Ella le lanzó una mirada astuta. "No se ve tan sano, mi señor."

"Debo buscar a mi esposa", dijo él, tomando su mano con determinación y dejándola a un lado.

"—No tienes por qué preocuparte, mi señor. Ella también se ha ido de Kinfairlie", dijo Jeannie con no poca satisfacción.

Alexander se puso de pie, vacilante, a pesar de la protesta de la curandera. El salón se balanceó levemente cuando lo hizo, pero Malcolm se colocó a su lado y lo agarró por el codo con firmeza. Alexander agarró a su hermano por el hombro y luchó por sofocar las protestas de sus propias entrañas.

"Ten cuidado, Jeannie", dijo Malcolm. "La dama juró verte herida si su señor esposo no estaba bien atendido y curado."

Jeannie resopló. "Ella apenas puede levantar una mano contra mí mientras está con Alan Douglas." Ella le sonrió a Alexander, sus ojos brillaban. "Si nadie le dice la verdad, mi señor, entonces lo haré yo. Tu infiel esposa eligió a Alan Douglas antes que a ti, y eso sin mirar atrás."

"¡Ella no hizo tal cosa!" protestó Malcolm.

"¿Qué sabes de las mujeres, en particular de aquellas que planean para ver su propia ventaja? ¿No se fue de buena gana, con la mano sobre su brazo? Preguntó Jeannie. "No vi grilletes. No fui testigo de ninguna lucha."

"No fue como tú das a entender", insistió Malcolm, alzando la voz. "Ella sacrificó su propio bienestar por el nuestro."

Los que estaban en el salón comenzaron a murmurar, incluso cuando se acercaron para escuchar los detalles de esta disputa. Alexander no sabía qué pensar de la elección de Eleanor. ¿Por qué ella había acompañado a Alan, después de negarse a hacer eso hacía unos días? Ella había dicho que él deseaba casarse con ella en lugar de Ewen, y Alexander estaba seguro de que ella no compartía ese deseo.

"Ella abandonó a su señor por lo que vio como un mejor esposo", respondió Jeannie. "¿No puso ella el anillo de mi señor bajo tu custodia?" La vieja sanadora se rió a carcajadas ante la sorpresa de Malcolm. "Veo más de lo que la mayoría creería posible, y ahora sabes que es verdad."

"Ella solo tenía la intención de ver la gema a salvo", dijo Malcolm, su defensa de Eleanor reconfortaba el corazón de Alexander. "Ella no deseaba que Alan reclamara el anillo." Él apretó los labios y sostuvo la mirada de Alexander. "Ella dijo que había tesoros con un valor superior a su precio."

La esperanza de Alexander surgió ante el eco de sus propias palabras. En verdad, era difícil creer que Jeannie nombrara bien el asunto, no después del encuentro que él y Eleanor habían compartido el día anterior. Él estaba seguro de que ella estaba a punto de entregarle su corazón.

Él tenía la intención de asegurarse de que ella tuviera esa oportunidad.

"Ella pensó que estabas muerto", dijo Malcolm, firme en su defensa de la novia de Alexander. "Ella dijo que lo sentía, aunque no sé por qué, y te llamó su amado." Su mandíbula se tensó. "No desacredites un gesto noble, Jeannie, solo porque no fue el tuyo."

La anciana partera apoyó una mano en su cadera. "Entonces, ahora Jeannie no es de creer, a pesar de que esta mujer que se llamaría sanadora no pudo ver que mi señor aún respiraba." Ella se burló. "¿O sugieres que lo traje de regreso de la muerte con la hechicería de mi poción? ¿Así es como te deshaces de la vieja Jeannie?"

"No tenemos ningún deseo de deshacernos de ti", dijo Alexander, aunque eso no era del todo cierto.

"Alan le prohibió acercarse a Alexander", dijo Malcolm con fuerza. "¡Ningún sanador podría ver todo a la distancia en la oscuridad infestada de humo de este salón! ¡Otorga crédito donde es debido!"

Jeannie resopló de nuevo. "Y concede la culpa cuando es debida", gritó ella. "¿No se fue ella con Alan Douglas? ¿No abandonó a nuestro señor en su propia sangre? ¿No sacó de su propio dedo el anillo que sellaba sus votos nupciales?"

"¿Alan Douglas no dejó Kinfairlie cuando ella lo hizo?" Preguntó Malcolm, bajando la voz. "¿Su acción no aseguró que todos viviéramos para ver la mañana?" La compañía contuvo el aliento y Alexander vio a su hermano mirarlos. "¿No le sacó ella a Alan una promesa de respetar nuestras fronteras y dejar ilesa a Kinfairlie si ella lo acompañaba? La señora se entregó a él para salvarnos, esto está claro"

"Ella no es lo que pensarías que es." Jeannie se incorporó a su altura máxima. "¿No fue envenenado el propio señor la noche que ella llegó?"

"Por tu brebaje, Jeannie", argumentó Malcolm.

La vieja sanadora resopló. "¡Un brebaje que no le habría hecho daño si te hubieras comido la comida, en lugar de perseguirla por la nieve!" Se intercambiaron miradas sobre esto, aparentemente envalentonando a la mujer mayor. "Traté de advertirle, lo hice, otorgándole una muestra de su propia medicina, pero ella logró evadir la lección."

Alexander frunció el ceño. "¿Qué es esto que dices? ¿Qué advertencia le diste?

"Lo último del vino que ella dijo que reclamaba para ti". Jeannie resopló. "Yo sabía que tenía la intención de saborearlo ella misma, así que lo condimenté para que pudiera probar su propio remedio..."

"¿Te refieres al vino que bebió Anthony?" preguntó Alexander, con furia creciente.

"¿Quieres decir que querías ver a nuestra señora enfermarse?" demandó Anthony mismo con indignación.

"Era una lección", insistió Jeannie. "Y una que no hubiera matado a nadie." Ella señaló a Anthony con un dedo. "Ella no te salvó de ningún destino. Te habrías curado de todos modos, con o sin su acto."

"¡Fuera!" rugió Alexander. ¡Fuera de mi salón! ¡Jeannie, nunca volverás a cruzar el umbral de la fortaleza de Kinfairlie!

Hubo un estruendo de asentimiento a través del salón, y se intercambiaron asentimientos. Se hizo un paso libre para Jeannie, quien aparentemente no creía que la echaran fuera. Manos la ayudaron empujándola hacia la puerta y ella comenzó a murmurar.

Tan pronto como salió de la puerta, todas las miradas se volvieron hacia Alexander. "Mi señora ha sido injustamente difamada", dijo él.

"Y ella se ha sacrificado para vernos a todos a salvo de Alan Douglas", dijo Malcolm.

"Tal valor debe tener su recompensa", asintió Alexander con seguridad. Cabalgaremos en pos de la dama.

Los hombres en la sala gruñeron de acuerdo y el molinero dio un paso adelante. "Mi señor, quisiera viajar contigo."

"Como yo", declaró su hijo, Matthew. "De hecho, caminaré hasta Tivotdale si eso te ayuda a buscar a tu dama."

Alexander sonrió pero no pudo responder, tan fuertes y numerosas eran las declaraciones de asentimiento. De hecho, él estaba teniendo problemas para permanecer de pie y su visión se nublaba. Esa herida necesitaría tiempo para curarse antes de que pudiera ser de mucha ayuda para Eleanor.

"No montarás pronto", dijo Malcolm en voz baja, evidentemente viendo el malestar de su hermano.

Alexander vaciló sobre sus pies y Malcolm lo agarró por el codo una vez más. "No, no pronto", dijo él, avergonzado por lo mucho que tenía que depender del apoyo de su hermano. Él levantó la voz con esfuerzo. Continuaremos adelante, en eso pueden confiar, aunque el momento queda por decidir. De hecho, debemos esperar hasta que pasen los doce días de Navidad para que la guerra pueda llevarse a cabo con honor." Él sonrió para su compañía con su habitual bravuconería. "Para entonces, les aseguro, no solo estaré sano sino que tendré un plan."

La compañía rugió aprobando esta idea, pero el salón se arremolinó alrededor de Alexander en un baile de borrachos. Él se sintió caer, sintió que las sombras se cerraban a su alrededor con una velocidad aterradora, luego no supo nada más.

"Tonto valiente", escuchó murmurar a Anthony, el tono del castellano a la vez regañado y afectuoso. "No debería haber estado de pie con una herida como esta. ¿Cómo puede un hombre tan inteligente demostrar que es tan tonto?"

Tonto. Esa sola palabra le dio a Alexander una idea antes de que la oscuridad que lo invadía lo tragara por completo.

ELEANOR ESTABA CASI enferma de miedo. A ella no le gustaba la línea de la boca de Alan o la forma de su mandíbula. No le gusto cómo él la había agarrado por la parte superior del brazo tan pronto como estuvieron fuera del pasillo de Kinfairlie y la había arrastrado tras él con tanta fuerza que ella tropezó.

Su actitud recordaba demasiado a la de su hermano.

Pero Alan no estaba borracho, como había estado Ewen con tanta frecuencia. El golpe de Alan no fallaría, no daría mal en su objetivo. Él no tropezaría. No caería en un estupor antes de poder herirla gravemente.

Ella vio a Matthew en el suelo, la sangre manaba de su brazo y su rostro estaba pálido. Su padre se inclinaba sobre él con preocupación, todos los aldeanos parecían aturdidos.

"Debes vendar la herida", dijo Eleanor, sin pensarlo dos veces. "Toma un trozo de lino y átalo alrededor de su brazo. Mantén tus dedos sobre él y el flujo de sangre se detendrá ".

Ellos la miraron, tan conmocionados que no la entendieron.

"¡Un trozo de tela!" —Dijo Eleanor, luego alcanzó su propio dobladillo. "Toma, te daré una..."

"No harás tal cosa", gruñó Alan y apretó su agarre. Su agarre era tan fuerte que ella gritó de dolor, pero él solo la arrastró hacia su caballo.

"¡Mi señora!" gritó el molinero.

"Estaré lo suficientemente bien", dijo Eleanor apresuradamente, no queriendo que sufrieran más heridas. "Atiende a Matthew. Venda su herida y luego llévelo a Ceara. Se pondrá bien si lo atiendes rápidamente."

"¿Qué te importa la salud de un campesino ignorante?" preguntó Alan, burlándose. "¿O era él con el que pensabas casarte a continuación?"

Alan y sus hombres encontraron ese comentario más divertido de lo esperado, aunque Eleanor no compartía su humor. Ella fue arrojada a una silla de montar, y su corazón se hundió cuando Alan puso su pie en el estribo de la misma silla.

"Puedo montar sola", dijo ella apresuradamente. "Tengo la habilidad".

"Y huirás a la primera oportunidad", dijo Alan poniendo los ojos en blanco con escepticismo. "No soy tan tonto como eso".

"Te doy mi palabra de que no lo haré."

"¿Y cuánto vale la promesa de una mujer?" Alan no esperó una respuesta, sino que se subió a la silla detrás de ella. Él la atrapó rápidamente contra él y cerró su puño enguantado sobre su pecho sin ningún esfuerzo por ocultar el gesto grosero de sus hombres. Eleanor contuvo el aliento ante su inesperada familiaridad y él apretó con más fuerza su pecho y ella supo que quedaría magullada.

"Te lo ruego, no me lastimes", susurró ella.

Alan se rió. Le dio a su pecho un último apretón de tal vigor que hizo que se le llenaran los ojos de lágrimas y luego espoleó a su caballo para que siguiera adelante. "¡Adelante!" gritó. "Hay un calor acogedor para saborear en nuestro propio salón."

Los mercenarios se rieron y Eleanor no dudaba de que Alan tuviera una expresión lasciva. Ella se alegró de no poder verlo y temió de nuevo sus intenciones. ¿Los mercenarios la probarían también? Para ella estaba claro que a varios les encantaba la perspectiva.

"Pensé que deseabas mi legado", dijo ella, esperando tener éxito en hacer que su voz sonara tranquila.

"¿Qué hombre sería tan tonto como para no desearlo?" Preguntó Alan.

"El padre de cualquier hijo que yo tenga también debe ser mi esposo legal para obtener el legado", dijo Eleanor. "Aunque estoy segura de que estás al tanto de ese detalle."

"En verdad, lo estoy. Has enterrado a otro cónyuge en tu determinación de hacer alarde de la voluntad de los hombres, pero no te librarás de este tan fácilmente."

"No eres mi cónyuge, sino mi carcelero."

"Todavía." Él arrancó los cordones del costado de su falda con fuerza repentina, rasgando los ojales. Él forzó su mano enguantada a través de la abertura y agarró su entrepierna con cruda fuerza. Eleanor jadeó y saltó, porque su agarre era doloroso. "Esto también será mío", le dijo con voz áspera al oído y su corazón galopó de miedo.

Aunque ella sabía que era inevitable encontrarse con Alan en la cama, ella tenía que pensar en alguna forma de retrasar ese horror.

"Seguramente no querrás que se te arroje ninguna duda sobre cualquier afirmación que puedas hacer", dijo Eleanor, sus palabras apresuradas.

"¿Y qué significa eso?"

"Que me he acostado con el Señor de Kinfairlie, mi señor esposo, y si su semilla da fruto, mi legado se pagará a su heredero, independientemente de quién sea mi esposo."

Alan la soltó, consternado. "¡Tú no puedes hacer eso!"

"Seguramente puedo." Eleanor se esforzó por sonar audaz. "¿Te imaginas que mi tutor desacreditará mi testimonio sobre quién es el padre de mi hijo?" Eleanor sabía que Reinhard von Heigel, el confidente de su padre y su tutor, haría precisamente eso, sin un momento de remordimiento. Como Alan, Reinhard creía que la palabra de una mujer no tenía ningún mérito. Ella había mentido y lo sabía, pero no se arrepentía.

Alan gruñó de insatisfacción. Entonces mataré a su heredero.

"Y romperías tu propia promesa de dejar a Kinfairlie tranquila, sin garantía de que el dinero llegará a ti. Los Lammergeier son abundantes y se dice que también tienen poderes oscuros. ¿Quieres involucrarlos a todos en la guerra?

"Podría sacarte a golpes a cualquier niño."

"Y también mátame fácilmente". Eleanor negó con la cabeza, esforzándose por parecer que tenía una opción y que confiaba en ella. Me casaré contigo la próxima vez que sangre y no un día antes. Entonces, no habrá duda de que el destinatario legítimo de mi legado debería tener un hijo."

Alan exhaló un suspiro y a Eleanor le pareció que el caballo había galopado muchos kilómetros antes de que él respondiera. "Te cedo esto, pero únicamente porque se adapta a mis propios fines." Él apretó su agarre sobre ella de nuevo de modo que ella hizo una mueca y su voz se convirtió en un gruñido en su oído. "Pero si me engañas, entiende que pagarás por tu mentira. Tendré una esposa obediente, incluso si hay que atarla y golpearla para que siga así. Una mujer puede sufrir magulladuras en lugares que no afectan la fecundidad de su útero. ¿Nos entendemos?"

Eleanor asintió con la boca seca. Entonces supo que tan pronto como tuviera un hijo, tan pronto como Alan tuviera su legado, su vida terminaría. Él podría guardar sus golpes hasta ese día, pero después, cuando no la necesitara, la mataría.

La sombra de Tivotdale se elevó ante la compañía y Eleanor estaba tan aterrorizada por la vista que tuvo que recordarse a sí misma que debía respirar. ¡Lo que había soportado en ese lugar no se olvidaba fácilmente!

No se podía negar que ella había hecho una buena acción por Kinfairlie y su gente, porque los hombres de Alan se habían ido sin más violencia a esos residentes.

Aunque realmente ya habían hecho lo peor. Sus lágrimas brotaron con la certeza de que Alexander estaba muerto. A ella le hubiera gustado haberle puesto los dedos en la garganta para estar segura. Le hubiera gustado haber apoyado la oreja contra su pecho para disipar la última de sus dudas.

Pero, para ser honesta, ella no quería saber con certeza que Alexander Lammergeier estaba muerto. Ella quería alimentar una débil, aunque inútil, esperanza de que él viviría, que se curaría, que se reiría y bromearía una vez más a costa de sus hermanas. Ella quería creer que Kinfairlie no se privaría de su señor protector, que Alexander sería testigo de los votos matrimoniales de Matthew y Ceara, que la propiedad seguiría siendo el santuario tranquilo que ella había sabido que era. Incluso si Alexander se olvidaba de ella, o elegía no perseguirla, a Eleanor le gustaría creer que él aún tomaría aliento y encontraría motivos para regocijarse.

Eleanor sabía que su esperanza era una locura, porque ella podía cerrar los ojos y ver ese temible charco de sangre. También sabía que era culpa suya que Kinfairlie hubiera sido condenada a sentir el peso de la mano de Alan. Ella nunca debería haber huido allí. Ella nunca debería haberse quedado. Nunca debería haber amado a su señor, porque habían sido Alexander y su inesperado amor por él los que habían persuadido a Eleanor de que podía tener esperanzas.

Cabalgaron bajo el rastrillo de Tivotdale y Eleanor tuvo la terrible certeza de que nunca volvería a salir con vida de ese torreón.

Sin embargo, aunque la pérdida del hombre que amaba le dolía más de lo que había temido Eleanor, contra todas las expectativas, solo lamentaba una cosa. Ella no se arrepentía de haber amado a Alexander; ella lamentaba no haberle dicho que él había tenido éxito en su búsqueda para conquistar su corazón. Ella sabía cuánto valor había puesto él en el amor y sabía que habría triunfado con las noticias de su éxito. Ella no se lo había dicho, ni siquiera cuando lo supo, ni siquiera cuando había tenido la oportunidad.

Y ahora, nunca volvería a tener esa oportunidad.

Eleanor rezaría, decidió, para que ella y Alexander pudieran encontrarse de nuevo en el cielo, únicamente para que ella pudiera tener la oportunidad de corregir su error. Ella quería ver la satisfacción curvar sus labios, quería ver las estrellas iluminar sus ojos. Ella quería oírlo reír de su triunfo, un triunfo que seguramente nunca había dudado que sería el suyo.

Alan se bajó de la silla y luego se acercó a ella con un gesto brusco que la llenó de aprensión. Él se parecía tanto a Ewen en este momento que el espíritu de Eleanor se acobardó.

Ella sospechaba que podría encontrarse con Alexander pronto.

PASARON cuatro días y Alexander seguía acostado. Malcolm se encontró de pie en vigilia en la puerta del solar, inquieto como no lo había estado antes en todos sus días. Alexander estaba pálido cuando lo habían llevado a su propia cama y su carne estaba extrañamente fría. Anthony había detenido la sangre que fluía de su herida y en esos últimos días, esa herida había comenzado a sanar.

Pero Alexander seguía durmiendo. Había surgido un gran bulto detrás de la herida que estaba cicatrizando, aunque ya no parecía agrandarse. En las pocas ocasiones en que Alexander se despertaba, preguntaba por Eleanor, sin importar cuántas veces le dijeran que ella se había ido. Él había vomitado con tanta frecuencia los primeros días que Matthew pensaba que cualquier enfermedad sería más fácil de soportar que esa.

Él se había equivocado. El sueño antinatural de su hermano era mucho más difícil de observar. Habían hablado de los méritos de convocar a Jeannie, pero Malcolm estaba en contra y, en verdad, nadie sabía adónde había ido la vieja sanadora.

"¿Y bien?" Isabella preguntó desde la proximidad repentina y Malcolm saltó.

"Lo mismo que ayer", dijo él, forzando una sonrisa para ella. "Quizás se recupere en sus sueños."

Isabella hizo una mueca. "Eso suena como algo que Jeannie diría, y todos sabemos que inventaba la mitad de lo que insistía que era verdad. Eleanor sabría la verdad."

Malcolm no podía discutir con eso. Se volvieron como uno solo y observaron el rítmico ascenso y descenso del pecho de Alexander. "¿Todavía pregunta por ella?" Isabella preguntó en un susurro.

"Cada vez que se despierta", dijo Malcolm. "Su nombre es lo único que murmura mientras duerme."

Isabella sonrió, aunque era una sonrisa triste. "Quizás sueña que ella lo atiende".

"Quizás."

Annelise subió las escaleras y se detuvo junto a ellos, su actitud era moderada. Ella preguntó por Alexander y la noticia no le gustó más que a Isabella y Malcolm.

Algo brillaba en su mano cuando ella vaciló junto a ellos y Malcolm frunció el ceño mientras trataba de ver qué era. "¿Qué tienes?"

Annelise se sonrojó. "Es un frasco de aroma, que me dio Rosamunde."

"¡Para tu noche de bodas!" adivinó Isabella. Annelise asintió con la cabeza, con las mejillas en llamas, e Isabella se volvió hacia Malcolm. "Le di el mío a Eleanor y Alexander, y Eleanor lo vertió en el baño que había convocado."

"Rosamunde dijo que evocaría dulzura entre marido y mujer", dijo Annelise con cautela.

"No sé qué ocurrió" —Isabella hizo una pausa por un momento pero Malcolm no dijo nada— "aunque pasó mucho antes de que regresaran al salón."

Annelise extendió el frasco, como una ofrenda. "Pensé que podría ayudar".

"Pero Alexander no tiene la intención de bañarse esta noche", dijo Malcolm.

"Yo sé eso." Annelise sonrió con tristeza. "Pero mamá dijo una vez que el aroma es una potente invocación y yo sabía lo que Isabella había hecho con su vial y pensé..."

"Que podría despertarlo", concluyó Isabella con satisfacción. "Creo que es una buena idea." Ella cogió el frasco de manos de Annelise y se dirigió al solar.

"¡Déjame ver lo que haces!" Annelise se quejó y corrió tras ella.

Malcolm siguió a la pareja para mirar. Se detuvieron junto a la cama y, no por primera vez, Malcolm sospechaba que sus hermanas compartían un idioma secreto, uno que no necesitaba palabras. Intercambiaron una mirada, luego Isabella abrió el frasco.

Malcolm olió flores. Él pensó en el verano, aunque no supo nombrar los aromas precisos que asaltaron sus fosas nasales. Él cerró los ojos y se imaginó a sí mismo dentro de un jardín de flores, el aire lleno de abejas, el sol derramando oro sobre todo.

Annelise había traído una servilleta de lino. Ella vertió la más mínima gota de aceite en el lino, luego Isabella volvió a tapar el frasco. Annelise agitó el lino debajo de la nariz de Alexander y esperaron, sin aliento, alguna respuesta.

No hubo ninguna.

Annelise volvió a agitar la tela y Malcolm quedó impresionado por la palidez de su hermano. La piel de Alexander era del color de la nieve, y debajo de sus ojos se veían débiles círculos azules de cansancio a pesar de lo mucho que había dormido. Él había perdido peso, porque su rostro era más delgado y su cabello parecía haber perdido su brillo. Malcolm miró hacia otro lado, incapaz de afrontar la perspectiva de perder al hermano que había admirado todos los días de su vida, y su visión estaba velada por las lágrimas.

"Debo hablar con el señor", dijo una mujer en la puerta.

Malcolm aprovechó la oportunidad para hacer algo para ayudar a su hermano enfermo. "No puedes entrar al solar. Él debe descansar."

Pero él debe saber lo que yo sé. Traté de decírselo a él y a la dama Eleanor antes de que atacaran el torreón, ¡pero no quisieron ni oír hablar de eso y mirar lo que pasó! La doncella mayor levantó las manos, aunque Malcolm no estaba seguro de quién era ella. "Y ahora he pasado todos los días y todas las noches tratando de subir estas escaleras para decirle al señor lo que necesita saber, y solo me enfrento a un obstáculo tras otro".

"Debe haber guardias apostados para defender al señor, porque ha habido ataques contra su vida", dijo Malcolm. Él no agradeció las críticas de esta mujer, ya que él mismo había ordenado a los centinelas que defendieran las escaleras.

"¿Lo defenderías de la verdad?" preguntó la criada. "¿Lo defenderías del conocimiento de un espía en su propio salón? ¿No deseas saber qué amenazas enfrenta?" Ella se clavó el dedo en su propio pecho. "Sé mucho más que cualquiera de ustedes y aunque trato de compartir mis noticias, ustedes no se enterarán. Es un tipo de orgullo, un tipo pecaminoso, que impide que los hombres ingeniosos escuchen el consejo de aquellos que piensan que son inferiores a ellos, sin duda."

Ella hizo una pausa para respirar y Malcolm aprovechó la oportunidad para hablar. "¿Quién eres tú?"

Ella se irguió. "Soy Moira Goodall, la doncella de mi dama Eleanor por juramento a su madre moribunda, la dama Yolanda." Moira señaló a Malcolm con un dedo. "Y esa era una gran dama, una dama que confiaba en el consejo de los de su casa y nunca eludió escuchar una verdad, por dolorosa que pudiera ser..."

"¿Qué verdad le dirías, Moira?"

Yo seguí a la dama Eleanor desde Tivotdale, tan devoto es mi servicio hacia ella, y tu hermano el señor me recibió en Kinfairlie con la gracia de un rey. Mi gratitud no es pequeña en este asunto porque fácilmente podría haberme apartado de sus puertas y no habría tenido ningún lugar adonde ir, pero el Señor Alexander me permitió quedarme y cumplir mi promesa a la madre de mi señora...
"

"Estas no son noticias espantosas, Moira", dijo Malcolm con determinación. "Aunque aplaudo la buena voluntad de mi hermano al concederte la oportunidad de continuar con tu servicio, esta historia no exige ser contada. Son muchos los que han sido bienvenidos en Kinfairlie."

Moira parpadeó. "Pero ese es precisamente mi punto, y eso es lo que el señor necesita saber".

Malcolm negó con la cabeza y habría despedido a la mujer, pero Moira lo agarró de la manga. Él la miró y vio el miedo en sus ojos.

"Solo lamento no haberme dado cuenta del intruso antes, porque entonces, se podría haber evitado mucha maldad."

"¿De qué hablas?" El interés de Malcolm se despertó.

"Hay un hombre en servicio aquí, un mercenario, a quien reconozco de Tivotdale. Él debe haber venido con el grupo que cabalgó en persecución de la dama Eleanor el día de Navidad, tal como lo hice yo, y debe haberse quedado aquí con un propósito, tal como lo hice yo. Moira negó con la cabeza. "Pero a diferencia de mí, mi señor, apostaría a que este hombre permaneció al mando del Señor Alan y que su intención no era prestar un servicio fiel al Señor Alexander."

"¿Todavía está aquí?"

Moira asintió con convicción y la mano de Malcolm cayó hasta la empuñadura de su espada.

"Cierra esta puerta detrás de mí", les dijo, luego se apresuró a seguir a la criada. "¿Qué crees que ha hecho?"

Moira se humedeció los labios. "Lejos de mí está hablar mal de un hombre sin pruebas en su contra, señor, pero este es conocido por su astucia y su malicia. Alan Douglas a menudo confía en él para que se encargue de la desaparición de cualquier hombre que lo moleste demasiado."

"¿Quieres decir que este hombre mata?"

Moira asintió y miró a su alrededor antes de bajar la voz. "¿Esas espinas, las que se encontraron debajo de la silla de mi señor, de las que ha hablado el mozo de cuadra Owen?"

"Son grandes, más grandes que cualquiera que haya visto."

"Las he visto." La criada le sostuvo la mirada con convicción. "Crecen en las zarzas en Tivotdale."

MALCOLM ESTABA TAN concentrado en la captura del peligroso intruso en el salón de su hermano que no prestó atención al grito de alegría de sus hermanas detrás de él.

Tampoco escuchó a su hermano preguntar por su esposa.

CAPÍTULO 13

Había cosas peores que ser el único portero en Tivotdale durante la Epifanía. El hombre que se había quedado con la tarea estaba seguro de ello, aunque su convicción se desvaneció a medida que el sonido de la alegría dentro del salón de Tivotdale se hacía cada vez más fuerte. La noche era fría y oscura y los cielos amenazaban con lluvia o nieve. Sin duda, el viento sobre los páramos tenía daba mordidas, y él sintió algo de pena por haber sido excluido de las festividades de la noche.

Él siempre se las había arreglado para elegir la pajita corta. Había otros patrullando el perímetro de la aldea, sin duda, pero él no dudaba que los invitarían a compartir el calor de un hogar u otro, y se olvidaban fácilmente porque él no podía verlos. Él dio una patada en el suelo y caminó detrás del rastrillo cerrado, y se esforzó por entretenerse con la perspectiva de lo que podrían ser esas cosas peores.

Lo podría dar de comer a los lobos, una pieza a la vez. Seguramente eso sería peor que ser portero por una noche. La risa llegó desde el salón más allá y pudo oir la música. Él suspiró, se acurrucó en su capa y se paseó.

Él podía ser desollado vivo, o arrastrado y descuartizado,

ninguna de las cuales parecía ser una forma particularmente divertida de pasar la noche. Seguramente eso sería peor que pasar una noche en el frío, incluso si era la única noche en la que ese particular Señor Douglas mostraba alguna generosidad.

Él se giró y miró hacia el salón con nostalgia. Bebían cerveza, él lo sabía, y también a expensas del señor. Él había visto el venado, tanto las piernas asadas como el espeso y rico estofado, cuando había pedido una comida en las cocinas antes de presentarse a su deber. Él había visto y olido el pan fresco, los huevos en vino tinto, la liebre en salsa de pimienta, el jabalí en salsa de mostaza, filas de empanadas de pichón y patos asados. Él salivaba incluso al recordarlo y su estómago gruñía.

Cuando había ido a las cocinas, le habían dado un cuenco de sopa fina, extraída de las sobras del día anterior, un trozo de pan frío, y le habían pedido que se apartara.

Él podría sacar la pajita corta la siguiente Epifanía, así como esta. Eso no solo sería peor, sino una maldita fortuna.

Él se giró, con la intención de caminar a lo ancho de la puerta una vez más, y se enderezó al ver un pequeño grupo en el camino que conducía a sus propios pies. Eran un grupo heterogéneo, vestidos con todo tipo de atuendos, y retozaban en lugar de caminar. No tenían caballos, pero parecían bastante amables.

De hecho, estaban cantando. Él aguzó el oído y apenas escuchó las palabras.

*"Con un rink tink tink,*
*Por comida o bebida,*
*haremos sonar la vieja campana.*
*Feliz Navidad a todos ustedes*
*y que abunde la felicidad."*

EL PORTERO SONRIÓ A PESAR de sí mismo, porque le gustaba cualquier tipo de actuación. Él se preguntó de dónde había venido ese grupo y supuso que eran del pueblo. Parecían haber aparecido por la curva que hacía el camino alrededor de ese bosquecillo distante de árboles, aunque no había un destino lo suficientemente cerca para llegar caminando por ese camino.

Debían haber vagado por el camino más largo desde la aldea para que no se anticipara su llegada.

Quizás el señor había ordenado su presencia, porque era bien sabido que estaba extraordinariamente complacido este año. Sus propias nupcias se celebrarían al día siguiente, de ahí la recompensa en la mesa esa noche. Solo un hombre más tonto que ese portero sugeriría que algo andaba mal en un hombre que se casaba con la viuda de su hermano, y eso dentro de un mes de la muerte de ese hermano.

Había un destino peor. El portero podría haber estado compartiendo la mazmorra de Tivotdale con el sacerdote que se había negado a realizar la ceremonia nupcial por esos mismos motivos.

Ciertamente, la compañía que se acercaba estaba borracha. Se reían y caían sobre los pies del otro, dando tumbos y tambaleándose por el camino. Uno de ellos tenía una campana, pero el ritmo de su repique no era constante. Sin embargo, su canto era melodioso y tentó al pie del portero a marcar el ritmo.

Él los vio acercarse cada vez más, ajenos a todo lo demás. De hecho, era una noche tan tranquila que él ya sabía que no había nada más para ver. Debía haber unos treinta de ellos, y eran de todas las alturas y tamaños. Eran un grupo despreocupado, pero sin duda inofensivos. Había varias que parecían doncellas, pero el portero sabía que en realidad debían de ser muchachos.

Tanto si lo había pedido como si no, el señor estaría encantado de saborear su entretenimiento esa noche. Después de todo, era una invitación a la mala suerte negar a esos artistas la oportunidad de bailar y mendigar en la propia morada. El portero no estaba dispuesto a comprobar semejante destino.

La compañía se detuvo a media docena de pasos y uno dio un paso adelante con aire arrogante. Su rostro estaba ennegrecido, probablemente de hollín, al igual que los rostros de todos en su compañía. Él llevaba un trozo de tela roja enrollada alrededor de la cabeza, como había oído el portero que solían hacer los infieles. Sus botas estaban empantanadas, aunque eran extraordinariamente altas, y su tabardo era de una miríada de colores, con campanillas plateadas colgando del dobladillo. No llevaba nada más preocupante que una escoba y varios odres, cuyo contenido era sin duda el responsable de la alegría de la pequeña compañía.

Él hizo una elaborada reverencia y luego le guiñó un ojo al portero antes de cantar.

> *"Abre la puerta y entraremos,*
> *Tanto si perdemos o si ganamos.*
> *Si alguna vez nos levantamos, nos mantendremos firmes o caeremos*
> *pero cumpliremos con nuestro deber de complacerlos a todos."*

La concurrencia lo aplaudió, el hombre de la campana la hizo sonar alegremente, y luego todos miraron expectantes al portero.

"Sí, su compañía será bienvenida aquí esta noche", dijo él mientras alcanzaba la cuerda. Después de todo, la boda del propio señor se celebrará al día siguiente, y sin duda esta noche caerá de su mano más generosidad de la habitual.

La compañía intercambió miradas entre ellos, sin duda complacidos por esa perspectiva. Tan pronto como el portero abrió la puerta, todos se deslizaron por debajo.

Él se giró, pero eran tan rápidos como las anguilas e igual de difíciles de atrapar. Revolotearon a su alrededor como sombras y no logró aterrizar una mano sobre uno solo de ellos.

"¡Hey!" gritó él. "¡Esperen!" Las reglas exigían que él revisara a cada alma que entrara por las puertas en busca de armas y supo un momento de miedo cuando la compañía simplemente se rió de él.

Ellos repitieron su canción, media docena de ellos bailando a su alrededor en un círculo mientras los demás se lanzaban hacia el salón.

"¡Esto está prohibido!" gritó el portero. "¡No pueden hacer esto! Debo asegurarme de que no lleven armas."

Un miembro importante de la compañía lo atrapó en un fuerte abrazo desde un lado antes de que pudiera decir más. El portero se sintió momentáneamente confundido. Todos los artistas en todos los lugares eran hombres, por tradición, pero él sintió un par de enormes senos presionando contra su brazo.

"¿No tienes un beso para mí?" Las palabras llegaron en un falsete femenino, el más mínimo aliento contra su oído. Se despertó el interés del portero, pues había sido un otoño largo y solitario.

Él cerró los ojos y volvió la cara ligeramente. Su cariñoso agresor lo besó sonoramente en los labios y el portero se sintió más que un poco excitado por su ardiente abrazo.

Ella se fue, bailando por el salón con sus compañeros, antes de que él se diera cuenta de que también había sentido el cosquilleo de un considerable bigote.

Entonces supo sin duda lo que era peor que quedarse solo como portero en las puertas de Tivotdale durante la Epifanía. Él se frotó los labios con la mano enguantada y esperaba que nadie se hubiera dado cuenta de lo mucho que había disfrutado ese beso.

ELEANOR EMPUJÓ la carne de su lado de la bandeja al lado de Alan. Él se lo comió con un entusiasmo manifiesto, aparentemente ajeno a su descontento.

Pero claro, ella no esperaba ninguna otra respuesta de él. Él veía la perspectiva de riqueza en ella, una curva de senos que significaba que la tarea de conseguir un hijo de ella no sería tan molesta, y poco más.

Nadie se había molestado en tentarla a sonreír. Nadie en Tivotdale se había dado cuenta siquiera de su infelicidad. A nadie le importaba lo que ella pensara, lo que ella sintiera, si se sentía bienvenida o en casa. Hacía cinco años, cuando ella se había sentado en esa misma mesa al lado de Ewen, nunca había sentido la falta, pero ahora Eleanor la sentía profundamente.

Ella echaba de menos a Kinfairlie y su fácil camaradería, el afecto entre su gente y la familia gobernante. Ella echaba de menos a las hermanas Lammergeier, su compasión por una extraña y su voluntad de hacerla sentir como parte de su familia. Y ella echaba de menos a Alexander con un vigor doloroso, su confianza, su risa, su atención hacia ella.

Ella estaba convencida de que nunca vería las estrellas de Tivotdale, ni en los ojos de ningún hombre, ni en la mirada de ninguna doncella, confiada y alegre, ni siquiera en el cielo.

De repente, se oyó un canto procedente del corto pasillo fuera del gran salón. El sonido era tan delicioso que Eleanor pensaba que se lo había imaginado, pues tal alegría no podía pertenecer a Tivotdale.

*"Con un rink tink tink,*
*Por comida o bebida,*
*haremos sonar la vieja campana.*
*Feliz Navidad a todos ustedes*
*y que abunde la felicidad."*

UNA CAMPANA SONÓ DE REPENTE, llamando la atención de todos, incluso del mercenario más borracho del gran salón. Un hombre con un turbante rojo, botas altas y el rostro ennegrecido entró confiado en la habitación. Había campanas en el dobladillo de su abrigo, pero no eran la fuente del sonido de la campana. Él se quedó de pie con actitud expectante mientras sus compañeros, evidentemente todavía fuera de la habitación, cantaban el verso de nuevo.

Había algo familiar en su postura arrogante, aunque Eleanor no se atrevió a nombrarlo.

La compañía reunida en Tivotdale comenzó a darse codazos ante esa perspectiva de entretenimiento, e incluso Alan se sentó con una copa de cerveza y sonrió. Él hizo una seña al hombre, quien hizo una profunda reverencia con tal gracia que el corazón de Eleanor dio un vuelco.

No podía ser Alexander, no realmente. Ella se mordió el labio y luchó por parecer indiferente, incluso mientras estudiaba al hombre.

El recién llegado blandió su escoba con autoridad y comenzó a barrer el salón mientras cantaba sus versos.

> *"Espacio, Espacio, señores, espacio obtengo,*
> *Porque detrás de mí viene Galgacus y toda su real compañía.*
> *Una batalla pronto verán de temible poder,*
> *Entre Galgacus y el Caballero Negro.*
> *Si no creen lo que ahora digo*
> *Pasa, Galgacus, y despeja el camino."*

SE HIZO A UN LADO, metió la escoba debajo del codo con un gesto alegre y extendió la mano para indicar la puerta. Un hombre cruzó la puerta y miró de un lado a otro con un ceño terrible. Su armadura estaba hecha de ollas de cocina atadas entre sí, con el fondo negro por el uso, lo que hizo reír a la compañía de mercenarios. Su rostro también estaba ennegrecido, pero Eleanor apenas respiraba.

Era Malcolm. Ella lo sabía bien.

Ella se obligó a aparentar sólo un poco de interés en los procedimientos, aunque su corazón había comenzado a acelerarse.

Alexander no solo vivía, ¡sino que había venido por ella! Ella no podía adivinar su plan, pero había muchas posibilidades de éxito dado el estado de ebriedad de los mercenarios de Alan.

Sin embargo, ¿por qué atacaba dentro de los Días Santos? Estaba prohibido y, aunque se alegraba de que hubiera venido, temía por su alma inmortal al tomar esa decisión.

Ella picoteó su carne, como si estuviera desganada.

"Deberías mirar", reprendió Alan. "Esto me costará un buen dinero, al final."

Eleanor se encogió de hombros. "No me preocupan esas tonterías."

Alan negó con la cabeza y se volvió hacia la pareja en el salón, aparentemente fascinado.

Luego cantó el Caballero Negro.

> *"Adentro yo vengo, soy el Caballero Negro,*
> *Vengo a esta tierra a librar una buena pelea.*
> *Lucharé contra Galgacus en este lugar,*
> *Ese valiente hombre de coraje audaz.*
> *Deja que su sangre esté siempre tan caliente*
> *Pronto la veré frío. "*

ALEXANDER LUEGO FINGIÓ sorpresa y cantó.

> *"¿Galgacus? ¡Galgacus está fuera de la puerta!*
> *Él verá a este fanfarrón muerto en el suelo."*

UN HOMBRE ATRAVESÓ LA PUERTA, con una olla en la cabeza a modo de casco, pero una cota de malla en el pecho. Él blandía un arma que parecía lo suficientemente genuina a los ojos de Eleanor. Ella tuvo que mirar su rostro ennegrecido, pero estaba bastante segura de que era el molinero de Kinfairlie.

> *"Galgacus soy yo, y aquí vengo,*
> *Un campeón noble y audaz.*
> *Con mi fiel espada a mi lado*
> *Gané tres coronas de oro.*
> *Fui yo quien mató a los infieles*
> *Y trajo a docenas de ellos al matadero*
> *Soy yo que por esta pelea*
> *Pretendo ganar a la propia hija del Rey."*

UNA FIGURA familiar entró en la habitación y agitó las pestañas. Era el mozo de cuadra, Owen, esas dos hogazas de pan en su camisola una vez más. Él hizo una reverencia y un pan se salió de un salto, obligándolo a arrastrarse tras él por debajo de los bancos.

Los hombres de Alan se rieron de buena gana y Malcolm volvió a cantar.

> *"Galgacus se llama a sí mismo un campeón,*
> *Me considero bueno.*
> *Antes de entregarme a él*
> *Perderé mi preciosa sangre."*

ÉL LEVANTÓ su espada y los dos aspirantes a combatientes cantaron al unísono.

> *"Batalla, batalla, gritaré,*
> *¡Para ver cuál en el suelo yace!"*

Se lanzaron el uno al otro y sus espadas chocaron. Su juego de espadas los llevó de un lado a otro por el salón, cada uno de sus gestos exagerados. Aunque los mercenarios se reían de sus payasadas, Eleanor veía habilidad en su batalla, particularmente de Malcolm. Él tropezaba y rodaba, se apartaba del camino del asalto del molinero con la agilidad de un gato. Él se escondió detrás de una sirvienta y debió pellizcarle las nalgas, porque ella chilló y lo golpeó. Su expresión de asombro hizo aullar de risa a los mercenarios.

Él cayó entonces, antes de que la espada de su oponente estuviera siquiera cerca de él y el molinero se congelara. "No se suponía que debías caer todavía", susurró, luego echó una mirada a la atenta compañía.

Malcolm se sentó. "Déjame muerto ahora, entonces," susurró, sus palabras lo suficientemente fuertes como para que todos las oyeran. "Nadie se dará cuenta".

"Ni siquiera pueden mostrar la competencia para fingir una pelea", murmuró Alan con un movimiento de cabeza. Él vació su copa.

El molinero miró a su alrededor con aparente desesperación y luego se inclinó. "¿Pero dónde está la vejiga? ¿Cómo sabrán que estás muerto si no sangras?"

Malcolm pareció repentinamente consternado. Él buscó debajo de la miríada de ollas de su armadura, luego levantó algo que parecía una salchicha rellena. Los rostros de ambos hombres se iluminaron con triunfo.

Malcolm se puso de pie de un salto y volvieron a luchar, aparentemente repitiendo la parte que habían hecho incorrectamente.

Galgacus clavó su espada en la salchicha, falló y su espada chocó contra una olla. El Caballero Negro cayó de todos modos, a pesar de no tener ninguna herida, luego señaló con insistencia la salchicha posada en su pecho. Galgacus volvió a apuñalar y esta vez atravesó la salchicha, que arrojó algo rojo por todo el suelo.

La compañía aplaudió, tanto por la ilusión de una herida genuina como por el hecho de que lo habían hecho bien. Galgacus luego inclinó la cabeza al lado de su oponente caído, aparentemente lleno de remordimiento por su logro.

> *"Caballeros todos, miren lo que he hecho,*
> *¡He derribado al Caballero Negro!*
> *¿Hay un hechicero que se pueda encontrar?*
> *¿Para curar a este noble caballero en el suelo?*

ÉL SE GIRÓ e hizo un llamamiento al salón, y todos los que estaban allí miraron a su alrededor. Entonces, una figura envuelta en una capa entró en el salón y levantó las manos. Incluso sus rasgos ennegrecidos no podían ocultar al padre Malachy de la detección de Eleanor. Él giró mientras cantaba, su capa se arremolinó en un gran arco mientras cruzaba el salón.

> *"Hay un hechicero por encontrar*
> *Para curar a este noble caballero en el suelo."*

SE DETUVO JUNTO al Caballero Negro caído y lo miró con aparente sorpresa. Alexander dio un paso adelante.

> *"¿Pero qué puedes curar, oh, hechicero?"*

EL PADRE MALACHY asintió confidencialmente a la multitud.

> *"Puedo curar todas las enfermedades de las que escuchas*
> *Puedo curar la peste, la fiebre, la parálisis y la gota.*

*Dolor intenso tanto por dentro como por fuera.*
*Si hay un demonio en un hombre, puedo sacarlo."*

ALEXANDER y el molinero asintieron agradecidos y el padre Malachy siguió cantando.

*"Dame una anciana de setenta años*
*Y la haré joven y regordeta de Nuevo"*

"¡NECESITO ESE TALENTO!" gritó un hombre valiente en la compañía y los demás se rieron.

"Llévate a mi esposa, entonces", gritó otro, para diversión de todos. Alexander volvió a alzar la voz.

*"¿Pero cómo lo curarás, hechicero?"*

EL PADRE MALACHY levantó un dedo.

*"Tengo cien pociones,*
*Y hechizos para repetir tres veces.*
*Pero te confesaré:*
*No hay mejor cura*
*Que un potente aguardiente,*
*Especialmente la de Sicilia."*

ÉL SACÓ un odre de vino con gesto triunfal, lo inclinó y se echó un poco en la boca. Él sacudió la cabeza, como impresionado por su potencia, luego se la arrojó al caballero caído. Él falló la boca de ese hombre, lo que dejó al hombre "muerto" buscando a tientas su cura como un pez arrojado fuera del agua.

La compañía rugió, no menos cuando el Caballero Negro se puso en pie de un salto. En lugar de que ese curado cantara sus versos, el hechicero volvió a cantar su última estrofa.

> *"Tengo cien pociones,*
> *Y hechizos para repetir tres veces.*
> *Pero te confesaré:*
> *No hay mejor cura*
> *Que un potente aguardiente,*
> *Especialmente la de Sicilia."*

Y ARROJÓ UNA medida de aguardiente al mercenario en la mesa más cercana. Ese hombre atrapó el líquido en su boca, luego su rostro se iluminó de placer.

"¡Es un aguardiente de verdad!" Gritó él, abriendo la boca por más.

El hechicero obedeció y pronto el salón empezó a clamar por el costoso y poco común licor.

"¡Necesito una cura!" gritó un hombre a ambos lados del salón.

"¡Yo también!"

La compañía de bufones parecía dispuesta a compartir su raro sabor. Más personajes con rostros ennegrecidos entraron al salón, cada uno cantando una canción de introducción que se perdía en el ruido del salón.

Mientras tanto, Alexander repartía odres de vino a sus compañeros y pronto hubo odres de potente licor volando por el aire en todas direcciones. En unos momentos, los mercenarios de Alan tenían aguardiente en la cara y en los abrigos, pero a ninguno de ellos le importaba. Los hombres de Alexander habían traído mucho licor, lo que le decía a Eleanor que su marido tenía un plan.

Eleanor notó que una gran cantidad de aguardiente se había derramado sobre la mantelería de las mesas en el mismo momento en que escuchó la campana de la iglesia de Tivotdale dando la hora.

*Uno, dos, tres, cuatro.*

"¡Suficiente!" rugió Alan cuando el caos se apoderó de su salón. Alexander giró y envió un largo chorro de licor directamente a la boca de Alan, silenciando cualquier protesta con un gorgoteo. Eleanor reprimió su sonrisa, porque era una mala decisión reírse a expensas de ese hombre, al igual que lo había sido divertirse con los hechos de su hermano.

*Cinco, seis, siete, ocho.*

Ahora había cerca de treinta artistas en la sala de Tivotdale, formando un amplio círculo en medio del salón. Al menos la mitad se había movido por el perímetro del salón sin ser visto, porque la atención de todos los hombres en el salón estaba centrada en la inesperada generosidad de licor.

*Nueve, diez.*

"Algo anda mal", dijo Alan abruptamente, poniéndose de pie. Eleanor temía que cualquier plan estuviera condenado al fracaso, porque él puso la mano sobre la empuñadura de su espada.

*Once, doce.*

A la última campanada, Eleanor se dio cuenta de la verdad. Los Días Santos habían terminado. La orden judicial contra la guerra ya no se aplicaba.

Cuando sonó la último campanada, Alexander dio un paso adelante. Él vació su odre sobre Alan, sin hacer ningún esfuerzo por apuntar a la boca de ese hombre. Alan balbuceó de indignación al encontrarse empapado de licor, pero antes de que pudiera hablar, Alexander le guiñó un ojo.

Eleanor tomó sus faldas con las manos y se preparó para moverse, sabiendo que había sido advertida. En el mismo momento, los de la compañía de Alexander alrededor del perímetro agarraron los apliques de la pared y arrojaron las antorchas encendidas sobre las mesas.

Las llamas devoraron la tela empapada en licor y ardieron a gran velocidad con una velocidad aterradora. Alan rugió con furia. Él intento agarrar a Eleanor, pero ella ya había saltado por encima de la mesa alta.

Alexander la atrapó y la empujó detrás de él. "¿Cómo no amar a una mujer tan inteligente?" reflexionó él y ella resplandeció de placer.

Con un suave gesto, Alexander sacó su espada de la vaina escondida en sus botas altas y se enfrentó a Alan. Eleanor miró a su alrededor para encontrar a cada miembro del aparentemente embrujado grupo de artistas armados y con ojos acerados. No solo había aldeanos de Kinfairlie en su compañía, sino varios mercenarios del salón de Kinfairlie. Los empleados de Alan que no tenían su atuendo en llamas rugieron y se lanzaron a la batalla.

"Tú de nuevo", dijo Alan, luego sacó su propia espada. "Te he matado una vez y te mataré dos veces."

"¿En una pelea justa?" Alexander negó con la cabeza. "Yo creo que no."

Alan se rió. "Un hombre herido es fácilmente derribado de nuevo. Recibiste un golpe mortal la última vez que nos vimos. No hará falta mucho para verte muerto de verdad." Él agitó la punta de su espada hacia Eleanor. "Y esta vez, no necesitas esperar de mí tanta amabilidad como la que has visto hasta ahora."

"No sabes nada de la bondad", dijo él, luego Alan saltó de la mesa alta.

Su espada golpeó estrepitosamente la de Alexander y estuvo a punto de hacer tropezar a ese hombre. Alexander liberó su espada y golpeó rápidamente, antes de que Alan completara su golpe. Alan maldijo y la sangre manchó su manga donde la hoja había cortado.

"Una mella, ni más ni menos," gruñó Alan. "Aunque tendrás una competencia más que igual por ese hecho."

Sus espadas chocaron de nuevo y Alexander empujó a Eleanor fuera de peligro. Malcolm luchaba para defender la espalda de su hermano, aunque le dedicó una sonrisa de aliento. Ella se encontró rodeada por el molinero, el mozo, el padre Malachy y el hijo del molinero, Matthew. El círculo de hombres la defendía vigorosamente, avanzando lentamente hacia la puerta.

Un mercenario se abalanzó sobre ellos inesperadamente e hirió al padre Malachy. Ese hombre gritó y la pequeña compañía vaciló por un momento, tan poco acostumbrados estaban a la batalla. Dos de los mercenarios de Kinfairlie se unieron a su círculo, sus golpes temibles.

Eleanor pasó junto al sacerdote y agarró una antorcha que ardía sobre una de las mesas de caballete. Ella giró y apuntó al mercenario. Su abrigo ardió con una velocidad alarmante, porque había sido empapado por el licor, e incluso se le había encendido la barba. Él cayó hacia atrás horrorizado y dolorido. Eleanor giró con la antorcha encendida en su mano, decidida a hacer su parte.

"¡Mi señor necesita nuestra ayuda!" gritó Matthew de repente.

Parecieron uno al ver que los mercenarios supervivientes de Tivotdale habían creado una barrera entre Alexander y Malcolm y la puerta. Esos dos hombres luchaban con tal vigor que no se daban cuenta de su dilema.

"Su intención es asegurarse de que no haya escapatoria, incluso si Alan cae", dijo Eleanor, odiando a Alan Douglas y a todos los que lo servían.

"¿Qué haremos?" preguntó el molinero.

"Tenemos que frustrarlos", dijo Eleanor. Ella encendió otra antorcha y se la pasó a Matthew. "El fuego es nuestra mejor arma, pero recen para que no se encargue también de nuestra desaparición".

"Con mucho gusto moriría en defensa de mi señor", dijo Matthew con determinación. Los hombres asintieron con la cabeza y la pequeña compañía se volvió como uno solo para atacar a los mercenarios más cercanos a ellos. En unos momentos, habían convertido a los hombres en un muro de llamas. Los hombres caían, los hombres gritaban, los hombres rodaban por el suelo.

Eleanor apagó una llama en el hombro del sacerdote con la palma de su mano y los demás empezaron a observarse. Esas almas de Kinfairlie alrededor de los bordes de la habitación se hicieron eco de su plan de ataque y pronto Eleanor tuvo que prepararse contra el olor a carne quemada. El salón se estaba volviendo humeante y tan caliente que su propia carne parecía chisporrotear.

Ella se preguntó si incluso podrían llegar a la puerta. Llegaron hasta Alexander y Malcolm y ella vio que la tela envuelta alrededor de la cabeza de Alexander se había caído a un lado. Había una cicatriz roja en la base de su cráneo y un bulto debajo.

¡Él no debería haber estado de pie, y mucho menos luchando! Su cabello estaba oscuro por el sudor y tenía los dientes apretados, pero no le daba cuartel a Alan.

Hasta que, repentina e inesperadamente, Alexander vaciló. Eleanor contuvo el aliento por el miedo. Alan dio un paso adelante con un brillo en los ojos, decidido a matar. Él levantó su espada en señal de triunfo e intentó hacerla caer sobre la cabeza de Alexander.

"¡No!" gritó Eleanor, aunque su grito fue tragado por el estruendo del salón.

Justo cuando Alan comenzaba su golpe mortal, Alexander empujó su espada hacia arriba y la penetró en el vientre de Alan. Alan se atragantó, su propia espada cayó y se tambaleó hacia atrás. Alexander empujó su espada cada vez más alto, hasta que Eleanor estuvo segura de que Alan podía saborearla. Los ojos de ese hombre se abrieron.

"¿No prestaste atención a nuestra actuación, Alan?" Alexander preguntó, luego chasqueó la lengua. "La verdad de que los muertos resucitarán estaba ante tus propios ojos. Deberías haber tenido el ingenio para ser advertido." Él sacó su espada del pecho de Alan, la longitud de la misma manchada de sangre, luego pateó a Alan hacia atrás. Alan cayó y las llamas se apoderaron de él en su feroz abrazo, su abrigo ardió con un crujido.

Alexander giró y agarró la mano de Eleanor. Completada su tarea, la empresa huyó de la carnicería en el salón en llamas de Tivotdale.

Y Eleanor sabía que había una última cosa que debía confesarle a Alexander, aunque bien podría costarle todos los tesoros que había ganado hasta el momento. El hombre había pedido honestidad y ya era hora de entregársela.

Toda, sin importar lo fea que fuera.

EL RASTRILLO ESTABA ABIERTO, **para alivio de Alexander.** Su cabeza latía con doloroso vigor, pero no había tranquilidad para saborear antes de que estuvieran a salvo dentro de las paredes de Kinfairlie. Un trío de sombras se separó de la pared y él se preparó, pero eran sus hermanas, todavía bajo la mirada inquieta de la doncella de Eleanor, Moira. Isabella y Elizabeth emparejaron sus pasos con los de la compañía, y Elizabeth le dio un asentimiento que hablaba de su éxito.

Alexander le guiñó un ojo, muy complacido. Él había temido por el éxito de su plan, incluso por la supervivencia de sus hermanas, pero ellas habían presentado un argumento que él no había podido protestar. Él apenas podía pensar por el dolor entre sus oídos, mucho menos convocar un comentario inteligente, pero no se atrevió a complacer su impulso de detenerse ahora.

"¿Dejaste que te acompañaran tus hermanas?" Eleanor le preguntó con indignación. "¿Cómo pudiste poner en peligro a las doncellas bajo tu cuidado? ¡Pensé que eras un hombre muy consciente de tus responsabilidades!"

Su esposa tenía mucho que aprender acerca de sus voluntariosas hermanas, aunque Alexander no tuvo oportunidad de decírselo.

"Él no podría habernos dejado atrás", dijo Isabella con gravedad. "Incluso si nos hubiera encerrado en nuestra habitación, habríamos encontrado una manera de seguirlo y ser de ayuda".

"Y si ellas iban a venir, yo también, mi señora", dijo Moira. "Tengo un corazón tan valiente como cualquier otro y no me quedaría a un lado mientras te rescata de las garras de esta gente."

"Pero hubo muchos que vinieron en mi ayuda", argumentó Eleanor. Le dirigió a Alexander una mirada reprimida. "No deberías haber puesto en peligro a tus hermanas." Sus labios se tensaron. "Tampoco deberías haberte puesto en peligro por esta hazaña. ¿Cómo piensas caminar hasta Kinfairlie? Veo esa cicatriz en tu carne, Alexander Lammergeier, y soy lo bastante sanadora para saber que arriesgas mucho en esta búsqueda."

"Lo arriesgué todo", dijo él, dándole un beso rápido que la dejó sonrojada y en silencio. Él sostuvo su mirada. "Y no te arrepientas de nada de eso."

Ella parpadeó para contener las lágrimas y apretó su mano con más fuerza, su primer signo exterior de alivio. Alexander aceleró el paso, porque todavía no estaban libres de los límites de Tivotdale.

"¡No podríamos haberte entregado a Alan Douglas!" Isabella hizo una mueca y se estremeció. "Él nunca fue un hombre de mérito."

"Además," dijo Elizabeth con cierta confianza. "Soy la única que puede abrir una cerradura. Alexander no podría haberme dejado atrás."

Eleanor parpadeó, claramente inconsciente de la importancia de ese talento, luego un terrible gemido llenó el aire detrás de ellos. Alexander miró hacia atrás para ver cómo se derrumbaba el techo de Tivotdale, moviéndose de modo que su considerable peso caía sobre el gran salón. El humo se elevaba por las fisuras en el techo y el naranja apagado de las llamas se podía ver en la piedra.

El último de los centinelas, que debía estar durmiendo, gritó al verlo. Se gritaron el uno al otro, luego rugieron cuando vieron al grupo que huía.

"¡Corran!" gritó Alexander, porque no importaba si alguien los oía ahora. Una flecha se enterró en el suelo a su lado. "¡Corran!"

Toda la compañía se echó a correr, huyendo lo más rápido que pudieron. Una lluvia de flechas se enterró en el suelo por todos lados y Alexander escuchó un gruñido de dolor. Uno de los aldeanos se aferró a su hombro, que ahora sangraba, pero corría tristemente hacia adelante.

Alexander sintió que su comprensión de lo que le rodeaba flaqueaba. Alan había luchado con más vigor de lo que esperaba, aunque en ese momento no había sido consciente de su propia debilidad. Ahora, sentía el impacto total de su lesión anterior.

Él sintió a Malcolm tomar uno de sus codos y supo que Eleanor se aferraba al otro.

"Nunca lo lograremos", murmuró Eleanor.

"Por supuesto que lo haremos", respondió Malcolm.

"Tienes poca fe en los Lammergeier", bromeó Alexander, su voz débil. Eleanor le dirigió una mirada llena de preocupación, luego el agradable sonido de los cascos llenó el aire. "¿Ves? La ayuda está cerca de nosotros."

Eleanor se volvió y frunció el ceño, porque en la oscuridad de la noche era más fácil oír a los caballos que verlos.

"Caballos", susurró ella y Alexander sonrió.

"Nuestros caballos", confirmó él.

El suelo retumbó con el acercamiento de los caballos y la pequeña compañía vitoreó. Alexander vio que los caballos de Ravensmuir, una gran manada de ellos, se abalanzaban sobre el grupo. Sus cuellos de ébano estaban arqueados, sus crines y colas, tan oscuras como la medianoche, brillaban al viento. El batir de sus cascos era seguro y resuelto, su acercamiento hacía temblar la tierra misma. Sus sillas de montar estaban vacías, salvo por un mero trío de ellas.

El rostro radiante del mozo de cuadra de Ravensmuir se hizo visible, ya que él montaba el primer caballo. Dos de sus muchachos montaban a caballo en los flancos, pero las bestias eran tan disciplinadas, o tal vez tan inteligentes, que parecían saber su destino sin que se les dijera.

Rodearon a la pequeña compañía que salía del alcance de los arqueros, paseando y haciendo cabriolas, y Uriel se inclinó para acariciar a Alexander con la nariz. Owen y Malcolm subieron a Alexander a la silla de su caballo y él sintió la mirada preocupada de Eleanor sobre él.

"Iré con él", le dijo a Owen, quien negó con la cabeza.

"No, mi señora." Owen agarró las riendas de una yegua grande y le ofreció a Eleanor la mano para que ella subiera al estribo. "Es más apropiado que montes tu propio caballo."

Fue un momento que Alexander saboreó y él sabía que lo recordaría mil veces. Su esposa miró entre el mozo y el caballo, aparentemente sin palabras. Entonces miró a Alexander, con lágrimas en esos magníficos ojos verdes.

"Guinevere insistió", dijo él a la ligera, sintiéndose mejor ahora que estaba en la silla. "Te dije que a ella no le importaban nuestros consejos, pero además, siento afecto por las mujeres con pensamientos propios.".

"No puedo... no debería..." dijo Eleanor, su misma incoherencia era una señal de su placer. Ella acarició la nariz de la yegua, claramente abrumada.

"¡Por supuesto que deberías!" reprendió Isabella. "Tú eres la Dama de Kinfairlie y familia también. Es muy apropiado."

"Date prisa, mi señora", dijo Owen, mirando hacia atrás a Tivotdale en llamas.

Eleanor no necesitó más estímulo. Ella sacudió la cabeza y se subió a la silla, su gracia la de quien está acostumbrado a montar. La luz de sus rasgos le decía a Alexander la verdad de lo complacida que estaba.

"—Debes llevarme —le insistió Isabella a Eleanor. "Es probable que sea lo más cerca que esté de tener un caballo de Ravensmuir para mí." Ella le dio a Alexander una mirada de reojo, que él ignoró. Mientras tanto, Elizabeth montaba una yegua más pequeña con Moira en detrás, esa doncella temblando bastante por el tamaño del caballo.

La compañía se volvió como una y los caballos comenzaron a galopar hacia Kinfairlie. Eleanor cabalgaba a la izquierda de Alexander, Malcolm a su derecha y los dos caballos de sus hermanas a la izquierda de Eleanor. Tivotdale quedó detrás de ellos, convirtiéndose en un destello rojo apagado en la distancia. Por la mañana, no quedaría nada de los hermanos que habían abusado tanto de su esposa, ni mucho menos de su morada.

Alexander lo creía muy apropiado.

~

"MI SEÑORA, no me había dado cuenta de que te culpabas a ti misma por la muerte de Ewen", dijo Moira cuando pasaron el bosquecillo de árboles donde se habían escondido los caballos, y Tivotdale se perdió de vista.

Eleanor se sobresaltó. "Por supuesto lo hice. ¿Cómo no podría hacerlo?

"¿Qué pasó?" preguntó Alexander, sabiendo muy bien lo que Moira sabía que su dama no.

Eleanor lo miró fijamente a los ojos. "Él vino borracho a nuestra habitación, como era su costumbre. Cerró la puerta. Se despojó de su atuendo. Insistió en que nos acostáramos juntos y cuando me negué, porque él estaba borracho, levantó la mano para golpearme como tantas veces lo había hecho antes." Ella tragó. "Y no me digné a ser golpeada de nuevo."

Sus palabras quedaron en el aire entre todos, el grupo escuchando atentamente. Alexander comprendió por qué ella le había temido al principio, por qué había entrado en pánico cuando él cerró la puerta del solar. "¿Siempre te golpeaba?"

"Solo después del primer año, aunque siempre fue rudo. Fue cuando no concebí un hijo, y eso a pesar de sus esfuerzos, él estaba muy enojado conmigo."

De nuevo, esa demanda de hijos. Alexander supuso que su expectativa de que él le exigiría hijos provenía de su experiencia con los hombres. Él tomó su mano y ella se aferró a la suya, incluso mientras se sentaba más recta en la silla. "Y por eso, no te dignaste que te volvieran a golpear", dijo él, animándola a continuar.

"No. Y entonces le devolví el golpe ", confesó ella. "De hecho, golpeé a Ewen antes de que lograra golpearme, tan borracho estaba. Él se cayó. No se movió más." Su garganta se movió. "Sabía que mi vida estaría acabada si me juzgaban en Tivotdale por su asesinato, así que huí aterrorizada, en medio de la noche."

Ella miró a Alexander de nuevo, con una súplica en los ojos. "Y entonces vine a Kinfairlie, un raro santuario como alguna vez hubo uno, como si alguien guiara mi camino. Y por eso entrego esta verdad a su señor, porque sé que él favorece la verdad, incluso si es una condena, y suplico su misericordia.".

"No necesitas su misericordia", dijo Alexander en voz baja. "Porque tu verdad no es más que una medida de la verdad completa."

Eleanor parpadeó asombrada. Ella miró a Alexander con el ceño fruncido y él señaló a Moira, quien se aclaró la garganta de manera portentosa.

"Yo fui a su habitación esa mañana, mi señora, y descubrí que te habías ido. También encontré a mi señor Ewen caído al suelo, y al principio pensé que dormía allí. Dios sabe, pero el hombre había caído en un estupor borracho lejos de su cama mil veces antes. Él roncaba, aunque tenía un chichón en la cabeza y realmente sentí mucha simpatía por ti por el hecho de que tuvieras un esposo jabalí como ese."

"¿Ronquidos?" Exclamó Eleanor. "¿Cómo pudo estar roncando?"

"—Sí, mi señora, él roncaba. Él estaba vivo. Yo fui a buscar a mi señor Alan, porque sabía que se necesitaría al menos un hombre para llevar a Ewen a su propia cama. Yo simplemente pensé que te habías levantado y bajado al salón o a las cocinas."

Moira respiró hondo. "Llevé a Alan a tu habitación y él se inclinó sobre su hermano, que ya había dejado de roncar. Alan hizo una pausa de una manera que me impulsó a mirar más de cerca. Él preguntó dónde estabas y le confesé que no lo sabía. Él notó que tu capa y tus botas habían desaparecido, como si te hubieras ido. No pude explicar eso. Miré alrededor de la habitación buscando alguna razón por la que tu atuendo debería haber desaparecido y si me hubiera tomado más tiempo, no habría visto la verdad de lo que él hizo."

Los dedos de Eleanor se apretaron sobre los de Alexander.

"Vi el cuchillo", dijo Moira. "Vi la hoja destellar a la luz del sol de la mañana, lo vi enterrarla en la garganta de su propio hermano. Escuché el gorgoteo de la muerte de Ewen, aunque tuve mi ingenio y fingí buscar tus medias. Y Alan se levantó, tan tranquilo como puede estarlo un hombre, se giró, me miró a los ojos y me informó que mi señora había apuñalado a su señor marido hasta la muerte. Él dijo que su hermano mayor había sido asesinado, que la viuda de su hermano era una asesina y que tendría que asumir la carga de la administración de Tivotdale."

"¡Pero Ewen nunca me permitió llevar un cuchillo!" Exclamó Eleanor. "¿Con qué le habría apuñalado?"

"—No fui la única en notar ese detalle, mi señora, aunque no dije nada. Aquellos que discutieron con Alan Douglas se encontraron saboreando la hospitalidad de sus mazmorras."

La boca de Eleanor se movió con sorpresa, pero Alexander simplemente se aferró a su mano.

"Así como otro hombre se encuentra en el calabozo de Kinfairlie", dijo Elizabeth con entusiasmo.

"¿Quién?" Preguntó Eleanor, mirando entre todos.

"Uno de los mercenarios de Alan, abandonado cuando ese ejército te buscó en Kinfairlie el día de Navidad", dijo Alexander.

"Él puso las espinas debajo de la silla de Uriel", dijo Malcolm con desdén.

"Y lo vi en el salón", dijo Moira. "Lo reconocí bien, aunque al principio no pude comprender la razón por la que estaba en Kinfairlie, su plan pronto quedó lo suficientemente claro" Ella asintió con satisfacción. "El señor Alexander lo vio legítimamente condenado por su intento de ver muerto al señor de la morada".

"¿Qué le va a pasar?" Le preguntó Eleanor a Alexander.

Él se encogió de hombros pero habló con determinación. "Un destino que corresponde a su crimen. En varios meses, sin duda, un olor surgirá de la mazmorra de Kinfairlie. Limpiaremos la mazmorra, como corresponde a todo el torreón en la primavera." Él encontró su mirada. "Quizás encontremos algo en las mazmorras que hayamos olvidado."

Eleanor le sostuvo la mirada sin pestañear. "Es apropiado que él sufra", dijo ella con vigor. "Tendrá tiempo para arrepentirse de sus pecados." Luego frunció el ceño. "¿Pero qué hay de la poción que derribó a Anthony?"

"Era un brebaje de Jeannie", confió Elizabeth.

"¿Jeannie?"

"Ella pretendía que fuera para ti", dijo Alexander. "Como advertencia para que no descartaras sus talentos." Los labios de Eleanor se tensaron, pero Alexander no le concedió la oportunidad de hablar. "Me complacería si mi esposa considerara oportuno cuidar el bienestar de los que están en Kinfairlie bajo su mano, ya que nuestra antigua sanadora ha considerado oportuno partir."

Eleanor sonrió y apretó su mano con más fuerza. "Estaría encantada."

Alexander sonrió a su esposa. Él se giró y vio la silueta de Kinfairlie elevándose ante ellos, la torre perfilada contra la plata del mar, y sintió una oleada de orgullo al ver su morada.

Su morada. No era próspera, pero era una hermosa casa, y con Eleanor a su lado, estaba seguro de que su suerte había cambiado para mejor.

De alguna manera, verían prosperar a Kinfairlie de nuevo.

"Hay algo más que deberías tener", dijo Elizabeth cuando Eleanor pensaba que no podía haber nada más que confesar. La muchacha buscó a tientas algo que se había anudado al cinturón y luego le ofreció un paquete envuelto en tela a Eleanor. "Alan era tan predecible", dijo ella con un gesto de desprecio con la cabeza. "Estaba en lo más alto de su tesorería."

El peso del bulto le resultaba tan familiar, tan precioso que Eleanor se atrevía a tener esperanzas. "¿Esa fue la cerradura que abriste?" adivinó ella.

Elizabeth sonrió con orgullo. "Lo mismísima. Rosamunde me enseñó esa habilidad en una de sus visitas cuando había poco más que hacer y ninguna de los dos tenía apetito por el bordado. Sin embargo, nunca pensé en usarla."

"Ten cuidado hermana mía", advirtió Alexander, su tono burlón no ocultaba el hecho de que estaba mucho más pálido de lo que había estado. "Te convertirás en la mujer poco común en nuestra familia".

"¡No me importa si lo soy!" dijo Elizabeth con un movimiento de su barbilla.

Antes de que pudiera discutir más, Isabella intervino. "Ábrelo", dijo ella.

Eleanor cerró su mano alrededor del bulto envuelto en tela y su corazón dio un salto ante la familiaridad de la forma escondida dentro de él. Se le secó la boca y sintió que el corazón le latía con fuerza. "Nunca pensé en volver a ver esto", dijo ella con voz ronca.

Los demás esperaron, pacientes con ella incluso cuando ella se sentó abrumada. ¿Apreciaban la magnitud de los regalos que le ofrecían? Eleanor no podía creerse merecedora de tal generosidad, o de lo contrario, eran más generosos que cualquier alma que hubiera conocido.

Ella desenvolvió la gema con cuidado, medio temiendo haberlo adivinado mal, que la promesa de ese regalo sería arrebatada de nuevo ante sus ojos.

Pero no. Alexander nunca la decepcionaba. Los rubíes del crucifijo de su madre brillaron a la luz de las estrellas, la gema brillaba en su palma.

Las lágrimas de Eleanor comenzaron a caer de alegría. "Te doy las gracias", susurró, mirando del uno al otro a su vez. "Les agradezco a todos. Era el único recuerdo que tenía de mi madre, aunque me asombra que arriesgaran su vida para verlo regresar a mí. ¡Gracias!" Alexander puso su mano sobre la de ella y ella tomó un suspiro tembloroso, su mano temblando sobre la gema.

"¡Hazlo!" Instó Elizabeth.

Eleanor no necesitó más estímulo para ponerse la cadena de oro sobre su cabeza. La gema cayó justo debajo de su clavícula, su peso era increíblemente bienvenido. Ella le sonrió a Alexander, quien la miró con ojos brillantes. "Me has dado regalos más allá de las expectativas", susurró ella.

"Te concedo ni más ni menos de lo que te mereces", dijo él, luego le besó los nudillos. Los otros se volvieron para hablar entre ellos, dándoles a la pareja un momento de privacidad.

"Ojalá hubiera tenido esto para usar en nuestro día nupcial", dijo Eleanor, acariciando el crucifijo. "Se decía que traía buena fortuna."

"Teniendo en cuenta la fortuna que tuviste en los dos matrimonios para los que lo usaste, me alegro de que no la tuvieras entonces", dijo Alexander con una sonrisa. "Puedes usarlo a partir de este día."

"De hecho, lo haré, porque encuentro este matrimonio muy afortunado".

"Guinevere, también, es tu regalo nupcial, aunque entregado con retraso", dijo Alexander. "Espero que la montes durante mucho tiempo y con buena salud, como espero que nuestro matrimonio dure mucho tiempo con buena salud."

Eleanor sonrió, sintiéndose más liviana y bendecida que nunca. "Te doy las gracias, aunque lamento tener un solo regalo que puedo entregarte en este momento."

Alexander arqueó una ceja. "¿De verdad?"

"En efecto." Ella se aferró a su mano. "Mi señor esposo ha tenido éxito en su búsqueda para hacer suyo mi corazón, así que lo entrego a tu cuidado. Te amo, Alexander Lammergeier" Ella le sonrió. "Me han dicho con buena autoridad que este es el fundamento de todos los matrimonios por mérito."

"Eso siempre fue lo que entendí", dijo él con un guiño.

Entraron en el patio, los caballos pateando y resoplando. Los escuderos salieron corriendo de los establos y los aldeanos se apiñaron alrededor de la compañía, ansiosos por escuchar los detalles de su aventura. Anthony salió del salón gritando órdenes y asegurándose de que los heridos recibieran atención inmediata.

Pero Eleanor solo tenía ojos para su marido. Él estaba más pálido de lo que ella hubiera preferido, aunque todavía se movía con vigor. Alexander desmontó y luego la levantó de la silla.

"No deberías haberme ido a buscar, no hasta que tu herida se hubiera curado", reprendió ella, incapaz de detenerse.

Él sonrió, abrazándola de modo que sus pies estuvieran justo por encima del suelo, como si tuviera la intención de volver a ponerla en la silla. "¿Debo devolverte a Tivotdale e ir a buscarte más tarde?" preguntó él, su manera juguetona, y ella se rió en voz alta.

"Sabes a lo que me refiero", dijo ella, poniendo sus brazos alrededor de su cuello. "Te quiero. Me complace más que nada estar a tu lado, pero me preocupo por tu bienestar."

Él se inclinó y la besó en la frente. "Como yo me preocupo por el tuyo". Su voz se quebró cuando la abrazó más cerca. "—No había elección, Eleanor. Te amo demasiado para abandonarte a tal destino." Sus brazos la rodearon, su abrazo era todo lo que ella necesitaría. "Debes saber que siempre atesoraré el regalo de tu amor", dijo él. "Aunque debes ser consciente de que, a cambio, mantienes mi corazón como rehén".

"Prometo protegerlo como se merece". Ella extendió la mano y le quitó un poco de hollín de la cara, luego levantó ese dedo en señal de acusación. "Usted, señor, necesita un baño."

"¿Y debo bañarme solo?"

"¡Nunca más!"

Alexander se rió y Eleanor estaba feliz como nunca se había imaginado. Anthony se aclaró la garganta al estar muy cerca, luego le ofreció algo a su señor que había mantenido escondido en su mano. "—Podría estar deseando esto, mi señor" —dijo él, luego sonrió a Eleanor. "Bienvenida a casa, mi señora."

"—A casa" —repitió Eleanor y sintió que esas lágrimas volvían a salir.

Alexander abrió la mano para revelar el anillo de esmeraldas de su madre y sus ojos se iluminaron. "Esto pertenece a este dedo", dijo él, levantando su mano izquierda y sosteniendo el anillo por encima de su mano. Él arqueó una ceja hacia ella y Eleanor empujó su anillo a través del círculo de oro, aceptando una vez más lo que él le ofrecía.

"Usted, señor, necesita un hijo", dijo ella con fuerza.

"Necesito la caricia curativa de mi señora", dijo él, luego reclamó sus labios en un beso posesivo. Eleanor recibió su abrazo con pasión propia, sin importarle quién fuera testigo de su ardor. Como siempre, su toque la puso a hervir a fuego lento y se encontró ansiosa por retirarse al solar y a esa gran cama.

La compañía aplaudió a todos a su alrededor y cuando Alexander finalmente levantó la cabeza, Eleanor se dio cuenta de que su mano descansaba suavemente sobre el bulto en la parte posterior de su cabeza.

No era grande, pero tampoco pequeño.

Ella le frunció el ceño con fingida consternación. "—Dos semanas en cama, mi señor, y ni un momento menos. Eso es lo que te curará."

"Un hombre de honor sólo puede ceder a todas las órdenes de su dama", dijo Alexander, sus ojos brillaban con un brillo perverso.

Eleanor se echó a reír, luego se estiró hasta la punta de los pies para besarlo completamente, y le gustó cómo Alexander respondió a su caricia. Su conquista de su corazón reacio era una victoria digna de celebrarse.

# EPÍLOGO

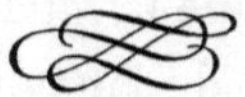

*E*ra octubre en Kinfairlie y Alexander sabía que habría travesuras en su salón.

Kinfairlie había organizado su primera feria de otoño el mes anterior, y eso con el sabio consejo de Eleanor. Aunque había aspectos que podrían mejorarse en el futuro, él consideraba que había sido un éxito. Sus fronteras estaban seguras, había algunas monedas en sus arcas. Había habido semillas en Tivotdale que habían reclamado en la primavera y el clima había sido perfecto. La cosecha había sido buena.

Alexander estaba lo suficientemente contento como para no preocuparse por alguna travesura. Sus tres hermanas menores estaban retraídas y él las sorprendió riéndose de un secreto que no confesarían. Incluso Eleanor, madura y embarazada con su hijo, parecía ocultarle algunos detalles. Él no suplicó saber la historia, de hecho, fingía ignorar sus muchas pistas porque conocía bien esos presagios.

Había una broma a la vista, y él iba a ser el blanco de esa broma. Él no temía que fuera una mala pasada, porque su esposa estaba claramente involucrada en esa travesura. De hecho, sus modales eran tan reservados que ella podría haber sido su instigadora, y esa posibilidad le iluminó el corazón. La dama había florecido bastante desde que se habían casado, y Alexander sabía que era su verdadera naturaleza la que se revelaba. Que ella confiara en él lo suficiente como para hacer una broma, incluso a costa suya, era una buena noticia.

Alexander solo esperaba que las cuatro mujeres conservaran una medida de su orgullo, aunque dudaba que se hiciera.

ALEXANDER SE OLVIDÓ por completo de sus sospechas el día en que Eleanor comenzó su trabajo de parto. El bebé llegó antes de lo esperado y toda la casa se puso a luchar cuando ella rompió la fuente. Alexander se sentía agradecido de que no hubieran visto a Jeannie desde su salida de su salón, porque no habría confiado en ella para ayudar a Eleanor en el nacimiento de su hijo.

Las mujeres corrían de un lado a otro, se llevaban hervidores de agua humeante al solar y se envió un mensajero a buscar una partera. Eleanor fue llevada a la gran cama en el solar, Annelise sosteniéndola, y Vera y Moira se hicieron cargo conjuntamente de los procedimientos.

Solo Alexander se quedó sin nada que hacer. De hecho, esas dos valientes doncellas le prohibieron siquiera entrar en su propia habitación.

"Debo estar al lado de mi señora", argumentó él, sabiendo muy bien que su caso estaba perdido.

"No es lugar para un hombre, mi señor", insistió Moira.

"A menudo se dice que el hombre que asiste al nacimiento de su propio hijo nunca considerará a su esposa de la misma manera", aconsejó Vera.

Eleanor gritó entonces, las tres haciendo una mueca de dolor como uno. "Tenemos un largo día por delante, mi señor", dijo Moira con falsa alegría.

"El primer bebé siempre tarda más", coincidió Vera. Las dos le sonrieron a Alexander con una confianza descarada que él no se atrevía a compartir. Elizabeth e Isabella llegaron entonces, sin aliento por haber corrido, y las doncellas las condujeron a la habitación con un movimiento de cabeza. "Mi señora agradecerá su comodidad", dijo Vera.

"Pero..." protestó Alexander, alcanzando el pestillo.

"Te llamaremos, mi señor, aunque probablemente no será pronto", dijo Moira con autoridad tajante. Luego, las mujeres se metieron en el solar y cerraron la puerta firmemente en la cara de Alexander.

Él caminó pisando fuerte hacia su salón de mal humor. Eleanor gritó de nuevo, su último grito terminó con un grito ahogado que lo hizo estremecerse.

"—Sus gritos aún no son muy seguidos, mi señor —aconsejó Anthony, ofreciendo a su señor una copa de cerveza. "El bebé no llegará pronto".

Alexander le dirigió a su castellano una mirada reveladora, aceptó la cerveza y se bebió la mitad de un trago.

Pero no había mentira en ninguna de las predicciones. El día se alargó mucho y Alexander paseaba por el salón con tanta diligencia que juraba que haría un abrevadero en el suelo. Eleanor gritaba a intervalos, sus gritos se volvían cada vez más fuertes y más seguidos. Cuando la noche comenzó a oscurecer el salón y el niño aún no había llegado, Alexander se preguntó cómo había soportado su padre esa terrible experiencia ocho veces, y no menos cómo lo había hecho su madre.

"No ha pasado tanto tiempo, señor, aunque realmente parece eso." Anthony colocó otra taza de cerveza en la mesa ante su amo, junto con una rebanada de pan y un poco de queso.

"¡La mayor parte de un día es suficiente!" protestó Alexander.

"Hay esas mujeres que trabajan durante varios días y noches antes de que el niño considere oportuno emerger", afirmó Anthony con una aceptación de ese hecho que Alexander encontraba irritante. "No dudo que su señora siente el paso del tiempo aún más molesto que usted."

"No dudo tanto de mí mismo, Anthony". Alexander bebió un poco de cerveza y volvió a caminar por el salón. Él estaba inquieto más allá de todo.

"Buscas una tarea en esto", dijo su castellano. "Pero en verdad, mi señor, tu parte en esta búsqueda se completó hace muchos meses."

"Te agradezco por recordarme que soy responsable de la angustia de mi señora", dijo Alexander y el castellano negó con la cabeza.

"Es natural, mi señor, y la dama Eleanor es joven y sana", dijo él. "Según tengo entendido, hay poco que temer antes del segundo día."

Alexander se enderezó. "Gracias, Anthony. Rezaré para que la terrible experiencia de la dama termine pronto."

Eleanor acentuó ese comentario con un grito más fuerte y más largo que cualquier anterior. Hubo vítores en el solar y el murmullo de voces alentadoras.

"El bebé", susurró Anthony.

"No puedo soportarlo", dijo Alexander, mientras su esposa gritaba de nuevo y lo hacía aún más fuerte. Las mujeres enclaustradas con Eleanor gritaron de ánimo y él no pudo quedarse más en el salón.

Hubo un ruido en la puerta del salón, pero a Alexander no le importó. Él se dirigió hacia las escaleras con determinación, sabiendo que dos mujeres mayores no lo detendrían esta vez, a pesar de sus convicciones.

Anthony se aclaró la garganta con volumen repentino. "Tiene un visitante, mi señor."

"Él o ella pueden esperar hasta mañana", dijo Alexander brevemente, sin mirar atrás. "Por favor, asegúrate de que nuestro invitado se sienta cómodo, pero no tengo ni tiempo ni paciencia para entretener a alguien este día."

"Puedes pensar de otra manera una vez que sepas quién soy", dijo una voz desconocida con algo de humor.

Alexander se volvió a mitad de camino por las escaleras para encontrar a un hombre mayor de pie en su salón. Ese hombre tenía ojos brillantes y estaba de pie con actitud interesada. No era joven, su cabello era una espesa melena blanca y su atuendo era muy caro. Anillos adornaban la mayor parte de sus dedos, su abrigo estaba ricamente adornado con bordados dorados y una capa forrada de piel en un lujoso negro se derramaba sobre sus hombros. Cuatro pajes flotaban detrás de él, sus modales atentos y su atuendo hacían eco de los colores del hombre.

Alexander forzó una leve sonrisa. "Lo dudo mucho", dijo él cortésmente. "Como habrás comprobado, mi esposa trabaja para dar a luz a nuestro hijo y ella es mi única preocupación esta noche." Él hizo un gesto a Anthony. "De todos modos, le doy la bienvenida a Kinfairlie y anticipo que nos conoceremos mejor mañana. Hasta entonces, mi morada es como si fuera tuya."

Eleanor gritó de nuevo y Alexander asintió con la cabeza para el invitado y el castellano. Apenas había dado un paso cuando otro grito llegó a sus oídos.

Era el llanto de un bebé.

Las mujeres vitorearon por encima de él y Alexander tomó las escaleras restantes de tres en tres. Irrumpió en su propia habitación y vio con alivio que Eleanor aún vivía. Fue directamente a su lado y le besó la mano, luego su frente. "¿Cómo te va?"

"Me alegro de ver esta tarea completa", dijo ella, sonriéndole a través de su cansancio. Ella tenía la frente húmeda de sudor y las sábanas empapadas de sangre, pero estaba viva y enrojecida.

"Como yo"

"Dime, Alexander, ¿estás comprometido a tener ocho hijos, como lo hicieron tus padres?" preguntó ella, sus ojos brillando.

"Con uno será suficiente", dijo él con vigor, sin saber si podría soportar más días como ese.

"¿Seguramente necesitas un hijo?" Bromeó Eleanor. Sus ojos brillaban con un humor poco común, aunque Alexander no comprendió su broma.

"Un hijo o una hija me vendrá bien", dijo él. "Mientras mi señora esté sana".

Eleanor sonrió. "Hombre tonto", susurró ella, sin censura en su voz. "Un hijo es lo que necesitas, incluso más que la mayoría de los hombres."

Isabella se acomodó al lado de Alexander, un bulto regordete en sus brazos. "¡Mira!" dijo, con tanto orgullo que el bebe podría haber sido suyo. Ella le ofreció el bebé a Alexander y él sonrió ante su ruborizada indignación. Él aceptó su carga con cuidado y rápidamente rugió con mayor entusiasmo.

No tuvo tiempo de preguntar su género, y mucho menos por qué su esposa insistía tanto en tener un hijo, antes de que las mujeres jadearan de consternación colectiva.

"¿Quién eres tú?" gritó Vera. "¿Y qué te hace imaginar que tienes un lugar en esta habitación?"

"No mirarás a mi señora en este estado", exclamó Moira y arrojó una sábana de lino limpio sobre las rodillas de Eleanor.

"¡Señor!" Alexander se paró ante la vista de su invitado en esa habitación en este momento. El anciano miró a su alrededor con cierto interés, como si evaluara el valor de Alexander por su mobiliario. "¡Vas demasiado lejos en esto! Difícilmente es el lugar de un invitado contemplar a mi señora en tal estado." Él y Vera intentaron bloquear el paso de ese hombre, pero el hombre mayor solo arqueó una ceja ante ese obstáculo.

Él miró por encima de sus hombros y sonrió levemente. "Buenas noches, Eleanor", dijo él secamente.

Eleanor, para sorpresa de Alexander, se sentó, se enderezó la camisola y se alisó el cabello. "Buenas tardes, mi señor Reinhard".

"¿Lo conoces?" preguntó Alexander en voz baja.

Eleanor asintió. "Lo invité a Kinfairlie, para que pudiera llegar este día como nuestro invitado.".

Reinhard hizo una mueca. "Aunque tu citación debería haber sido declarada con más urgencia. Me dijiste, de hecho, que el niño no llegaría hasta dentro de al menos una semana más. Eres temprana al traer a este niño al mundo, Eleanor, y casi lo pierdes al hacerlo."

"Lo siento, mi señor." Eleanor bajó la mirada recatadamente.

"No es su culpa, mi señor", dijo Moira, de pie junto a Eleanor como si quisiera protegerla. "Un bebé llegará a su debido tiempo."

"Y hay muchos testigos, debiste haber llegado más tarde", señaló Elizabeth. Ella se movió para pararse al lado de Eleanor, como si la defendiera. Alexander vio a Annelise pararse junto a Elizabeth, mientras Isabella se enderezaba a su lado.

"¿Qué significa esto?" Preguntó Alexander. "¿Cuál es la importancia de esto?"

Ellas lo ignoraron.

"Apenas llegué aquí a tiempo para presenciar el hecho, y no importa lo que crean, es fundamental que sea testigo de la llegada del bebé", resopló Reinhard.

"¿El niño no está sano?" exigió Alexander, temeroso ahora de lo que querían decir. Él miró el bulto en sus brazos.

Eleanor le tomó la mano. "El bebé está bien".

Alexander miró a la pareja confundido.

Reinhard chasqueó los dedos y uno de sus pajes —todos los cuales también lo habían seguido al solar, para consternación de Moira y Vera— le entregó una pluma mullida. Reinhard volvió a chasquear el dedo y le entregaron un rollo de vitela adornado con una impresionante cantidad de cintas. Él lo desplegó, dejando al descubierto los numerosos sellos de cera roja que tenía sobre él, y se aclaró la garganta.

Luego apartó la sábana sobre las rodillas de Eleanor con la punta de la pluma.

"¿Qué locura es esta?" rugió Alexander. "¡Protesto por la indignidad mostrada a mi esposa!"

"Debe hacerse", dijo Eleanor.

"Déjalo hacer lo que debe", aconsejó Isabella, poniendo una

mano sobre el codo de Alexander. Las dos se habían vuelto locas, Alexander estaba seguro de ello, por no encontrar ofensivos los modales de ese hombre.

"Parece que de hecho has tenido un hijo muy recientemente, Eleanor." dijo Reinhard con cierta aprobación.

"De hecho, lo he hecho, mi señor."

"Hubiera sido ideal, por supuesto, para mí haber presenciado el nacimiento y así haberme asegurado de que no hubiera duda de que este niño vino de tu útero, pero uno debe conformarse con sus oportunidades, supongo."

"Me disculpo de nuevo, mi señor."

Reinhard tosió e hizo una anotación en su pergamino, luego miró alrededor de la habitación. Su mirada cayó sobre el niño en brazos de Alexander y cruzó la habitación. "¿Y este sería el bebé en cuestión?"

"Por supuesto", respondieron las mujeres al unísono.

"¿Cuál es la razón de esta locura?" preguntó Alexander, pero Eleanor lo hizo callar con un dedo sobre su codo.

"Confía en mí", susurró ella. Sus ojos brillaron tan alegremente que a él le tranquilizó más su actitud que cualquier palabra que pudiera haber pronunciado.

Reinhard, quien claramente no estaba encantado con los niños pequeños, usó la punta mullida de su pluma para apartar el pañal. Su labio se curvó levemente, aunque insistió. Pronto se reveló el pequeño pene del bebé, aunque el niño protestó por esa intimidad con otro gemido.

"Un niño", dijo Reinhard, luego asintió con la cabeza a Eleanor. "Bien hecho."

"Me esforcé por asegurarlo, mi señor", dijo ella, dedicándole una sonrisa a Alexander. Ella le apretó la mano, sus ojos bailaban con tal deleite que él estaba tanto encantado como confundido.

"¿Pero cuál es el significado de esto?" demandó él. "¿Quién eres tú?"

Reinhard se enderezó, insultado por esa pregunta. "¿Tú no lo sabes?"

Alexander negó con la cabeza. Sus hermanas se rieron y se dieron codazos entre sí.

El hombre mayor miró a Eleanor. "¿No le dijiste?"

Ella se sonrojó. "Se casó conmigo por mis propios méritos."

"¿De verdad?" Reinhard parpadeó. Él miró a la pareja casada con algo de asombro, luego negó con la cabeza. "Y dicen que el mundo no está lleno de maravillas en estos días", reflexionó él.

"Me opongo a eso. Mi señora es una maravilla en sí misma... "

Reinhard le indicó a Alexander que guardara silencio. "—No lo discuto, señor. Mi punto es simplemente que un hombre que mira más allá del peso de su propio bolso es una maravilla." Él miró a Alexander con ojos brillantes. "¿Y tú serías el padre de este niño?"

"Lo soy."

"¿Sin lugar a dudas?"

Alexander se enfureció, pero Eleanor lo silenció con un toque. "No te sientas insultado", aconsejó ella. "Porque hay mucho en juego." Luego habló con Reinhard. "Nos casamos el día de Navidad, mi señor, y no he conocido a ningún otro hombre desde entonces."

"Eso sería hace más de diez meses. Excelente." Reinhard hizo otra anotación, su pluma se detuvo sobre la vitela. "¿Y su nombre completo y título, señor, sería?"

"Alexander Lammergeier, Señor de Kinfairlie", dijo Eleanor cuando Alexander podría haber argumentado la familiaridad de ese hombre.

"Excelente." Reinhard marcó su pergamino con una escritura y volvió a chasquear los dedos. Él entregó la vitela y la pluma a sus pajes, luego los envió a todos corriendo con una orden murmurada. Luego juntó las manos y le devolvió la mirada a Alexander, sin decir nada en absoluto.

La habitación se llenó de un silencio expectante. Después de un momento, Reinhard volvió a su estudio del contenido solar. Alexander frunció el ceño cuando el invitado miró un taburete, como si encontrara que carecía de algún atributo, pero Eleanor negó con la cabeza minuciosamente.

Los muchachos regresaron momentáneamente, portando cofres que eran pequeños pero obviamente pesados. "¿Y dónde le gustaría que se guardara el dinero, Señor Alexander?" Preguntó Reinhard. Cuatro pajes y un anciano dirigieron sus miradas expectantes hacia él.

"¿Qué dinero?" Preguntó Alexander.

Reinhard, en contra de las expectativas, sonrió levemente. "Realmente no lo sabías. Permítame presentarme correctamente."

Alexander no comentó que tal presentación estaba atrasada.

"Soy Reinhard von Heigel, el amigo y confidente del difunto Etienne Havilland, barón de Breton. Etienne, por supuesto, era el padre de su esposa y me nombró para ejecutar su testamento." Cada alma en la habitación se santiguó y Reinhard asintió en reconocimiento a la cortesía.

Luego continuó. "Etienne insistió en que su legado solo podía pasar a un heredero varón y, por lo tanto, cuando supo que estaba seguido únicamente por una hija, estipuló que su patrimonio permanecería en fideicomiso hasta que su hija Eleanor diera a luz a un hijo. Etienne decretó que el padre de ese hijo sería su heredero y que yo, si él dejaba este mundo antes que yo, actuaría como fideicomisario de esos fondos."

Reinhard se aclaró la garganta y le dio a Eleanor una mirada severa. "Debo confesar que esperaba que Eleanor tuviera un hijo mucho antes. La carga de administrar la considerable riqueza de Etienne ha sido molesta. En verdad, temía encontrarme con mi propia muerte antes de que se hubiera producido un heredero." Él sonrió tensamente. "Los felicito a ambos por asegurarse de que esa perspectiva nunca se hiciera realidad."

"¿Riqueza?" repitió Alexander, mirando los cofres con nueva certeza de su contenido.

"Riqueza en abundancia", declaró Reinhard. Él abrió cada baúl, revelando que cada uno estaba lleno de monedas. Uno tenía monedas de oro, los otros tres estaban llenos de plata. "Por eso, señor, le pregunté dónde vería asegurada su herencia."

Anthony tosió con delicadeza, atrayendo todas las miradas, incluida la de Alexander, porque él no se había dado cuenta de que su castellano se había unido a la creciente empresa del solar. "Sugeriría, mi señor, que el dinero se cuente antes de que sea aceptado en la tesorería de Kinfairlie, para asegurarnos de que todo se ha entregado según lo previsto."

"Una noción muy prudente", dijo Reinhard. Miraron a Alexander una vez más. Sus hermanas sonreían, esperando a ver cómo aceptaba esa extraordinaria fortuna.

"Sabías de esto", le dijo a Eleanor.

"¿Por qué crees que los hombres han deseado tan ardientemente casarse conmigo?" preguntó ella y él negó con la cabeza.

"Puedo pensar en mil razones más allá de esta."

La sonrisa de respuesta de la dama fue toda la recompensa que podría haber esperado ganar. Él se sentó en el borde de la cama y ella acarició la mejilla de su hijo. Alexander no quería nada más que explorar las maravillas del niño con Eleanor.

"Mira sus diminutos dedos de las manos y los pies", susurró Isabella con asombro.

"Él es perfecto", susurró Annelise a su vez.

"Como lo es su madre", dijo Alexander y Eleanor se sonrojó.

Anthony se aclaró la garganta señalando. "¿Mi señor?"

"En el piso de arriba de éste, Anthony, usaremos la habitación con tres ventanas como nuestra sala para contar el dinero", dijo Alexander con decisión sin levantar la vista. "Por favor, asegúrate de que las ventanas estén aseguradas desde el interior y de que se coloque un guardia en la puerta. Solo tú o yo seremos admitidos una vez que se haya asegurado el dinero, y una vez que el dinero esté asegurada, te pido que ofrezcas mi mejor hospitalidad a nuestro estimado invitado, el Señor Reinhard.

"Muy bien, mi señor." Con la reverencia de Anthony, los hombres finalmente abandonaron el solar.

"Alabado sea", murmuró Vera. "¡Pensé que nunca se irían!"

"Hombres en la sala de partos", dijo Moira. "Es impactante".

"Extraños incluso", coincidió Vera con no poca indignación. Luego le dio unas palmaditas en la mejilla al niño con la yema del dedo. "¡Eres inteligente, muchacho, viéndote en una casa próspera desde el principio!" El bebé balbuceó, aparentemente contento de ser mimado por su padre ahora. "Podemos esperar mucho de este, sin duda".

"Su presencia es suficiente", declaró Eleanor.

"¡Deberías haber visto tu cara!" Dijo Elizabeth, golpeando a Alexander en el brazo. Luego imitó el ceño feroz que presumiblemente Alexander había mostrado momentos antes. "¡Pensé que podrías echarlo por la ventana!"

"Es bueno que no lo hayas hecho, porque podría haber recibido un insulto", dijo Annelise.

"Piensa en toda ese dinero, Alexander", susurró Isabella. "Piensa en lo que se podría hacer con él".

Alexander miró a su sonriente esposa y le sostuvo la mirada. Él sabía muy bien lo que haría con él e imaginó que sus pensamientos eran uno solo. Kinfairlie tenía algunas deudas, sin duda, pero nada que se comparara con la suma de monedas que Eleanor había traído a sus arcas.

"Extrañamente", reflexionó él. "Me encuentro imaginando tres bodas que serán la comidilla de toda la cristiandad, tan hermosas serán las novias en cada una de ellas."

Sus hermanas rugieron de indignación como una y Alexander se rió de ellas.

"Por supuesto, cada doncella elegirá al hombre que más ama para que sea su esposo", intervino Eleanor. "Y lo hará a su debido tiempo".

Alexander reclamó la mano de su esposa con la suya. "Y hasta ese momento y más allá, Kinfairlie estará asegurada."

Eleanor suspiró contenta y la pareja compartió una sonrisa que calentó bastante la habitación. "Váyanse todos", rugió Alexander con fingida indignación. "Quisiera tener un momento con mi esposa." Todos se fueron, quejándose mientras lo hacían, y una vez que la puerta estuvo firmemente cerrada, él se inclinó hacia Eleanor. "Porque es ella y no otra quien es la joya de la corona de Kinfairlie", murmuró él antes de que sus labios se cerraran sobre los de ella.

La dama no parecía inclinada a discutir con eso.

~

# LA BALADA DE ROSAMUNDE

*Galway, Irlanda, abril de 1422*

Era tarde y la taberna estaba abarrotada. Padraig estaba sentado cerca de la chimenea y observaba cómo la luz del fuego iluminaba los rostros de los hombres allí reunidos. La cerveza lanzaba un cálido zumbido dentro de él, lo más cerca que jamás había estado del calor del sol mediterráneo otra vez.

Él debería haber ido al sur, como Rosamunde le había pedido que hiciera. Él debería haber vendido su barco y su contenido, como ella le había indicado. Galway estaba tan lejos como él había logrado navegar desde Kinfairlie, y solo había llegado hasta ahí porque su tripulación lo había obligado a abandonar el lugar del desastre.

Donde Rosamunde se había perdido para siempre.

En lugar de eso, él había regresado ahí, al lugar de su crianza, a la tumba de su madre y a la taberna administrada por su hermana y su marido. Eso tenía un encanto para él, con el puerto bullicioso y las calles adoquinadas, las puertas altas y los recuerdos, pero él lo cambiaría en un santiamén por un viaje por los mares con Rosamunde.

Quizás Galway tendría que bastar.

Padraig disfrutaba de la música, siempre lo había hecho, y las canciones eran el único consuelo que encontraba en ausencia de la compañía de Rosamunde. Él descubrió que su pie marcaba el ritmo en el piso y sus preocupaciones se aligeraban mientras un lugareño cantaba sobre aventuras.

"¡Una canción!" gritó Declan, el guardián, cuando una alegre melodía llegó a su fin. "¿Quién más tiene una canción?"

"¡Padraig!" gritó su hermana. Ella era una mujer bonita, aunque una que no toleraba tonterías. Padraig sospechaba que había quienes le tenían más miedo que su marido. Muy parecida a su madre en eso. "Canta la canción triste que comenzaste la otra noche", suplicó ella.

"Hay otros con mejor voz", protestó Padraig.

La compañía lanzó una protesta al mismo tiempo, por lo que él accedió. Padraig tomó un sorbo de cerveza y luego se puso de pie para cantar la balada de su propia composición.

*"Rosamunde era una reina pirata*
*Con cabello rojo dorado y ojos esmeralda.*
*Un comercio de reliquias perseguía,*
*Además de perfumes y sedas de todas las anilinas.*
*El tesoro de su barco era un rico tesoro,*
*De premios reunidos en todos los mares.*
*Pero la joya más bella de toda la galera*
*Era Rosamunde, hermosa y resuelta.*
*Su espada era rápida, su previsión afilada,*
*Conquistaba corazones en todas las escolleras."*

"¡Ah!" suspiró el hombre anciano al otro lado de la mesa frente a Padraig. "Es una mujer por la que vale la pena perder el corazón."

La compañía asintió con aprobación y se inclinó más cerca para el siguiente verso. Incluso su hermana dejó de servir, apoyada en el barril más grande de la taberna, sonriendo mientras miraba a Padraig.

> *"Comerciando reliquias, tanto genuinas como falsas*
> *Su oficio familiar ella desempeñaba.*
> *Ningún hombre la engañaba y vivía para contarlo,*
> *Porque Rosamunde no permitía deuda.*
> *En todos los mares ella vencía a los enemigos*
> *Pero perdió su corazón por un hombre querido.*
> *Rendirse no era su naturaleza fiel*
> *Pero ella se inclinó ante sus deseos, así fue.*
> *Para convertirse en su esposa ella el mar dejó,*
> *Pero en la casa de su amante, Rosamunde murió.*
> *El hombre que ella amaba no valía la condena..."*

Padraig vaciló. Sus compatriotas en la taberna aguardaban expectantes, pero él no podía pensar en una rima adecuada. Él recordó la vista de los acantilados y cavernas de Ravensmuir que se derrumbaron en escombros, el polvo que se levantó, sus hombres manteniéndolo cautivo para que no pudiera sumergirse en el desastre en busca de Rosamunde. Él dejó su jarra con insatisfacción y volvió a cantar la última línea en voz baja. No hizo ninguna diferencia. Él había compuesto cien rimas, sino mil, pero esta historia en particular se le atragantaba como ninguna otra.

"Su ausencia fue una pena", sugirió su hermana.

Su marido resopló. "No tienes música en las venas, mujer, eso es seguro."

"El hijo que ella le dio murió al nacer", sugirió el anciano al otro lado de la mesa.

Padraig negó con la cabeza y frunció el ceño. "No hubo ningún niño."

"Podría haberlo", insistió el anciano. "Es sólo un cuento, después de todo." Los demás rieron.

Pero eso no era solo un cuento. Era la verdad. Rosamunde había existido, había sido una reina pirata, había navegado por todas partes en la compra y venta de reliquias religiosas, ella había sido hermosa y audaz.

Y se había perdido para siempre, gracias a la infidelidad del hombre al que ella le había entregado todo.

Padraig lamentaba esa verdad todos los días y noches de su vida.

Él maldijo a Tynan Lammergeier, el hombre que le había costado la compañía de Rosamunde, y odiaba que los dos pudieran estar juntos para siempre en alguna otra vida. Estaba mal que un hombre que no había podido aceptar a Rosamunde por su verdadera naturaleza se ganara su compañía por toda la eternidad.

Porque Padraig la había amado de verdad.

Su madre le había advertido que él era el hijo de su padre, que sería herido una vez y que su corazón se perdería para siempre. De todos modos a él le había sorprendido descubrir que su consejo era cierto

Pero él se había mordido la lengua. Padraig había hablado de amistad al separarse de Rosamunde, no de la plenitud de su corazón.

Ahora él nunca tendría la oportunidad de remediar su error. Habían pasado casi seis meses desde que Rosamunde había entrado en las cavernas debajo de Ravensmuir, la fortaleza ancestral de Tynan en la costa de Escocia, seis meses desde que esas cuevas se habían derrumbado y Rosamunde se había perdido para siempre, y todavía la herida de Padraig estaba en carne viva.

Él dudaba que alguna vez se curaran.

Él sabía que nunca volvería a ver a alguien como ella.

Padraig se sentó y bebió profundamente su cerveza. "Deja que otro cante", dijo él. "Estoy demasiado borracho para componer el verso."

"¡Otro cuento!" gritó el guardián. "Ven, Liam, canta eso del anfitrión de las hadas." La compañía pateó y aplaudió, ya que Liam era claramente un favorito del lugar, y Padraig vio a un hombre larguirucho ponerse de pie al otro lado de la habitación.

Sin embargo, él había perdido el gusto por los cuentos. Abandonó el resto de su cerveza, dejó una moneda en la mesa y se dirigió a la puerta.

"Extrañaremos tu compañía esta noche", dijo su hermana en voz baja cuando pasó junto a ella. Sus ojos oscuros brillaban intensamente en la taberna en sombras, y él supo que ella veía más de su corazón que cualquier otro. Sin embargo, nunca pedía detalles, simplemente le ofrecía un lugar para quedarse.

"Un hombre debe ser valorado por más que el volumen de cerveza que puede beber", respondió Padraig, culpándose a sí mismo por lo que se había convertido. Su hermana se sonrojó como si él la hubiera reprendido y se dio la vuelta. Padraig levantó una mano hacia ella, no habiendo querido compartir su angustia, pero ella se apresuró a servir a otro cliente.

Él no podía hacer nada bien.

No sin Rosamunde.

¿Su pérdida sería la sombra de todos sus días y noches?

MUY POR DEBAJO de las colinas al norte de Galway, Finvarra, Gran Rey de los Daoine Sidhe, juntaba los dedos y consideraba el tablero de ajedrez. Era un hermoso tablero de ajedrez, con piezas de alabastro y obsidiana, el tablero en sí estaba forjado de ágata y ébano con un fino trabajo de esmalte alrededor del borde. Cuando tocaba una pieza, esta cobraba vida, moviéndose a través del tablero según su voluntad tácita. Toda su corte de hadas estaba reunida alrededor del juego, mirando con ojos brillantes.

Finvarra era alto y delgado, finamente forjado incluso para los elfos, que eran extraordinariamente apuestos. Sus ojos eran tan oscuros como un cielo de medianoche, su cabello largo del profundo azul oscuro del mar en la oscuridad, su piel tan clara como la luz de la luna, su pisada tan liviana como el viento en la hierba. Él poseía bondad y determinación y gobernaba bien a los elfos.

Su salón en Knockma estaba debajo de la colina y era un salón tan lujoso como se podía encontrar. Las damas llevaban vestidos relucientes de la más fina seda, sus alas de gasa, pintadas con mil colores. Los cortesanos iban armados con galas plateadas, sus modales eran a la vez feroces y galantes, y sus ojos brillaban con humor. Los caballos de la corte de Finvarra eran enérgicos y veloces, relucientes y hermosos con sus ricos adornos con campanillas de plata. Él tenía caballos de todos los colores, sementales rojos y yeguas blancas, sementales negros y yeguas de caoba con calcetines marfil. Todos y cada uno se vestían con galas para mostrar su tono y fuerza con la ventaja. El hidromiel era dulce y dorado en el salón de Finvarra, y las copas en la mesa se llenaban más cuando nadie miraba.

Pero toda la corte de las hadas estaba en silencio, agrupada alrededor del tablero de ajedrez favorito de su rey. Ellos miraban, sabiendo que más que la victoria en un partido de ajedrez estaba en juego.

Como siempre.

A Finvarra no le interesaban las apuestas bajas.

Finvarra jugaba para ganar.

La spriggan, Darg, estaba sentada frente al rey y se movía inquieta. Recientemente de Escocia, la pequeña hada ladrona había viajado a Irlanda en la bodega del barco de Padraig Deane, un apuesto pirata de ojos azules con el corazón roto. Atrapada invadiendo la corte de Finvarra, un crimen castigado con la muerte, la spriggan jugaba por su vida.

Finvarra, en verdad, estaba cansado del juego. El botín no era tan notable y la spriggan era un oponente mediocre. Él sentía, de hecho que se desperdiciaba el esplendor del tablero en la pequeña criatura áspera. Ciertamente, la habilidad de él se desperdiciaba.

Entonces Finvarra escuchó el lejano ritmo de una canción humana.

*"Rosamunde era una reina pirata*
*Con cabello rojo dorado y ojos esmeralda..."*

Como era común con Finvarra, la mención de una hermosa mujer mortal despertó su interés. Él giró la cabeza para escuchar, justo cuando la spriggan interrumpió con un siseo.

*"Rosamunde era una embaucadora risueña, pero no sacaba lo mejor de mí."*

"¿Conocías a esta mortal?"

Darg levantó un puño. "¡Me robó! A eso se atrevió ella, pero se la robé a su señor. Ella estaría muerta si no fuera por mí; ahora me debe su lealtad." La spriggan soltó una carcajada y luego movió un peón con cuidado. Fue una mala elección. *"Ella no está muerta, sino encantada, mientras yo elijo cuál será mi venganza."*

Intrigado, Finvarra chasqueó los dedos y su esposa, Una, llevó su espejo plateado a su mano. Ella lo conocía bien. Ella le acarició la mano mientras le pasaba el espejo, pero Finvarra ignoró su gesto de afecto.

Él no imaginó el resoplido de desagrado de ella, pero el placer de Una no era su preocupación actual. No cuando había una mujer hermosa a la que poseer. Él le murmuró algo al espejo y su superficie se arremolinó ante sus ojos, la imagen de esa Rosamunde apareció tan repentinamente que Finvarra contuvo el aliento.

Entonces su sangre se aceleró.

Una, siempre capaz de leer su respuesta, giró sobre sus talones. Ella salió del salón, sus damas corrieron tras ella como gorriones. Finvarra no se dio cuenta del estado de ánimo de su esposa.

Esta Rosamunde no solo era hermosa, sino que tenía un toque en la barbilla que insinuaba una naturaleza enérgica.

Finvarra tenía que saber más. Él tocó a la reina, su pieza favorita, deslizando su dedo por su espalda tallada. Ella caminó por el tablero en perfecta comprensión de su intención, se detuvo en el lugar deseado y metió las manos en sus mangas dócilmente.

Si tan solo todas las reinas pudieran ser tan complacientes.

"Jaque", murmuró él con una sonrisa.

"*¡No! ¡No moriré, no por tu capricho!*" La spriggan salió de su lugar con furia, saltando por el tablero y pateando piezas a izquierda y derecha. "¡Exijo que juguemos de nuevo!"

Finvarra negó con la cabeza.

La spriggan esparció los pedazos por el suelo de tierra y luego se abalanzó sobre Finvarra. No había competencia entre ellos, la spriggan era tan alta como el cáliz dorado del rey. Finvarra golpeó a la criatura malhumorada con el dorso de la mano, enviándola por el suelo.

El hada elegantemente vestida se alejó de la spriggan, susurrando por sus malos modales. Ella les siseó a todos y luego echó a correr. Dos caballeros elfos la agarraron, sujetándola con fuerza mientras ella mordía y luchaba.

"No tengo ningún interés en tu vida", dijo Finvarra con suave autoridad. La spriggan se congeló, mirándolo confundida. Ella era una criatura astuta y Finvarra declaró deliberadamente sus términos para que no pudiera haber engaño. "Yo cambiaría tu vida por un tesoro específico en tu posesión."

Los ojos de Darg se entrecerraron en ranuras hostiles. "No veo ninguna joya de sobra..."

"La mujer", decretó Finvarra, interrumpiendo lo que probablemente sería una ataque descortés. "Cambio tu vida por la de tu cautiva, Rosamunde."

La spriggan lo miró con recelo. "Me temo que te burlas de mí y quisiera ser liberada antes de que yo acceda."

Finvarra se levantó y aplaudió. "No hay engaño. Cuando Rosamunde adorne mi corte, podrás marcharte." Él extendió la mano y agarró la spriggan, sujetándola con tanta seguridad en su agarre que ella palideció. Él bajó su rostro a los rasgos afilados de ella, mirándola a los ojos. Darg se retorció. "Pero si tú me engañas, me quedaré con tu vida y con la mujer.

Los ojos de Darg brillaron y Finvarra supo que la criatura lo engañaría voluntariamente. Él hizo una seña a su armero, quien sacó un fino hilo rojo por orden de su amo. Finvarra anudó ese hilo de forma segura alrededor de la cintura de la spriggan. Parecía estar hecho de seda, pero era fuerte más que cualquier cosa y sujetaba a la spriggan a las órdenes de Finvarra. La pequeña hada luchó y luchó contra la atadura, haciendo una mueca donde tocaba la piel.

*"Arde, sí, el nudo está demasiado apretado"*, gruñó Darg. *"¡Haces trampa cuando yo hago lo correcto!"*

"Solo yo puedo desatar este hilo, y solo lo haré cuando hayas cumplido nuestro trato".

Darg continuó tirando del hilo, su disgusto era evidente. Ella echó una mirada a la compañía y luego apretó los labios. Se enderezó y se dirigió a él con sorprendente altivez. *"Como mandes, así será. Verás que Darg vive honestamente."*

Finvarra sofocó una risa. Él no dudaba de que la criatura intentaría romper tanto la atadura como la promesa, pero sabía que esos esfuerzos estaban condenados al fracaso. "Mañana al atardecer", decretó él. "La quisiera tener a mi lado para el viaje en Beltane dentro de dos noches."

La spriggan hizo una mueca por la limitación de tiempo, pero antes de que pudiera discutir, Finvarra hizo un gesto de desprecio. "Es tiempo suficiente. ¿No debería serlo...? Él arqueó una ceja y el hilo atado alrededor de la cintura del spriggan se tensó un poco. Darg gritó, ella juró estar de acuerdo y luego corrió por la corte, murmurando. Tres caballeros elfos la siguieron a una distancia discreta, asegurándose de que abandonara el salón para cumplir su misión.

Finvarra miró el camino que había tomado Una, escuchó el distante sonido de sus sollozos y decidió permanecer en su salón un poco más. Él aplaudió y pidió música, porque se sentía tan festivo como Una.

Después de todo, pronto tendría un nuevo premio que saborear.

~

ROSAMUNDE SOÑABA.

Si le hubieran preguntado, ella habría dicho que su expectativa era soñar con Tynan por toda la eternidad. Pero su sueño la llevaba más al pasado, a una abadía en la costa de Irlanda.

El obispo la había convocado allí, ansioso por aumentar los ingresos de su remota diócesis con la adquisición de una sagrada reliquia. Los peregrinos traían monedas y los fieles ya habían hecho su viaje a Compostela. Muchos no tenían la inclinación —o los fondos— para viajar a la propia Tierra Santa. Este obispo veía la oportunidad, al igual que muchos de su clase.

Sin embargo, no le había agradado que una mujer respondiera a su llamada. Aunque no sabía nada de él, Rosamunde estaba bien acostumbrada a su perspectiva. Primero él se había dirigido a su hombre, asumiendo que él era el líder, pero Eugene se había apresurado a dar un paso atrás y le hizo un gesto a Rosamunde.

Los labios del obispo se habían tensado y Rosamunde estaba segura de su intención de engañarla.

Se habían encontrado en una celda que había sido utilizada por un monje solitario siglos atrás, la vivienda en forma de cono de piedras encajadas y encaramada en la costa. La locación remota había sido conveniente tanto para la nave de Rosamunde como para proporcionar la discreción necesaria para tal compra.

También era peligroso, una faceta traicionera de su oficio.

Había sido una noche de viento, con nubes de tormenta rodando desde el horizonte occidental. La llama había bailado salvajemente sobre la linterna del obispo, incluso dentro de la celda. Ese hombre estaba envuelto en una gran capa oscura, con la capucha echada para disimular sus rasgos y acompañado por un par de hombres.

Ellos estaban parados en silencio detrás de su señor, uno a su izquierda y otro a su derecha. No llevaban uniforme y sus expresiones eran impasibles. Rosamunde no dudaba de que se les había ordenado que olvidaran todo lo que vieran esa noche. Cualquier reliquia que eligiera el obispo sería "descubierta" en la cripta de la iglesia en breve.

Un hombre tenía ojos de un azul brillante y una mirada fija. Él observaba a Rosamunde abiertamente, lo que la sorprendió. Ella se esforzó por ignorarlo.

"¡Yo esperaba a Gawain Lammergeier!" se quejó el obispo.

Rosamunde sonrió. "Mi padre me entregó el oficio familiar hace algunos años. Ya no navega."

"¿No tienes un hermano?"

"Mi hermano eligió la propiedad familiar como su legado."

El obispo resopló en desaprobación por la situación. Estaba claro que no quería comerciar con ella, pero al mismo tiempo, él quería una reliquia. Sus manos pálidas se movían con agitación debajo de los dobladillos de sus mangas.

"Quizás te gustaría ver lo que he traído", dijo Rosamunde, sabiendo que él se sentiría tentado. Después de todo, ella había llevado lo mejor de su inventario actual.

Primero, había una tela azul bordada, supuestamente usada por la Virgen. Eso tenía la mugre de la autenticidad, pero su apariencia no inspiraba devoción. El obispo hizo un comentario superficial para elogiarla.

Había habido una corona de espinas rota, una que poseía la mejor procedencia de todas las que Rosamunde había visto en los últimos años. Probablemente aun así era una falsificación. Rosamunde había visto demasiadas coronas de espinas para tener fe en ninguna de ellas. El obispo la acarició, la admiró, la consideró seriamente.

"¿Cuántas coronas de espinas puede haber, mi señor?" preguntó el hombre de los ojos azules. "Se dice que hay una en París y otra en Palestina."

"¿Es esta la genuina?" preguntó el obispo.

Rosamunde se encogió de hombros. "¿Quién puede decir?"

El obispo tamborileó con los dedos. "No debe haber ninguna cuestión de autenticidad, y no puedo imaginar cómo la corona de espinas pudo haber llegado hasta aquí."

Finalmente, había un mechón de cabello oscuro. Claramente viejo, todavía era lustroso y largo, cuidadosamente trenzado. Tenía un ligero aroma a perfume, aunque Rosamunde sospechaba que se había mejorado con los años. Lo mejor de todo es que estaba encerrado en un relicario con joyas de magistral artesanía, adornado con imágenes de Jesús atendiendo a Lázaro. Ese relicario estaba dentro de una caja de madera sin distinción aparente.

Aunque el obispo hizo una mueca al ver la caja de madera, sus ojos se iluminaron cuando se reveló el relicario. "¿Qué es esto?"

"Se dice que es el cabello de María, la hija de Lázaro." Rosamunde abrió el relicario y el obispo respiró hondo y quedó encantado. "La que ungió a Jesús con perfume cuando llegó a la casa de su padre y le lavó los pies con su cabello."

El obispo fingió estar desgarrado, pero Rosamunde sabía cuál elegiría. Y él eligió el cabello, lo hizo. Negociaron el precio, luego el obispo hizo un gesto al hombre detrás de él.

El otro hombre, el de la cautivadora mirada azul, observó fijamente a Rosamunde durante toda la transacción. Ella había sentido que él también sabía que el obispo tenía la intención de engañarla. Ella cerró las manos a la espalda, dándole a Eugene una señal silenciosa y oculta.

Se efectuó el canje, se contó el dinero y se depositó en el bolso de Rosamunde, la reliquia y su relicario se entregaron al obispo. Se intercambiaron cumplidos y formalidades. Se separaron, la intuición de Rosamunde le advertía todo el tiempo. Eugene estaba detrás de ella cuando salieron de la celda, ambos observando la tierra a izquierda y derecha mientras regresaban al bote.

Rosamunde se alegró de ver su barco, todavía amarrado donde lo había dejado. Se había encendido la luz de popa, la del filtro rojo, por lo que ella sabía que el barco no había sido asaltado en su ausencia. No había sonido de persecución.

Quizás su intuición se había equivocado.

Ella emitió un silbido agudo, una señal para Thomas que esperaba en el bote fuera de la vista. Ella y Eugene echaron a correr, ansiosos por marcharse.

Rosamunde no estaba preparada para encontrar a Thomas muerto, sangrando en el fondo del bote.

Ella no estaba preparada para que otros dos hombres la asaltaran en la oscuridad, para que la atacaran y la golpearan. Sucedió rápidamente, en un terreno que ella no conocía. El bolso fue arrancado de su cinturón, Eugene fue apuñalado, las otras dos reliquias cayeron al suelo.

Le arrebataron la espada, la golpearon en la cara y ella cayó de rodillas. Un hombre la agarró por detrás. El otro atacante se abalanzó sobre ella, su espada destellando, y Rosamunde temió que hubiera terminado.

Ciertamente ella no esperaba que el hombre de ojos azules saltara de las sombras detrás de su atacante.

"¡Oye!" gritó él y el atacante giró sorprendido.

El hombre de ojos azules lo rebanó desde la garganta hasta la ingle y pateó su cadáver al mar. El que sostenía a Rosamunde la soltó y echó a correr. El hombre del obispo lo persiguió, lo apuñaló hasta que no se movió más y luego regresó a Rosamunde.

Ella encontró la determinación en su mirada mientras él le entregaba el bolso que le habían robado completamente lleno.

"Estoy cansado de su robo", dijo él en voz baja, su voz tan firme como su mirada. Rosamunde examinó a Eugene y se alegró de comprobar que aún respiraba. El hombre de ojos azules la ayudó a llevarlo al bote, Eugene hizo una mueca de dolor cuando lo metieron en el bote. Thomas, lamentablemente, estaba más allá de la ayuda. Rosamunde lo enterraría en el mar, que habría sido su elección.

Ella miró al hombre que la había salvado. "Te agradezco tu ayuda".

"De nada." Él miró hacia la tierra, luego la miró y sonrió, con una rápida sonrisa de complicidad. "Temo haber perdido mi empleo esta noche. ¿Necesitas a otro hombre en tu barco?

Rosamunde descubrió que le gustaba mucho ese hombre. "Siempre he necesitado hombres de corazón fuerte y espadas rápidas". Los secuaces del obispo no se movían, una señal de la eficacia de ese hombre. "¿Tienes un nombre?"

"Padraig Deane".

Rosamunde le estrechó la mano y le gustó el calor de su piel, la firmeza de su agarre. No estaba en su naturaleza permanecer en tierra y ella siempre anhelaba estar de regreso en el mar. Pero este hombre la hizo pensar en quedarse.

"Bienvenido, Padraig. No hay mejor cumplido que saber que a un hombre se le puede confiar la propia vida." Ella lo vio sonreír, vislumbró su rubor, luego recogieron las reliquias y los hombres caídos. Ella observó cómo la luz de la luna jugaba con sus músculos mientras los conducía de regreso al barco. Él era decidido, incondicional, sin miedo a hacer lo que creía correcto.

Y Rosamunde se preguntó cómo no había podido ver el mérito completo de Padraig en todos los años que él le había servido.

¿Qué le quitaba el velo de los ojos ahora?

PADRAIG VAGÓ por las calles de Galway, sin prestar atención a su rumbo hasta que llegó a la puerta de la muralla normanda. Él miró hacia el puerto y luego hacia las colinas envueltas en sombras y luces de estrellas. Eligió pasar por la puerta y salir de la ciudad, sabiendo que el camino no estaba exento de riesgos. Él era mitad irlandés, mitad de ciudad y mitad de campo, aunque había quienes tenían poco interés en los detalles.

A él no le importaba su destino tanto como antes.

Y esa noche no le gustaba la compañía humana. A él debería encantarle aquí, el lugar donde se había criado, pero en cambio se sentía como en casa solo en el mar.

Rosamunde había sido igual.

Él caminó mientras la luna se elevaba cada vez más en el cielo. Caminó mientras las campanas de la iglesia sonaban muy atrás de él. Caminó mientras las estrellas brillaban en lo alto.

Él escuchó el susurro de pequeños animales en la maleza y el tintineo del agua corriente. Él sintió que la cerveza aflojaba su agarre sobre su cuerpo y el dolor en su corazón.

Él se detuvo en medio del camino, horas después de su partida, y echó un vistazo hacia la ciudad dormida. Le dolían los pies y sabía que debía regresar.

Padraig acababa de darse vuelta cuando escuchó a una mujer cantar, cantando más hermoso de lo que nunca había escuchado a nadie cantar. Podía haber sido un ángel lo que escuchaba, y se sintió atraído por el sonido.

Él no podía entender las palabras y se apresuró a acercarse.

*"Una era la reina de las hadas*
*Jamás vista mujer más ataviada*
*Casada con su rey por siglos*
*El amor significaba más para ella que su anillo."*

El terreno se elevaba delante de Padraig en un montículo, una colina baja cubierta de hierba. Un círculo de piedras grandes rodeaba la cima de la colina, como una corona sobre ella, y un espino crecía fuera del círculo de piedras.

El pelo le picaba en la nuca porque había aprendido en las rodillas de su madre a ser cauteloso en presencia de las hadas. Si nada más, ese era el tipo de lugar que preferían las hadas.

Él apenas podía distinguir la silueta de una mujer en la cima de la colina. Ella estaba sentada en una piedra en medio del círculo, peinándose el largo cabello, y él sabía que ella era la que cantaba. Dos mujeres estaban sentadas a sus pies, una con una lira como Padraig nunca había visto, la otra tarareando junto con su dama. Todas eran encantadoras, etéreas a la luz de la luna.

Su voz tenía un tono encantador y Padraig deseaba escuchar más de su canción. Él se acercó, tratando de moverse en silencio, ya que no quería asustar a las mujeres.

Para su asombro, tan pronto como dio un paso dentro del círculo de piedras, la dama del peine se giró para mirarlo. Ella sonrió, su mano cayó a su regazo mientras le cantaba directamente.

Con la proximidad, él pudo ver más que su silueta. Su cabello era dorado, tan brillante como la luz del sol, sus ojos tan azules como un mar del sur. Padraig se acercó, asombrado por su belleza.

*"Pero Finvarra tenía apetencias,*
*Por las mujeres mortales, tanto blancas como morenas.*
*Él juró que tendría a la reina pirata*
*Mantenida cautiva por la codicia del hada.*
*Un vistazo a la hermosa Rosamunde*
*Lo dejó lleno de lujuria y amor.*
*Y entonces su esposa llegó a pensar*
*Que su cónyuge llevará a Rosamunde al hogar."*

Padraig parpadeó. ¿Seguramente ella no podría estar cantando sobre su Rosamunde?

La mujer se puso de pie, revelando que era alta y delgada. Ella llevaba un vestido que se ajustaba a sus curvas y le llegaba hasta los tobillos, uno tan azul como sus ojos y rico en bordados dorados. Había gemas incrustadas en el dobladillo y los puños del vestido, y a Padraig le pareció que sus zapatillas estaban hechas de seda del color de la luz de la luna.

O tal vez ella estaba forjada por la luz de la luna. Ella parecía inmaterial mientras caminaba hacia él, tanto de ese mundo como del otro. ¿Estaba él soñando? El dobladillo de su falda parecía bailar con voluntad propia, y las luces brillaban alrededor del perímetro del círculo de piedra. Él recordó el fuego fatuo, las legendarias luces de las hadas, y supo que se había extraviado en su reino encantado.

Sólo cuando la mujer estuvo directamente frente a él, Padraig vio a los numerosos pequeños cortesanos que sostenían el dobladillo. No podrían haber sido tan alto como su rodilla, ni uno de ellos, y estaban vestidos de uniforme verde. Sus caras eran afiladas, sus ojos entrecerrados y sus cabellos enredados con ramitas.

Padraig recordó sus propias palabras y supo con quién se encontraba.

La reina de las hadas, Una.

"Saludos, Padraig, marinero de los muchos mares", dijo ella, su voz tan melodiosa en el habla como en la canción.

"Saludos, bella reina". Padraig se inclinó profundamente, sabiendo bien el precio de insultar a uno de los elfos.

"Quizás hayas adivinado que yo te he convocado aquí. Escuché tu canción y supe que nuestros objetivos podrían ser uno solo."

"¿Escuchaste mi canción?" Padraig miró por encima del hombro, incapaz de ver las luces de la ciudad. "Pero eso estaba a millas de distancia. No es posible que hayas escuchado…"

Una puso la punta de un dedo sobre sus labios para silenciarlo. Su toque era tan frío como el hielo, tan suave como el sedoso terciopelo.

Ella sonrió. "Ella no está muerta, tu Rosamunde." Ella apretó los labios y desvió la mirada. "Y ahora mi esposo, lanzando su mirada sobre todo el Rey de las Hadas, con la ayuda de su espejo traicionero, ha vislumbrado a la dormida Rosamunde. Él quiere hacerla suya en Beltane."

"No quiero ofender, mi señora, pero Rosamunde está muerta", dijo Padraig con cuidado. Él sabía de la inclinación de los hadas a engañar a los mortales. "Vi la roca caer, traté de rescatarla de las cavernas destruidas. Ella no puede haber sobrevivido."

Una sonrió. "La spriggan Darg la tomó cautiva cuando ella podría haber muerto."

"¡Darg!" Exclamó Padraig. Él recordaba bien la engañosa spriggan y su determinación de vengarse de Rosamunde.

Una lo miró con atención. "Conoces a esa criatura".

"De hecho, sí, mi señora, aunque creía que la spriggan todavía estaba en Ravensmuir".

La sonrisa de Una se desvaneció. "No. Vino aquí en tu nave."

Padraig frunció el ceño. Habían artículos que habían desaparecido en su último viaje, incluida la cerveza que sabía que le gustaba tanto a la spriggan. Era posible que Una dijera la verdad.

"Ha invadido nuestro salón. Ella ha apostado con mi marido y ha perdido, así que mañana le traerá a Rosamunde. Debes robársela."

"¡Mi señora! ¡Un hombre que roba al rey de las hadas no vivirá para contarlo!"

Una sonrió. "Con mi ayuda, no serás detectado". Ella presionó un anillo dorado en su mano. "Ponte esto y pasarás sin ser visto en ninguna compañía."

El anillo estaba frío, tan frío como la tumba. Incluso tenerlo en la mano llenaba de pavor a Padraig. Él no tenía miedo de arriesgar su vida por Rosamunde, ni siquiera de incitar la ira del rey hada, pero había una cosa más que necesitaba saber.

Con todo respeto, mi señora, estoy seguro del deseo de Rosamunde. Me parece que estaría muy bien vivir en la corte de las hadas. Puede que ella no desee irse."

Una se rió, pero no por su cumplido. "Debes haber escuchado el viejo acertijo, el que tiene la verdad en su corazón".

"¿Cuál es ese, mi señora?"

Sus ojos brillaron con humor. "¿Qué regalo es el que más desea una mujer de un hombre?"

Padraig se encogió de hombros, sin saber la respuesta. ¿Riqueza? ¿Comodidad? ¿Amor? Había tantas respuestas posibles que no podía elegir. Él sospechaba que la respuesta dependía de la mujer.

Una se inclinó más cerca. "Tener lo que quiera." Sus ojos brillaron con una luz resplandeciente mientras sus cortesanos reían alrededor de su dobladillo. "Sospecho que eres un amante digno, Padraig Deane, y en homenaje a tu amor, te doy un regalo."

"Ya has sido demasiado amable…"

Antes de que Padraig pudiera terminar, la reina de las hadas enmarcó su rostro entre sus manos. Ella se inclinó más cerca, su aliento frío acarició su piel, luego ella lo besó de lleno en los labios. Él saboreó la muerte y la pérdida, un escalofrío que lo estremeció hasta la médula.

Y Padraig se desmayó.

~

ROSAMUNDE SOÑÓ con otro día en su pasado.

El cielo estaba rosado, una señal segura de problemas por la mañana, y las nubes oscuras que corrían por encima de sus cabezas no hacían un mejor pronóstico. De todos modos, el corazón de Rosamunde saltó ante los familiares acantilados que se elevaban ante ella, los acantilados coronados por el torreón que ella conocía tan bien como las líneas de su propia mano.

Ravensmuir.

Gobernado por Tynan, severo pero justo, el hombre que la había llevado a su cama, el hombre que posteriormente había jurado nunca casarse con ella. El hombre que había elegido ese montón de piedras sobre Rosamunde.

Dos veces.

En su sueño, ella estaba segura de que reviviría ese último encuentro, ese último rechazo fatal, que volvería a verlo.

Pero ella no lo hizo. Ella volvió a soñar con Padraig, con su despedida final.

Rosamunde estaba de pie en la cubierta de su barco, mirando hacia arriba mientras la tierra se acercaba, su corazón latía acelerado por la inquietud de que Tynan la viera acercarse, de que él se encontraría con ella en las cavernas debajo del torreón. Ella estaba en el momento de acercarse, sentía su propia esperanza y anticipación, pero al mismo tiempo, sabía lo que había sucedido posteriormente en esas cavernas. Ella sintió de nuevo la punzada de pavor que había sentido esa mañana y supo que había sido una advertencia. Aunque Tynan se había disculpado con ella, una vez más había elegido su propiedad en vez de a ella.

Y él había muerto.

¿No había muerto ella también?

Padraig se acercó a ella y se situó en la cubierta, pero esta vez, cuando Rosamunde se volvió hacia su amigo de mayor confianza, lo vio con ojos claros. Él era alto y sano, era Padraig, la experiencia suavizaba su expresión y sus elecciones. Su cabello oscuro estaba tocado con plata en las sienes, notó ella, y había líneas de risa grabadas alrededor de sus ojos. Su bronceado hacía que sus ojos se vieran más vívidamente azules, y su vitalidad la sorprendió.

Por su masculinidad.

Con la claridad de la retrospectiva, ella veía lo que se había perdido día tras día en su compañía. Padraig tenía su misma edad y habían compartido mil aventuras. Él no le tenía miedo a su verdad, y mucho menos a su temperamento. Él se reía rápido, era inteligente, se atrevía a desafiarla cuando creía que ella estaba equivocada. Él era profundamente leal y ella siempre había podido confiar en él.

Su corazón comenzó a latir con fuerza ante la magnitud de su error, ante su propia locura ciega.

"Iré a las cavernas sola", dijo ella, sintiendo las palabras que una vez había pronunciado mientras cruzaban su lengua en este sueño. Su misión había sido recuperar un anillo de plata, que una vez le había dado Tynan, exigido por la spriggan Darg como precio por su ayuda, pero que ella le había devuelto a Tynan después de su rechazo. No había sido de ella para tomarlo, pero ese día, ella había regresado para robarlo para asegurar el futuro de su sobrina.

"Te acompañaré", dijo Padraig, con determinación en su tono. Rosamunde se dio cuenta de que compartían esa determinación de proteger a sus seres queridos, esa capacidad de caminar hacia las sombras para que otros no se vieran obligados a hacerlo.

Ella y Padraig habían caminado juntos por la periferia de la sociedad, desafiando a todos mientras retaban las convenciones.

Cuidando las espaldas del otro.

Mientras que Tynan había mantenido la conformidad. Él había encontrado útil a Rosamunde, había aceptado sus favores en la cama, pero nunca la había respetado ni había tenido la intención de honrarla. En retrospectiva, no fue una sorpresa darse cuenta de que Tynan nunca podría haberla amado de verdad.

"No, esta vez no", argumentó ella en su sueño, tal como había argumentado esa fatídica mañana.

Ella veía a Padraig por lo que era. Veía el ardor en sus ojos. Veía su miedo por ella. Veía su valor y su lealtad, y adivinó el secreto de su corazón.

Y Rosamunde lamentó haber entregado su amor al hombre equivocado.

Ella lo había sospechado ese día. El fantasma de la comprensión se había burlado de sus pensamientos, la había solicitado a elegir lo contrario, había hecho que sus palabras salieran a trompicones con una rapidez inusitada. "Toma el barco", le dijo ella, en este sueño como lo había hecho entonces. "Llévame a tierra, luego toma el barco y navega hacia el sur, hacia Sicilia."

Había sido su broma, todos esos años, que algún día venderían todo y vivirían sus vidas en Sicilia. Ambos habían preferido el calor sofocante del sol allí al frío del norte.

"¿Pero qué hay del contenido?" El disgusto de Padraig era evidente.

"Véndelo, véndelo donde puedas obtener un precio justo por ello y quédate con las ganancias para ti."

"Pero…"

"No te debo menos por todos tus años de fiel servicio." Era una mentira fácil y ambos lo sabían, incluso entonces.

"¿Pero el barco?"

"Véndelo también o quédate con él. No me importa, Padraig." Rosamunde soltó ese sincero suspiro, reconociendo la sombra de terror que tocaba su corazón. "He tenido riquezas y he tenido amor. El amor es mejor."

Era una mentira. Ella nunca había tenido el amor de Tynan. Ella había tenido la ilusión de su amor y eso la había seducido. Ella no había tenido más que la expresión física de su amor, y esa era una ofrenda insignificante.

Por otro lado, Rosamunde veía en su sueño que el amor de Padraig había estado delante de ella, esperando su invitación, durante años.

"Te irá bastante bien", dijo ella en su sueño, y la declaración de su don de previsión le pareció irónica. "Lo he visto y sabemos que todo lo que yo veo será verdad.".

"¿Qué ves para ti misma?" Padraig preguntó en voz baja, su estudio de ella tan comprobable que Rosamunde apenas pudo sostener su mirada. Él frunció el ceño y desvió la mirada. "Siempre dije que veías más lejos que la mayoría, pero no podías ver lo que había ante tus propios ojos."

Había algo de verdad en esa afirmación que ella se había perdido esa mañana manchada de rojo. Ella había declarado que su destino era estar en Ravensmuir, y vio en su sueño cómo la idea disgustaba a Padraig.

¿Cómo había podido ella perder semejante oferta?

¿Cómo había podido pasar por alto el afecto de alguien que la conocía mejor que ella misma? Ella había sido una tonta y había perdido la vida por eso. Si ella tuviera otra oportunidad, aprovecharía la oportunidad que le ofrecía Padraig.

"Adiós, Padraig", se había escuchado decir. "Que el viento siempre llene tus velas cuando lo necesites."

Y Padraig la abrazó, acercándola. Ella podía sentir la fuerza musculosa de él, la determinación de él, el poder que a menudo mantenía bajo control. En su sueño, ella cerró los ojos y saboreó lo que había perdido a causa de su propia locura.

Su voz era ronca cuando habló. "Hemos luchado espalda con espalda cientos de veces, Rosamunde, y siempre te consideraré mi amiga." Sus ojos azules se llenaron de calor mientras la miraba. "Has sido mi única amiga, pero una amiga de tal mérito que no necesité otra."

"Ningún alma ha tenido nunca un amigo más leal que el que encontré en ti", dijo, ella con el corazón adolorido por su propia locura.

"Yo lo hice", dijo Padraig, con palabras feroces. Su mirada se clavó en la de ella, luego se volvió y miró los acantilados de Ravensmuir. "Yo lo hice", agregó en voz baja.

Y en su sueño, Rosamunde hizo lo que debería haber hecho ese día. Ella se acercó. Tocó el hombro de Padraig. Vio su sorpresa cuando él se giró hacia ella. Luego ella lo atrapó con fuerza, oyendo el trueno de su pulso en sus propios oídos, y lo besó.

Fue un beso dulce y caliente, un beso que envió un torrente de anhelo a través de ella. Fue un beso teñido de pesar, lleno de amor, un beso de anhelo y potencia. La dejó mareada. La dejó caliente.

Ese beso dejó a Rosamunde completamente despierta y parpadeando ante un techo que no podía ubicar.

¿No estaba muerta?

No parecía. Ella estaba simplemente sola. Se tocó los labios, contuvo el aliento y se atrevió a desear esa segunda oportunidad.

PADRAIG SE DESPERTÓ RÁPIDAMENTE, su corazón estaba acelerado y su respiración se precipitaba. Estaba caliente y tenso, el sabor de Rosamunde en sus labios.

También había dormido, aparentemente, en el campo.

El sol estaba saliendo por el este, dorando las colinas e incendiando las gotas de rocío. Él miró a su alrededor. Él estaba solo. Tenía frío y su ropa estaba húmeda por el rocío. El círculo de piedra estaba a una docena de pasos, silencioso en sus secretos. Las mujeres se habían ido, si es que alguna vez habían existido, y no había música resonando en sus oídos. Sin liras, sin hadas pequeñas, sin pisadas en la hierba.

Padraig escuchó a un hombre gritarle a una vaca mientras la conducía por el camino hacia la ciudad.

Él se pasó los dedos por el pelo y la lengua por los labios. Volvió a saborear el beso de Rosamunde y cerró los ojos ante la oleada de placer que había sentido bajo su toque.

Rosamunde nunca lo había besado.

Excepto en su sueño.

Él se había complacido demasiado la noche anterior. Era la cerveza, confundiéndolo, alimentando su deseo y llevándolo por mal camino.

Padraig se puso de pie de un empujón, haciendo una mueca por la distancia que tenía que caminar de regreso a la ciudad. Aún le dolían los pies y le dolía la cabeza. Se dispuso a limpiarse, quitando las ramitas esparcidas por su ropa, y se dio cuenta de que tenía algo en la mano.

Era una piedra. La piedra era redonda con un agujero en el medio. Era del color del oro. ¿Era ese el anillo de oro que él creía que le había dado la reina de las hadas?

Padraig sonrió ante su propio sueño tonto. Él había estado borracho. Aun así, una piedra de tal forma era inusual. Puede que tuviera suerte. Él estaba poseído por todas las supersticiones de un marinero y algunas más, cortesía de la educación de su madre en estas colinas y su respeto por las hadas. Al menos, sería un error dejar el obsequio a un lado donde el donante podría ser testigo de su rudeza.

Padraig se metió la piedra en el bolsillo y atravesó la hierba húmeda. Y mientras regresaba a su alojamiento en Galway, saboreó el recuerdo del beso de Rosamunde.

Incluso en un sueño, había sido un dulce premio y fue suficiente para poner un resorte en su paso.

~

*"Pero Rosamunde, ella no había muerto*

*En verdad, ella aún estaba viva.*
*Ella era una cautiva de las hadas*
*Y perdida bajo la colina.*
*Mientras estaba allí vio tales maravillas*
*Tanta belleza, maravillosa todavía*
*Aun así, Rosamunde no deseaba estar*
*Cautiva debajo de la colina."*

LA SPRIGGAN DARG no era una criatura que Rosamunde se alegrara de ver.

La soledad era mejor que la compañía de esa cosa.

Que la pequeña hada tuviera un cordón rojo anudado alrededor de su cintura era curioso y seguramente no mejoraba el estado de ánimo de la criatura. Siseaba y escupía, pellizcándola para despertarla y luego mordiendo sus talones para apresurarla.

"Date prisa, date prisa, el rey no está dispuesto a esperar."

"¿A dónde vamos? Pensaba que el Reino de las Hadas era como un limbo."

Darg parloteaba ininteligiblemente, como era su tendencia cuando estaba molesta. La criatura la condujo más profundamente a las cavernas debajo de Ravensmuir y Rosamunde se alegró de dejar atrás su pasado.

Sin embargo, no eran realmente las cavernas debajo de Ravensmuir. Rosamunde conocía bien esas cuevas y sus senderos, ya que habían sido su pasaje secreto a la fortaleza durante décadas. De niña, ella había jugado allí, aprendiéndose el laberinto, deleitándose con los rincones secretos. Pero estaban húmedos y hechos de piedra gris, oscuros y llenos del distante tintineo del agua corriente.

Ella no conocía los pasillos que seguía Darg. Rosamunde nunca había visto esa entrada iluminada con luz dorada hasta el colapso de la caverna y la muerte de Tynan. Ella sospechaba que Darg le había abierto un portal, pero no sabía dónde estaba realmente.

Esa caverna no podría llamarse justamente cueva o incluso laberinto. De hecho, Rosamunde no se sentía como si estuviera bajo tierra en absoluto. Había una brillante luz solar dorada, la luz que se había derramado desde ese portal inesperado. El cielo se arqueaba alto, claro y azul, sobre campos verdes. El aire estaba lleno de música y bellos cantos, y cada alma que veía era hermosa.

Rosamunde tardó un rato en darse cuenta de que solo veía nobleza. Había aristócratas cabalgando y cazando, llevados por corceles finamente cubiertos, de tan majestuosa estatura que las bestias rivalizaban con los famosos caballos de Ravensmuir. Las mujeres iban vestidas de seda y samite[1], con atuendos de todos los tonos, el pelo largo que les caía sobre los hombros o peinado en trenzas. Llevaban coronas de flores y abundaban las gemas en su ropa, incluso enrolladas en el cabello. Muchos tocaban instrumentos mientras montaban. En ese extraño país abundaban las flautas de oro y las liras de plata. La risa de las mujeres también sonaba como música.

Los hombres eran igual de bien forjados, altos y delgados, musculosos. Había un destello de picardía en todos los ojos. Sus armaduras brillaban como si fueran de plata, sus estandartes estaban bellamente bordados y sus caballos galopaban con cuellos orgullosamente arqueados. De cada brida colgaban campanas de plata.

La tierra en sí era abundante, los árboles exuberantes con frutas y flores floreciendo por todos lados. Rosamunde creyó ver frutos de oro y plata, y flores elaboradas con joyas preciosas, pero Darg no retrasó su paso para poder mirar más de cerca. Los pájaros cantaban desde cada árbol, su canción se mezclaba tan hermosamente con las melodías de las damas que Rosamunde sentía que hacían música juntos.

El simple hecho de atravesar la belleza de ese reino, incluso al ritmo de muerte de Darg, iluminaba el corazón de Rosamunde. Le curaba las heridas y le hacía creer que podría seguir viviendo, incluso sin amor. Le hacía pensar en el futuro con un optimismo que había creído perdido.

La hacía preguntarse dónde estaba Padraig.

Le hacía preguntarse cómo podría llegar de ahí hasta allá.

"¿Dónde estamos?" le gritó a Darg, quien se apresuraba a adelantarse a ella, murmurando todo el tiempo.

"Debes ser una mortal tonta para no conocer la tierra de las Hadas."

Hadas. Rosamunde era una mujer práctica, una que nunca había creído en asuntos invisibles o lugares a los que no podía navegar. ¿Estaba ella soñando?

Una mariposa se posó sobre su hombro, sus alas rebosaban bastante de color, su belleza más allá de la de cualquier insecto terrestre.

Rosamunde se dio cuenta con un sobresalto de que era una mujer diminuta con alas. El hada se rió de su sorpresa, un sonido como el tintineo de campanas, luego se alejó rápidamente, desapareciendo en el azul del cielo con un destello.

"¿Y por qué no nos demoramos en este reino mágico?" Rosamunde le preguntó a Darg.

"¡Llegamos tarde, no debemos llegar tarde! Finvarra espera con impaciencia." La spriggan tiró de nuevo del cordón rojo anudado alrededor de su cintura. Ella escupió en la hierba con disgusto y luego agarró a Rosamunde. "Apresúrate, apresúrate, cuando salga la luna, debemos estar a salvo a su lado."

"¿Quién es Finvarra? ¿Y por qué acudimos a él?

"¡Preguntas, preguntas, en lugar de prisa! ¡Tus consultas hacen el desperdicio de la luz del día! Tenemos que ir muy lejos sin descansar: Finvarra no aceptará menos."

Cruzaron un puente, el río que corría debajo parecía estar hecho de hidromiel. Rosamunde percibió una bocanada de su dulzura melosa y vio un grupo de abejas revoloteando en la orilla. Un pretendiente bellamente vestido le ofrecía un cáliz dorado del líquido a su dama, quien se sonrojó, agitó ambas alas y pestañas, luego aceptó su tributo.

"¿Pero por qué vamos a este Finvarra? ¿Quién es él y qué control tiene sobre ti?"

Darg giró bruscamente y miró a Rosamunde con furia en los ojos. "Un partido que perdí, el precio de mi vida. Su demanda fuiste tú como su nueva esposa. Gran Rey de las Hadas es su puesto, un hombre cuya paciencia no dura." Darg luchó contra el cordón rojo, luego lo soltó con disgusto. "Este vínculo que él anuda, me quema de verdad; Hasta que seas suya, este dolor es mi deuda."

"¿Me cambiaste al Rey de las Hadas?" Preguntó Rosamunde, apoyando las manos en las caderas. "¿Qué pasa si no deseo ser su juguete? ¿O el de cualquier otro hombre, en realidad? No iré complaciente a su corte, no importa lo que hayas prometido."

"Prometí mi palabra, juré mi vida; ¡Finvarra te tendrá como esposa!"

"Yo creo que no." Rosamunde le dio la espalda a su vil captora, sin ninguna inclinación a facilitar semejante sumisión. Ella contempló la hermosa campiña y vio a un hombre que cuidaba de un par de caballos que bebían hidromiel en la orilla. Era guapo y su mirada brillaba sobre ella.

Su cabello era tan oscuro como la medianoche, y si ella entrecerraba los ojos, podría haberlo confundido con Padraig.

Salvo que Padraig no tenía alas ni orejas puntiagudas.

Quizás él podría ayudarla a encontrar a Padraig.

Cuando el caballero de las hadas sonrió, Rosamunde se encontró sonriendo a cambio. "En cambio, me tomaré la tranquilidad de mi corazón", le dijo a Darg y le dio la espalda a la criatura.

"¡No!" Darg gritó, como una vez que la spriggan había gritado antes en presencia de Rosamunde. Ella miró hacia atrás con cautela, luego echó a correr cuando vio que la spriggan se había convertido en una gran y amenazante nube negra. Cuando ella se enfurecía, podía cambiar de forma con una velocidad aterradora: la última erupción de ese tipo había provocado la muerte de Tynan al destrozar las cavernas.

"Te salvé la vida, eres mía para darte", gritó la spriggan. "¡Te cambio ahora para vivir!"

Rosamunde corrió lo más rápido que pudo, sintiendo que las otras hadas la miraban con desconcierto. Sin embargo, no pudo escapar de la furia de Darg. Su corazón se hundió cuando la nube oscura la envolvió, rodeándola con una niebla tan negra como la noche.

Luego fue arrebatada del suelo, tan indefensa como una mariposa atrapada en una tempestad, y se la llevó. Ella creyó oír a alguien gritar, pero Darg no se detuvo.

Esposa de Finvarra. Rey o no, Rosamunde no tenía ningún interés en sus atenciones. El mero hecho de que él cambiaría la vida de un hada por una mujer, sin tener en cuenta ningún deseo más allá del suyo, no era un buen respaldo. Ella luchaba y luchaba, sabiendo que era inútil, y deseó de nuevo que un amigo leal luchara a su lado.

Padraig. ¿Cómo podía haber estado tan ciega?

PADRAIG ACARICIABA la extraña piedra en su bolsillo mientras regresaba a la taberna esa noche. Estaba oscureciendo, el sol brillaba de color naranja justo antes de deslizarse bajo el horizonte.

Él no podía disipar su sueño de besar a Rosamunde y, en verdad, no quería hacerlo. El sueño había levantado la sombra de su corazón, le había hecho sentir que podría haber algún propósito en su vida incluso sin su pareja a su lado.

"Estás bastante satisfecho contigo mismo esta noche", dijo su hermana mientras le ponía cerveza. Ella sonrió y apoyó las manos en las caderas para mirarlo. "¿Fue una conquista entonces?"

Padraig se rió por primera vez en mucho tiempo. "Nada más que un sueño, pero fue bueno".

"Apuesto a que debe haber sido", dijo ella, con una sonrisa burlona. "¿Entonces soñaste con una dama?"

"Nada menos que la reina de las hadas," acordó amablemente Padraig. "Y ella me dio una pieza."

Su hermana se puso seria. "¿Entonces ella lo hizo?" Su cautela le recordaba mucho a su madre a Padraig.

"Un anillo con el poder de hacer que un hombre sea invisible para los demás." Padraig se rió entre dientes ante el capricho de todo eso, luego metió la mano en el bolsillo para mostrarle la piedra. Él pensó que a ella le divertiría la evidencia de su sueño de borrachera, pero cuando sacó el regalo de su bolsillo, se había convertido de nuevo en un anillo de oro.

Padraig lo miró en la palma de su mano y parpadeó maravillado. "Pero hace un momento, era una piedra", susurró él.

Su hermana contuvo el aliento y dio un paso atrás. "Una joya de las hadas". Ella se santiguó rápidamente. "Cuida tus pasos, Padraig. Un hombre no elude fácilmente el favor de la reina de las hadas."

Padraig apenas escuchó su advertencia. Él conocía todos los cuentos de hadas, cortesía de su madre. Simplemente no podía creer que el anillo hubiera cambiado dos veces.

Pero entonces, si se trataba de un hada, el hechizo sobre él se mantendría durante la noche y no durante el día. Él se puso de pie y, dejando su cerveza, miró hacia la puerta de la taberna. Efectivamente, el sol se había puesto por completo y el crepúsculo, ese momento tan potente para los elfos, había caído.

Él contempló el círculo de oro. ¿Y si su sueño hubiera sido realidad? ¿Y si ese anillo realmente tuviera el poder que Una había declarado? ¿Y si él pudiera recuperar a Rosamunde del reino de las hadas?

¿Y si el sueño de ese beso hubiera respondido a su pregunta? ¿Cuál era el sincero deseo de Rosamunde? ¿Ella lo deseaba a él además de la libertad?

Pero antes de atreverse a entrar en el montículo de las Hadas, antes de atreverse a secuestrar a una mujer destinada a la cama del

Gran Rey de las Hadas, Padraig estaría seguro de los poderes del anillo.

Él dejó una moneda por la cerveza, ya que ya no tenía gusto por ella. Salió a las calles de Galway, se deslizó por un callejón y luego se puso el anillo.

Para su asombro, cuando regresó a la concurrida avenida, un hombre chocó directamente con él, frunciendo el ceño ante el obstáculo que podía sentir pero no ver.

Padraig pasó una hora probando las habilidades del anillo, pero estaba claro que ningún ojo humano podía descubrir su presencia.

A continuación, lo comprobaría entre las hadas. Él pidió prestado un caballo y montó como un loco hasta el círculo de piedra donde había oído cantar a Una la noche anterior.

*"Así, de Rosamunde el verdadero amante*
*Conocía a la reina de las hadas.*
*Así el anillo mágico ella le otorgaba*
*Ese anillo lo ocultó mientras pasaba.*
*Y así fue como él siguió adelante*
*Para presenciar el infortunio de su amada.*
*Él contuvo la respiración y se puso el anillo*
*Esa noche en la corte de las hadas."*

*"Allí él vio a su dama Rosamunde*
*Toda vestida de blanco y oro.*
*Su cabello estaba trenzado densamente con joyas,*
*Ella llevaba una estrella en la frente.*
*Su faja era de la más fina seda,*
*Sus zapatos de cuero morado.*
*Tan radiante era su rostro*
*Como él nunca la había visto."*

Rosamunde estaba enojada.

Sin duda, la corte estaba bastante bien y la hospitalidad era generosa. Le habían asignado unas dos docenas de damas en espera que se preocupaban más por el cuidadoso trenzado de su cabello de lo que ella podría haberlo hecho nunca. Le gustaban los tejidos espléndidos, las joyas y la riqueza evidente.

A ella no le gustaba haber sido incapaz de escapar de Darg, y mucho menos el grito de triunfo de la criatura cuando Finvarra le quitó el cordón rojo. La spriggan había desaparecido tan rápidamente que tal vez nunca hubiera estado ahí.

Ella no extrañaba a la vil criatura.

Finvarra era un hombre apuesto que confiaba en su atractivo. Sus ojos eran extraños, o al menos no parecían coincidir con su semblante. Él no parecía haber visto más de treinta veranos, su cuerpo joven y fuerte, su rostro sin arrugas y hermoso. Pero sus ojos, sus ojos estaban llenos de las sombras de la experiencia. Allí estaba el recuerdo de la tristeza, de la alegría, del triunfo y la derrota. Si hubiera sido su elección conocerlo, si ella lo hubiera conocido cuando ambos estaban libres, Rosamunde podría haber estado intrigada por el Rey de las Hadas.

Tal como estaban las cosas, Rosamunde veía que su fascinación por ella no era más que lujuria. Ella sería una conquista, una amante, una frivolidad que él dejaría de lado cuando se aburriera de sus encantos.

Rosamunde nunca había sido tan pequeña y no deseaba serlo ahora.

De hecho, su interés le recordaba el supuesto amor de Tynan, y ella lo rechazaría como no lo había rechazado anteriormente. Al menos, Rosamunde aprendería de su error.

Luego estaba el asunto de la esposa de Finvarra, Una, que se había retirado al otro lado del salón. Una, no poca belleza en sí misma, había reunido a sus damas alrededor de ella y se agrupaban allí, susurrando y señalando.

Finvarra ignoraba a su esposa tan deliberadamente que Rosamunde supuso que ella no era más que un peón en algún partido en curso entre rey y esposa.

Era mucho menos de lo que quería de su vida.

Ella había intentado escapar, sin éxito. Esas doncellas supuestamente asignadas para asegurar su placer también estaban encargadas de mantenerla cautiva. Su oído era agudo, su vista aún más aguda, su vigilia completa.

Rosamunde cruzó los brazos sobre el pecho, sonrió levemente y se negó a participar en las festividades. Si el interés de Finvarra se desvanecía, tal vez la expulsarían del reino antes.

Parecía una perspectiva poco probable, dado el brillo de sus ojos cuando miraba en su dirección, pero Rosamunde tenía muy pocas opciones.

A ella no le gustaba ese papel de mujer mimada. No le gustaba no tener elección sobre su dirección, no tener la capacidad de moldear su propio destino. Eso estaba totalmente en desacuerdo con la forma en que ella había llevado su vida, y Rosamunde tenía muchas ganas de volver a lo que conocía.

Primero, de alguna manera, tenía que escapar de esa corte.

La música era embriagadora, tan fuerte, dulce y melodiosa. Las hadas bailaban con un vigor asombroso, que parecía no cansarse nunca. La abundancia de comida en exhibición era tentadora, todo tipo de dulces y golosinas ofrecidos para el placer de la compañía. El hidromiel olía realmente maravilloso, pero Rosamunde temía perder el juicio si lo bebía. Ella simplemente se quedaba mirando, y las horas se alargaban.

Horas más tarde, las hadas comenzaron un baile vivaz. Estaba claro que las doncellas de Rosamunde estaban cautivadas por la música, sus ojos bailaban y sus dedos de los pies golpeaban en el piso. Rosamunde las animó, uno tras otro, a tomar la pista, hasta que finalmente se sintió desapercibida.

No duraría, pero ella saborearía el intervalo.

Tan pronto como estuvo sola, las manos de un hombre se cerraron sobre sus hombros. Él estaba de pie detrás de ella, quienquiera que fuera, su aliento en su cabello y su pecho en su espalda. Rosamunde dio un salto, luego sintió que sus ojos se ensanchaban ante un murmullo familiar.

"A tu espalda, como siempre", dijo Padraig, la sensación de su aliento en su cuello la hacía sentir un cosquilleo. "No digas nada, pero escucha."

Rosamunde sintió que el corazón le daba un brinco y temió que sus doncellas oyeran su tumulto. Ella trató de acallar su respuesta, pero sentía la fuerza de los dedos de Padraig en sus hombros, el calor de él contra su espalda. Ella miró hacia abajo pero no pudo ver sus manos.

"Un encantamiento", murmuró él y ella escuchó el humor familiar tocar su tono. "No sé cuánto tiempo durará."

A Rosamunde se le secó la boca. Ella no dudaba de que Padraig estaría en peligro si se daban cuenta de que había un intruso entre ellos. Ella estudió el salón, esforzándose por ser casual en la inspección, y se dio cuenta de que nadie podía ver a Padraig. Ninguno siquiera adivinaba su presencia.

Entonces Rosamunde sintió que Una se posaba en ella y vio que la mujer sonreía levemente.

¿Una podía verlo?

¿O ella simplemente estaba contenta de que Rosamunde no disfrutara de las celebraciones?

"No sé cuánto sabes", dijo Padraig en un susurro rápido. "Estás en el salón del Gran Rey de las Hadas, Finvarra, y él tiene la intención de convertirte en su amante."

Rosamunde asintió levemente.

"Elige, Rosamunde, elige si te quedarás en este lugar o si quieres que te ayude a escapar." La voz de Padraig bajó y su agarre se apretó ligeramente. "No estoy exento de mis propias expectativas, debes estar advertida. Debería haberte confesado mi amor por ti hace años. Yo te amaría. Yo estaría contigo. Me esforzaría por hacerte feliz."

De hecho, el hombre no podía fallar en esa tarea. Rosamunde cerró los ojos, abrumada por la alegría de sus palabras.

"Mi mano derecha si te quedas aquí", murmuró. "Mi izquierda, si serías mía."

Sin dudarlo, Rosamunde levantó la mano, como para alisarse el cabello, y pasó las yemas de los dedos por la mano izquierda de Padraig. Ella lo sintió recuperar el aliento.

La sonrisa de Una se amplió, volviéndose engreída, luego tomó un dulce de una bandeja que le ofrecían. Los ojos de la reina de las hadas brillaron y Rosamunde temió su engaño.

"No comas nada", advirtió Padraig. No bebas nada. Si consumes tanto como un bocado, estarás cautiva aquí para siempre."

Rosamunde le tocó las yemas de los dedos para indicar que lo comprendía. Ella estaba muy contenta de no haber probado un bocado desde su llegada.

"Mañana por la noche, los elfos saldrán en procesión hacia Beltane. Debes ir con la compañía. Debes viajar lo más cerca posible del perímetro del grupo. Yo vendré por ti."

Y Rosamunde aprendería de alguna manera los términos de la liberación antes de esa fecha. Ella no dudaba de que Padraig enfrentaría un desafío para obtener su libertad.

Rosamunde sintió el ardor de sus labios contra su nuca. Ella cerró los ojos, deseando girarse en su abrazo, su pecho apretado por el regalo de su presencia.

Entonces Padraig se fue, como una sombra tragada por la noche.

Y solo estaba el brillo de la mirada de complicidad de Una clavada en ella.

¿Qué traición había planeado la reina de las hadas?

*"Y así la pareja trazó su plan;*

*Entonces planearon mantener su afán.*
*Pero el encanto del anillo no todo ocultó:*
*Una vio al mortal en su salón.*

*La reina de las hadas no tenía buenas intención;*
*La lealtad a su esposo se agotó.*
*Nadie podía tener alegría mientras ella no la tuviera;*
*Y entonces Una tramó su propia empresa.*
*Padraig podría tener su amor de vuelta*
*Pero Una se aseguró de que el costo demasiado alto fuera."*

Era Beltane, y Padraig era bastante hijo de su madre para saber que todo era posible en esa noche de noches.

En esa noche y en Samhain, las hadas estaban en su momento más potente.

Él hizo sus preparativos, plenamente consciente de eso.

Él compró el caballo que había pedido prestado y el mozo se alegró de deshacerse de la bestia, dado que había desaparecido la noche anterior. Padraig tuvo el caballo por un precio mejor del que tendría de otra manera. Él lo preparó con cuidado, asegurándose de que no hubiera hierro en su arnés, menos que las hadas se dieran cuenta de que no era uno de los suyos.

Era un buen caballo, un caballo negro de paso alto con un andar orgulloso. Su melena era larga y oscura, sus ojos brillaban con un fuego que le hacía preguntarse si sabría más de las hadas que él. Se decía que las Hadas criaban los mejores caballos, y había majestad en el linaje de este.

Él ni siquiera se había asustado ante la tierra de las hadas, sino que lo esperaba tranquilamente junto al espino.

Él declaró su intención de navegar con la marea de la mañana y tenía su barco provisto para el viaje. Su hermana extendió su hospitalidad nuevamente, pero Padraig sabía que eran demasiado diferentes para que él se quedara en su casa. Su marido no estaba tan triste de ver partir a un pirata de renombre. Padraig despejó el espacio en la bodega del barco para crear un establo para el caballo, ya que no tenía ninguna inclinación a simplemente dejarlo atrás.

Él trató de dormir, para estar en su mejor momento cuando cayera la noche. Cuando la oscuridad se deslizó sobre la tierra, cuando los fuegos de Beltane se encendieron en las colinas, Padraig acompañó a su caballo hasta la antigua puerta normanda. Con el corazón en la boca, montó y cabalgó hacia la noche, deslizando el anillo en su dedo cuando salió del camino.

*"Tan negro como la noche su caballo era orgulloso,*
*Se puso el anillo y se ocultó de los ojos.*
*El caballo siguió corriendo, orgulloso y audaz,*
*Sus cascos en el camino tronaron sin más.*
*El amante sabía que se enfrentaba a su prueba;*
*Sin su dama, él no encontraría tregua.*
*Iluminado por los fuegos en cada colina,*
*El calor de su ardor no se enfría.*
*Padraig cabalgó por el corazón de su dama,*
*¿Los mantendría separados la reina de las hadas?*

PADRAIG LLEGÓ al círculo de piedra, pero solo encontró silencio dentro de él. El viento estaba quieto, el suelo oscuro. Él temió haber llegado demasiado tarde, que el anfitrión ya se hubiera marchado, o que tal vez hubieran adivinado su intención y hubieran optado por renunciar a la tradición para conservar el tesoro que era Rosamunde.

Había muchas cosas a las que él renunciaría para mantenerla a su lado.

Entonces el viento susurró en las ramas del espino que crecía a un lado del círculo de piedra. Su caballo resopló y sacudió la cabeza, luego Padraig escuchó el toque de clarín de una trompeta distante.

La única nota era clara, tan clara como un arroyo de montaña, tan hermosa como una mañana de verano. El sonido derritió su corazón, disolvió sus inhibiciones, llenó sus venas con la luz de las estrellas y la resolución.

La tierra en medio del montículo se agrietó; se abrió de par en par. Un portal se abrió en el suelo, uno lo suficientemente ancho como para que cuatro caballos cabalgaran uno al lado del otro. Padraig vió el salón que había visitado la noche anterior y apretó las riendas con más fuerza.

La luz dorada se derramó desde el patio oculto hacia la oscuridad de la noche y el ejército de las Hadas avanzó. La música los acompañaba, el tintineo de diez mil campanillas de plata montadas en mil arneses. Sus caballos brincaban orgullosos, confiados en su esplendor y belleza. Los fuegos de Beltane en las colinas adyacentes ardieron más alto como en tributo, sus llamas se extendieron hasta las estrellas.

Y las hadas se rieron.

Padraig miró con asombro su magnífica exhibición.

*"Entonces he aquí, al anfitrión de las hadas vio,*
*Su compañía más bella que la mejor.*
*Vio la plata y el oro;*
*Vio a los caballeros de las hadas tan valerosos;*
*Vio a las doncellas vestidas tan fino,*
*Escuchó la música, vio el vino.*

*El fuego vanidoso bailaba en la colina*
*Luz resplandeciente y nunca anodina*
*Las estrellas parecían haber venido a la tierra*

*Mientras el anfitrión de las Hadas cabalgaba alegremente.*
*Y así fue que él vió a su dama,*
*A la izquierda del Rey de las Hadas."*

~

HABÍA caballos en la compañía sin jinetes, o quizás sus jinetes eran demasiado pequeños para ser vistos. Padraig habría acercado su caballo para unirse a la compañía, pero la bestia parecía conocer sus expectativas: marchó a su lado, como si lo hubiera hecho una docena de veces antes.

El ejército de las Hadas fluyó sobre las colinas, descendió hacia el valle y ascendió a la siguiente colina. Pequeñas Hadas se lanzaban hacia la cabaña ocasional, reclamando los regalos que les habían dejado. Compartían la leche y la cerveza con sus compañeros, lamían las gachas[2] y arrojaban monedas de oro a su paso. Cada fuego de Beltane que pasaban se encendía y crepitaba en reconocimiento de su paso, y Finvarra se reía al verlo. Su esposa, cabalgando a su derecha, sonreía pero no había alegría en sus ojos.

Tampoco había alegría en la mirada fija de Rosamunde.

Padraig acercó su caballo a la realeza, acariciando su cuello para animarlo a pasar entre las otras bestias. El caballo necesitaba poco estímulo, y Padraig consideró la posibilidad de que los caballos sintieran una atracción natural por el Rey de las Hadas.

Justo cuando las llamas de Beltane reconocieron su presencia.

Padraig no sabía cuánto tiempo habían cabalgado ni qué tan lejos. Él pensaba únicamente en acercarse a Rosamunde sin llamar la atención, y logró un progreso constante en ese objetivo. Cruzaron un valle y subieron a otra colina. Cuando llegaron a la cima, el agua oscura y brillante de Lough Carrib era visible, reluciente al pie de las colinas. En esa noche había más estrellas de las que él jamás había visto y la luna se elevaba en lo alto con un esplendor perlado.

Cuando empezaron a descender la colina, el caballo de Padraig se acercó tanto que pudo tocar el dobladillo del vestido de Rosamunde.

Era hora.

~

*"Espoleó a su caballo, galopó a su lado*
*Agarró a la dama que amaba tanto.*
*Se la robó al anfitrión de las Hadas*
*Tomó lo que Finvarra más deseaba.*
*El hada gritó, el caballo corrió*
*Que no sucedería, Finvarra gritó.*
*"Agárrate fuerte, agárrate," Rosamunde gritó.*
*"Porque ella te robaría de mi corazón".*
*Y así ella con todas sus fuerzas lo sujetó*
*Incluso cuando Una desataba su furor."*

~

LA COMPAÑÍA se empujó por la mejor posición cuando comenzaron el descenso. Las hadas festejaban y eran menos disciplinadas que cuando habían abandonado la colina por primera vez. Su risa era más fuerte y sus canciones más alegres.

Padraig se abalanzó sobre la compañía con un propósito. Él clavó los talones en el costado del caballo y el caballo saltó con fuerza. Padraig arrancó a Rosamunde de su caballo, le rodeó la cintura con el brazo y la colocó en la silla delante de él.

Luego huyó.

Mientras el caballo corría colina abajo, el anillo dorado del dedo de Padraig se partió por la mitad. Se le cayó de la mano y fue pisoteado por los cascos de los caballos, dejándolo revelado a las hadas.

"¡Impostor!" ellos gritaron. "¡Ladrón!"

"¡Vayan a buscar a mi amante!" gritó Finvarra.

Padraig le dio al caballo con los talones. El caballo corrió colina abajo delante del anfitrión de las Hadas, corriendo tan rápido que el suelo era un borrón bajo sus pies.

"Más rápido", instó Rosamunde, mirando hacia atrás. "¡Más rápido!"

Padraig escuchó la canción de Una elevarse dulcemente en la distancia, pero no se fiaba de su oda.

"¡Padraig!" Dijo Rosamunde, rodeándole el cuello con los brazos. "Ella quiere hacer que me desprecies. No te dejes engañar."

Padraig supuso que era la prueba a la que se enfrentaría un latido antes de que comenzara.

❧

*"En una vieja bruja me convertirán*
*Una mujer de tendones y huesos me harán.*
*Un cuerpo frío y desde la tumba podrido,*
*Agárrate fuerte, debes ser valiente, amor mío."*

❧

EN SU ABRAZO, Rosamunde se convirtió en una bruja, que parecía haber soportado mil años de privaciones. Su piel estaba arrugada como cuero antiguo, sus ojos amarillos y le faltaban dientes.

Ella se reía a carcajadas de él, esta aparición, y parecía en condiciones de devorarlo. Padraig podía ver los huesos de su cráneo debajo de la carne suelta de su rostro, podía oler el fétido hedor a descomposición, y sintió el agarre de sus dedos esqueléticos en su cuello. Todo dentro de él sentía repulsión y su impulso fue dejarla a un lado a toda velocidad.

Padraig se dijo a sí mismo que no era más que un hechizo y se mantuvo firme.

❧

*"A continuación, una serpiente retorciéndose seré*
*Con un mordisco tóxico tu vida tomaré.*
*Tan resbaladiza como una víbora Seré*
*Mi liberación está únicamente en tu poder."*

～

ROSAMUNDE SE TRANSFORMÓ ENTONCES en una enorme serpiente, verde y resbaladiza en manos de Padraig. La serpiente mostró sus colmillos y la malicia iluminó sus ojos mientras retrocedía para atacar. Él no tenía ninguna duda de que su mordisco era venenoso, pero no la soltó.

Después de todo, no había serpientes en Irlanda. Padraig sabía que eso también no era más que un truco de las hadas.

Él escuchaba la canción de Una, se dio cuenta de que estaba aumentando de volumen y supo que vendría algo peor. Habría tres pruebas, supuso él, y se volverían más feroces. Él se aferró a la serpiente verde que se retorcía y esperó poder sujetar a Rosamunde. El caballo echó a correr, dejando atrás a la hueste que gritaba pisándole los talones.

La serpiente se retorcía en su agarre, tan esquiva como un pez, pero Padraig la sostuvo con fuerza. Se recordó a sí mismo el valor de Rosamunde, cómo había desafiado a más de un aristócrata malvado, como el obispo tramposo al que él había servido una vez, y eso le dio la fuerza para perseverar en su desafío a las hadas.

El agua del lago se acercaba cada vez más y se preguntó qué haría el caballo. Él pensó en dirigirlo alrededor del cuerpo de agua, luego Rosamunde cambió de forma nuevamente.

～

*"Y por último me convertiré en una hoguera,*
*Tan caliente y feroz como pueda.*
*Un fuego de Beltane, naranja y caliente*

*Amor mío, amor mío, no me sueltes."*

~

EN UN ABRIR y cerrar de ojos, Rosamunde se convirtió en fuego en su abrazo. La brillante luz de las llamas casi cegó a Padraig y la sorpresa casi aflojó su agarre.

Él gritó y la apretó con más fuerza. El fuego quemaba su piel, las llamas lamían su carne. Él cerró los ojos a la vista de su propio cuerpo ardiendo, al olor de su destrucción. Él se aferró a la columna de llamas, aunque temía no tener la fuerza para resistir contra las hadas.

Padraig pensó en el aspecto del cabello de Rosamunde a la luz del sol.

Él recordó su postura audaz en el barco mientras navegaban hacia la aventura. Pensó en la luz de sus ojos cuando se conocieron. Pensó en su determinación, incluso cuando la spriggan Darg le había robado las cartas y había atrapado la nave en la niebla.

Él recordó el orgullo que ella sentía por sus sobrinas y la alegría de verlas bien casadas. Él pensó en su pasión y su orgullo y se fortaleció con la verdad de por qué amaba a esa mujer con todo su corazón. Padraig cerró los ojos con fuerza mientras el dolor crecía.

Él no podía perder su amor.

Él recitó el Padre Nuestro, por impulso, recordando el consejo de su madre. Las lágrimas le picaban en las mejillas mientras decía la conocida oración. Padre Nuestro…

El caballo se detuvo bruscamente, se encabritó y luego agachó la cabeza. Padraig fue arrojado sobre su cuello y jadeó en voz alta cuando aterrizó en el lago con un chapoteo.

Él se hundió, todavía agarrado a Rosamunde, y el agua fría y oscura del lago lo abrazó. Él sintió que la llama de su abrazo se convertía de nuevo en una mujer.

Una mujer desnuda.

Una mujer desnuda a la que amaba más que a la vida misma.

Y Padraig sabía que había triunfado. Salieron a la superficie juntos, la sonrisa de Rosamunde lo suficiente como para iluminar las noches de Padraig para siempre.

Cuando pudieron haberse hablado entre sí, un hombre se aclaró la garganta muy cerca.

Finvarra estaba de pie en la orilla, sujetando las riendas del caballo negro que pisoteaba. "Y entonces el premio es para ti", dijo el Gran Rey de las Hadas. Él acarició la nariz del caballo con afecto y la bestia lo acarició. Finvarra sonrió y sus ojos brillaron. "Tomaré este caballo bajo mi cuidado, ya que una vez nos lo robaron y nos lo devolviste legítimamente."

Padraig comprendió por qué las hadas no habían asustado al caballo, por qué él se había sentido tan cómodo al unirse al anfitrión. El reconocimiento era posiblemente la razón por la que se le había permitido unirse a la compañía en primer lugar.

Entonces comprendió por qué lo había arrojado y salvado a Rosamunde. Padraig imaginó que el caballo tenía la intención de recompensarlo por traerlo de regreso a Finvarra.

"Eres un hombre más astuto que la mayoría". Finvarra sonrió. "Me hubiera gustado jugar al ajedrez contigo".

"Con todo respeto, mi señor, tengo poco a mi nombre y nada que elegiría perder". Padraig mantuvo su brazo alrededor de Rosamunde, notando cómo la mirada del rey se movía entre los dos.

"¿Debería desalentar tu devoción?", Le dijo Finvarra a Rosamunde. "Siempre eres bienvenida en mi corte".

"Gracias, mi señor, y gracias también por tu hospitalidad", dijo Rosamunde con una reverencia.

"Tú y tus compañeros siempre encontrarán una bienvenida en nuestra casa", agregó Padraig con una reverencia.

Finvarra sonrió, su mirada se posó en su esposa, quien permanecía sobre su caballo y a distancia. "No es un crimen codiciar una gema hermosa", dijo él en voz baja, "pero es un raro triunfo poseer una. Te saludo, Padraig Deane. Que tu amor nunca se empañe."

Con eso, Finvarra se volvió y condujo al caballo encabritado de regreso a la compañía. Padraig sintió el frío del aire nocturno en su piel húmeda mientras permanecía de pie con Rosamunde a su lado, pero no podía apartar la mirada de la compañía que se marchaba. Él dudaba que alguna vez los volviera a ver. Cabalgaron, pasando por las colinas como una visión, dejando atrás sólo el eco de su risa plateada.

Y a Rosamunde.

"Gracias", dijo ella, sonriéndole.

"De nada. Me alegro de verte sana de nuevo." Padraig la miró fijamente, consciente de su deseo, pero temiendo hablar de ello demasiado pronto.

Rosamunde, como era típico de ella, no mostró tal moderación. Ella entrelazó sus brazos alrededor de su cuello, deslizando sus dedos por su cabello. "Lo siento, Padraig, por haber cometido un error tan grave. Te amo, creo que siempre te he amado, pero desearía haber visto la verdad antes."

Padraig se inclinó para tocar sus labios con los de ella, su corazón se hinchó porque su sueño sería suyo. "Sé que siempre te he amado", murmuró él contra su boca.

Rosamunde se rió. "Entonces tendré que pasar el resto de nuestras vidas reparando mi error".

"No creo que sea tan oneroso".

"¡Tampoco yo!"

Padraig se rió ante la perspectiva y luego se puso serio. Los ojos de Rosamunde eran de un verde intenso, llenos de una convicción que le quitaba el aliento. "Cásate conmigo, Rosamunde. Cásate conmigo y sella nuestro vínculo para que todos lo vean. Tengo poco que ofrecerte más que a mí mismo."

"Tu barco".

Tu nave y el contenido también son tuyos. Solo me tengo a mí mismo.

"Es más que suficiente. Me casaré contigo, Padraig, y honraré tu amor todos los días y noches de mi vida."

Era todo lo que él siempre había querido, y aún más.

El beso de Rosamunde envió un calor de bienvenida a través de Padraig, un calor que su presencia nunca dejaría de encender. Padraig sabía que todo lo que había sufrido había valido la pena, porque se había ganado el deseo de su corazón.

Cuando levantó la cabeza, sus ojos brillaban y sus mejillas estaban sonrojadas. Miró a su alrededor y se estremeció. "Dime, sin embargo, que podemos navegar hacia climas más cálidos."

"Pensé en Sicilia", dijo Padraig, sonriendo mientras el placer iluminaba su expresión. "Con la marea de la mañana. Todo está preparado."

Rosamunde se rió. "Un hombre de confianza y uno que busca mi propio corazón."

"Pensé que ya poseía ese premio", bromeó él, amando el sonido de su risa en respuesta.

"Lo haces, lo haces". Entonces Rosamunde le llevó una mano a la mejilla, tan solemne como nunca la había visto. Su voz se redujo a un ferviente susurro. "Oh, Padraig, nunca dudes que soy tuya." Una lágrima brillaba en sus ojos, una lágrima que sabía que era rara para esa mujer atrevida. "Puede que haya llegado tarde para ver la verdad, pero ahora nunca la olvidaré."

"Nunca dejaré que lo olvides", replicó él, luego le guiñó un ojo. Rosamunde sonrió y él la abrazó y luego salió del lago. Él tenía una idea de cómo podrían calentarse antes de la caminata de regreso a la ciudad.

Una mirada a su dama le dijo que sus pensamientos eran uno solo. Una vez más, desafiarían las convenciones. Una vez más, seguirían sus corazones. Pero a partir de ese día, lo harían juntos.

Era tan cerca del cielo como Padraig Deane esperaba estar.

~

*"Padraig el corazón de su dama ganó,*
*Que nunca se separarían ella juró.*
*Rosamunde era una reina pirata*

*Con cabello rojo dorado y ojos esmeralda.*
*Su verdadero amante fuerte la abrazó*
*A todas las hadas que su amor duraría mostró.*
*El Reino de las Hadas ellos nunca olvidaron*
*De la manera más feliz el resto de sus días pasaron."*

---

1. Tela de seda lujosa y pesada usada en la edad media, de un tejido tipo sarga, a menudo incluyendo hilos de oro o plata.
2. Plato sencillo que se elabora cociendo granos de avena u otros cereales o legumbres en el agua, leche o una mezcla de ambas.

# EL CORAZÓN DEL RENEGADO

## LAS NOVIAS DEL AMOR VERDADERO #1

La historia de los hermanos y hermanas de Kinfairlie continúa en **Las novias del amor verdadero**, empezando con Isabella en **El corazón del renegado**.

*Llegará en octubre.*

# ACERCA DEL AUTOR

Claire Delacroix vendió su primer libro, un romance medieval, en 1992. Desde entonces, ha publicado más de setenta novelas en una amplia variedad de subgéneros, que incluyen romance histórico, romance contemporáneo, romance paranormal, romance de fantasía, romance de viaje en el tiempo, ficción femenina, paranormal adulto joveny fantasía con elementos románticos. Ha publicado bajo los nombres de Claire Delacroix, Claire Cross y Deborah Cooke. The Beauty, parte de su exitosa serie de romances históricos Bride Quest, fue su primer título en aparecer en la Lista de libros más vendidos del New York Times. Sus libros aparecen habitualmente en otras listas de bestsellers y han ganado numerosos premios. En 2009, fue escritora residente en la Biblioteca Pública de Toronto, la primera vez que la biblioteca organiza una residencia centrada en el género romántico. En 2012, tuvo el honor de recibir el premio Mentor del año de Romance Writers of America.

Actualmente, escribe romances contemporáneos y romances paranormales bajo el nombre de Deborah Cooke. También escribe romances medievales como Claire Delacroix. Vive en Canadá con su esposo y su familia, además de muchos proyectos de tejido sin terminar.

http://delacroix.net
http://deborahcooke.com

# OTRAS OBRAS DE CLAIRE DELACROIX

*Los campeones de Santa Eufemia:*

**La novia del caballero de las Cruzadas**

**El corazón del caballero de las Cruzadas**

**El beso del caballero de las Cruzadas**

**El juramento del caballero de las Cruzadas**

**El compromiso del caballero de las Cruzadas**

*Las joyas de Kinfairlie*

**La bella novia**

**La novia de la rosa roja**

**La novia blanca como la nieve**

**La balada de Rosamunde**